W0390736

Claire North a écrit son premier roman alors qu'elle n'avait que quatorze ans. Comparée depuis à Terry Pratchett et Philip Pullman, la jeune femme a publié de nombreux ouvrages de genres différents. Londonienne de souche, Claire se décrit comme fan de grandes villes, de magie urbaine, de nourriture Thaï et de graffiti. Dans *Les Quinze Premières Vies d'Harry August*, elle entraîne le lecteur dans un tourbillon temporel de mystères et de questionnements.

De la même autrice :

Les Quinze Premières Vies d'Harry August

Touch

La Soudaine Apparition de Hope Arden

84K

Claire North

Les Quinze Premières Vies d'Harry August

Traduit de l'anglais (Grande-Bretagne) par Isabelle Troin

Bragelonne

Titre original : *The First Fifteen Lives of Harry August*

First published in Great Britain in 2014 by Orbit

ISBN : 979-10-281-2162-4

Bragelonne
60-62, rue d'Hauteville – 75010 Paris

E-mail : info@bragelonne.fr
Site Internet : www.bragelonne.fr

Introduction

J'écris ceci pour toi.
Mon ennemi.
Mon ami.
Tu le sais déjà, tu dois forcément le savoir.
Tu as perdu.

Chapitre premier

Le second cataclysme se déclencha durant ma onzième vie, en 1996. Je mourais comme d'habitude, m'enfonçant dans la brume tiède de la morphine, lorsqu'elle m'interrompit tel un glaçon qui aurait glissé le long de ma colonne vertébrale.

Elle avait sept ans et moi soixante-dix-huit. Ses cheveux étaient blonds et raides, attachés en une longue queue-de-cheval dans son dos. Les miens, du moins ceux qui me restaient, avaient viré au blanc neigeux. Je portais une blouse d'hôpital à l'humilité stérile et elle, un uniforme d'écolière bleu vif et un béret.

Elle se percha sur un côté de mon lit, les pieds pendant dans le vide, et me regarda droit dans les yeux. Examinant le moniteur cardiaque relié à ma poitrine, elle constata que j'avais déconnecté l'alarme, chercha mon pouls et dit :

— J'ai failli vous rater, Docteur August.

Son allemand était celui de la haute société berlinoise, mais elle aurait pu s'adresser à moi dans n'importe quelle langue et avoir quand même l'air respectable. Elle se gratta l'arrière du mollet gauche : ses chaussettes blanches, qui lui montaient jusqu'au genou, lui donnaient des démangeaisons à cause de la pluie qui tombait dehors. Et elle poursuivit :

— J'ai besoin de faire remonter un message dans le temps. Du moins, si on peut considérer que la notion de temps a la moindre importance ici. Comme vous avez l'obligeance d'être en train de mourir, je vous demande de le transmettre aux Cercles de votre jeunesse, de la même façon qu'il m'a été transmis.

Je tentai de parler, mais les mots se bousculèrent sur ma langue, s'emmêlant les uns aux autres.

— La fin du monde approche, dit-elle encore. Le message passe d'enfant à adulte, d'enfant à adulte, remontant de génération en génération depuis un millénaire dans le futur. La fin du monde approche, et nous ne pouvons pas l'empêcher. À vous de jouer.

Je m'aperçus que le thaï était la seule langue qui consentait à franchir mes lèvres sous une forme cohérente, et que le seul mot que je semblais capable de former était : « Pourquoi ? »

Non pas, je me hâte de le préciser, « pourquoi » la fin du monde approchait-elle ?

Mais « pourquoi » cela avait-il la moindre importance ?

Elle sourit, comprenant ce que je voulais dire sans que j'aie besoin de l'exprimer. Alors, elle se pencha vers moi et murmura à mon oreille :

— La fin du monde approche, comme il se doit de toute éternité. Mais elle approche de plus en plus vite.

Ce fut le début de la fin.

Chapitre 2

Commençons par le commencement.

Le Cercle, le cataclysme, ma onzième vie et les morts consécutives, dont aucune ne fut paisible… Rien de tout cela n'a de sens : ce n'est qu'un éclair de violence qui jaillit et s'estompe, une vengeance sans motif, à moins de comprendre comment tout a commencé.

Je m'appelle Harry August.

J'ai pour père Rory Edmond Hulne et pour mère Elizabeth Leadmill, même si je ne devais l'apprendre qu'une fois ma troisième vie déjà bien entamée.

J'ignore s'il faut dire que mon père a violé ma mère. La loi aurait quelque difficulté à juger cette affaire : un individu malin pourrait influencer le jury dans un sens ou dans l'autre. Il paraît qu'elle n'a pas crié et ne s'est pas débattue, qu'elle n'a même pas dit non quand mon père est venu à elle dans la cuisine le soir de ma conception et, en l'espace de vingt-cinq minutes d'ignominieuse passion, s'est vengé de son épouse infidèle au moyen de la fille de cuisine.

De ce point de vue, il n'a pas forcé ma mère. D'un autre côté, cette jeune femme d'une vingtaine d'années vivait et travaillait chez mon père. Son avenir dépendait de l'argent et du bon vouloir de la famille Hulne. J'ose donc affirmer qu'elle n'avait guère la possibilité d'opposer une quelconque résistance, et que la situation la contraignait à se laisser faire aussi bien qu'une lame plaquée sur sa gorge.

Le temps que sa grossesse commence à se voir, mon père était retourné en service actif sur le sol français, où il devait demeurer jusqu'à la fin de la Première Guerre mondiale en tant que major de la Garde écossaise sans jamais se distinguer. Au cours de ce conflit où des régiments entiers pouvaient être éradiqués en l'espace d'une journée, ne jamais se distinguer constituait un accomplissement enviable. Aussi incomba-t-il à ma grand-mère paternelle, Constance Hulne, de chasser ma mère de chez elle sans même lui fournir de recommandation à l'automne 1918.

L'homme qui devait devenir mon père adoptif, et un meilleur parent pour moi que si nous avions été liés par le sang, emmena ma mère au marché local dans sa charrette tirée par un poney. Il la laissa là avec quelques shillings dans sa bourse, en lui conseillant de chercher de l'aide auprès des autres femmes en détresse du comté.

Alistair, un cousin de ma mère qui n'avait qu'un huitième de sang en commun avec elle, mais dont la richesse compensait largement ce déficit génétique, lui donna du travail dans son moulin à papier d'Édimbourg. Mais comme elle grossissait et devenait de plus en plus inapte à effectuer ses corvées, quelque jeune administrateur qui était à trois échelons de l'équipe responsable la transféra discrètement.

Désespérée, elle écrivit à mon père biologique, mais la lettre fut interceptée par ma rusée grand-mère, qui la détruisit avant qu'il ne puisse lire cette supplique. Ainsi, le 31 décembre 1918, ma mère dépensa ses derniers pennies pour prendre le tortillard d'Édimbourg Waverley jusqu'à Newcastle et, à quinze kilomètres au nord de Berwick-upon-Tweed, le travail commença.

Un syndicaliste nommé Douglas Crannich et sa femme, Prudence, furent les deux seules personnes qui assistèrent à ma naissance dans les toilettes pour dames de la gare. On m'a raconté que le chef de gare s'était posté devant la porte pour empêcher toute malheureuse d'entrer pendant l'accouchement, les mains derrière le dos et sa casquette couverte de neige baissée sur son front lui donnant une mine que j'ai toujours imaginée sombre et malveillante.

Il n'y avait pas de docteurs au dispensaire en cette heure tardive, surtout un jour de réveillon, et le médecin mit plus de trois heures à venir. Il arriva trop tard : le sang séchait déjà sur le sol, et Prudence Crannich me berçait dans ses bras. Ma mère était morte.

Je ne sais que ce que m'a raconté Douglas, mais je pense qu'elle a fait une hémorragie interne. Elle est ensevelie dans une tombe marquée « Lisa, m. 1er janvier 1919 – Puissent les anges la guider vers la lumière. » Quand le fossoyeur lui demanda ce qu'il devait graver sur la pierre, Madame Crannich se rendit compte qu'elle ne connaissait même pas le nom de famille de ma mère.

On débattit de ce qu'il fallait faire de l'orphelin. Moi. Je crois que Madame Crannich fut très tentée de me garder, mais des considérations financières et pratiques l'en dissuadèrent, tout comme l'interprétation littérale que

Douglas faisait de la loi, ainsi que son sens très personnel de la propriété. L'enfant avait un père, s'exclama-t-il, et il lui appartenait de droit.

Cela ne l'aurait pas avancé à grand-chose si ma mère n'avait eu sur elle l'adresse de mon futur père adoptif, Patrick August, à qui elle avait probablement l'intention de demander de l'aide pour rencontrer mon père biologique, Rory Hulne. On chercha si le fameux Patrick pouvait être mon géniteur, ce qui provoqua un beau scandale au village dans la mesure où il était depuis longtemps marié à Harriet August, qui ne lui avait pas donné d'enfant. Dans un village aussi isolé que le leur, où les préservatifs sont restés tabous jusqu'au milieu des années 1970, un couple stérile était toujours l'objet de ragots virulents.

L'histoire était si choquante qu'elle parvint très vite jusqu'à Hulne Hall, le manoir où résidaient ma grand-mère Constance, mes deux tantes Victoria et Alexandra, mon cousin Clement et Lydia, l'épouse malheureuse de mon père. À mon avis, ma grand-mère devina immédiatement qui j'étais, ce qui ne l'empêcha pas de refuser de me prendre en charge. Ce fut Alexandra, la cadette de mes tantes, qui fit preuve de la jugeote et de la compassion dont manquait le reste de sa famille.

Comprenant que les soupçons se porteraient très vite sur les Hulne une fois révélée l'identité de ma mère défunte, elle fit à Patrick et Harriet August la proposition suivante : s'ils adoptaient l'enfant (pour apaiser toute rumeur d'une liaison extraconjugale, les papiers seraient signés officiellement par la famille Hulne, car nul n'avait autant d'autorité qu'eux dans la région), elle veillerait personnellement à ce qu'ils reçoivent une rente mensuelle pour les dédommager de leur peine et leur permettre de nourrir l'enfant. Et, lorsque celui-ci serait grand, elle lui dénicherait une situation convenable. Rien d'excessif, bien entendu, mais mieux que ce à quoi pouvait prétendre un misérable bâtard.

Patrick et Harriet en discutèrent un moment avant d'accepter. Je fus élevé comme leur propre fils, nommé Harry August, et ne commençai à comprendre d'où je venais et ce que j'étais qu'au cours de ma deuxième vie.

Chapitre 3

On dit que pour ceux d'entre nous qui mènent une existence circulaire, la vie se décompose en trois étapes : le rejet, l'exploration et l'acceptation.

C'est un schéma quelque peu simpliste, car sous ces termes au sens assez large se dissimulent de nombreuses couches distinctes. Le rejet, par exemple, regroupe diverses réactions typiques telles que le suicide, l'abattement, la folie, l'hystérie, le repli sur soi et l'autodestruction. Comme presque tous les kalachakras, je suis passé par la plupart d'entre elles à une période ou une autre de mes premières vies, et leur souvenir s'attarde en moi tel un virus toujours niché dans ma paroi stomacale.

En ce qui me concerne, la transition vers l'acceptation fut normalement ardue.

Ma première vie fut des plus banales. Comme tous les jeunes hommes, je fus appelé à me battre durant la Seconde Guerre mondiale, où je m'abstins soigneusement de me distinguer en tant que fantassin. Ma contribution à l'effort militaire fut maigre, et mon existence après la fin du conflit ne fut guère plus significative. Je retournai à Hulne Hall pour y reprendre le poste de mon père adoptif, qui s'occupait de l'entretien de la propriété. Comme Patrick, j'avais été élevé dans l'amour de la terre, de son odeur après la pluie, du brusque crépitement dans l'air quand toutes les graines d'ajonc se fendent en même temps, et si je me sentais le moins du monde isolé du reste de la société, c'était de la même façon qu'un enfant unique peut regretter de ne pas avoir de frère, sans véritable point de comparaison.

À la mort de Patrick, sa place me revint officiellement, même si le gaspillage et l'inertie étaient déjà presque venus à bout de la fortune des Hulne. En 1964, la propriété fut rachetée par la National Trust, et moi avec. Je passai la fin de ma vie à guider les promeneurs à travers les landes envahies par la végétation qui entouraient le manoir, regardant ses murs s'enfoncer lentement dans la boue noire.

Je mourus en 1989 au moment où tomba le mur de Berlin, seul dans un hôpital de Newcastle, un divorcé sans enfant, touchant une rente de l'État, et qui, jusqu'à son dernier souffle, se crut le fils de feux Patrick et Harriet August. Je finis par succomber à la maladie qui est depuis toujours le fléau de mon existence : des myélomes multiples, qui s'étaient propagés à travers tout mon corps jusqu'à ce que celui-ci cesse de fonctionner.

Naturellement, lorsque je revins à la vie au même endroit que la fois précédente (dans les toilettes pour dames de la gare de Berwick-upon-Tweed le jour de l'An 1919), mais avec tous les souvenirs de ma vie précédente, je succombai à une folie des plus prévisibles. Alors que ma conscience d'adulte s'épanouissait pleinement dans mon corps de jeune enfant, je sombrai d'abord dans la confusion, puis dans la douleur, le doute, le désespoir et les hurlements. Pour finir, à l'âge de sept ans, je fus interné à l'asile St Margot pour indigents, où je pensais réellement qu'était ma place. Au bout de six mois de confinement, je réussis à me jeter d'une fenêtre du deuxième étage.

Rétrospectivement, je me rends compte que ce n'était pas une hauteur suffisante pour me garantir la mort rapide et relativement indolore qu'exigeaient les circonstances, et que j'aurais très bien pu me briser tous les os du corps sans que ma conscience en soit affectée le moins du monde. Par chance, je tombai sur la tête, et ce fut réglé.

Chapitre 4

Il est un moment où la lande s'éveille. J'aimerais que tu puisses le voir mais, chaque fois que nous nous sommes promenés ensemble à travers la campagne, nous avons manqué ces quelques heures précieuses de révélation. Le ciel était du même gris ardoise que les pierres qu'il surplombait, ou bien la sécheresse avait changé la végétation en une mer de buissons épineux couleur de poussière.

Une fois, même, il a neigé si fort que nous n'avons pas réussi à ouvrir la porte de la cuisine de l'intérieur, et que j'ai dû sortir par la fenêtre pour nous dégager un chemin à la pelle. Lors d'un autre séjour, en 1949, il a plu sans discontinuer pendant cinq jours, me semble-t-il. Tu n'as donc jamais pu contempler le réveil de la terre après une averse, quand tout est pourpre et jaune et qu'une riche odeur d'humus plane dans l'air.

Au début de notre amitié, malgré les prétentions et les maniérismes développés au fil de vies multiples, tu as deviné que j'étais né dans le nord de l'Angleterre. Mon père adoptif, Patrick August, ne me l'a jamais laissé oublier. Il était depuis son entrée dans l'âge adulte le seul régisseur de Hulne Hall, comme son père l'avait été avant lui, et le père de son père avant cela, depuis l'année 1834 où les Hulne avaient profité de leur richesse récemment acquise pour acheter la propriété où concrétiser leur rêve de splendeur.

Ils avaient planté des arbres, tracé des routes à travers la lande, construit des tours et des arches ridicules (folies de nom autant que de nature) qui, le temps que je vienne au monde, succombaient déjà à l'infestation ravageuse de la mousse. Ils ne voulaient pas des tristes étendues broussailleuses qui entouraient leur propriété avec leurs dents de roche et leurs gencives de terre poisseuses. Les premières générations énergiques élevaient des moutons, ou peut-être serait-il plus juste de dire que les moutons s'élevaient tout seuls sur les larges espaces au pied des murs de pierre.

Mais le XXe siècle n'avait pas été clément envers la fortune des Hulne et, même si elle leur appartenait encore, la propriété était désormais en friche, et revenue à l'état sauvage : l'endroit parfait pour qu'un petit garçon y gambade en liberté tandis que ses parents vaquaient à leurs occupations.

Curieusement, en revivant mon enfance, je me découvris bien moins aventureux que la première fois. Les trous dans lesquels je sautais jadis, les corniches que j'escaladais semblaient tout à coup dangereux à mon esprit devenu conservateur avec l'âge. Je portais mon corps d'enfant comme une vieille femme aurait porté un bikini minuscule offert par une amie aux os friables.

Après avoir spectaculairement échoué à mettre un terme au cycle de mes jours en me suicidant, je résolus, durant ma troisième vie, de chercher plutôt les réponses qui me paraissaient tellement hors d'atteinte. Par quelque petite miséricorde, la mémoire nous revient lentement tandis que nous avançons dans notre enfance, si bien que le souvenir de ma défenestration se manifesta tel un rhume au déclenchement progressif, sans me prendre par surprise. Je pus donc me contenter d'accepter mon geste et le fait qu'il n'avait rien résolu.

Malgré son absence de direction claire, ma première vie avait été empreinte d'une sorte de bonheur, si du moins l'on peut considérer l'ignorance comme de l'innocence et la solitude comme une absence d'implication. Mais, à présent que je savais tout ce qui s'était déjà passé, je ne pouvais pas mener ma troisième vie de la même façon. Non seulement parce que je connaissais certains événements à venir, mais parce que je percevais différemment les certitudes avec lesquelles j'avais grandi autrefois, et dont je n'avais jamais envisagé qu'elles puissent être des mensonges. Redevenu petit garçon et pour l'heure maître de toutes mes facultés d'adulte, je percevais les vérités que, souvent, on ne se donne pas la peine de dissimuler aux enfants parce qu'on est persuadé qu'ils sont incapables de les comprendre.

Je suis convaincu que mes parents adoptifs en vinrent à m'aimer, ma mère bien avant mon père. Mais, aux yeux de Patrick August, jamais je ne fus la chair de sa chair jusqu'à la mort de son épouse.

Ce phénomène mériterait probablement une étude médicale, mais ma mère adoptive ne décède jamais tout à fait le même jour dans chacune de ses vies. Sauf facteurs externes survenant violemment à une date antérieure, la cause est toujours la même. Aux alentours de mon sixième anniversaire, elle se met à tousser, et, comme j'approche du septième, elle commence à cracher du sang.

Mes parents n'ont pas les moyens de payer un médecin, mais ma tante Alexandra finit par leur donner l'argent nécessaire pour que ma mère se rende à l'hôpital de Newcastle, où on lui diagnostique un cancer des poumons. (À mon avis, un carcinome « non à petites cellules » d'abord circonscrit au poumon gauche : parfaitement traitable une quarantaine d'années plus tard mais, pour ma plus grande frustration, au-delà du rayon d'action de la science de l'époque.) On lui prescrit du tabac et du laudanum, et elle meurt rapidement en 1927.

Mon père s'abîme alors dans le silence et part faire dans les collines de longues promenades dont il ne revient parfois pas avant plusieurs jours. Je m'occupe efficacement de moi-même et, désormais, constitue des réserves de nourriture en prévision de ses absences prolongées. À son retour, il demeure muet et distant, et bien qu'il ne réagisse jamais avec colère aux tentatives d'approche de mon moi enfant, c'est surtout parce qu'il ne réagit d'aucune façon.

Durant ma première vie, je n'avais compris ni son chagrin ni la façon dont il se manifestait, car je souffrais moi-même à la manière aveugle et impossible à formuler d'un enfant qui a besoin d'aide, une aide que mon père se trouvait incapable de m'apporter. Durant ma deuxième vie, ma mère mourut pendant mon séjour à l'asile, alors que j'étais trop centré sur ma propre folie pour m'en soucier vraiment. Mais, durant ma troisième vie, son décès survint tel un train qui fonce au ralenti vers un homme ligoté sur la voie ferrée : inévitable, impossible à arrêter, visible de si loin dans la nuit que l'anticipation du choc fut presque pire que le choc lui-même. Du moins, pour moi. Je savais ce qui allait se produire et, d'une façon ou d'une autre, quand cela finit par arriver, le soulagement engendré par la fin de l'attente atténua la gravité de l'événement.

Durant ma troisième vie, la mort imminente de ma mère me fournit également une occupation en quelque sorte. J'étais très attaché à tenter de la prévenir ou, du moins, à la gérer le mieux possible. Faute d'explication au phénomène dont j'étais victime, j'imaginais que, peut-être, le Dieu vengeur de l'Ancien Testament m'avait maudit, et qu'en effectuant des actes charitables, ou en remédiant aux maux qui avaient affecté mon existence je parviendrais à rompre le cycle des résurrections qui m'avait été imposé. N'ayant à ma connaissance commis aucun crime épouvantable ni souffert de drame majeur, je fis du bien-être d'Harriet ma première et ma plus évidente croisade, dans laquelle je m'embarquai avec toutes les ressources que mon esprit de cinq ans (allant sur quatre-vingt-dix-sept) pouvait conjurer.

Mon père étant bien trop occupé pour se rendre compte de ce que je faisais, j'usai de mes soins comme excuse pour couper à l'ennui de la scolarité. Et, en m'occupant de ma mère, je découvris de quelle façon elle vivait pendant les absences de mon père. Je suppose que c'était une chance de pouvoir, en tant qu'adulte, apprendre à connaître une femme que je n'avais côtoyée que brièvement enfant. Et ce fut dans mes fonctions de garde-malade que je commençai à soupçonner que je n'étais pas le fils de mon père.

La famille Hulne dans son ensemble assista aux obsèques de ma mère lorsqu'elle finit par mourir durant ma troisième vie. Mon père dit quelques mots tandis que je me tenais près de lui, gamin de sept ans vêtu d'un costume noir emprunté à Clement Hulne, le cousin de trois ans plus âgé que moi qui avait tenté de me maltraiter dans ma vie précédente une fois qu'il s'était souvenu de mon existence.

Lourdement appuyée sur une canne de marche à la poignée d'ivoire sculptée en forme de tête d'éléphant, Constance Hulne évoqua brièvement la loyauté et la force d'Harriet, ainsi que la famille qu'elle laissait derrière elle. Alexandra m'enjoignit d'être courageux, Victoria se pencha pour me pincer les joues, m'inspirant une envie purement infantile de mordre les doigts gantés de noir qui venaient de m'attaquer le visage.

Rory ne dit rien, se contentant de me fixer du regard. Il avait fait la même chose la première fois que j'avais enterré ma mère dans des vêtements qui ne m'appartenaient pas, mais, consumé par un chagrin que je n'avais pas les moyens d'exprimer, je n'avais pas mesuré l'intensité de son attention. Cette fois, je soutins son regard et je m'y vis soudain comme dans un miroir, tel que j'allais devenir.

Tu ne m'as pas connu à tous les stades de ma vie. Laisse-moi donc te les décrire.

Je nais avec des cheveux presque rouges, dont la vivacité s'estompe au fil du temps pour prendre une teinte que les gens charitables qualifieraient d'auburn mais qui se rapproche davantage du carotte. Cette couleur me vient de ma famille maternelle, tout comme ma prédisposition génétique aux dents chevalines et à la presbytie. Je suis un enfant malingre et un peu plus petit que la moyenne, bien que cela soit dû au moins pour moitié à une alimentation pauvre en nutriments. Vers onze ans commence une poussée de croissance qui se poursuit jusqu'à mes quinze ans, stade auquel je peux commencer à prétendre que j'ai dix-huit ans mais fais plus jeune que mon âge pour m'épargner encore trois années fastidieuses jusqu'à ma majorité.

Jeune homme, j'arborais autrefois une barbe mal entretenue comme celle de mon père adoptif, Patrick, mais cela donnait l'impression que mon visage se réduisait à un lot d'organes sensoriels nichés au milieu d'un nid de broussailles. Dès que j'en pris conscience, je commençai à me raser régulièrement, révélant ainsi le visage de mon véritable père.

Nous partageons les mêmes yeux gris pâle, les mêmes petites oreilles, les mêmes cheveux légèrement bouclés et un nez qui, avec notre tendance à développer des maladies osseuses dans notre grand âge, est sans doute le moins bienvenu de nos legs génétiques. Non qu'il soit particulièrement gros : il ne l'est pas, mais il se retrousse d'une manière qui siérait davantage au roi des lutins et, au lieu de jaillir à angle droit, il semble se fondre dans le reste de mon visage comme s'il avait été moulé dans de l'argile plutôt que de l'os. Les gens sont trop polis pour m'en faire la remarque, mais la simple vision de ce nez a plusieurs fois réduit aux sanglots d'honnêtes enfants dotés de gènes moins grossiers.

Dans ma vieillesse, mes cheveux virent au blanc presque du jour au lendemain. Ce phénomène peut être déclenché prématurément par un grand stress, et ni la médecine ni la psychologie ne sont parvenues à y remédier.

Vers cinquante et un ans, je commence à avoir besoin de lunettes pour lire. Malheureusement pour moi, cela tombe au début des années 1970, une décennie peu réputée pour l'élégance de sa mode, mais, comme la plupart des gens, je continue à affectionner le style qui était le mien dans ma jeunesse, et je choisis toujours une monture de style ancien assez sobre. En équilibre sur mes yeux trop rapprochés, mes lunettes me donnent l'air de ce que je suis : un universitaire d'âge mûr.

J'ai eu le temps de m'habituer à mon reflet dans le miroir de la salle de bains : quand nous avons enterré Harriet pour la troisième fois, j'avais eu près d'un siècle pour me familiariser avec lui. C'était le visage de Rory Edmond Hulne, m'observant depuis l'autre côté du cercueil d'une femme qui ne pouvait pas être ma mère.

Chapitre 5

J'ai l'âge approprié pour être conscrit lorsqu'éclate la Seconde Guerre mondiale. Pourtant, durant mes premières vies, j'ai toujours réussi à échapper aux moments les plus dramatiques du conflit, sur lesquels je me documente ultérieurement depuis le confort des années 1980.

La toute première fois, je m'enrôlai de mon plein gré, croyant dur comme fer aux trois grands mensonges de l'époque : que la guerre serait brève, qu'elle serait patriotique et qu'elle m'aiderait à développer mes compétences. Je ratai l'embarquement pour la France à quatre jours près, et fus extrêmement déçu de n'avoir pas été évacué de Dunkerque, une défaite qui paraissait triomphante à l'époque.

De fait, il me semble avoir passé ma première année de service actif à effectuer des exercices, d'abord sur la plage tandis que l'ensemble de la nation (moi y compris) attendait un débarquement qui ne se produisit jamais, puis dans les montagnes écossaises tandis que le gouvernement nourrissait des idées de vengeance. Je m'entraînai si longuement en vue de l'invasion norvégienne que le temps qu'on comprenne que ça ne servait à rien, mon unité et moi n'étions plus d'aucune utilité pour les offensives dans le désert. Ainsi, au lieu de nous faire embarquer pour la Méditerranée avec le reste des troupes, on nous retint sur place afin de nous donner une autre formation ou de nous trouver autre chose à faire.

De ce point de vue, j'imagine que je réalisai une de mes ambitions : puisque personne ne voulait nous envoyer sur le front, je me retrouvai sans rien de mieux à faire qu'étudier et apprendre. Un des médecins de notre unité était un objecteur de conscience qui avait découvert la sienne dans les travaux d'Engels et la poésie de Wilfred Owen. Tous les hommes, moi y compris, le considéraient comme une fin de race au menton fuyant, jusqu'au jour où il tint tête au sergent qui s'amusait à nous tyranniser depuis trop longtemps et, devant toute l'unité, l'étrilla verbalement en le traitant de sale petite brute de cour de récréation qui ne se décidait pas à grandir.

Le médecin s'appelait Valkeith. Cet éclat lui valut trois jours de cachot et le respect de tous. Le temps passé le nez dans ses bouquins, dont nous nous moquions beaucoup auparavant, devint pour nous une source de fierté, et même si nous le traitions encore de fin de race au menton fuyant, désormais, il était *notre* fin de race au menton fuyant. Grâce à lui, je commençai à découvrir les mystères de la science, de la philosophie et de la poésie romantique, même si je ne m'en serais jamais vanté à l'époque.

Il mourut trois minutes et cinquante secondes après que nous eûmes pris pied sur les plages de Normandie, tué par un shrapnel qui lui déchira l'abdomen. Il fut le seul membre de notre unité à perdre la vie ce jour-là, car nous étions loin de l'action, et l'arme qui avait tiré le coup fatal fut saisie deux minutes plus tard.

Au cours de ma première vie, je tuai trois hommes, en même temps et d'un seul coup. Ils se trouvaient à l'intérieur d'un tank qui battait en retraite, dans un village du nord de la France. On nous avait dit que l'endroit avait déjà été libéré, et que nous n'y rencontrerions aucune résistance. Pourtant, le tank était posé entre la boulangerie et l'église, telle une mouche sur une tranche de melon. Nous étions si détendus que nous ne le remarquâmes que lorsque son canon pivota vers nous, semblable à l'œil d'un crocodile boueux, et que de ses mâchoires d'acier fusa l'obus qui tua instantanément deux des nôtres, et le jeune Tommy Kenah trois jours plus tard à l'hôpital.

Je me souviens de ma réaction avec la même clarté que je me souviens de tout le reste, et elle fut la suivante : lâcher mon fusil, me débarrasser de mon paquetage et m'élancer en hurlant le long de la rue, m'élancer en hurlant vers le mastodonte qui venait d'abattre mes amis.

La lanière de mon casque n'était pas attachée, et je le perdis dix mètres avant d'atteindre le tank. J'entendis des hommes s'agiter à l'intérieur de son ventre en métal, j'aperçus des visages par les fentes de la cuirasse comme ils tentaient de braquer leur canon sur moi ou d'empoigner les mitrailleuses. Mais trop tard : j'étais déjà sur eux.

Le canon principal était encore brûlant : à trente centimètres, je sentais sa chaleur sur mes joues. Je lâchai une grenade par l'écoutille avant ouverte. J'entendis les hommes hurler et s'agiter à l'intérieur, tentant de la ramasser, mais, dans cet espace confiné, ils ne réussirent qu'à se gêner mutuellement.

Oui, je me rappelle très bien ma réaction, mais pas ce que j'ai pensé. Plus tard, le capitaine me dit que le tank avait dû se perdre : ses copains avaient dû tourner à gauche et lui à droite. Voilà pourquoi ses occupants avaient tué trois des nôtres et succombé en retour. Je reçus une médaille, que je vendis en 1961 pour me payer une nouvelle chaudière, et je fus soulagé d'en être débarrassé.

Telle fut ma première guerre. Pour la deuxième, je ne me portai pas volontaire. Je savais qu'en toute probabilité je serais appelé bientôt. Aussi, je choisis de m'en remettre aux compétences développées durant ma première vie pour sauver ma peau. Durant ma troisième vie, j'intégrai la Royal Air Force en tant que mécanicien au sol. Chaque fois que les sirènes se déclenchaient, je courais aux abris plus vite que n'importe qui, jusqu'à ce qu'Hitler commence à bombarder Londres et que je puisse commencer à me détendre.

C'était un bon endroit où se trouver pendant les premières années du conflit. Les hommes qui mouraient étaient presque tous abattus en vol, hors de ma vue et loin de mes pensées. Les pilotes ne fréquentaient guère les « pattes de cambouis ». Il ne m'était que trop facile de considérer l'avion comme mon seul souci, et les hommes qui le manœuvraient comme une pièce mécanique facile à remplacer au même titre que les autres.

Puis les Américains arrivèrent. Nous commençâmes à bombarder l'Allemagne, et beaucoup d'autres hommes moururent en vol sans que j'aie à déplorer autre chose que la perte de leur engin, mais certains revinrent criblés de shrapnels, le sol de leur appareil couvert de sang dans lequel on distinguait l'empreinte de leurs pieds.

Fort de ma connaissance de l'avenir, je me demandai ce que je pouvais faire différemment et conclus : rien du tout. Je savais que les Alliés l'emporteraient, mais je n'avais jamais étudié la Seconde Guerre mondiale sur le plan académique. Je ne l'appréhendais qu'à titre personnel, comme un événement que j'avais vécu plutôt qu'une somme d'informations à partager. Tout ce que je pus faire, ce fut prévenir un dénommé Valkeith, qui se trouvait encore en Écosse, de rester deux minutes de plus sur le bateau avant de débarquer sur les plages de Normandie, ou chuchoter au deuxième classe Kenah qu'il y aurait au village de Gennimont un tank perdu qui attendrait entre la boulangerie et l'église pour mettre un terme à ses jours. Mais je n'avais pas d'informations stratégiques à divulguer, rien de plus intéressant à dire que Citroën allait se mettre à fabriquer des voitures élégantes mais peu fiables et qu'un jour les gens considéreraient la division de l'Europe en se demandant comment elle avait pu se produire.

Ce raisonnement persuasif m'ayant poussé à l'inaction, je traversai une fois de plus la guerre sans me distinguer. Je graissai le train d'atterrissage des avions qui allaient détruire Dresde, j'entendis des rumeurs selon lesquelles des experts tentaient de construire un moteur de jet et écoutai les ingénieurs déclarer que c'était risible, je guettai le moment où les moteurs des V1 s'arrêteraient et, pendant une brève période, le silence d'un V2 déjà abattu. Et, lorsque vint le jour de l'armistice, je pris une cuite abominable au brandy, que je n'affectionne pas particulièrement, avec un Canadien et deux Gallois rencontrés l'avant-veille et que je ne devais jamais revoir.

Et j'appris. Cette fois, j'appris. J'appris tout ce que je pus sur les moteurs et les appareils, les hommes et les stratégies, la RAF et la Luftwaffe. J'étudiai le schéma des bombes et notai le point de chute des missiles de façon à pouvoir, la prochaine fois (car j'étais à soixante pour cent certain qu'il y en aurait une) me rendre plus utile à moi-même et aux autres qu'en évoquant mes souvenirs sur la qualité du jambon français en boîte.

Il se trouve que les connaissances mêmes qui me protégèrent contre la folie de la guerre devaient ultérieurement me mettre en grand danger et, de ce fait, provoquer indirectement ma rencontre avec le Cercle Cronus.

Chapitre 6

Il s'appelait Franklin Phearson.

Il fut le deuxième espion que je rencontrai au cours de mon existence, et il était assoiffé de savoir.

Il vint à moi durant ma quatrième vie, en 1968.

J'exerçais la médecine à Glasgow, et ma femme venait de me quitter. Âgé de cinquante ans, j'étais un homme brisé.

Elle s'appelait Jenny et, parce que je l'aimais, je lui avais tout raconté. Elle était chirurgien, l'une des premières femmes à exercer ce métier dans notre service. J'étais neurologue et réputé pour mes méthodes de recherche peu orthodoxes, voire éthiquement douteuses bien que légales. Elle croyait en Dieu, moi pas.

Il y aurait beaucoup à raconter de ma troisième vie mais, pour le moment, je me contenterai de dire que ma troisième mort, survenue alors que j'étais seul dans un hôpital japonais, me convainquit de la réalité du néant. J'avais vécu, j'étais mort, et ni Allah, ni Jéhovah, ni Krishna, ni Bouddha, ni l'esprit de mes ancêtres ne s'étaient manifestés pour me délivrer de mes peurs. Au lieu de cela, j'étais revenu à la vie à l'endroit exact où tout avait commencé, dans la neige anglaise à l'aube des années 1920.

Ma perte de foi ne fut ni révélatrice, ni intensément douloureuse. Elle était la conséquence et le prolongement logique de ma résignation, renforcée par les événements de mon existence jusqu'à ce que je sois obligé de conclure que toutes mes conversations avec une divinité quelconque avaient été entièrement à sens unique. Ma mort et ma renaissance subséquente au commencement de ma propre vie clôturaient le débat avec une inéluctabilité empreinte de lassitude. Je considérais tout cela avec la vague déception d'un chimiste dont la solution n'a pas consenti à produire un précipité dans l'éprouvette.

J'avais passé une vie entière à prier pour un miracle, et aucun ne s'était produit. À présent, j'observais la chapelle étouffante de mes ancêtres et je n'y voyais que vanité et cupidité. Dans l'appel à la prière, j'entendais un appel au pouvoir, et l'odeur de l'encens me poussait à m'interroger sur le gaspillage qu'était tout cela.

Durant ma quatrième vie, je me détournai de Dieu pour rechercher une explication dans la science. J'étudiai comme aucun homme n'avait étudié avant moi : la physique, la biologie, la philosophie, combattant avec tous les outils à ma disposition pour devenir l'étudiant le plus pauvre de l'université d'Édimbourg et sortant major de ma promotion avec un diplôme de docteur.

Jenny fut attirée par mon ambition, et réciproquement, car les ignorants avaient ricané la première fois qu'elle s'était emparée d'un scalpel, jusqu'à ce qu'ils voient combien ses incisions étaient précises et avec quelle assurance elle maniait la lame. Nous vécûmes dix ans dans le péché, d'une façon militante bien qu'encore peu populaire, avant de nous marier en 1963 durant la vague de soulagement qui suivit la crise des missiles cubains. Il plut ce jour-là. Elle rit en disant que nous le méritions tous les deux, et je songeai que j'étais fou d'elle.

Tellement fou d'elle qu'un soir, sans raison particulière et sans avoir beaucoup réfléchi au préalable, je lui racontai tout.

— Je m'appelle Harry August. Je suis le fils de Rory Edmond Hulne et d'une femme morte en couches. Ceci est ma quatrième vie. Je suis déjà né et mort trois fois, toujours aux mêmes dates.

Elle me donna un petit coup de poing dans la poitrine et me dit de cesser de faire l'andouille.

— Dans quelques semaines, un scandale éclatera aux États-Unis, qui provoquera la chute du président Richard Nixon, prédis-je. La peine de mort sera abolie en Angleterre, et les terroristes de Septembre noir ouvriront le feu à l'aéroport d'Athènes.

— Tu devrais passer aux infos.

Trois semaines plus tard, de l'autre côté de l'océan, le Watergate commença de façon assez anodine, par le cambriolage des locaux du parti démocrate. Le temps qu'on abolisse la peine de mort en Angleterre, le président Nixon faisait l'objet d'une commission d'enquête sénatoriale, et, lorsque les terroristes de Septembre noir abattirent des voyageurs à l'aéroport d'Athènes, il semblait évident que Nixon ne ferait plus long feu à la Maison-Blanche.

Jenny s'assit au bout du lit, les épaules voûtées et la tête basse. J'attendis. J'avais eu quatre vies pour me préparer à ce moment. Jenny avait un dos aux vertèbres saillantes et un ventre tiède. Elle portait ses cheveux coupés courts pour défier les préjugés de ses collègues chirurgiens. Son visage doux se laissait volontiers aller au rire quand personne ne l'observait.

— Comment as-tu su… tout ça ? Comment savais-tu que ça se produirait ?

— Je te l'ai dit : c'est la quatrième fois que je le vis, et j'ai une excellente mémoire.

— Comment ça, la quatrième fois ? Comment est-ce possible ?

— Je l'ignore. C'est pour essayer de comprendre que je suis devenu docteur. J'ai fait des tas d'expériences sur moi : j'ai analysé mon sang, étudié mon corps et mon cerveau, tenté de déceler si… si quelque chose clochait chez moi. Mais je me trompais. Ce n'est pas un problème d'ordre médical ou, si c'en est un, je n'ai pas encore pu le résoudre. J'aurais abandonné cette carrière depuis longtemps pour tenter une autre approche si je ne t'avais pas rencontrée. J'ai l'éternité devant moi et, pour le moment, c'est toi que je veux.

— Quel âge as-tu ?

— Cinquante-quatre ans dans cette vie. Deux cent six en tout.

— Je ne… je n'arrive pas à y croire.

— Je suis désolé.

— Es-tu un espion ?

— Non.

— Es-tu malade ?

— Non. Pas selon la définition officielle.

— Alors, pourquoi ?

— Pourquoi quoi ?

— Pourquoi me racontes-tu toutes ces choses ?

— Parce que c'est la vérité. Je veux que tu saches la vérité.

Elle avança à quatre pattes sur le lit pour venir prendre mon visage entre ses mains. Plongeant son regard dans le mien, elle me demanda d'une voix vibrante de peur :

— Harry, penses-tu vraiment ce que tu dis ? J'ai besoin de savoir.

— Oui, répondis-je avec un soulagement tel qu'il me sembla que j'allais exploser. Oui, je le pense vraiment.

Elle me quitta cette nuit-là, enfilant son manteau par-dessus sa blouse et glissant ses pieds dans une paire de bottes en caoutchouc. Elle alla se réfugier chez sa mère, qui vivait à Northferry, juste après Dundee, en me laissant sur la table un mot pour me dire qu'elle avait besoin de réfléchir.

J'attendis vingt-quatre heures avant de l'appeler. Sa mère m'ordonna de lui foutre la paix. J'attendis vingt-quatre heures de plus et rappelai en suppliant Jenny de décrocher. Le troisième jour, la ligne était déconnectée.

Comme Jenny était partie avec la voiture, je pris le train jusqu'à Dundee et un taxi jusque chez sa mère. Il faisait un temps magnifique. La mer était parfaitement immobile le long du rivage, et le soleil rose s'attardait à l'horizon comme s'il répugnait à se coucher.

Le cottage de la mère de Jenny était une petite bâtisse blanche avec une porte d'entrée à peine plus haute qu'un enfant, située au bord d'une falaise couleur de charbon. Lorsque je frappai, sa mère, une femme aux dimensions exactes de cette porte improbable, vint m'ouvrir sans ôter la chaîne.

— Elle ne veut pas vous voir, bredouilla-t-elle. Je suis désolée, mais vous ne pouvez pas entrer.

— Il faut que je la voie, implorai-je. Il faut que je voie ma femme.

— Allez-vous-en, Docteur August. Je suis navrée de vous le dire, mais visiblement vous avez besoin de vous faire soigner.

Elle me referma la porte au nez et, au travers du battant de bois blanc, je l'entendis tirer le verrou. Je restai là et tambourinai à la porte, puis aux fenêtres en pressant mon visage contre la vitre. Jenny et elles éteignirent les lumières pour ne pas que je voie où elles se trouvaient exactement, ou peut-être pour que je finisse par me lasser et par m'en aller.

Le soleil se coucha. Assis sous le porche, je pleurai en appelant Jenny, en la suppliant de me parler, jusqu'à ce que sa mère téléphone à la police et qu'ils se chargent de me faire la conversation.

Je fus jeté en cellule avec un type arrêté pour cambriolage. Il se moqua de moi, je me jetai sur lui pour l'étrangler. Après ça, on m'enferma seul et j'attendis une journée entière avant qu'un docteur vienne me voir et me demande comment je me sentais. Il colla son stéthoscope sur ma poitrine. Je lui fis remarquer de ma voix la plus calme que ce n'était pas la manière la plus rationnelle de diagnostiquer une maladie mentale.

— Vous vous considérez comme un malade mental ? me demanda-t-il très vite.

— Non, aboyai-je, mais je sais reconnaître un médecin incompétent.

Les policiers durent se dépêcher de boucler la paperasse, car, dès le lendemain, je fus conduit à l'asile. J'éclatai de rire en descendant du fourgon. Sur la porte, il n'était plus marqué qu'asile St Margot. Quelqu'un avait gratté la mention « pour indigents », laissant un blanc disgracieux. C'était l'hôpital où je m'étais suicidé durant ma deuxième vie, à l'âge de sept ans.

Chapitre 7

Dans les années 1990, les professionnels de la santé mentale sont censés consulter eux-mêmes régulièrement, dans l'intérêt de leur bien-être émotionnel. Une fois, j'ai essayé de devenir psychologue, mais les problèmes que je devais diagnostiquer m'apparaissaient soit écrasants, soit trop subjectifs pour mériter ma considération. Quant aux outils à ma disposition, je les trouvais soit infantiles, soit surestimés. En clair, je n'avais pas le tempérament nécessaire pour exercer cette profession et, lorsque je me retrouvai enfermé à St Margot pour la seconde fois de mon existence, même si ce n'était que la première dans cette vie-là, j'éprouvai un mélange de rage et d'orgueil à la pensée que la santé mentale que j'avais réussi à préserver malgré des circonstances hostiles puisse être si mal appréhendée par les mortels ignorants qui m'entouraient.

Comparés à leurs confrères des années 1960, les professionnels de la santé mentale des années 1990 sont autant de Mozart foulant aux pieds le travail inférieur de Salieri. Je devrais sans doute m'estimer chanceux du fait que certaines des techniques les plus expérimentales de l'époque n'étaient pas encore parvenues jusque dans la cosmopolitaine Northumbrie. On ne me donna ni LSD ni ecstasy, on ne m'invita pas non plus à discuter de ma sexualité car notre seul et unique psychiatre, le docteur Abel, considérait les travaux de Freud comme malsains.

La première à le découvrir fut Tic, une malheureuse dont le vrai nom était Lucy et dont on traitait le syndrome de LaTourette avec un mélange d'apathie et de brutalité. En guise de thérapie comportementale, nos gardiens la frappaient du plat de la main sur le côté de la tête chaque fois qu'elle tressaillait ou grognait, et si du coup elle devenait encore plus bruyante (ce qui était souvent le cas lorsqu'on la provoquait), deux d'entre eux s'asseyaient sur elle, l'un sur ses jambes, l'autre sur sa poitrine, jusqu'à ce qu'elle manque s'évanouir sous leur poids.

La seule fois où je tentai d'intervenir, on m'infligea le même traitement et je me retrouvai cloué à terre par Bill le Pas-Beau, l'infirmier en chef de jour (et ancien taulard), tandis que Clara Watkins et Le Nouveau, qui bossait là depuis six mois mais ne nous avait toujours pas dit son nom, approuvaient bruyamment. Le Nouveau me marcha sur les poignets, essentiellement pour démontrer sa bonne volonté, pendant que Bill le Pas-Beau m'expliquait que j'étais très vilain, que je dérangeais les gens, et que ce n'était pas parce que je me prenais pour un docteur que je savais quoi que ce soit.

Je hurlai d'impuissance et de frustration. Il me gifla, ce qui me mit en rage. Je tentai de retenir mes larmes pour convertir mon auto apitoiement en fureur, mais sans succès.

— Pénis ! se mit à crier Tic durant notre séance de thérapie de groupe hebdomadaire. Pénis, pénis, pénis !

Sa moustache frémissant sur sa lèvre supérieure telle une souris apeurée, le docteur Abel cliqua sur l'extrémité de son stylo pour faire rentrer la bille.

— Du calme, Lucy…

— Allez, mets-la-moi, mets-la-moi, mets-la-moi, allez, allez, allez ! brailla Lucy.

Je regardai la rougeur envahir les joues du docteur Abel. C'était un phénomène fascinant, que l'on pouvait presque voir progresser capillaire par capillaire, et je me demandai brièvement s'il était indicatif de la vitesse à laquelle son sang circulait à travers son derme, auquel cas il devrait sérieusement envisager de faire de l'exercice et de prendre rendez-vous pour un massage. Sa moustache avait cessé d'être à la mode le lendemain de l'invasion de la Tchécoslovaquie par Hitler, et la seule chose sensée que je l'aie jamais entendu dire, c'est :

— Docteur August, il n'est pas de plus grande solitude que celle qu'un homme peut éprouver au sein d'une foule. Il peut bien hocher la tête, sourire et dire ce qu'on attend de lui : en faisant semblant, il éloigne encore davantage son âme de la fraternité des hommes.

Je lui demandai dans quel biscuit chinois il avait trouvé cette citation. Perplexe, il me demanda ce qu'étaient les biscuits chinois, et s'il y avait du gingembre dans la recette.

— Mets-la-moi, mets-la-moi ! s'égosillait Tic.

— Ceci n'est pas très productif, se plaignit le docteur Abel.

Alors, Lucy souleva sa blouse pour nous montrer son immense culotte et se mit à danser, si bien que Simon, qui était dans l'une des phases dépressives induites par sa bipolarité, éclata en sanglots, si bien que Margaret commença à se balancer, si bien que Bill le Pas-Beau fit irruption dans la pièce, une matraque dans une main et une camisole de force dans l'autre, pendant que le docteur Abel détalait, les oreilles flamboyantes comme des signaux de freinage.

Les visites étaient autorisées une fois par mois. Personne ne venait jamais.

Simon disait que c'était sans doute mieux, qu'il ne voulait pas qu'on le voie dans cet état, qu'il avait trop honte.

Margaret hurlait et griffait les murs jusqu'à avoir les ongles en sang. Il fallait la ramener dans sa chambre et lui donner des calmants.

Lucy, le menton dégoulinant de bave, affirmait que ce n'était pas nous qui devrions avoir honte, mais eux. Elle ne disait jamais qui « ils » étaient, et elle n'en avait pas besoin, car elle avait raison.

Au bout de deux mois, j'étais prêt à sortir.

— Je me rends compte que j'ai fait une crise de nerfs, dis-je très calmement, assis face au docteur Abel dans son bureau. De toute évidence, j'avais besoin d'une thérapie, et je ne peux que vous exprimer ma plus profonde et ma plus vive gratitude pour m'avoir aidé à surmonter ce problème.

— Docteur August, me répondit le docteur Abel en alignant son stylo avec le bord supérieur de son bloc-notes, je pense que vous avez fait bien plus qu'une simple crise de nerfs. Il s'agissait d'un épisode délirant symptomatique, me semble-t-il, d'un trouble psychologique beaucoup plus complexe.

Je le dévisageai comme si je le voyais pour la première fois, me demandant à quoi il mesurait sa réussite. Pas forcément à la guérison des patients, décidai-je, du moment que le traitement lui semblait intéressant.

— Que suggérez-vous ? demandai-je.

— J'aimerais vous garder ici encore un peu, répondit-il. On vient de mettre au point de nouveaux médicaments qui, à mon avis, seraient parfaits dans votre cas.

— Quels médicaments ?

— La recherche a trouvé des applications très prometteuses aux phénothiazines…

— C'est un agent insecticide.

— Non. Non, Docteur August, non. Je comprends votre inquiétude en tant que médecin, mais je puis vous assurer que je parle bien de dérivés de…

— J'aimerais avoir une deuxième opinion, Docteur Abel.

Il hésita, et je vis son orgueil se réveiller à l'approche d'un conflit potentiel.

— Je suis un psychiatre diplômé et qualifié, Docteur August.

— En tant que psychiatre diplômé et qualifié, vous savez donc combien la confiance d'un patient est cruciale pour la réussite de tout traitement.

— Oui, admit-il à contrecœur. Mais je suis le seul praticien de cet établissement…

— C'est faux. Moi aussi, je suis médecin.

— Docteur August, dit-il avec un sourire étincelant. Vous êtes malade. Vous n'êtes pas en état de pratiquer, à plus forte raison sur vous-même.

— Je veux que vous appeliez ma femme, réclamai-je fermement. Du point de vue légal, elle a son mot à dire dans ce que vous me faites. Je refuse de prendre des phénothiazines, et si vous comptez m'y obliger, vous aurez besoin de la permission de ma parente la plus proche. Elle, donc.

— Si j'ai bien compris, Docteur August, elle est partiellement responsable de votre internement.

— Mais elle sait reconnaître un bon traitement d'un mauvais, insistai-je. Appelez-la.

— J'y réfléchirai.

— Ne réfléchissez pas, Docteur Abel. Faites-le, c'est tout.

À ce jour, j'ignore encore s'il l'appela.

Personnellement, j'en doute.

La première fois qu'ils m'administrèrent leur drogue, ils tentèrent de procéder discrètement. Ils m'envoyèrent Clara Watkins, qui paraissait si innocente et tirait un plaisir si cruel de son travail, avec un plateau sur lequel reposaient les pilules habituelles et une seringue.

— Ne faites pas cette tête, Harry, me gronda-t-elle en voyant ma réaction. C'est pour votre bien.

— C'est quoi ? demandai-je, soupçonneux.

— Des médicaments, chantonna-t-elle. Vous aimez prendre vos médicaments, pas vrai ?

Bill le Pas-Beau se tenait au fond de la pièce, les yeux rivés sur moi. Sa présence confirmait mes soupçons : il attendait déjà pour frapper.

— J'exige de voir un formulaire d'autorisation signé par ma femme.

— Faites donc ça, acquiesça Clara en tentant de relever ma manche.

Je me dégageai.

— Je veux voir un avocat, une personne habilitée à défendre mes intérêts.

— On n'est pas en prison, Harry, répliqua-t-elle gaiement. (Elle regarda Bill en haussant les sourcils.) Il n'y a pas d'avocats ici.

— J'ai droit à une deuxième opinion !

— Le docteur Abel fait ce qu'il y a de mieux pour vous. Pourquoi voulez-vous lui compliquer la vie ? Allons, Harry…

À ces mots, Bill le Pas-Beau me ceintura par-derrière dans une étreinte d'ours, et ce ne fut pas la première fois que je me demandai pourquoi, en plus de deux siècles d'existence, je ne m'étais jamais résolu à apprendre un art martial.

En tant qu'ex-taulard, ce boulot d'infirmier dans un asile, c'était le paradis pour Bill. Il faisait de la musculation dans le jardin privé de l'établissement, une heure chaque jour, et prenait des stéroïdes à cause desquels son front luisait perpétuellement de sueur. Je soupçonnais aussi qu'ils avaient fait rétrécir ses testicules, ce que Bill compensait en faisant encore plus de musculation et en prenant encore plus de stéroïdes.

Quel que soit l'état de ses gonades, ses bras étaient plus épais que mes cuisses, et ils me serrèrent assez fort pour me soulever de ma chaise tandis que je ruais en vain.

— Non, implorai-je. Pitié, ne faites pas ça, pitié, pitié…

Mais Clara me donna une tape à l'intérieur du coude pour faire rougir ma peau, puis elle réussit à louper complètement ma veine. Je ruai de nouveau, et Bill me serra si fort que mes yeux menacèrent de s'échapper de leurs orbites tandis que mon cerveau se changeait en coton. Je sentis l'aiguille entrer dans ma peau, mais pas en ressortir. Puis ils me lâchèrent en me disant :

— Ne faites pas l'idiot, Harry ! Pourquoi faut-il toujours que vous refusiez ce qui est bon pour vous ?

Ils m'abandonnèrent à genoux sur le sol, l'esprit en ébullition. Je cherchai un antidote facilement disponible au poison qui devait être en train de se répandre dans mon système, mais je n'avais été docteur que dans une seule vie, et je n'avais pas encore eu le temps de me renseigner sur ces drogues modernes.

Je me traînai à quatre pattes jusqu'au broc d'eau, dont je bus tout le contenu. Puis je m'allongeai sur le dos au milieu de la pièce et tentai de ralentir ma respiration et mon pouls en un effort futile pour limiter la circulation de la drogue. L'idée me traversa l'esprit que je devrais observer mes propres symptômes. Aussi, je pivotai par terre pour avoir l'horloge dans mon champ de vision et noter le temps que le poison mettrait à agir.

Au bout d'une dizaine de minutes, je fus pris d'un léger vertige, mais qui ne dura pas. Au bout d'un quart d'heure, je constatai que mes pieds se trouvaient à l'autre bout du monde, que quelqu'un m'avait coupé en deux mais sans sectionner mes nerfs, même si mes os étaient brisés et que mes pieds appartenaient désormais à un autre homme. Je savais que c'était impossible, mais acceptai avec résignation le fait que tel était pourtant le cas.

Tic s'approcha et demanda en me toisant :

— T'fais quoi ?

Il me sembla qu'elle n'avait pas besoin de le savoir, aussi m'abstins-je de lui répondre.

De la salive coulait d'un côté de mon visage, et je trouvais sa fraîcheur agréable sur ma peau brûlante.

— T'fais quoi, t'fais quoi, t'fais quoi ? glapit Tic.

Et je me demandai si on avait déjà entendu parler des antagonistes adrénergiques en Northumbrie, ou s'ils restaient encore à découvrir.

Elle me secoua avant de s'éloigner, mais dut laisser quelque chose derrière elle car je continuai à trembler violemment et à me taper la tête contre le sol.

Je compris que je m'étais uriné dessus, mais ça ne me dérangeait pas : comme ma salive, c'était nouveau et intéressant, à la même température que moi jusqu'à ce que ça sèche et se mette à piquer, mais de toute façon c'était loin, et Bill le Pas-Beau était là avec son visage détruit. Il s'était fracassé contre le plafond au-dessus de ma tête telle une tomate mûre. Son crâne avait explosé, et seuls subsistaient un nez, deux yeux et une bouche grimaçante nageant dans le sang et la cervelle qui les entouraient, et, lorsqu'il se pencha vers moi, des bribes de son cervelet coulèrent le long de sa joue, s'accumulèrent au coin de sa bouche et formèrent une goutte de matière rose grisâtre qui resta un instant suspendue à sa lèvre inférieure avant de s'en détacher comme la compote de la cuillère d'un bébé pour s'écraser sur mon visage, et je hurlai, hurlai, hurlai jusqu'à ce qu'il m'étrangle et que je me taise.

Naturellement, à ce stade, j'avais cessé de compter les minutes et tout à fait oublié le but de l'exercice.

Chapitre 8

Jenny me rendit visite.

Quand elle vint, on m'attacha à mon lit et on m'injecta des calmants.

Je tentai de parler, de lui dire ce qu'on me faisait, mais je ne pus articuler la moindre syllabe.

Elle pleura.

Elle me lava le visage, elle me tint la main, et elle pleura.

Elle portait toujours son alliance.

Sur le seuil, elle s'entretint avec le docteur Abel, qui lui expliqua que la détérioration de mon état le préoccupait beaucoup et qu'il envisageait de tester un nouveau médicament sur moi.

Je l'appelai, et aucun son ne sortit de ma bouche.

Elle resta dos à moi quand on verrouilla la porte de ma chambre.

Puis le docteur Abel se retrouva assis trop près de moi, le bout de son stylo appuyé sur sa lèvre inférieure.

— Répétez-moi ça, Harry, me demanda-t-il sur un ton pressant, et pas seulement à cause de la fascination que lui inspirait son propre traitement.

— Fin de l'embargo sur le pétrole, entendis-je quelqu'un répondre. Révolution des œillets au Portugal, gouvernement renversé. Découverte de l'armée de terre cuite. L'Inde se procure la bombe nucléaire. L'Allemagne de l'Ouest remporte la coupe du monde.

Une brume orange enveloppait Bill le Pas-Beau.

— On ne fait plus le malin maintenant plus le malin vous êtes vraiment si malin vous vous croyez malin mais vous ne l'êtes pas tant que ça ici vous ne l'êtes pas tant que ça l'intelligence ça compte pas on s'en fout moi je suis malin je suis malin je suis plus malin que vous, disait-il.

Il se penchait pour me baver dessus. Je lui mordis le nez assez fort pour entendre le cartilage craquer, et je trouvai ça très drôle.

Puis il y eut une voix, une voix inconnue, cultivée et dotée d'un léger accent américain.

— Oh non non non non non, dit-elle. Ça ne va pas du tout.

Chapitre 9

Jenny.

Elle avait un accent de Glasgow que sa mère avait tenté de faire disparaître à force d'éducation, mais sans succès. Sa mère pensait qu'il fallait aller de l'avant, son père pensait qu'il fallait rester en arrière. Résultat : ils restèrent toujours au même point jusqu'au lendemain du dix-huitième anniversaire de Jenny, date à laquelle ils se séparèrent pour ne plus jamais se revoir.

Je la rencontrai de nouveau durant ma septième vie.

Je me trouvais à une conférence sur la recherche à Édimbourg. Mon badge indiquait : « Professeur H. August, Faculté de Londres », le sien : « Dr J. Munroe, Chirurgien ». Je me retrouvai assis trois rangs derrière elle pendant une conférence incroyablement ennuyeuse au sujet des interactions des ions de calcium dans le système nerveux périphérique, dont je passai la plus grande partie à observer sa nuque, fasciné. Je n'avais pas encore vu son visage et je ne pouvais pas en être certain, mais je savais.

Le soir, il y eut un apéritif suivi d'un dîner à base de poulet trop cuit, de purée de pommes de terre et de petits pois gorgés d'eau. Un orchestre jouait des morceaux populaires des années 1950. J'attendis que les deux hommes avec qui elle discutait soient assez soûls pour danser, et qu'ils la laissent seule à leur table avec les assiettes sales et la nappe froissée. Je vins alors m'asseoir près d'elle et lui tendis la main.

— Harry, dis-je.

— Professeur August, corrigea-t-elle en lisant mon badge.

— Docteur Munroe. Nous nous sommes déjà rencontrés.

— Vraiment ? Je ne me…

— Vous avez étudié la médecine à l'université d'Édimbourg, et habité la première année dans une petite maison de Stockbridge avec quatre garçons qui avaient peur de vous. Vous gardiez les jumeaux de votre voisine pour vous faire quelques sous, et vous avez décidé de devenir chirurgien après avoir vu un cœur qui battait encore posé sur une table d'opération.

— C'est exact, murmura-t-elle en se tournant vers moi. Mais je suis navrée : je ne me souviens pas de vous.

— Ce n'est pas grave. Je faisais partie de ces garçons trop effrayés pour vous adresser la parole. Vous dansez ?

— Pardon ?

— Voulez-vous danser avec moi ?

— Je… Oh ! mon Dieu, c'est une tentative de drague, c'est ça ?

— Je suis marié et heureux en ménage, mentis-je. J'ai une famille à Londres et ne nourris nulle mauvaise intention envers vous. J'admire votre travail, et je déteste voir une femme de science seule. Si ça peut vous rassurer, tout en dansant, nous pourrons discuter des découvertes les plus récentes en matière de technologie de l'imagerie, et nous demander si ce sont les prédispositions génétiques ou les stimuli de développement sensoriel qui importent le plus dans la croissance des chemins neuronaux durant l'enfance et la préadolescence. Alors, voulez-vous danser avec moi ?

Elle hésita en faisant tourner son alliance autour de son doigt : trois diamants sur une monture en or jaune, beaucoup plus vulgaire que la bague que je lui avais offerte dans une autre vie. Une autre vie terminée depuis longtemps. Elle jeta un coup d'œil vers la piste de danse, pensa qu'elle serait en sécurité parmi tous ces gens et entendit l'orchestre se lancer dans un autre morceau conçu pour préserver les conventions.

— Très bien, acquiesça-t-elle en prenant ma main. J'espère que vous avez révisé votre biochimie.

Nous dansâmes.

Je lui demandai si elle trouvait ça dur d'être la première femme de son service.

Elle éclata de rire et répondit que seuls les crétins la jugeaient sur son genre. Et qu'elle les jugeait en retour sur leur crétinerie.

— L'avantage, expliqua-t-elle, étant que je peux être à la fois une femme et un putain de bon chirurgien, alors qu'eux ne seront jamais que des crétins.

Je lui demandai si elle se sentait seule.

— Non, me répondit-elle au bout d'un moment.

Elle avait des collègues qu'elle appréciait et respectait, des amis, un mari. Et deux enfants.

Jenny avait toujours voulu des enfants.

Je m'enquis de savoir si elle aimerait avoir une liaison avec moi.

Elle me demanda quand j'avais cessé d'avoir peur d'elle pour me montrer aussi audacieux sur une piste de danse.

Je répondis que ça faisait une éternité, mais qu'elle était toujours aussi belle et que je connaissais tous ses secrets.

— Vous n'avez pas entendu quand je vous ai parlé de mes collègues, de mes amis et de ma famille ?

Si, j'avais très bien entendu, et tout cela me criait de m'éloigner, de lui ficher la paix, car sa vie était déjà comblée et elle n'avait pas besoin de complications. Il fallait vraiment que mon attirance pour elle soit impérieuse pour que, malgré tout cela, j'aie envie de lui chuchoter des mots doux à l'oreille, répondis-je.

— Des mots doux, vous appelez ça comme ça ?

— Fuguez avec moi, insistai-je. Juste pour une nuit. Le monde continuera à tourner, et toutes les choses prendront fin, et les gens oublieront.

Elle parut tentée l'espace d'un instant. Puis son mari arriva et lui prit la main. Il était loyal, aimant, sain d'esprit et tout ce qu'elle voulait. Ce n'était pas moi qui la tentais, mais l'idée d'une aventure.

Aurais-je agi différemment si j'avais su ce qu'il adviendrait de Jenny Munroe ?

Peut-être pas.

Il s'avère finalement que le temps ne le dit pas toujours.

Chapitre 10

Retour à la folie, retour à ce lieu détraqué.

Durant ma quatrième vie, Franklin Phearson vint me voir à l'hôpital afin de me sevrer d'un assortiment de drogues. Non dans mon intérêt, mais dans le sien. C'était sa voix que j'entendis alors que je gisais immobile dans mon lit, sa voix qui s'exclama :

— Qu'avez-vous donné à cet homme ? Vous m'aviez dit qu'il serait lucide !

Ce fut sa main qui stabilisa le brancard pendant qu'on me sortait de l'asile pour me transporter dans l'ambulance banalisée qui attendait dehors.

Ce furent les semelles dures de ses chaussures en cuir qui claquèrent sur les marches en marbre du grand hôtel, vide en cette saison après le départ des employés, où l'on finit par m'allonger dans un lit de plumes et de couvertures bordeaux, afin que je rêve et vomisse jusqu'au salut.

Tout sevrage brutal est déplaisant. Dans le cas des neuroleptiques, c'est une bénédiction mitigée. Bien entendu, j'appelai la mort de tous mes vœux, et on m'attacha à mon lit pour m'empêcher de la poursuivre. Bien entendu, je savais que tout était perdu et moi avec, que j'étais maudit et qu'il n'y avait aucun moyen de m'échapper, et je n'aspirais plus qu'à perdre complètement l'esprit, me crever les yeux et m'abandonner à la folie. Bien entendu, ma mémoire n'a pas gardé le souvenir des pires moments : je m'en souviens comme s'ils étaient arrivés à quelqu'un d'autre. Et, bien entendu, je sais que je porte en moi la capacité de redevenir tout cela, d'éprouver de nouveau tout cela, et je sais aussi que, même si la porte est fermée pour le moment, il existe un gouffre noir et béant au fond de mon âme, un abîme sans fond.

On dit que l'esprit est incapable de se souvenir de la douleur. J'affirme que ça importe peu car, même si la sensation physique est perdue, notre souvenir de la terreur qui l'accompagne demeure intact. Je ne veux pas mourir maintenant, même si ce sont les circonstances dans lesquelles je rédige ceci qui décideront pour moi. Mais je me souviens que je l'ai voulu un jour, et que c'était on ne peut plus réel.

Il n'y eut pas d'illumination. Je ne m'éveillai pas soudain d'un cauchemar ténébreux pour me trouver guéri. Au lieu de ça, je me traînai péniblement vers la conscience, quelques heures de réconciliation avec moi-même, suivies par une nouvelle plongée dans le sommeil, puis par une veille un peu plus longue que la précédente.

Lentement, ma dignité humaine fut restaurée : on m'enfila des vêtements propres, on me détacha enfin, on nettoya le sang séché sur mes poignets et mes chevilles. On me permit de me nourrir seul, d'abord dans mon lit et sous surveillance, puis près de la fenêtre et sous surveillance, et enfin sur la terrasse bordant la pelouse d'un terrain de croquet, non loin d'un jardin aux douces ondulations verdoyantes, en présence d'un gardien qui faisait semblant d'être un ami.

On m'autorisa à me laver après avoir ôté tous les objets pointus de la salle de bains et posté des gardes à l'extérieur, mais je m'en fichais. Je restai assis dans la douche jusqu'à ce que je ressemble à un raisin sec et que la chaudière de l'étage commence à gronder de détresse. Une barbe clairsemée me mangeait le menton. On fit venir un barbier qui frémit en me voyant, secoua la tête d'un air désapprobateur, m'aspergea d'huiles italiennes et me dit de la voix forte qu'on utilise pour parler aux enfants :

— Votre visage, c'est votre richesse. Ne dépensez pas tout d'un coup.

Jusque-là, Franklin Phearson n'avait été qu'un visage à la lisière de l'agitation qui m'entourait. Parce qu'il ne s'impliquait jamais personnellement, j'avais déduit que c'était lui le responsable. Il mangeait à deux tables de moi, se tenait au bout du couloir quand je sortais de la salle de bains et avait sans doute donné l'ordre qu'on place dans ma chambre un miroir sans tain qui permettait de me surveiller, et dont seul le léger ronronnement de la caméra ajustant sa mise au point trahissait la présence.

Puis un matin au petit-déjeuner, il vint s'asseoir près de moi et dit :

— Vous semblez aller beaucoup mieux.

Je bus mon thé prudemment, car je buvais tout prudemment dans cet endroit (à petites gorgées pour vérifier que ça ne contenait pas de toxines) et répondis :

— Je me sens mieux, oui. Merci.

— Il vous plaira peut-être de savoir que le docteur Abel a été licencié.

Il avait dit cela sur un ton si désinvolte, le journal ouvert devant lui, son regard balayant distraitement les définitions de mots croisés, que je ne réagis pas tout de suite. Mais ses propos finirent par pénétrer mon cerveau et, tel un enfant docile, je répétai :

— Merci.

— Ses intentions étaient louables, reprit Phearson, mais ses méthodes peu judicieuses. Aimeriez-vous voir votre femme ?

Je comptai en silence jusqu'à dix avant d'oser répondre :

— Oui, j'aimerais beaucoup.

— Elle est bouleversée. Elle ignore où vous vous trouvez et pense que vous vous êtes enfui. Vous pouvez lui écrire pour la rassurer.

— Ce serait bien.

— Le docteur Abel sera peut-être jugé. Si elle dépose une requête, elle pourrait même toucher des dommages et intérêts.

— Je veux juste la revoir.

— Bientôt. Nous avons l'intention de vous retenir le moins longtemps possible.

— Qui êtes-vous ?

Alors, il jeta son journal sur le côté d'un geste vif, comme s'il n'attendait que cette question.

— Franklin Phearson, monsieur, répondit-il en me tendant une main rose et plate. Très honoré de faire enfin votre connaissance, Docteur August.

Je regardai fixement sa main sans la prendre. Il la retira en la secouant un peu, comme s'il n'avait jamais voulu que je la lui serre et se contentait de détendre ses muscles. Puis il reprit son journal et l'ouvrit à la page des nouvelles nationales, qui prédisaient des frappes imminentes. Je passai ma cuillère sur mes céréales et regardai le lait onduler dessous.

— Donc, lâcha-t-il enfin, vous connaissez l'avenir.

Je reposai prudemment ma cuillère à côté de mon bol, m'essuyai la bouche, croisai les mains devant moi et m'adossai à ma chaise.

Les yeux rivés sur son journal, il évitait soigneusement de me regarder.

— Non, répondis-je. C'était un épisode psychotique.

— Plutôt remarquable dans le genre.

— J'étais malade, insistai-je. J'avais besoin d'aide.

— Ouaip, chantonna-t-il en tendant les pages de son journal d'un mouvement brusque des poignets. Conneries.

Le mot lui plaisait tellement qu'une esquisse de sourire fit frémir le coin de ses lèvres, et qu'il parut envisager de le répéter juste pour le plaisir.

— Qui êtes-vous ?

— Franklin Phearson, monsieur, comme je viens de vous le dire.

— Pour qui travaillez-vous ?

— Ne pourrais-je travailler pour moi-même ?

— Si, mais ce n'est pas le cas, devinai-je.

— Je représente un certain nombre de parties intéressées : des agences, des organisations, des nations, peu importe comment vous voulez les appeler. En gros, les gentils. Vous voulez aider les gentils, n'est-ce pas?

— Et de quelle façon les aiderais-je si je le pouvais?

— Comme je l'ai déjà mentionné, Docteur August, vous connaissez l'avenir.

Un silence flotta entre nous telle une toile d'araignée dans une maison sinistre. Phearson ne faisait plus semblant de lire le journal, et je le dévisageais sans m'en cacher. Je finis par dire:

— De toute évidence, j'aurai des questions à vous poser. Je soupçonne que j'en connais déjà les réponses, mais puisque nous sommes francs l'un envers l'autre...

— Bien entendu. Il doit s'agir d'une relation honnête.

— Si je tentais de partir, me laisserait-on faire?

— Bonne question, répondit-il avec un large sourire. Permettez-moi d'y répondre avec une autre: si vous partiez, où diable pensez-vous que vous pourriez aller?

Je tournai ma langue dans ma bouche et sentis des cicatrices en train de guérir, ainsi que des écorchures encore fraîches, dans la chair tendre de mes joues et de mes lèvres.

— À supposer que je détienne ce genre de savoir, ce qui n'est pas le cas, quel usage en feriez-vous?

— Tout dépendrait de la nature des informations que vous me fourniriez. Si vous m'annonciez que les Alliés allaient remporter la victoire, que le Bien triompherait et que le Mal succomberait sous son épée justicière, je serais le premier à vous offrir une bouteille de champagne et un festin de roi dans la brasserie de votre choix. Si, d'un autre côté, vous connaissiez les dates auxquelles surviendront des massacres, des batailles, des guerres, des crimes et des assassinats… Dans ce cas, monsieur, je ne peux pas mentir : notre conversation risquerait de se prolonger quelque peu.

— Vous semblez tout prêt à croire que je connais l'avenir alors que le reste du monde, ma femme y compris, considère mes propos comme les élucubrations d'un malade mental.

Phearson soupira et replia complètement son journal, comme si faire semblant, ou en avoir la possibilité, ne l'intéressait plus du tout.

— Docteur August, répondit-il en se penchant vers moi, les mains croisées sous son menton. En tout esprit de franchise et d'honnêteté, laissez-moi vous demander une chose : au cours de vos nombreux voyages, avez-vous déjà entendu parler du Cercle Cronus ?

— Non, répondis-je sans mentir. Jamais. De quoi s'agit-il ?

— D'un mythe. Une de ces notes de bas de page provocantes que quelque professeur a incluse dans un texte pour donner un peu de piquant à un passage particulièrement ennuyeux. Une sorte de conte de fées qui commencerait par : « Incidemment, certains racontent… n'est-ce pas charmant ? » et qui serait rédigé en caractères minuscules au dos d'un ouvrage que personne ne lit.

— Et que disent ces caractères minuscules ?

— Ils disent…, commença Phearson, poussant le gros soupir résigné de qui assume toujours le rôle de conteur. Ils disent qu'il est parmi nous des gens qui vivent et qui ne meurent pas. Ou, plus exactement, des gens qui naissent, qui vivent, qui meurent, qui renaissent et qui revivent la même existence un millier de fois. Ils disent que ces gens devenus infiniment vieux et infiniment sages se rassemblent parfois, nul ne sait où, afin de… Eh bien, tout dépend du texte que vous lisez. Certains prétendent qu'ils conspirent, vêtus de robes blanches. D'autres, qu'ils se livrent à des orgies durant lesquelles ils créent la prochaine génération de leurs semblables. Mais je ne crois ni à l'une ni à l'autre théorie, parce que le Klan a porté un sacré préjudice à la mode des robes blanches dans le Sud, et que tout le monde pense toujours en premier à des orgies.

— Et donc il s'agirait du Cercle Cronus ?

— Oui, monsieur, répondit Phearson avec un large sourire. Comme les Illuminati, mais sans le glamour, ou les francs-maçons sans les boutons de manchettes. Une société réservée aux éternels, qui se perpétue à travers les âges. J'ai dû enquêter dessus parce que les Russes s'y intéressaient et, pour ce que je peux en juger, ce n'est rien d'autre qu'une légende inventée par quelqu'un qui s'ennuyait considérablement… Mais, pardonnez-moi de vous le dire, Docteur August, votre existence fout le bordel dans mes conclusions.

— Mes élucubrations collent avec une histoire de bonne femme, donc vous en déduisez qu'elles contiennent peut-être un fond de vérité ?

— Seigneur, non, pas du tout ! Vos élucubrations collent avec la vérité, donc j'en déduis qu'il y a quelque chose à creuser là-dedans. (Avec un sourire éblouissant, Phearson s'adossa confortablement à sa chaise.) D'où notre présence ici.

Le temps n'est pas synonyme de sagesse, et la sagesse n'est pas synonyme d'intelligence. Je peux encore être pris au dépourvu, et c'était exactement ce que Phearson venait de faire.

— Puis-je réfléchir un peu ? demandai-je.

— Bien sûr. Que la nuit vous porte conseil, Docteur August. Vous me donnerez votre réponse demain matin. Jouez-vous au croquet ?

— Non.

— Il y a un terrain magnifique, si vous voulez essayer.

Chapitre 11

Quelques considérations sur la mémoire.

Les kalachakras, les ouroboriens, ceux d'entre nous qui revivent les mêmes événements historiques en une boucle perpétuelle, bien que nos choix de vie puissent changer d'une fois sur l'autre, autrement dit, les membres du Cercle Cronus, oublient.

Certains considèrent cela comme une bénédiction, une chance de redécouvrir des choses dont ils ont déjà fait l'expérience, de conserver une part d'émerveillement face à l'univers. Une impression de déjà-vu hante les plus anciens d'entre nous : ils savent qu'ils ont déjà vécu tout cela auparavant, mais ne se rappellent plus exactement quand.

Pour d'autres, la mémoire faillible de nos semblables est la preuve que, malgré notre condition, nous restons humains. Notre corps vieillit et connaît la douleur, et, après notre mort, les générations suivantes peuvent venir sur notre tombe pour en exhumer notre cadavre pourrissant et conclure que, oui, ceci est bien la dépouille de feu Harry August, même s'il est impossible de dire ce qu'est devenu son esprit.

Les implications sur la notion de réalité sont trop nombreuses pour que nous en discutions ici, mais on en revient toujours à l'esprit. C'est l'esprit qui voyage à travers le temps pendant que la chair se décompose. Nous ne sommes ni plus ni moins que des esprits, or il est normal que l'esprit humain soit imparfait et sujet à l'oubli. Ainsi, nul ne se souvient qui fonda le Cercle Cronus, même si tous les membres ont joué un rôle dans sa création. Il se peut que l'ouroborien qui a pris la première décision ne s'en souvienne pas lui-même, et qu'il s'interroge avec tous les autres. Lorsque nous mourons, c'est comme si le monde se réinitialisait, et seule notre mémoire témoigne encore des actes que nous avons accomplis. Ni plus, ni moins.

Mais moi, je me souviens de tout, parfois avec une telle intensité que j'ai l'impression de le revivre plutôt que de m'en souvenir. Alors même que je m'adresse à toi, je revois le soleil se coucher sur les collines et la fumée brunâtre qui s'élevait de la pipe de Phearson lorsqu'il s'assit sur la terrasse sous ma fenêtre, le regard tourné vers le terrain de croquet intact.

Je ne puis recréer le cours exact de mes pensées, du fait qu'elles n'étaient pas articulées sous forme de mots, et que je n'ai donc pas de construction verbale à laquelle me fier, mais je peux te dire à quel moment exact j'ai pris ma décision, où je me trouvais et ce que j'avais sous les yeux. J'étais assis sur mon lit, et je regardais un tableau rustique montrant des fermes peintes dans les tons gris et vert, avec un épagneul qui aboyait et bondissait sur ses pattes maladroites semblables à celles d'un lapin.

— D'accord, mais à une condition.

— Laquelle ? interrogea Phearson.

— Je veux tout savoir sur le Cercle Cronus.

Il ne réfléchit que quelques instants avant d'accepter.

Ainsi commença ma première, et presque ma seule, tentative pour influer sur le cours des événements temporels. Je commençai par peindre un tableau général de la situation à venir. Phearson fut ravi d'apprendre la chute de l'Union soviétique, mais je vis bien que son ravissement était teinté de scepticisme, comme s'il craignait que je n'invente les platitudes qu'il voulait entendre.

Il réclama des détails, toujours plus de détails. Tandis que je lui parlais de la *perestroïka* et de la *glasnost*, de la chute du mur de Berlin, de l'ouverture des frontières de l'Autriche, de l'exécution de Ceauşescu, il ne cessa de faire passer des notes à ses assistants pour leur demander de vérifier les noms que j'indiquais, afin de s'assurer qu'il y avait bien un Gorbatchev au Kremlin et d'évaluer s'il pouvait réellement devenir un allié crucial dans la destruction de sa propre nation.

Phearson ne s'intéressait pas seulement à la politique. La science et l'économie constituaient ses distractions de milieu d'après-midi, présentées comme un divertissement léger avec lequel rompre la gravité de ses considérations politiques. Mes connaissances personnelles ne lui étaient pas d'un grand secours. Je savais qu'on allait inventer le téléphone portable et qu'une force mystérieuse nommée l'Internet se développait peu à peu, mais j'étais incapable de dire comment et grâce à qui, car ce genre de chose ne m'avait jamais intéressé.

Phearson se moquait de tout ce qui concernait la politique nationale, mais adaptait ses questions aux réponses que je lui faisais, et cherchait à me soutirer de plus en plus de détails alors que je m'efforçais de m'en tenir à des généralités. Passés ses doutes initiaux sur l'avenir très rose que je lui décrivais, il se mit à m'interroger sur les gros titres que je n'avais fait qu'entreapercevoir à la devanture d'un kiosque, ou sur mes souvenirs d'un voyage en train depuis Kyoto en 1981.

— Seigneur ! s'exclama-t-il un jour. Monsieur, ou bien vous êtes le plus grand menteur du monde, ou bien vous avez une foutue mémoire !

— Ma mémoire est parfaite, répliquai-je. Je me souviens de tout à partir du moment où ma conscience a été assez développée pour comprendre que j'avais déjà vécu ça. Je ne me souviens pas de ma naissance, peut-être parce que le cerveau d'un nourrisson n'est tout simplement pas capable d'appréhender un tel événement. Mais je me souviens de ma mort. Je me souviens du moment où tout s'arrête.

— C'est comment ? demanda Phearson, les yeux brillants d'un enthousiasme que je voyais chez lui pour la première fois.

— Ce moment précis ? Ce n'est rien du tout. La vie s'arrête, point. C'est le chemin jusque-là qui est pénible.

— Vous voyez quelque chose ?

— Non.

— Rien ?

— Rien de plus ou de moins que les visions naturellement produites par un cerveau qui cesse de fonctionner.

— Peut-être que ça ne compte pas pour vous.

— Que ça ne compte pas ? Vous pensez que ma mort n'est pas... (Je me ressaisis et détournai les yeux.) J'imagine que je n'ai pas de point de comparaison, n'est-ce pas ?

Je me gardai d'ajouter que lui non plus.

Je ne lui racontai aucun mensonge, pourtant, je ne parvins pas réellement à le satisfaire.

— Mais pourquoi envahir l'Afghanistan ? Il n'y a personne à combattre là-bas !

Sa méconnaissance du passé était presque aussi profonde que son ignorance du futur. Au moins présentait-elle l'avantage d'être corroborée indépendamment. Je lui conseillai d'étudier le Grand Jeu, de faire des recherches sur les Pachtounes, de consulter une carte. Je pouvais lui indiquer des dates et des lieux, lui expliquai-je, mais, pour comprendre, il devrait y mettre un peu du sien.

Et durant mon temps libre, j'étudiai. Phearson avait tenu parole. Je me documentai sur le Cercle Cronus.

Il n'y avait pas grand-chose à lire et, si ça n'avait pas été tellement voisin de ma propre expérience, j'aurais considéré toute l'histoire comme un simple canular. Je tombai d'abord sur une référence à une société athénienne fondée en l'an 56, réputée pour sa sélectivité et pour l'érudition de ses membres. Le mystère entourant la nature de leurs activités avait provoqué leur expulsion quatre ans plus tard. Apparemment, ils avaient pris ça avec une bonne grâce frôlant la désinvolture, comme si les événements de l'époque ne les concernaient guère.

Deux ans avant le pillage de Rome, l'auteur d'un journal intime mentionnait qu'un bâtiment dédié au culte de Cronus qui se dressait au coin de sa rue s'était vidé brusquement. Les beaux messieurs et les belles dames qui le fréquentaient avaient déménagé, non sans prévenir que la situation allait bientôt se détériorer et que telle était la raison de leur départ. Peu de temps après, les barbares étaient arrivés.

En Inde, un homme accusé de meurtre avait nié son crime et s'était tranché la gorge dans sa cellule, non sans avoir d'abord affirmé que c'était une horrible corvée mais que, tel le serpent, il allait avaler sa propre queue et renaître.

Un groupe réputé pour le secret qui entourait ses activités avait quitté Nankin en 1935. Peu de temps auparavant, un de ses membres, une dame très riche dont nul ne savait comment elle l'était devenue, avait conseillé à sa servante préférée de quitter la ville et d'emmener sa famille très loin. Elle lui avait donné l'argent pour le faire, et prédit une guerre qui verrait tout brûler.

Certains les qualifiaient de prophètes, les plus superstitieux les traitaient de démons. Quelle que soit la vérité et où qu'ils aillent, les membres du Cercle Cronus semblaient avoir un don pour éviter les ennuis et pour passer inaperçus.

D'une certaine façon, le dossier que Phearson avait constitué sur eux provoqua sa propre chute. Car, en le lisant, je commençai pour la première fois à m'interroger au sujet du temps.

Chapitre 12

J'ai déjà mentionné certaines des étapes que nous traversons en tentant de comprendre notre propre nature. Durant ma deuxième vie, je me suicidai de façon très convenue pour que cela cesse et, durant ma troisième vie, je cherchai une réponse auprès de Dieu.

J'ai également expliqué que je me donne toujours du mal pour trouver un poste ennuyeux mais sûr durant la Seconde Guerre mondiale. Ce que je n'ai pas précisé, c'est que le conflit m'offre l'occasion d'en apprendre davantage sur les limitations actuelles de ma connaissance. Ainsi, un ingénieur jamaïcain répondant au nom douteux de Vendredi m'instruisit-il sur l'âme des morts et les fantômes en colère qui s'attardent sur terre quand on néglige de les honorer.

Un officier américain très sérieux appelé Walter S. Brody m'enseigna les mystères du baptisme, de l'anabaptisme, du mormonisme et du luthéranisme, concluant : « Ma m'man les a tous essayés à un moment ou à un autre, et elle a découvert que le meilleur moyen de parler à Dieu, c'est de le faire seul. »

Un soldat soudanais qui avait porté les bagages des hommes de Rommel, dont les tanks battaient en retraite sur le front tunisien, avant de s'échapper (ou peut-être d'être capturé, je n'ai jamais vraiment su) me montra la direction de La Mecque et m'apprit à réciter les mots : « J'atteste qu'il n'est point d'autre dieu qu'Allah, et j'atteste que Mohammed est son serviteur et son messager », d'abord en anglais, puis en mauvais arabe, et enfin en acholi, dont il déclara fièrement que c'était un langage sans pareil et que lui-même, en tant que musulman et acholi, était un homme sans pareil. Je dus m'y reprendre à plusieurs fois pour arriver à la bonne intonation, et lorsqu'il fut satisfait de mes efforts, il m'assena une grande tape dans le dos en clamant : « Voilà ! Comme ça, tu ne seras peut-être pas obligé de brûler en enfer après tout ! »

Je crois que ce fut ce soldat plus qu'aucun autre qui m'encouragea à voyager. Il racontait des histoires fantastiques (et, s'avérerait-il généralement par la suite, tout à fait fictives) au sujet des contrées glorieuses qui s'étendaient par-delà la Méditerranée, des histoires de mystères et de réponses qui attendaient dans le sable. Une fois la guerre terminée, j'embarquai sur le premier navire en partance pour ces terres que tant de mes compatriotes fuyaient alors et, soûlé par l'époque, me tirai tant bien que mal de quelques méfaits et mésaventures grâce à l'ignorance aveugle de ma jeunesse apparente.

En Égypte, je fus passionnément convaincu par la parole d'Allah, jusqu'au jour où trois de mes frères de la mosquée m'acculèrent dans une ruelle du Caire et me battirent comme plâtre. Ils m'arrachèrent la barbe, me rasèrent la tête avec des couteaux émoussés, me crachèrent à la figure et déchirèrent les robes blanches mal ajustées que je m'étais procurées avec le zèle des nouveaux convertis, proclamant que j'étais un espion juif (bien que roux), un impérialiste, un communiste, un fasciste, un sioniste et, par-dessus tout, un intrus parmi eux.

Je passai quatre jours à l'hôpital et, une fois sorti, j'allai trouver mon mollah en quête de réconfort. Il me versa poliment du thé dans une tasse de verre en forme de tulipe et me demanda où j'en étais vis-à-vis de ma foi.

Je partis le lendemain.

Dans l'État nouvellement fondé d'Israël, j'envisageai un moment de me convertir au judaïsme mais, malgré les blessures conquises de haute lutte dans la pratique de l'espionnage hébraïque, je ne fus pas accueilli à bras ouverts. Et mon statut d'ex-soldat britannique ne me valut guère d'indulgence. Je vis des hommes et des femmes qui portaient encore des matricules à l'encre bleue sous la peau tomber à genoux devant le mur des Lamentations et pleurer de soulagement face à ses pierres chauffées par le soleil, et je sus que ma place n'était pas là.

Au sommet du mont Sinaï, que je venais d'escalader en quête d'un dieu susceptible de répondre à mes prières, je trouvai un prêtre catholique. Je m'agenouillai devant lui, baisai sa main et lui dis que sa présence était un signe, la preuve de l'existence d'un dieu qui nourrissait un dessein pour moi, et je lui racontai mon histoire. Alors, il s'agenouilla devant moi, baisa ma main et me dis que mon existence était un signe, la preuve envoyée par Dieu que la vie avait un sens en fin de compte. Il s'échauffa et m'encensa à tel point que je finis par douter de moi-même. Il me dit qu'il allait m'emmener à Rome pour rencontrer le pape, et que, là-bas, je mènerais une vie de méditation et de prière afin de sonder le mystère de mon existence.

Trois jours plus tard, en me réveillant, je le trouvai à genoux sur le sol de ma chambre. Nu à l'exception d'un rosaire, il baisait ma main dans mon sommeil. Il déclara que j'étais un messager et s'excusa d'avoir jamais nourri le moindre doute. Je m'enfuis par la fenêtre de derrière et escaladai le mur du jardin juste avant le lever du soleil.

Parce que j'avais entendu des histoires de mysticisme et de philosophie qui réussiraient peut-être à expliquer ma situation là où la théologie occidentale avait échoué, je me rendis en Inde. J'y arrivai en 1953 et dégottai aisément un boulot de mécanicien pour une série de compagnies aériennes commerciales qui faisaient faillite les unes après les autres. Cela ne m'affectait que rarement : je pouvais quitter le travail normalement un lundi soir et, à mon arrivée le mardi matin, découvrir qu'un nouveau contrat identique en tout point au précédent, la date et le nom de l'employeur exceptés, attendait ma signature.

L'Inde se remettait juste de sa partition et je me trouvais dans le Sud, loin des plus importantes effusions de sang qui avaient souillé sa prise d'indépendance. Nehru était premier ministre et je tombai follement amoureux, d'abord d'une actrice dont les yeux semblaient ne voir que moi depuis l'écran de cinéma, puis d'une fille qui lui ressemblait beaucoup et qui vendait des fruits à l'aéroport. Elle n'avait rien d'intéressant à me raconter, pourtant je l'idolâtrais de façon abjecte et lui fis une cour désastreuse.

On a constaté, y compris chez les membres les plus âgés de notre espèce, que les êtres humains étaient mus par certaines pulsions biologiques. Enfant, j'avais été la proie d'un irrépressible élan de croissance, doublé d'un découragement intellectuel à la perspective de grandir. Adolescent, j'avais combattu la dépression en m'occupant et en me mêlant des conspirations fomentées au sein de la famille Hulne. Désormais un homme dans la force de l'âge, j'éprouvais plus que jamais le besoin de me colleter avec le monde tel un *torero* dans l'arène. Je voyageais en quête de réponses, discutais âprement avec ceux qui n'étaient pas du même avis que moi, aimais de toute mon âme et souffrais de tout mon cœur quand on me rejetait, et je tenais Meena Kumari, déesse de Bollywood, pour un symbole de perfection même si je ne parlais pas un seul mot d'hindi la première fois que je vis ses films.

Ni l'amour ni Dieu ne daignèrent m'apporter de réponse. Je parlai de résurrection et de réincarnation avec les brahmanes, qui me promirent que si je menais une existence bonne et pure je reviendrais en tant que créature supérieure à moi-même.

Et en tant que moi-même ? Pourrais-je revenir en tant que moi-même ?

Cette question suscita une vive agitation parmi les sages de l'hindouisme auxquels je la posai. J'aime à penser que j'introduisis les prémisses de la physique relativiste dans leur discours, tandis que leurs érudits débattaient très sérieusement pour établir si la résurrection devait être de nature temporellement linéaire. La réponse me fut délivrée par la bouche d'un sage pansu, mais qui mangeait très proprement, et qui me rabroua en ces termes :

— Ne sois pas ridicule, l'Anglais ! On devient meilleur ou pire, mais tout change forcément !

Cette réponse ne me donna guère satisfaction. Je pris les économies accumulées durant les dix ans passés à réparer le même jet pour un employeur différent chaque semaine, et m'en allai.

La Chine n'était pas une nation accueillante, et le moment semblait mal choisi pour visiter le Tibet. Aussi me dirigeai-je vers le Sud, évitant le Vietnam, la Thaïlande, la Birmanie et le Népal. Je calculais mes déplacements en fonction des invasions américaines et des guerres civiles imminentes.

Je me rasai la tête et ne mangeai plus que des légumes. J'appris à prier à voix haute avec des mots imprononçables et demandai à toutes les permutations de tous les Bouddha, depuis Gautama l'unique jusqu'à ses dix mille manifestations, pourquoi j'étais ce que j'étais, et si cette mort serait enfin ma dernière. Je me forgeai une certaine réputation : j'étais l'Anglais qui connaissait le discours de toutes les fois, qui pouvait débattre avec n'importe quel moine, imam, *padre* ou prêtre sur n'importe quel sujet philosophique de leur choix en rapport avec l'âme immortelle.

En 1969, je reçus la visite d'un individu jovial qui portait des lunettes rondes. Il s'assit en tailleur dans ma hutte et lança :

— Bonsoir, vénérable sieur. Je m'appelle Shen. J'appartiens à une organisation inquiète, et je suis venu m'enquérir de vos intentions.

À l'époque, je vivais à Bangkok, ayant découvert que même la plus pure des prières ne parvenait pas à soulager la souffrance infligée par un champignon tropical poussant dans les replis de la peau au cœur d'une jungle humide. Les journaux vantaient la grandeur du gouvernement en majuscules épaisses, et évoquaient la guérilla communiste dans les collines en petits caractères. Je n'étais pas certain de croire que l'Octuple Sentier me conduirait à l'illumination, mais je savais que je devenais trop vieux pour croire en autre chose. Aussi je consacrais la moitié de mon temps à réparer des voitures vêtu de mes robes orange, et l'autre à méditer sur ce que je ferais si je ne pouvais pas mourir une bonne fois pour toutes.

Shen avait un visage semblable à un coquillage poli. Il portait une chemise bleue poisseuse de sueur dans le dos et sous les aisselles. Remontant ses lunettes sur son nez, il ajouta :

— Avez-vous l'intention de vous livrer à des activités contre-révolutionnaires ?

J'étais passé par une phase durant laquelle j'avais cultivé les réponses mystiques pleines de sagesse, mais, honnêtement, j'avais fini par m'en lasser. Aussi demandai-je tout de go :

— Vous appartenez aux services de sécurité chinois ?

— Bien sûr, vénérable sieur, répondit-il en s'inclinant, les mains jointes devant lui, ainsi qu'il est de coutume chez les Thaïs quand ils veulent manifester leur respect envers un professeur. Nous ne nous intéressons guère à ce pays, mais certains ont suggéré que vous seriez en fait un agent occidental impérialiste, qui aurait l'intention de s'allier aux contre-révolutionnaires tels que ce séparatiste bourgeois, le Dalaï-Lama, et que votre temple serait un antre de la subversion capitaliste créé pour frapper notre glorieux peuple en plein cœur.

Il avait débité tout cela sur un ton si plaisant que je me sentis forcé de demander :

— Ce serait terrible, non ?

— Bien sûr que ce serait terrible, vénérable sieur. Le genre d'activité qui justifierait une riposte immédiate de mon gouvernement. Même si, naturellement, ajouta-t-il avec un sourire éclatant, vous seriez protégé par vos alliés impérialistes, qui exerceraient certainement des représailles.

— Oh ! m'exclamai-je, comprenant enfin. Vous menacez de me tuer ?

— Je détesterais en arriver là, vénérable sieur, d'autant qu'à titre personnel je suis convaincu que vous n'êtes qu'un Anglais excentrique en quête de bon temps.

— Comment me tueriez-vous ? Serait-ce rapide ?

— Je l'espère bien ! Contrairement à ce que votre propagande tente de faire croire, nous ne sommes pas des barbares.

— Faudrait-il nécessairement que je m'en rende compte ? Par exemple, pourriez-vous envisager de m'éliminer tranquillement dans mon sommeil ?

Une expression consternée passa sur le visage de Shen.

— J'imagine que d'un point de vue diplomatique il serait sans doute préférable que votre mort paraisse à la fois naturelle et sans souffrance. Si vous étiez réveillé, vous vous débattriez, et cela laisserait des traces de lutte, ce qui serait inacceptable pour un moine, fût-il par ailleurs un cochon impérialiste. Vous… vous n'êtes pas un cochon impérialiste, si ?

— Je suis anglais.

— Il existe de bons communistes anglais.

— Je ne suis pas communiste.

Shen se mordilla la lèvre inférieure d'un air hésitant, regardant autour de lui comme s'il s'attendait plus ou moins à voir le canon d'un fusil apparaître par un interstice des murs de bambou.

— J'espère que vous n'êtes pas un agent impérialiste, vénérable sieur, murmura-t-il. On m'a demandé de monter un dossier contre vous, et je n'ai trouvé aucune preuve indiquant que vous êtes autre chose qu'un fou inoffensif nourrissant des croyances d'un autre âge. Il serait fâcheux pour moi que vous vous avériez être bel et bien un espion.

— Je vous promets que je n'en suis pas un.

Il parut soulagé.

— Merci infiniment, monsieur ! s'exclama-t-il en s'essuyant le front avec sa manche et en hochant très vite la tête pour s'excuser de ce geste irrespectueux. Cela me semblait improbable mais, par les temps qui courent, on ne se méfie jamais assez.

— Puis-je vous offrir un thé ? proposai-je.

— Non, merci. Je ne peux pas être vu fraternisant avec l'ennemi sans nécessité.

— Vous venez de dire que je n'étais pas l'ennemi.

— Vous êtes idéologiquement corrompu mais inoffensif, rectifia-t-il.

Sur ces mots, et sans cesser de s'incliner à profusion, il s'apprêta à prendre congé.

— Monsieur Shen, le rappelai-je.

Il s'arrêta sur le seuil, avec l'expression tendue d'un homme qui espère sincèrement qu'on n'est pas sur le point de lui compliquer la vie.

— Je ne peux pas mourir, lui expliquai-je poliment. Du moins, pas de manière définitive. Je nais, je vis, je meurs et je reviens à la vie, toujours à la même date et au même endroit. Votre gouvernement détient-il sur ce phénomène des informations qui pourraient m'être utiles ?

Il sourit avec un soulagement visible.

— Non, vénérable sieur. Merci pour votre coopération.

Puis, après un instant de réflexion :

— Et bonne chance avec tout ça.

Puis il sortit.

Il fut le premier espion que je rencontrai, et Franklin Phearson fut le deuxième. Des deux, je crois que je préférais Shen.

Chapitre 13

Quelque soixante-dix années plus tard, Phearson était assis face à moi, de l'autre côté d'une table dans ce manoir de Northumbrie, et il se mit en colère lorsque je fis remarquer :

— La complexité des événements incite à s'abstenir de toute intervention. À quoi vous servent toutes ces informations ?

Il pleuvait dehors. Après deux jours de chaleur étouffante, le ciel s'était ouvert brusquement, libérant des trombes d'eau. Phearson s'était rendu à Londres. Il en était revenu avec davantage de questions et une attitude moins coulante.

— Vous me cachez des choses ! rugit-il. Vous me dites que tel ou tel événement va se produire, mais vous refusez de m'expliquer de quelle façon ! Vous parlez de la fin de la foutue guerre froide, d'ordinateurs et de téléphones, mais sans nous donner le moindre détail sur leur fonctionnement. Nous sommes les gentils. Nous voulons rendre le monde meilleur, ne comprenez-vous pas ? Meilleur !

Lorsqu'il se mettait en colère, une veine bleue pareille à un serpent saillait sur sa tempe gauche et, au lieu de rougir, son visage devenait grisâtre.

Je considérai ses accusations et conclus qu'une grande partie d'entre elles étaient sans fondement. Je n'étais pas un historien. J'avais eu connaissance de ces événements sans avoir le temps ou les dispositions nécessaires pour les analyser rétrospectivement. Pour moi, il s'agissait à l'époque de simples nouvelles que la télévision me présentait sous forme de reportages de soixante secondes. Je ne pouvais pas davantage expliquer le fonctionnement d'un ordinateur que faire tenir une saucisse en équilibre sur le bout de mon nez.

Et oui, je lui cachais des choses. Pas sur tout, mais sur certains sujets. J'avais lu tout ce qu'il m'avait fourni sur le Cercle Cronus, et la première leçon que j'avais apprise, c'était que ses membres étaient tenus au silence. Si, comme moi, ils connaissaient l'avenir pour l'avoir déjà vécu, ils avaient le pouvoir d'en modifier le cours. Pourtant, ils choisissaient de s'en abstenir. Pourquoi ?

— C'est une question de complexité, répétai-je fermement. Vous et moi ne sommes que des individus. Nous ne pouvons pas contrôler des événements socio-économiques à une si vaste échelle. Vous pourriez essayer, mais le fait d'altérer un seul fait, fût-ce de la façon la plus insignifiante en apparence, risquerait d'invalider tous les autres événements que je vous ai décrits. Je peux vous dire que les syndicats souffriront pendant le mandat de Thatcher mais, en vérité, je ne peux pas isoler les forces économiques à l'origine de ce phénomène, ni expliquer en quelques mots percutants pourquoi une société permet que l'on détruise ses industries. Je ne peux pas vous dire ce qui passe par la tête des gens qui dansent pendant la chute du mur de Berlin, ni qui en Afghanistan décrétera : « Aujourd'hui est un beau jour pour un djihad. » À quoi vous serviront les informations que je vous donne si agir sur la base d'une seule d'entre elles détruit le reste ?

— Des noms, des lieux ! exigea Phearson. Donnez-moi des noms et des lieux !

— Pourquoi ? Ferez-vous assassiner Yasser Arafat ? Exécuterez-vous des enfants pour des crimes qu'ils n'ont pas encore commis ? Fournirez-vous prématurément des armes aux talibans ?

— C'est une décision politique.

— Que vous prendriez en vous fondant sur des événements qui ne se sont pas encore produits.

Frustré, il écarta les bras.

— L'humanité évolue, Harry ! s'exclama-t-il. Au cours des deux derniers siècles, elle a changé de façon plus radicale que pendant les deux millénaires précédents. Le rythme du progrès s'accélère, pour l'espèce dans son ensemble comme pour les civilisations. Et c'est notre boulot, le boulot des gentils, de superviser ce processus, de le guider afin d'éviter d'autres catastrophes et d'autres désastres. Vous voudriez assister à une nouvelle guerre mondiale ? À un nouvel Holocauste ? Nous pouvons modifier le cours des choses pour les rendre meilleures.

— Vous vous estimez compétent pour superviser l'avenir ?

— Mais oui ! rugit-il. Parce que je suis un foutu défenseur de la démocratie ! Parce que je crois en la liberté ! Parce que je suis un putain de gentil, que j'ai de bonnes intentions, et parce qu'il faut bien que quelqu'un s'en charge, bordel !

Je repris ma place sur ma chaise. La pluie tombait en biais, martelant la vitre. Il y avait un bouquet de fleurs fraîches sur la table et du café froid dans ma tasse.

— Je suis navré, Monsieur Phearson, lâchai-je enfin. J'ignore ce que vous voulez que je vous dise.

Très vite, il rapprocha sa chaise de moi, baissa la voix comme si nous étions en train de conspirer et pressa ses mains l'une contre l'autre en un geste de contrition potentielle.

— Pourquoi ne gagnons-nous pas la guerre du Vietnam ? Que faisons-nous de travers ?

Je grognai en appuyant mes paumes sur ma tête.

— On ne veut pas de vous là-bas ! Les Vietnamiens ne veulent pas de vous, les Chinois ne veulent pas de vous, même les Américains ne veulent pas de vous sur place ! Il est impossible de gagner une guerre que personne ne veut livrer.

— Et si on lâchait une bombe sur Hanoï, histoire de faire le ménage d'un coup ?

— J'ignore ce qui se passerait parce que ce n'est jamais arrivé, et ce n'est jamais arrivé parce que ce serait monstrueux ! hurlai-je. Vous ne voulez pas des informations, vous voulez la confirmation que vous avez raison, et… (Je me levai brusquement, et fus le premier surpris par ma réaction.) Je ne peux pas vous la fournir, conclus-je. Je suis désolé. Quand j'ai accepté de vous parler, je pensais… que vous vouliez autre chose. Je me suis trompé. J'ai besoin de réfléchir.

Silence.

En Chine, l'asthme est décrit comme le halètement d'un animal au souffle rendu laborieux par la maladie. Phearson était immobile comme une statue, les mains dans une posture maîtrisée, le costume sans un pli, le visage inexpressif, mais c'était le souffle d'un animal qui grondait dans sa poitrine.

— À quoi servez-vous ? demanda-t-il avec une retenue développée par des années d'apprentissage des bonnes manières et de contrôle de soi.

Mais le souffle qui exhalait ces mots était celui d'une créature qui n'aspirait qu'à me déchiqueter la gorge avec ses crocs pour goûter mon sang.

— Vous pensez que tout ça n'a aucune importance, n'est-ce pas, Docteur August ? Vous pensez que vous allez mourir, et que c'en sera terminé. Le monde se réinitialisera, bam ! (Il frappa sur la table du plat de la paume, assez fort pour faire tressaillir les tasses en porcelaine dans leur soucoupe.) Nous autres, petits hommes avec nos petites vies, nous serons morts et disparus, et tout ceci… (il n'eut pas besoin de bouger, pas besoin de jeter plus d'un regard circulaire autour de la pièce) n'aura été qu'un rêve. Vous prenez-vous pour Dieu, Docteur August ? Pensez-vous être la seule créature vivante qui importe ? Pensez-vous que, puisque vous vous en souvenez, votre douleur surpasse toutes les autres ? Pensez-vous que, parce que vous en faites l'expérience, votre vie est la seule qui compte ? Hein ?

Il n'avait pas crié, pas même élevé la voix, mais son souffle animal s'était accéléré tandis qu'il crispait les mains pour réprimer son envie instinctive de me lacérer. Et je me rendis compte que je n'avais rien à lui opposer. Pas de mots, pas d'idées, pas de justification, pas de reproches. Il se leva brusquement, comme si quelque chose venait de se rompre en lui (quoi ? je n'aurais pas osé le dire). La veine de sa tempe palpitait follement sous sa peau.

— D'accord, haleta-t-il. D'accord, Docteur August. D'accord. Nous sommes tous les deux fatigués et un peu frustrés. Il vaut peut-être mieux arrêter là pour aujourd'hui. Reposez-vous jusqu'à demain, et profitez-en pour réfléchir, d'accord ? D'accord, décida-t-il avant que je puisse répondre. Ça marche. Super. On se voit demain.

Sur ces mots, il sortit de la pièce sans rien ajouter ni regarder en arrière.

Chapitre 14

Je devais partir.

Ce sentiment grandissait en moi depuis quelque temps, et il venait d'atteindre son paroxysme. Je ne voyais pas comment cela pourrait bien se terminer si je restais. Donc, il fallait que je m'en aille. Ce ne serait pas évident, je ne pouvais pas me contenter de franchir la porte d'entrée et de m'éloigner benoîtement mais, parfois, les meilleurs plans d'évasion sont les plus simples.

Avec toutes les années que j'avais passées en Orient, pourquoi ne m'étais-je jamais donné la peine d'apprendre ne serait-ce qu'un peu de kung-fu ?

Cette question me semblait ridicule à présent que, assis dans ma chambre, j'attendais la tombée de la nuit. Des gardes me surveillaient. Oh ! ils n'étaient pas habillés comme tels, mais j'avais séjourné ici assez longtemps pour me rendre compte qu'il n'y avait pas moins de cinq hommes en service à tout moment, qui traînaient à l'arrière-plan en attendant des instructions. Ils étaient relevés chaque soir à 19 heures alors que les nouveaux digéraient encore leur souper, ce qui les rendait moins attentifs et plus lents.

Le paysage que je voyais par ma fenêtre était un mélange d'ajoncs et de bruyère. Le laitier qui nous livrait tous les matins avait un fort accent du Nord. J'avais grandi dans cette région et été le régisseur d'un vaste domaine. J'avais vécu et j'étais mort sur ces terres durant ma première vie. Je savais donc comment survivre dans la lande, alors que Phearson, malgré toutes ses ressources et ses hommes, me faisait l'effet d'un citadin peu habitué à la chasse. Je devais juste trouver le moyen de sortir du manoir.

Tandis que le paysage virait au gris et que 19 heures approchaient, je rassemblai mes maigres possessions. Un couteau de cuisine que j'avais empoché un soir au dîner, une chope et une soucoupe en métal dérobées à l'office, une boîte d'allumettes, un morceau de savon, une brosse à dents, du dentifrice et deux bougies. Phearson avait fait preuve de prudence : il n'y avait pas grand-chose d'autre à voler pour des mains avides.

Il m'avait donné du papier pour que j'y relate mes souvenirs, je m'en servis pour rédiger deux lettres en prévision de mon départ. J'enveloppai mes affaires dans une couverture et déchirai mon drap en bandes pour arrimer ce baluchon sur mon dos. À 19 h 05, alors que la lumière s'estompait sur la lande, j'ouvris la porte de ma chambre avec l'impression d'être un enfant ridicule et me faufilai dans le couloir.

Il y aurait des gardes postés près de la porte d'entrée et de la porte de l'office, mais plusieurs d'entre eux dormaient sur place, et personne ne surveillait leurs chambres. Dans l'une d'elles, je trouvai un épais manteau de laine et plusieurs paires de chaussettes, ainsi que quelques précieux shillings sur la commode. Puis je me dirigeai vers l'arrière de la bâtisse, à l'endroit où une fenêtre ouvrait juste au-dessus de l'appentis dans lequel on gardait le charbon.

Je sortis les pieds en avant. En équilibre précaire sur le rebord, je pris une grande inspiration et me laissai tomber sur le toit métallique avec un bruit sourd. L'impact m'ébranla jusqu'à la moelle.

J'attendis l'arrivée de mes geôliers. Comme ils ne se manifestaient pas, je me laissai glisser jusqu'au chemin de gravier qui faisait le tour du manoir. Je me serais trahi en courant, aussi adoptai-je la démarche crâne des gardes malgré mon cœur qui battait la chamade, et ne m'élançai-je qu'une fois enfin à l'abri des regards derrière la haie d'ifs.

Je pourrais dire que j'avais perdu la forme, mais cela impliquerait que je l'aie eu à un moment donné. Ce qui est certain, c'est que ma réclusion ne m'avait pas rendu plus athlétique. Mais je n'étais pas trop chargé et, en me rappelant mon enfance, les odeurs et les sons familiers de la lande allongeaient ma foulée. Me donnaient des ailes, presque.

Un mur d'enceinte entourait la propriété. Je l'avais remarqué durant mes promenades sous surveillance dans le jardin. Mais il avait été conçu pour empêcher les intrus d'entrer plutôt que les prisonniers de s'évader. Je n'eus guère de mal à trouver un vieux chêne dont la branche la plus basse s'étendait telle une passerelle au-dessus de l'obstacle en brique jaune. J'escaladai l'arbre, écartant les insectes qui se nourrissaient de son bois pourrissant, me traînai à califourchon le long de la branche comme je l'avais fait tant de fois enfant, et me laissai tomber de l'autre côté. Ainsi me retrouvai-je libre.

Si seulement ça avait été aussi simple !

J'avais un plan, qui en impliquait d'autres, susceptibles de déboucher sur différents résultats en fonction de la manière dont se déroulerait le plan global. Vu mon manque d'expérience pour ce qui était d'échapper aux autorités et la quantité de choses que j'avais déjà révélées sur moi, je considérais la probabilité d'être repris comme très élevée. Mais, jusque-là, mon temps m'appartenait.

Dans tous les cas, je devais commencer par déterminer où je me trouvais, afin d'évaluer à quel point il serait difficile de mettre la suite de mon plan en application. Une route mal entretenue filait entre de grandes rangées d'arbres que personne ne s'était donné la peine de tailler. Je la suivis en direction de l'Ouest, me cachant dans la forêt chaque fois que j'entendais passer une voiture (et il n'y en eut pas plus de trois durant toutes les heures où je marchai sur cette route).

De petits animaux faisaient bruire les fourrés près de moi. Sans doute se demandaient-ils ce que je faisais. Il aurait été romantique de dire qu'un hibou ulula sur mon passage mais, en vérité, il eut le bon sens de se taire et de m'éviter. J'estimais que, dans le meilleur des cas, je disposais de trois heures avant que quelqu'un ne donne l'alarme. Mais, si je manquais de chance, ça pouvait être beaucoup moins.

Un carrefour se présentait au-delà d'un ruisseau qu'enjambait un minuscule pont de brique. Il m'offrait deux directions : Hoxley, à huit kilomètres de là, ou West

Hill, à onze. J'optai pour Hoxley, le choix le plus évident mais aussi le plus accessible, et continuai à marcher parallèlement à la route.

La forêt qui m'offrait un couvert fit rapidement place à des champs délimités par des murets de pierre. Je les longeai pour pouvoir me planquer chaque fois que j'entendais le grondement d'un moteur dans le lointain. La lune était pleine : juste assez de lumière pour voir où je mettais les pieds, mais pas assez pour être repéré. L'air si chaud dans la journée était devenu assez froid pour que mon souffle forme un petit nuage devant ma bouche. Le sol était encore boueux après la pluie, et mon bas de pantalon et mes chaussettes trempées produisaient un bruit de succion à chacun de mes pas.

Je localisai l'étoile du Berger, la ceinture d'Orion, Cassiopée et la Grande Ourse. Cassiopée était haut dans le ciel, la Grande Ourse était basse, aussi estimai-je qu'il était un peu plus de minuit quand la première voiture passa en trombe. La chance était de mon côté : mes geôliers avaient mis plusieurs heures à remarquer mon absence et, à présent, ils n'avaient guère d'autre choix que de rouler à travers la campagne avec leurs phares allumés pour tenter de me retrouver, tandis que je pouvais me diriger à la lumière des étoiles.

Hoxley était un petit village aux maisons de pierre, situé aux abords d'une ancienne carrière désormais abandonnée. Je me faufilai discrètement le long des ruelles qui donnaient sur des champs et des palissades. Même s'il ne devait pas abriter plus de quatre cents âmes, Hoxley possédait un mémorial qui se dressait sur sa minuscule place centrale, et sur lequel étaient inscrits les noms de tous les soldats morts pendant les deux guerres. Une voiture argentée était garée juste à côté, phares allumés. Je ne distinguais pas le visage de son unique occupant. Le véhicule s'était arrêté près du seul pub et avait visiblement réveillé le propriétaire qui, debout sur le seuil, engueulait un deuxième homme.

Je m'éloignai furtivement le long de l'artère qui portait le nom de Grand-Rue et où l'on trouvait une petite épicerie qui vendait de l'agneau et des tomates fraîches, ainsi qu'un bureau de poste à la peinture rouge vif un peu écaillée. L'ayant localisé, je retournai vers la lisière du village et rampai entre les planches mal ajustées d'une grange de guingois pour me dissimuler parmi les balles de foin, la brouette rouillée et les plumes de poulet poussiéreuses que leurs propriétaires avaient perdues en se battant entre eux.

Je ne dormis pas cette nuit-là, et ce ne fut pas un problème.

Chapitre 15

J'avais noté l'heure du lever du soleil durant ma réclusion, et je savais exactement quand il aurait lieu.

J'attendis pendant ce que j'estimais être une heure avant de ramper hors de ma cachette. Je fus le premier client, couvert de boue et de plumes de poulet, qui se présenta au bureau de poste de Hoxley au moment même où une femme au visage rond et rougeaud et à la mine aigre déverrouillait la porte. Avec les shillings volés dans la chambre d'un des gardes, j'achetai deux enveloppes et deux timbres et fourrai mes lettres dans la main de l'employée.

— Vous êtes très gentille, lui dis-je avec mon plus bel accent écossais.

Et entendant un étranger, elle haussa les sourcils.

C'était une bien pathétique tentative de comédie mais, si mes geôliers venaient à interroger cette femme, je voulais semer le doute dans leur esprit. Je la regardai glisser mes deux lettres dans son sac, et je m'en allai.

C'était une journée chaude, ensoleillée et magnifique. J'abandonnai à contrecœur le manteau volé qui m'avait si bien servi aux heures les plus froides de la nuit. Je le trouvais trop reconnaissable et trop abîmé par mes pérégrinations. Sans lui, je ressemblais à un gentleman respectable malgré mon bas de pantalon boueux.

La voiture argentée faisait lentement le tour d'Hoxley. Je me tapis derrière un mur qui sentait le savon et les toilettes extérieures qu'il protégeait, le temps de laisser passer le luxueux véhicule qui brûlait des quantités folles de carburant. Le moment était venu de m'enfoncer dans la campagne, loin du danger que constituaient les routes en plein jour.

Par une décision essentiellement arbitraire, je pris la direction du Nord et, l'espace de quelques heures, je me sentis libéré par la lumière et la chaleur, jusqu'à ce que la soif, la faim et l'impression d'avoir les dents poilues commencent à me distraire de façon agaçante.

Je cherchai un creux du terrain, ou un endroit où les arbres poussaient encore malgré la colonisation de l'homme, et ces signes me conduisirent à un ruisseau peu profond qui aspirait à devenir grand. Des pierres rondes et glissantes se massaient au fond de son lit. Je me lavai le visage, les mains, le cou et bus longuement. Je me brossai les dents et regardai l'écume blanche que je venais de recracher s'éloigner gaiement, emportée par le courant. Puis je comptai les pennies qui restaient de mon larcin nocturne, en me demandant quelle distance me séparait de la prochaine ville et quel y serait le niveau de surveillance. J'étais trop vieux pour poser des collets à lapin, aussi je ramassai mes affaires et me remis en route.

J'atteignis le village suivant en début d'après-midi.

Les hommes de Phearson se voyaient comme une nuée de mouches bourdonnant autour de l'œil d'un cheval sauvage. Je repérai une boulangerie dont s'échappait une odeur de pain chaud presque insupportable. J'attendis que mes poursuivants s'en aillent, puis entrai d'un pas plein d'assurance et réclamai, cette fois avec mon accent le plus snob :

— Une miche de pain et du beurre si vous en avez, je vous prie.

Le boulanger m'emballa lentement la miche tout en réfléchissant à la question du beurre.

— Est-ce que du saindoux pourrait faire l'affaire, monsieur ? finit-il par demander.

Du saindoux me conviendrait parfaitement, pour peu qu'il me le serve sans attendre.

— Vous n'êtes pas d'ici, monsieur ?

Non, je n'étais pas d'ici, confirmai-je. Je me promenais dans les environs, et je devais rejoindre des amis.

— C'est une belle journée pour se balader, monsieur.

Oui, je trouvais aussi. Pourvu que ça dure.

— Ce ne serait pas vos amis qui sont passés ce matin, monsieur ? Ils m'ont dit qu'ils cherchaient quelqu'un.

Il parlait si lentement et sur un ton si amical que je fus presque peiné de déceler une pointe de soupçon, voire une accusation frémissante dans sa voix.

Avaient-ils l'air de chasseurs ?

— Non, non, pas du tout.

Dans ce cas, ils ne pouvaient pas être mes amis. Merci pour le pain et le saindoux, et bonne…

— Harry !

Il s'avéra que Phearson aussi pouvait jouer la comédie en cas de besoin. Je me figeai sur le seuil de la boulangerie, ma miche sous un bras, mon paquet de saindoux mal emballé et prêt à suinter dans l'autre main. Phearson me fonça droit dessus et me jeta ses bras autour du cou avec enthousiasme.

— J'avais tellement peur qu'on ne te rate ! s'exclama-t-il d'une voix qui se répercuta sur les murs de pierre de la paisible petite rue. Dieu merci, tu es arrivé à temps !

Sa voiture était garée moins de vingt pas plus loin, créature rugissante dans une forêt de conte de fées. Un de mes gardes anonymes (peut-être celui dont j'avais volé le manteau) tenait la portière arrière ouverte.

Je regardai la voiture. Je regardai Phearson. Puis, sans aucune confiance en l'utilité de mon geste, mais avec la conviction intime qu'il devait être fait, je lâchai mon pain et lui envoyai de toutes mes forces mon coude dans la figure.

Je suis ravi de rapporter que quelque chose craqua, et que, lorsque je baissai mon bras, des gouttes de sang tachaient ma manche.

Hélas, je ne parcourus pas plus de dix mètres avant que le boulanger, bondissant avec une rapidité surprenante pour un homme aussi sédentaire, ne me plaque comme au rugby et ne s'assoie sur ma tête.

Chapitre 16

Des médicaments.

Encore des médicaments.

Ils m'attachèrent à mon lit comme l'avait fait le docteur Abel, mais, contrairement à lui, ils n'avaient pas le matériel médical conçu dans ce dessein et durent s'en remettre à un assortiment de ceintures et de cravates. Ils ne me frappèrent pas plus que nécessaire pour briser ma résistance, juste assez pour démontrer que capituler était ma seule option. Puis Phearson lança :

— Je suis navré que les choses en soient arrivées là, Harry. Sincèrement. J'espérais que vous comprendriez.

La scopolamine me fit rire, le témazépam me fit dormir. Ils essayèrent l'amytal de sodium, et je me mis à pleurer sans pouvoir m'arrêter alors que je ne me sentais pas particulièrement triste. Ils calculèrent mal la première dose de barbituriques, et mon cœur faillit me sortir par les oreilles. Ils diminuèrent le dosage, et Phearson s'assit à mon chevet pendant que je bavais en délirant.

— Nous ne voulons pas vous faire de mal, Harry, m'assura-t-il. Seigneur ! je ne suis pas ce genre de type, pas du tout. Je suis un gentil. Je suis un gentil qui essaie de faire pour le mieux. Nous ne voulons pas vous faire de mal, mais vous devez comprendre que ceci nous dépasse, vous et moi.

Ils apportèrent des câbles de démarrage qu'ils avaient trouvés dans le garage. Phearson approcha son visage du mien et dit :

— Harry, ne me forcez pas à faire ça. On peut y arriver. On peut rendre le monde meilleur, vous et moi !

Comme je ne répondais pas, ils me bourrèrent d'antipsychotiques et branchèrent les câbles à une prise dans le mur. Mais un des types se trompa, toucha le mauvais bout et reçut une décharge électrique. Il hurla comme un personnage de dessin animé et fit un bond de trente centimètres. Les autres durent le descendre au rez-de-chaussée pour mettre de la glace sur sa main, et ils abandonnèrent leurs tentatives jusqu'au lendemain.

— Allez, Harry, me chuchota Phearson. Soyez raisonnable. Vous pouvez faire une différence, bordel ! Alors, faites-la !

Je ris et continuai à surfer sur la vague de témazépam.

Chapitre 17

La complexité des événements incite à s'abstenir de toute intervention.

Voilà qui a toujours été le mantra du Cercle Cronus, et je te le répète à présent. Il n'est ni noble, ni audacieux, ni vertueux, ni ambitieux, mais, pour des gens qui barbotent dans le cours de l'histoire et du temps même, c'est un vœu sacré qui devrait être inscrit au-dessus de l'entrée de chaque siège du Cercle Cronus. Je l'avais dit à Phearson, et il était incapable de le comprendre.

J'ai déjà mentionné les trois étapes de notre existence. Pour ce qui est du rejet de notre nature, je crois que j'en avais plus ou moins fait le tour quand Phearson survint pour m'injecter des psychotropes hallucinogènes. Ma situation me retenait prisonnier loin du stade de l'acceptation mais, à ma façon, il me semble que je tentais d'explorer ma nature au mieux de mes capacités. Durant ma troisième vie, j'avais essayé la religion, et durant la quatrième, la biologie. Nous reviendrons plus tard sur la cinquième, mais durant la sixième je m'attelai (certes un peu tard) à résoudre ce mystère au moyen de la physique.

Il faut comprendre que j'étais encore un adolescent dans les années 1930. Non seulement un adolescent, mais le fils bâtard d'un homme qui s'intéressait à peu près autant au progrès scientifique que moi au pedigree de ses chevaux de course favoris. Je ne pouvais pas imaginer quelle révolution de la pensée scientifique était en train de se produire, de la relativité à la physique nucléaire, grâce à Einstein, Bohr, Planck, Hubble et Heisenberg. Je savais vaguement que la Terre était ronde et qu'une pomme qui se détache d'un arbre s'écrasera quelque part à son pied mais, durant les quelques siècles de mes premières vies, le temps lui-même fut pour moi un concept aussi linéaire et inintéressant qu'une règle en métal sur un chantier. Ce n'est que vers les années 1990 que je commençai à comprendre les concepts développés dans les années 1930, et leur impact non seulement sur le monde qui m'entourait, mais peut-être aussi sur ma nature et mon identité.

Durant ma sixième vie, je décrochai mon premier doctorat à l'âge de vingt-trois ans. Non parce que j'étais un scientifique particulièrement doué, mais parce que j'avais pu sauter en grande partie cette phase de mon éducation destinée à me faire acquérir les bases de la culture générale pour m'attaquer immédiatement aux sujets qui m'intéressaient. Je fus invité à travailler sur le projet Manhattan en tant que plus jeune membre de l'équipe, et j'en perdis le sommeil pendant de nombreuses nuits, me demandant si je devais ou non accepter.

Ce n'était pas une question d'éthique : avec ou sans ma participation, la bombe serait fabriquée et lâchée. Mais il s'agissait là d'une occasion excitante de rencontrer les plus grands esprits de l'époque réunis dans une seule et même pièce. Au final, pourtant, la perspective d'être enfermé et de voir mes antécédents passés au peigne fin, combinée à une forte réticence à m'exposer aux radiations mal contrôlées et pas encore comprises à cette époque, m'incita à refuser. Je passai une grande partie de la guerre à développer des hypothèses étonnamment plausibles sur la technologie nazie, depuis leurs mécanismes de bombes et leurs moteurs de fusées en passant par l'eau lourde et leur propre fabrique de réacteurs nucléaires.

Je rencontrai Vincent à la fin de l'année 1945. Nous avions gagné la guerre, mais l'ombre du rationnement planait toujours sur ma table. Je sais : il est mesquin de continuer à être frustré par la fadeur de la nourriture durant une grande partie de ma jeunesse, ou par le temps que met le chauffage central à se démocratiser.

À l'époque, j'étais chargé d'enseignement à Cambridge, où je livrais une âpre lutte afin de conquérir un poste de titulaire pour lequel j'étais beaucoup trop jeune et que je méritais bien davantage que mon rival âgé de cinquante-trois ans, P.L. George, un homme qui se distinguait principalement par la complexité de ses erreurs mathématiques.

En fin de compte, je ne devais pas décrocher le poste. Combinés à mon insolente jeunesse, mon penchant encore suspect pour la théorie du big bang plutôt que celle de l'état stationnaire, ainsi que mon intérêt déraisonnable vis-à-vis de la dualité onde-particule, ne me rendaient guère populaire auprès des grandes instances. Je fus donc, et à juste titre, sermonné pour mes opinions : ces théories étaient, en grande partie, fondées sur des preuves qui n'avaient pas encore été découvertes, grâce à une technologie qui n'avait pas encore été inventée.

En vérité, ce furent justement mes idées douteuses pour l'époque qui conduisirent Vincent jusqu'à moi.

— Docteur August, dit-il fermement, il faut que nous discutions du multivers.

C'était une entrée en matière plutôt inattendue, et j'avais douloureusement conscience que chaque seconde que Vincent passait sur le pas de ma porte était une seconde de plus durant laquelle la chaleur du feu que j'entretenais amoureusement se verrait gaspillée au nom du principe d'entropie sans que personne d'autre n'en bénéficie. Aussi, comme il ne semblait pas vouloir bouger et qu'une neige de plus en plus épaisse tombait dehors, je l'invitai à entrer même si je n'étais pas d'humeur à recevoir de la visite.

Vincent Rankis. Lors de notre première rencontre, il avait dix-huit ans à peine mais arborait déjà la silhouette d'un homme mûr. Malgré le rationnement, il était rondouillard sans être gros, grassouillet sans être en surpoids, même si personne ne l'aurait qualifié d'athlétique. Ses cheveux d'un châtain terne commençaient à s'éclaircir au sommet de son crâne, promettant une calvitie précoce, et ses yeux gris-vert étaient sertis dans un visage que l'on aurait dit moulé dans de la glaise encore humide par un sculpteur quelque peu débordé.

Même ses jambes de pantalon étaient roulées de manière à décourager toute sollicitation d'ordre social, et il portait une veste en tweed sans laquelle je ne devais jamais le voir, quelle que soit la saison. Si je puis éventuellement tolérer sa conviction que cette veste durerait mille ans, en revanche je suis forcé de rire de son affirmation que son pantalon roulé était plus pratique pour faire du vélo, car aucun véhicule à roues n'aurait pu circuler dans les rues bloquées de Cambridge ce soir-là.

Avec un grognement d'effort, il s'assit dans le plus défoncé des fauteuils, devant la cheminée, et, avant même que je puisse m'installer face à lui, il tenta d'arracher mon esprit à la chaleur et au silence pour le ramener dans le royaume de la science moderne en s'exclamant :

— Permettre aux philosophes d'appliquer leurs arguments insipides à la théorie du multivers, c'est saper l'intégrité de la théorie scientifique moderne !

Je m'emparai d'une bouteille de scotch et du verre le plus proche pour gagner un peu de temps. Le professeur en moi était tenté de jouer l'avocat du diable, mais il perdit.

— En effet, acquiesçai-je. Je suis d'accord avec vous.

— Un multivers ne naît pas de la responsabilité et des actions individuelles. Il est la prolongation, en un paradigme assez simplifié, du principe newtonien qui veut que, pour chaque action, il existe une action opposée, et du concept selon lequel en l'absence d'un état de repos absolu il est impossible de comprendre la nature d'une particule sans modifier la chose que l'on observe !

Il semblait particulièrement indigné, aussi me contentai-je de répéter :

— En effet.

Ses sourcils remuaient furieusement. Il avait un don incroyable pour s'exprimer avec ses sourcils et son menton tandis que le reste de sa personne demeurait essentiellement statique.

— Dans ce cas, pourquoi avez-vous gaspillé quinze pages de votre dernier article à discuter des implications éthiques d'une théorie des quanta ?

Je sirotai mon scotch en attendant que ses sourcils reviennent à leur état de repos naturel, bien qu'imparfait.

— Vous vous appelez Vincent Rankis, dis-je enfin. Je le sais uniquement parce que c'est le nom que vous avez donné au bedeau quand il vous a reproché de couper à travers la pelouse, avant de l'informer que l'évolution de la société rendrait bientôt son rôle obsolète et ferait de lui un objet de moquerie pour les générations futures. Si mes souvenirs sont exacts, vous portiez la même chemise vert olive qu'aujourd'hui, et je…

— Vous portiez une chemise bleue, des chaussettes grises, un costume, et vous fonciez vers le portail à une allure indiquant que vous deviez être en retard pour votre cours, étant donné qu'il était moins cinq et que vous enseignez généralement à dix minutes de l'endroit où nous nous trouvions.

Je détaillai Vincent une nouvelle fois, me forçant à prendre consciemment note de toutes les caractéristiques que j'avais relevées sans y penser. Puis je dis :

— Très bien, Vincent, discutons de considérations éthiques et de la méthode scientifique qui…

— Les premières sont subjectives, tandis que la seconde est valide.

— Si votre avis est aussi nettement arrêté, je ne vois pas pourquoi vous sollicitez le mien.

L'ombre d'un sourire fit frémir un coin de sa bouche, et il eut la bonne grâce de paraître brièvement penaud.

— Pardonnez-moi, dit-il enfin. Il se peut que j'aie bu un petit quelque chose en route. Je sais que je peux parfois sembler… véhément.

— Un homme remonte dans le temps…, commençai-je.

Voyant la grimace de dégoût de mon interlocuteur, je levai la main et dis sur un ton apaisant :

— Ce n'est qu'une hypothèse, une expérimentation théorique, si vous préférez. Un homme remonte dans le temps et voit les événements du passé se dérouler sous ses yeux comme s'ils appartenaient à son présent. Il sort de sa machine…

— … et ce faisant, il altère immédiatement le passé !

— … et la première chose qu'il fait, c'est d'envoyer à son *alter ego* plus jeune le nom des chevaux gagnants à Newmarket. Résultat ?

— Paradoxe, décréta fermement Vincent. Il ne se souvient pas d'avoir reçu ces numéros un jour, il n'a jamais gagné le tiercé. Si tel avait été le cas, il n'aurait peut-être jamais construit de machine à remonter le temps et ne serait pas retourné dans le passé pour s'envoyer un message. Nous sommes donc en présence d'une impossibilité logique.

— Résultat ? insistai-je.

— Impossibilité.

— D'accord, mais en admettant l'hypothèse de départ ?

Il soupira d'un air excédé avant de répondre :

— Trois options. Un : à l'instant même où il prend la décision de s'envoyer les numéros gagnants, il se souvient de les avoir reçus autrefois, et son histoire, sa ligne de temps, se modifie en conséquence. Ainsi, il perpétue sa propre existence car, sans les numéros gagnants, il n'aurait pas pu construire sa machine. Le paradoxe étant que rien ne peut émaner de rien, et que son initiative, l'événement causal, est en réalité un effet qui précède sa propre cause… Mais j'imagine que nous ne nous soucions pas de logique dans ce scénario.

» Deux : l'univers implose. Je sais, c'est assez mélodramatique, mais si nous considérons le temps comme un concept scalaire dépourvu de valeur négative, je ne vois pas d'autre issue. Il serait vraiment dommage que cette fin soit provoquée par un malheureux pari à Newmarket.

» Trois : à l'instant même où il prend la décision de s'envoyer les numéros, un univers parallèle est créé. Dans sa ligne de temps originelle, il rentre chez lui sans avoir jamais rien gagné à Newmarket de toute sa vie, tandis que, dans un univers parallèle, son *alter ego* plus jeune est très surpris de se découvrir millionnaire et vit heureux jusqu'à la fin de ses jours. Implications ?

— Je n'en ai pas la moindre idée, répliquai-je joyeusement. Je voulais juste voir si vous étiez capable d'une pensée latérale.

Il poussa un nouveau soupir exaspéré et contempla les flammes en fulminant. Puis il dit :

— Votre article m'a plu. Si on laisse de côté le bla-bla philosophique à deux sous qui, de mon point de vue, confine à la théologie, il est marginalement plus intéressant que ce qu'on lit d'habitude dans les journaux. Voilà ce que je souhaitais vous dire.

— Vous m'en voyez très honoré. Mais si vous comptez arguer que l'éthique n'a pas sa place dans la science pure, je crains de ne pouvoir approuver.

— Bien entendu qu'elle n'y a pas sa place ! La science pure n'est ni plus ni moins que le processus logique de déduction et d'expérimentation sur des événements observables. Elle n'a rien de bien ou de mal en soi, elle peut seulement être juste ou fausse selon une définition strictement mathématique. La façon dont les gens choisissent d'appliquer ses découvertes peut prêter à un débat éthique, mais il n'appartient pas aux véritables scientifiques de s'en soucier. Laissons cela aux politiciens et aux philosophes.

— Abattriez-vous Hitler ? demandai-je.

Il se renfrogna.

— Je pensais que nous venions d'établir que l'univers risquait d'être détruit par une interférence avec le cours de l'Histoire.

— Nous avons posé l'hypothèse d'un univers parallèle auquel vous pourriez épargner les vicissitudes d'une guerre, répliquai-je. Un monde dans lequel, si on oublie le paradoxe inhérent à son existence, vous pourriez vous-même goûter les joies de la paix.

Il pianota sur l'accoudoir de son fauteuil avant de lâcher :

— Il existe aussi des forces socio-économiques dont il faut tenir compte. Hitler fut-il la seule cause de la guerre ? Je ne le pense pas.

— Mais la direction prise par le conflit…

— Justement ! s'exclama-t-il, les sourcils de nouveau en proie à une agitation frénétique. Si je prends la décision d'abattre Hitler, comment puis-je savoir qu'une personne moins susceptible de déclencher une offensive en Russie au beau milieu de l'hiver, ou de perdre des centaines de milliers d'hommes en assiégeant des villes à la valeur stratégique minimale, ou de décider de bombarder Londres mais pas les terrains d'aviation, comment puis-je savoir que cet autre général plus sain d'esprit n'émergera pas des conditions déjà en place ?

— Vous voulez dire que la complexité des événements incite à s'abstenir de toute intervention ?

— Je veux dire... Je veux dire... (Il poussa un grognement et leva les mains en signe de frustration.) Je veux dire que ce sont précisément ces batifolages hypothétiques avec la philosophie qui sapent l'intégrité de votre article par ailleurs excellent.

Il se tut. Déjà fatigué avant son arrivée, je profitai de ce silence. Il contemplait le feu, et j'avais l'impression qu'il avait passé toute sa vie dans ce fauteuil, qu'il faisait partie des meubles au même titre que ce dernier.

— Je vous offre un verre ? finis-je par lancer.

— Qu'est-ce que vous buvez ?

— Du scotch.

— C'est que je suis déjà un peu...

— Je ne dirai rien au bedeau.

Il hésita brièvement, puis :

— Merci.

Je lui servis un verre, et, comme il le prenait, je demandai :

— Alors dites-moi, Monsieur Rankis, qu'est-ce qui vous amène en cette vénérable enceinte ? Qu'êtes-vous venu chercher ici ?

— Des réponses, répondit-il immédiatement. Mesurables et objectives. Qu'est-ce qui se dissimule sous cette réalité ? Que se passe-t-il dans le monde que nous ne pouvons percevoir, à un niveau encore inférieur à celui des protons et des neutrons, supérieur à celui des galaxies et des soleils ? Si le temps est relatif, alors la vitesse de la lumière est devenue l'étalon de mesure de l'univers. Mais le temps n'est-il que cela : un facteur variable dans les équations de vitesse ?

— Et moi qui pensais que les jeunes ne s'intéressaient qu'au sexe et à la musique.

Il eut un sourire grimaçant, la première manifestation d'humour sincère que je constatais chez lui. Puis il lança :

— J'ai entendu dire que vous visiez un poste de titulaire.

— Je ne l'obtiendrai pas.

— Bien sûr que non, acquiesça-t-il aimablement. Vous êtes bien trop jeune. Ce ne serait pas juste.

— Merci pour votre soutien.

— Vous ne pouvez pas annoncer que vous vous attendez à échouer et en vouloir aux gens de partager votre opinion.

— Vous avez raison, c'est irrationnel. Vous me semblez bien… direct pour un étudiant.

Il haussa les épaules.

— Je ne peux pas perdre de temps à me comporter comme un jeune de mon âge. Les choses que la société interdit aux moins de trente ans sont beaucoup trop nombreuses.

Ses paroles trouvèrent en moi un écho immédiat et inévitable. Je venais de passer vingt-cinq pénibles années à me dire la même chose.

— Vous vous intéressez au temps ?

— Complexité et simplicité. Le temps était quelque chose de simple, et il l'est encore. Nous pouvons le diviser facilement, le mesurer, nous en servir pour organiser nos repas et trinquer à son passage. Nous pouvons le déployer mathématiquement, l'utiliser pour exprimer des idées sur l'univers observable, et pourtant, lorsqu'il s'agit de l'expliquer à un enfant avec un vocabulaire basique, nous échouons. Pour l'essentiel, ce que nous savons faire de mieux avec le temps, c'est le perdre.

Sur ces mots, il leva son verre pour me saluer et en vida le contenu d'un trait. Pour ma part, je n'étais subitement plus d'humeur à boire.

Chapitre 18

La complexité des événements incite à s'abstenir de toute intervention.

J'aurais dû le crier à Phearson, j'aurais dû lui clouer les oreilles à la porte du club et le forcer à écouter les récits de désastre et de chaos propagé à travers les générations qui se racontaient au Cercle Cronus. En l'occurrence, je n'aurais pas pu deviner combien mes craintes au sujet de son intervention étaient justifiées, ni prédit jusqu'où il irait pour me soutirer davantage de réponses que je ne jugeais sage de lui en fournir.

Lorsque, durant cette quatrième vie, Phearson et ses hommes se décidèrent à me torturer afin que je leur raconte tout ce que je savais de l'avenir, ils se mirent à la tâche de manière hésitante. Ils étaient tout à fait préparés à faire usage de violence extrême pour parvenir à leurs fins, mais craignaient de m'endommager irrémédiablement. J'étais une prise unique, comme ils n'en verraient pas d'autre de leur existence. Mon potentiel demeurait inconnu et inexploré, si bien que m'infliger des dégâts permanents de nature physique ou pire, mentale, eût été un péché impardonnable.

Lorsque j'en pris conscience, je redoublai de hurlements, toussai, bavai et m'agitai follement dans ma propre pisse et mon propre sang. Ils en furent si alarmés qu'ils me laissèrent tranquille un petit moment, jusqu'à ce que Phearson s'approche de moi et me chuchote :

— C'est pour le monde que nous faisons ça, Harry. C'est pour l'avenir.

Puis ils se remirent au travail.

À la fin du deuxième jour, ils me traînèrent dans la douche et ouvrirent le robinet. Je restai assis dans le bac sous le jet d'eau glacée, me demandant si je parviendrais à briser la vitre d'un coup de poing, et combien de temps il me faudrait pour trouver un morceau de verre avec lequel me trancher les veines.

Le troisième jour, ils prirent un peu d'assurance. L'empressement de l'un inspira les autres, et ils développèrent un esprit d'équipe qui incitait chacun à ne pas décevoir le reste du groupe.

Phearson prenait garde à ne jamais se trouver dans la pièce pendant que ses hommes me cuisinaient : il partait toujours quelques minutes avant que ça commence et revenait quelques minutes après que ce fut fini. Un coucher de soleil rougeâtre se reflétait sur le plafond de ma chambre le troisième soir. Les autres sortirent. Phearson s'assit près de mon lit et me prit la main en disant :

— Seigneur, Harry, je suis désolé. Je suis vraiment désolé que vous réagissiez ainsi. J'aimerais pouvoir leur dire d'arrêter.

Je le haïssais et me mis à pleurer en pressant mon visage contre sa main, et sanglotai agenouillé devant lui.

Chapitre 19

J'avais écrit deux lettres.

Chère Jenny,

Je t'aime. Il me semble que je devrais avoir autre chose à te dire, mais à présent que je prends la plume je me rends compte qu'il n'y a rien d'autre. Qu'il n'existe pas de mots au-delà de ceux-ci, qu'il n'est pas de vérité plus grande, plus simple ou plus authentique. Je t'aime. Je suis vraiment désolé de t'avoir fait peur, désolé de tout ce qui a été dit et fait, et de tout ce qui doit être dit et fait. J'ignore si mes actions auront des conséquences après ma mort mais, si tu dois continuer à vivre sans moi, ne culpabilise pas à cause de ce que tu pourras entendre. Contente-toi de mener une existence longue, libre et heureuse. Je t'aime. C'est tout.

Harry

J'inscrivis l'adresse d'une amie sur l'enveloppe, au cas où on surveillerait son courrier.

La seconde lettre était adressée au docteur S. Ballad, neurologue, rival sur le plan académique, partenaire de beuverie occasionnel et, même si aucun de nous deux n'avait jamais ressenti le besoin de le formuler, ami de confiance. Elle disait :

Cher Simon,

Ces derniers mois, tu as dû entendre à mon sujet des choses qui t'auront plongé dans le doute et l'expectative. Cette lettre ne fera qu'aggraver ton doute et tes interrogations, ce dont je m'excuse par avance. Je ne puis t'expliquer ici ma situation, ni même les raisons de la faveur que je viens te demander au moyen de cette missive. Pardonne-moi de te solliciter ainsi sans te fournir plus de détails, mais au nom de notre amitié, du respect qui existe entre nous et dans l'espoir de temps meilleurs à venir, je te prie de bien vouloir me rendre ce service.

Tu trouveras ci-dessous le texte d'une petite annonce qui doit être postée dans la section « personnel » de tous les journaux les plus importants. Les parutions doivent avoir lieu simultanément, peu importe quel jour, mais bientôt. Si j'en ai l'occasion, je te rembourserai ce que ça coûtera et ferai de mon mieux pour te dédommager de ta courtoisie et du temps que tu auras consacré à cette requête.

À la lecture de cette lettre, tu douteras qu'il soit opportun de faire ce que je te demande. Tu t'interrogeras sur mes motivations et sur tes responsabilités envers moi. Je ne pense pas pouvoir te convaincre en quelques pauvres mots si tu ne souhaites pas l'être. Je ne peux qu'espérer que le lien qui existe entre nous, combiné à ma parole que mes intentions sont bonnes

et que ton geste n'aura que des conséquences positives, suffira. Dans le cas contraire, j'ignore ce qu'il adviendra de moi. Aussi, je ne peux que te supplier, pour la première fois dans l'histoire de notre amitié, d'accéder à ma requête.
Transmets mes salutations à ta famille. Je te souhaite le meilleur et demeure,
ton ami,

Harry

Venait ensuite le texte suivant :

Cercle Cronus
Je suis Harry August.
Le 26 avril 1986, le réacteur numéro quatre est entré en fusion.
Aidez-moi.

Il parut dans les petites annonces personnelles du *Guardian* et du *Times* le 28 septembre 1973, et fut supprimé de toutes les archives trois jours plus tard.

Chapitre 20

Phearson me brisa.

De retour dans ma quatrième vie, une fois de plus. C'est toujours là qu'on en revient, même quand je tente de l'éviter : à ce moment où je suis prostré devant lui, sanglotant dans sa main, le suppliant d'arrêter, pitié, pitié, Seigneur, faites que ça s'arrête.

Il me brisa.

Je craquai, ce fut un soulagement.

Je devins un automate, récitant les gros titres de journaux, répétant mot pour mot des histoires que j'avais entendues, fouillant mes souvenirs de mes vies précédentes. Parfois, je me mettais à parler dans les langues apprises durant mes voyages, mélangeant les massacres et les coups d'État avec les paroles du Bouddha ou des bribes de dogme shinto.

Phearson ne m'interrompait ni ne me corrigeait jamais. Il restait assis pendant que les deux grandes bobines du magnétophone, qui devaient être changées toutes les vingt minutes, tournaient avec un léger cliquetis. Il maîtrisait l'art de la carotte et du bâton. Il était toujours près de moi quand on me donnait la première, et jamais quand on me frappait avec le second. Ainsi, et même si j'avais conscience que c'était précisément le résultat qu'il tentait d'obtenir,

Phearson devint pour moi l'ange doré qui amenait avec lui la chaleur et l'apaisement. Je lui racontai tout, et ma parfaite mémoire devint une parfaite malédiction jusqu'à l'arrivée de la femme, trois jours plus tard.

À travers le brouillard des médicaments et de la fatigue, je perçus de l'agitation dans le vestibule. Puis une voix impérieuse s'exclama :

— Pour l'amour de Dieu !

Je me trouvais dans le plus petit des deux salons, recroquevillé comme toujours près du magnétophone auquel je racontai d'une voix morne la tentative d'assassinat dont avait été victime le président Reagan. Elle fit irruption dans la pièce en agitant ses longues manches à la coupe presque médiévale, ses cheveux gris bouclés s'agitant sur sa tête comme s'ils étaient doués d'une vie propre, son fard à joues incrusté dans les ravins de sa peau, ses doigts chargés de bagues étincelantes au rythme de ses gesticulations.

— Vous ! aboya-t-elle à la vue de Phearson qui, instinctivement, éteignit le magnétophone. Dehors !

— Qui diable êtes… ?

Elle l'interrompit d'un geste impérieux, crachant :

— Appelez vos supérieurs, espèce d'horrible petit bonhomme. Doux Jésus, qu'avez-vous fait ? Ne comprenez-vous pas à quel point tout cela est inutile maintenant ?

Phearson ouvrit la bouche pour répondre, et de nouveau, elle l'en empêcha.

— Ouste, ouste, ouste ! Filez ! Allez passer vos coups de téléphone !

Devinant sans doute qu'il avait peu de chance de parvenir à avoir une conversation civilisée avec elle,

Phearson se renfrogna. Il sortit à grands pas furieux et claqua la porte derrière lui.

La femme s'assit face à moi et tripota distraitement quelques boutons du magnétophone, dont la taille et les réactions la firent glousser. Je gardai les yeux rivés sur le plancher et la tête rentrée dans les épaules, dans la position des gens terrifiés et incapables d'espoir.

— Quel affreux vermisseau, finit-elle par lâcher. Vous faites peur à voir. Je me nomme Virginia, au cas où ça vous intéresserait. Et je vois bien que c'est le cas. Je me trompe ?

Elle me parlait comme à un chaton effrayé, et ce fut essentiellement la surprise qui me fit lever les yeux vers elle. Des bracelets de perles, un immense collier qui lui descendait presque jusqu'au nombril… tels furent les détails qui me frappèrent au premier coup d'œil. Les mains en coupe sous le menton, elle se pencha vers moi et plongea son regard dans le mien.

— « Cercle Cronus, récita-t-elle enfin. Je suis Harry August. Le 26 avril 1986, le réacteur numéro quatre est entré en fusion. Aidez-moi. »

Je retins mon souffle. Elle avait vu ma petite annonce. Mais Phearson avait très bien pu la voir lui aussi, s'il s'était donné la peine de regarder. N'importe qui avait pu la voir en lisant les journaux dans lesquels Simon l'avait publiée. Était-elle venue pour m'aider ou pour me punir ? Serait-elle mon salut ou ma damnation ?

Et d'une façon ou d'une autre, cela m'importait-il encore ?

— Vous nous posez un sacré problème, soupira-t-elle. Bien entendu, ce n'est pas votre faute, pauvre agneau.

Franchement, regardez-vous ! Quelle honte. C'est tout à fait compréhensible. Quand tout sera terminé, vous aurez besoin de suivre une thérapie pour gérer votre stress post-traumatique, même si ça risque d'être difficile à trouver. Vous semblez avoir… disons, la cinquantaine ? Ce qui signifie que vous devez être né dans les années vingt, une période grouillant d'horribles freudiens qui tiennent absolument à ce que vous vouliez coucher avec votre mère. Mais je connais un type merveilleux à Finchley, très doué, très compréhensif, qui n'embête personne avec ses cigares. À défaut, les prêtres locaux sont toujours utiles, du moment que vous vous adressez à eux sous le prétexte d'une confession. Mais parfois ça leur flanque les chocottes à un point ! Et surtout, n'allez pas, n'allez PAS… (elle tapa sur la table de l'index, avec tant de détermination que sa dernière phalange plia en arrière) vous dire que vous êtes un grand garçon et que vous vous en remettrez. Vous êtes dans un état terrible, Harry chéri. Vous la jouer stoïque et silencieux serait tout à fait contre-productif.

À présent, je ne pouvais plus détacher mes yeux d'elle. Ce visage ridé et trop maquillé, sous cette masse de cheveux laqués et tire-bouchonnant, était-il celui du salut ? Cette femme avec ses larges manches violettes et son cardigan en mousseline, ses bracelets qui tintaient et ses bourrelets au ventre, serait-elle une envoyée du mystérieux Cercle Cronus ? J'avais déjà du mal à aligner deux pensées cohérentes, et plus encore à user de mes capacités de déduction.

— Il n'y a pas de cotisation officielle, expliqua-t-elle comme si elle avait lu dans mes pensées, mais on s'attend plus ou moins à ce que vous versiez un petit quelque chose pour les générations suivantes. Question de politesse. Il n'y a qu'une seule règle gravée dans le marbre : vous pouvez faire ce que vous voulez, à condition de ne pas foutre le bordel. Donc, pas question de lâcher une bombe atomique sur New York ou de descendre Roosevelt, fût-ce dans un dessein expérimental. Nous avons autre chose à faire que gérer ce genre d'âneries.

Comme je gardais le silence, elle enchaîna :

— Je vais partir du principe que vous êtes intéressé, auquel cas il faudra que l'on se revoie.

Elle se pencha par-dessus la table. Je crus qu'elle allait me tendre une carte de visite. Au lieu de ça, je vis un petit canif à manche de bois dans sa paume. Les yeux brillants, elle demanda à voix basse :

— Voyons… Trafalgar Square, le 1er juillet 1940 à 14 heures, ça vous irait ?

Mon regard fit la navette entre son visage et le couteau qu'elle m'offrait. Elle comprit et se leva en souriant.

— Personnellement, je préfère la cuisse, révéla-t-elle. Dans un bain, ça aide. Mais on fait comme on peut, n'est-ce pas ? Bye bye, Docteur August ! À bientôt !

Sur ces mots, elle s'éloigna gaiement.

Je me tranchai l'artère fémorale le soir même et me vidai en moins de quatre minutes. Je n'avais malheureusement pas de baignoire sous la main mais, après les soixante premières secondes, je cessai de sentir la douleur et éprouvai une certaine satisfaction à voir mon sang tout saloper.

Chapitre 21

La mort ne nous effraie pas.

Ce qui nous terrorise, c'est de renaître. Ça, et l'éventualité que, même dans un corps tout neuf, notre esprit ne puisse être sauvé.

Ce fut au cours de ma troisième vie que je compris d'où je venais, alors que debout près du cercueil d'Harriet August, je dévisageais mon père biologique de l'autre côté de la tombe.

Je n'en conçus ni colère ni indignation. Le chagrin autant que la raison me firent éprouver de la gratitude envers ceux qui m'avaient élevé comme leur fils, alors même que mon âme acceptait le fait que je ne pouvais pas être de leur sang. J'étudiai mon père biologique froidement, comme un scientifique examine un échantillon qu'il soupçonne d'être un placebo plutôt qu'un remède. Je ne me demandai pas pourquoi ou comment, mais « et si ? ». Et s'il était comme moi ?

Je dois admettre que mes observations ne m'apprirent pas grand-chose. Après la mort d'Harriet, Patrick se retrancha dans son chagrin et sa solitude, et, petit à petit, je pris le relais de ses fonctions, abandonnant l'école pour devenir l'homme à tout faire du domaine malgré mon jeune âge.

La Grande Dépression approchait, et la famille Hulne avait fait des investissements peu judicieux. Ma grand-mère Constance était économe mais aussi très orgueilleuse, d'où un conflit d'intérêts. Elle mégotait sur le combustible et l'entretien de la propriété, refusait de dépenser le moindre sou au quotidien mais, chaque année, elle invitait tous les amis et les parents lointains de la famille Hulne à venir chasser sur ses terres et leur servait un festin qui coûtait le double des économies réalisées par ailleurs.

Quant à mes tantes, Alexandra avait épousé un fonctionnaire gentil bien qu'assez terne, tandis que sa sœur Victoria menait une vie d'excès et de scandale sur laquelle ma grand-mère fermait les yeux. Les relations polaires entre mon père biologique et son épouse les dissuadaient de toute dépense importante. Elle passait le plus clair de son temps à Londres, ce qu'elle pouvait se permettre parce que c'était son propre argent (ou celui de sa propre famille) qu'elle gaspillait ainsi. Il passait le plus gros de ses journées à battre la campagne ou à se mêler sans grand succès de politique locale. Lorsqu'ils partageaient un toit ou un lit, ils le faisaient avec la même raideur efficace mais dénuée de passion qui gouvernait aux banquets annuels de ma grand-mère.

Ainsi la famille déclina-t-elle. On commença par ne plus remplacer les domestiques qui s'en allaient et, pour finir, on congédia ceux qui restaient. On garda mon père adoptif autant par pitié que pour les services qu'il rendait encore. Et aussi, commençai-je à comprendre, parce qu'on avait une dette envers les August, qui avaient élevé sans se plaindre un enfant qui n'était pas le leur.

Je justifiais mon salaire comme dans ma première vie, et même davantage, puisque je possédais désormais une vaste expérience à mettre au service de ma profession. Je connaissais le domaine presque mieux que mon père et, au fil des ans, j'avais acquis des compétences fort utiles telles que réparer un moteur, remédier à une fuite ou localiser un câble défectueux, autant de connaissances d'un niveau technologique avancé pour l'époque, surtout pour un adolescent. Je me donnais beaucoup de mal pour être partout et nulle part à la fois, indispensable et invisible, autant pour échapper à la monotonie de ma vie que pour observer ma famille biologique.

Ma grand-mère m'ignorait avec soin, ma tante Alexandra était rarement à la maison, Victoria ne me prêtait aucune attention et ce sans le moindre effort, et mon père me regardait fixement jusqu'à ce que quelqu'un le prenne sur le fait. Mais agissait-il ainsi par curiosité ou parce qu'il culpabilisait ? Je n'aurais su le dire.

J'observais cet homme à la mise rigide et aux origines plus rigides encore. Une moustache ornait sa lèvre supérieure tel un vieil animal domestique, dont il taillait secrètement le poil à l'aide d'un petit filet vert, et je me demandais s'il était comme moi. Quand les Hulne renvoyèrent leur maître d'hôtel et que je devins un domestique bon marché, je pris l'habitude de me placer derrière sa chaise à la tête de la table et de le regarder couper son poulet trop cuit en morceaux de plus en plus petits, auxquels il ne touchait pas tant que le dernier n'était pas parfaitement carré. Je le voyais donner un baiser rituel sur la joue de sa femme quand elle arrivait, et un baiser rituel sur son autre joue quand elle repartait le lendemain, ayant rafraîchi sa garde-robe avant de regagner la ville.

Une fin d'année où le temps venait de virer au froid, j'entendis tante Victoria lui chuchoter qu'elle avait ce qu'il fallait pour la douleur de sa hanche. Une balle l'avait effleuré pendant la guerre, et son esprit avait fait de cette blessure légère un véritable traumatisme, ce dont je ne lui tenais pas rigueur car j'avais moi aussi combattu pour mon pays, et je connaissais le pouvoir de ces choses. Tante Victoria connaissait un drôle de petit bonhomme vivant à Alnwick, qui connaissait lui-même un excellent fournisseur basé à Leeds, qui recevait régulièrement de Liverpool une nouvelle drogue appelée diacétylmorphine. Exactement ce dont Rory avait besoin.

Je regardai par l'entrebâillement de la porte la première fois que mon père en prit. Je le vis trembler, frissonner et s'immobiliser, de la salive coulant le long de sa joue depuis sa bouche grande ouverte et allant se masser dans le creux de son oreille. Puis ma tante me surprit en train de l'espionner. Elle glapit que j'étais un imbécile et un ignorant avant de me gifler du dos de la main et de me claquer la porte au nez.

Trois jours plus tard, la police arrêta son drôle de petit bonhomme à Alnwick après avoir reçu une lettre anonyme à l'écriture anguleuse et grossière. Une lettre également anonyme et rédigée de la même main devait parvenir plus tard aux forces de l'ordre pour les prévenir que Monsieur Traynor, le vendeur de bauxite, aimait toucher les petits garçons, ainsi qu'en témoignait le jeune « H » dans la déclaration jointe. Un expert en calligraphie aurait remarqué une forte similitude entre l'écriture du délateur et celle du gamin. En l'occurrence, les traces de morsure que l'on trouva sur le pouce de Monsieur Traynor pendant son interrogatoire s'avérèrent celles d'un enfant et, même en l'absence d'autres témoignages, on l'incita vivement à ne pas s'attarder dans les parages.

Durant ma première vie, mon père biologique (même s'il m'avait témoigné une attention que je n'avais pas perçue) n'était jamais allé jusqu'à s'intéresser ouvertement à moi. Durant ma deuxième vie, j'étais trop occupé à me suicider pour me soucier du comportement de quiconque. Mais, durant ma troisième vie, mon comportement dévia suffisamment pour faire dévier aussi le sien.

Si invraisemblable que cela puisse paraître à la lumière de mes carrières ultérieures, ce fut notre assiduité à la messe qui nous rapprocha. Les Hulne étaient catholiques. La honte héréditaire que cela leur inspirait s'était récemment muée en une sorte de fierté démonstrative. Ils avaient fait construire de leurs deniers et pour leur bénéfice une chapelle que les gens du coin fréquentaient, non pour sa confession, mais parce qu'elle avait l'avantage de la proximité.

Le prêtre était un homme quelque peu irrévérencieux répondant au nom de révérend Shaeffer, qui avait tourné le dos à sa stricte éducation huguenote pour les joies autrement plus spectaculaires du catholicisme. Toutes ses œuvres s'en trouvaient empreintes d'une certaine jubilation comme si, libéré de l'obligation de porter du noir la plupart du temps, il avait résolu de toujours se vêtir de pourpre. Ni mon père ni moi n'allions à l'église quand il nous semblait probable que nous devrions le croiser, ce qui, du coup, nous forçait à nous croiser l'un et l'autre.

Notre relation n'avait rien d'un bourgeon en train d'éclore. Nos premières rencontres à la chapelle furent silencieuses. Un simple regard pour attester que nous nous étions reconnus et rien de plus, pas même un signe de tête. Si mon père se demandait ce qu'un gamin de huit ans pouvait bien faire dans cette maison de Dieu, il dut conclure que c'était le chagrin qui m'avait conduit là, tandis que, de mon côté, je me demandais si sa piété ne se fondait pas sur un certain remords.

Pour ma part, je considérai la présence de mon père durant la messe, d'abord comme une distraction agaçante, puis comme une curiosité, car je venais de me lancer dans la quête traditionnelle de l'ignorant qui s'efforce de comprendre sa situation en tentant de communier avec une quelconque divinité dans le secret de son âme.

Je tenais là le même raisonnement que tous les kalachakras, ceux qui voyagent à travers leur propre histoire. Je ne trouvais aucune explication au phénomène qui m'affectait et, ayant conclu que personne de ma connaissance ne revivait sa propre vie encore et encore, je devais logiquement me considérer soit comme une erreur de la nature, soit comme le sujet d'un pouvoir qui me dépassait.

Durant ma troisième vie, je ne disposais d'aucune connaissance scientifique, excepté les informations superficielles que j'avais pu glaner en lisant des magazines parus dans les années 1970 qui prédisaient une apocalypse nucléaire, aussi n'avais-je aucun moyen d'expliquer concrètement ce qui m'arrivait.

Pourquoi moi ? Pourquoi la nature aurait-elle conspiré pour me mettre dans cette situation ? Et n'y avait-il pas dans le phénomène dont j'étais l'objet quelque chose d'unique, qui impliquait un dessein bien précis plutôt qu'une collision aléatoire d'événements subatomiques ?

Partant sur cette base, je me tournai vers l'explication surnaturelle la plus populaire et cherchai des réponses auprès de Dieu. Je lus la Bible de bout en bout mais, dans la manière dont elle abordait la résurrection, je ne trouvai rien qui puisse éclairer ma propre situation, à moins que je sois un prophète ou un damné. Or, les arguments en faveur de l'une ou l'autre hypothèse étaient trop ténus pour faire pencher la balance.

Je voulus me renseigner sur les autres religions, mais les systèmes de croyances alternatifs n'étaient guère représentés en ce lieu et en cette époque, et très peu accessibles pour un enfant dont on s'attendait à ce qu'il sache à peine griffonner son nom. Donc, par élimination plutôt que par goût personnel, je me tournai vers le Dieu chrétien. Voilà pourquoi je me trouvais dans la chapelle, priant pour recevoir une réponse à ma question informulée, lorsqu'une voix lança :

— Je te vois souvent ici.

Mon père.

Je m'étais demandé si ma particularité pouvait être héréditaire. Mais, dans ce cas, mon père n'aurait-il pas dit quelque chose ? Pouvait-il être assez superficiel, assez prisonnier de son orgueil et de l'époque, pour ne pas parler à son fils d'une affliction aussi terrible ? D'un autre côté, si ma particularité était héréditaire, pourquoi le comportement de mon père resterait-il inchangé, alors que connaître sa propre histoire l'aurait sûrement incité à le modifier ?

— Oui, monsieur.

J'avais répondu instinctivement, sans réfléchir. J'ai constaté que, dans mon enfance, mon attitude par défaut est de renforcer poliment les suppositions fréquemment erronées des adultes à mon égard. Dans les quelques occasions où j'ai tenté de me rebeller, ou bien on m'a qualifié de gamin précoce et de forte tête, ce que j'ai toujours trouvé frustrant, ou bien mes actions se sont retournées contre moi. Mais si le « Oui, monsieur » a l'avantage de la neutralité, il a aussi l'inconvénient de ne guère faire progresser la situation. Un long silence suivit.

Puis mon père demanda :

— Tu pries Dieu ?

Je confesse qu'il fallut un moment à cette question banale pour pénétrer mon esprit. Comment un homme dont je tenais la moitié de mes gènes pouvait-il à ce point manquer d'imagination ? Pourtant, je n'ajoutai rien à la brillance de notre échange en répondant de nouveau :

— Oui, monsieur.

— C'est bien. Tes parents t'ont éduqué convenablement.

Cela parut lui inspirer une satisfaction que, dans mon enthousiasme, j'interprétai peut-être à tort comme toute paternelle. Au terme de cette conversation follement productive, il me sembla qu'il allait s'en aller, aussi lançai-je :

— Que demandez-vous dans vos prières, monsieur ?

Venant d'un adulte, la question aurait été considérée comme indiscrète. Venant d'un enfant incapable de comprendre les réponses qu'on pourrait lui faire, je suppose qu'elle était presque touchante, et je renforçai cette impression avec mon air le plus innocent, longuement travaillé devant un miroir. Hélas ! ma jeunesse n'a jamais suffi à me conférer une aura de naïveté.

Rory Hulne réfléchit longuement, comme s'il s'apprêtait à se confesser à un inconnu, puis sourit et opta pour la réponse la plus superficielle.

— La même chose que tous les hommes. Du beau temps, une assiette bien remplie et l'amour de ma famille.

Mon incrédulité dut se lire sur mon visage, car le sien frémit d'embarras. Comme pour compenser le fait qu'il n'avait pas réussi à me convaincre, il m'ébouriffa les cheveux d'un geste brusque et maladroit, qui ne dura guère que l'espace d'un instant.

Ce fut ma première conversation significative avec mon père biologique, et on ne peut pas franchement dire qu'elle augurait bien de la suite.

Chapitre 22

Le Cercle Cronus est synonyme de pouvoir. Ne vous y trompez pas.

Seuls la paresse, l'apathie et le manque d'intérêt empêchent ses membres d'employer les vastes ressources dont ils disposent. Et peut-être la peur, aussi. La peur de ce qui fut et de ce qui sera. Il serait faux de dire que les kalachakras peuvent vivre sans jamais subir les conséquences de leurs choix.

Durant ma quatrième vie, je me suicidai pour échapper à Phearson et à son magnétophone, et durant ma cinquième vie, je cherchai de l'aide comme Virginia me l'avait conseillé. Je ne recouvre jamais mes souvenirs d'un coup, la mémoire me revient progressivement entre mon troisième et mon quatrième anniversaire. Plus tard durant cette vie-là, Harriet me dit que j'avais beaucoup pleuré quand j'étais petit, que jamais elle n'avait vu un enfant aussi triste. Rétrospectivement, j'imagine qu'en me rappelant ma mort précédente je la revivais pas à pas tandis que mon esprit intégrait ma véritable nature.

Donc, je cherchai de l'aide. Virginia avait raison : les services médicaux de l'époque ne pouvaient pas grand-chose pour moi et, comme nous l'avons déjà établi, le chapelain des Hulne non plus. Le temps que je me souvienne qui j'étais et d'où je venais, la santé d'Harriet commençait déjà à décliner, et le regard hanté de Patrick me disait qu'il ne comprenait que trop bien pourquoi sa femme se flétrissait sous ses yeux. Les problèmes des bien portants perdent toute signification face au cancer. Je n'étais qu'un enfant, et je ne pouvais rien dire à ces deux personnes que, lentement et à ma manière, j'en étais venu à aimer. J'avais besoin de l'aide d'un inconnu, besoin de pouvoir exprimer mes tourments intérieurs à quelqu'un d'autre.

J'écrivis à mon père.

Ce choix de confident peut sembler quelque peu singulier. Inutile de préciser que je ne lui racontai pas tout : je ne lui parlai pas de ma véritable nature, ne mentionnai pas mon âge véritable et ne dévoilai rien de l'avenir. Au lieu de ça, je rédigeai mes lettres avec l'écriture anguleuse d'un adulte et signai « Deuxième classe Harry Brookes », en mentionnant le nom du régiment auquel avait appartenu mon père.

J'écrivis sous la forme d'une excuse et d'une confession, lui disant qu'il ne se souviendrait probablement pas de moi mais que moi, je me souvenais de lui, et que j'espérais qu'il me prêterait une oreille attentive autant que compatissante. Je lui racontai que j'avais été capturé par l'ennemi durant la Première Guerre mondiale, piochant les circonstances de mon arrestation dans les livres que j'avais lus et les histoires que j'avais entendues.

Je lui dis que j'avais été interrogé et, sur ce point, je n'omis aucun détail : les coups et la douleur, l'humiliation et le chagrin, le délire, les médicaments et le moment où j'avais voulu mettre fin à mes jours. Au fil de plusieurs mois et de nombreuses missives, je lui racontai tout, ne changeant que les noms et les dates et transformant mon suicide réussi en tentative ratée.

« Pardonnez-moi, écrivis-je à la fin. Je ne pensais pas que je craquerais. »

Pendant très longtemps, mon père ne répondit pas. Je lui avais donné une adresse entièrement fictive, sachant très bien que c'était moi qu'on enverrait poster le courrier. Le deuxième classe Harry Brookes avait ouvert son cœur à un inconnu qui ne répondait pas, mais je savais que ce n'était pas une réponse dont j'avais réellement besoin, mais simplement de raconter mon histoire. Le reste n'était qu'une courtoisie optionnelle.

Pourtant, je l'espérais avec une ferveur enfantine que je ne pouvais pas entièrement attribuer à mes hormones. Lorsque je me trouvais en présence de mon père, la moutarde me montait au nez. Je savais qu'il avait reçu et lu les lettres du deuxième classe Brookes, et je ne comprenais pas que mon angoisse palpable n'ait pas brisé sa carapace de pierre pour le réduire aux sanglots. Ma colère dut transparaître brièvement sur mon visage, car ma grand-mère dit un jour à Harriet :

— Votre fils est un petit misérable, et sournois par-dessus le marché ! Vous verriez les regards qu'il nous lance !

Harriet me réprimanda, mais je crois que, plus que n'importe qui d'autre, elle sentait la chose tapie sous la surface que je tentais d'exprimer sans oser la formuler tout haut. Même Patrick, qui ne répugnait pas à me corriger avec une baguette de saule, me punit moins souvent durant cette vie-là, et mon cousin Clement, la petite brute de la maison, prit l'habitude de se cacher à mon approche.

Puis mon père me répondit enfin.

Je dérobai la lettre sur le plateau d'argent près de la porte et me réfugiai dans les bois pour la lire tranquillement. Je fus agacé de constater que son écriture ressemblait beaucoup à la mienne. Il m'était insupportable d'avoir hérité tant de traits de caractère de cet homme trop gâté par la vie. Puis je lus ce qu'il avait écrit, et ma colère retomba.

Cher deuxième classe H. Brookes,

J'ai bien reçu vos lettres, et je les ai lues avec intérêt. Je vous remercie cordialement pour votre courage et pour la détermination dont vous avez fait preuve, d'abord en endurant de telles épreuves, puis en avouant la vérité à vos supérieurs. Sachez que je ne vous tiens aucun grief de ce que vous avez pu raconter à l'ennemi, car nul n'aurait pu souffrir autant que vous et voir son intégrité remise en cause. Je vous félicite, monsieur, et je vous salue.

Nous avons été témoins de choses innommables. Nous avons appris, vous et moi, à parler le langage de la violence et des effusions de sang. Les mots ne suffisent pas pour exprimer cela. La musique n'est qu'une suite de notes creuses, et même les sourires des inconnus sonnent faux. Nous devons parler, et nous n'osons pas le faire, nous ne pouvons pas le faire, sinon en pataugeant dans la boue alors que des hurlements

résonnent autour de nous. Nous n'avons pas d'autres frères que nos camarades, car l'amour que nous vouons à nos mères et à nos épouses exige que nous les protégions contre ce que nous savons. Nous sommes liés comme des étrangers partageant un secret qu'ils ne peuvent dévoiler aux gens de l'extérieur. Nous sommes brisés, vides et seuls. Tels des pantins de bois peint dans le théâtre de cette existence, nous ne survivons que pour nos proches. Eux seuls peuvent encore donner un sens à notre vie. C'est en eux que nous devons placer notre espoir. Je vous souhaite de trouver quelqu'un qui incarnera pour vous ce sens et cet espoir, et je reste à jamais
votre ami sincère,

Major R. E. Hulne

Je brûlai la lettre et répandis ses cendres sous les arbres. Le deuxième classe Harry Brookes cessa d'écrire à mon père.

Chapitre 23

C'est tout un art que de naviguer dans Londres durant le Blitz. Certaines règles sont évidentes : les stations de métro de Bethnal Green et Balham doivent être évités, tout comme une grande partie de Wapping, Silvertown et l'île aux Chiens. Plus on va vers l'ouest, plus on a de chances de ne pas être touché pendant les déplacements nocturnes mais, si on arrive aux abords d'une zone dont on est à peu près certain qu'il s'agissait de logements sociaux la dernière fois qu'on a vérifié, dans les années soixante-dix, mieux vaut faire un large détour.

Le Blitz affecte le fonctionnement général de la ville de trois façons. La première est très concrète : les rues sont bloquées, les services publics suspendus, les hôpitaux débordés, les pompiers épuisés, les policiers agressifs, et le pain manque. Faire la queue devient un passage obligé et ennuyeux, et si tu es un jeune homme qui ne porte pas l'uniforme, tôt ou tard, des dames soi-disant tolérantes te jugeront pendant que tu patienteras pour obtenir ta ration hebdomadaire de viande à savourer très lentement, une bouchée après l'autre.

La deuxième, une lente érosion du moral, est plus subtile mais aussi plus ravageuse. Elle débute de manière presque anodine, peut-être par un coup d'œil dans une rue en ruine où les survivants d'un bombardement qui a emporté leur famille sont assis, muets et choqués, sur les débris de leur lit. Parfois, il ne s'agit même pas de la vue d'un être humain. La simple vision d'une chemise de nuit d'enfant flottant au sommet d'une cheminée, sur laquelle elle s'est accrochée en retombant après une explosion, peut suffire à éveiller un sentiment qui n'a pas de nom. Une mère qui ne parvient pas à retrouver sa fille. Le visage des évacués, pressé contre la vitre d'un train qui file vers la campagne. Un millier de coupures minuscules qui finissent par saigner l'âme à blanc. La mort tombée du ciel n'est que le rire du bourreau qui fait son office.

Et puis inévitablement, vient le choc. Est-ce le jour où le voisin se fait tuer parce qu'il est parti réparer une bicyclette au mauvais endroit, au mauvais moment ? Est-ce le bureau désormais vacant, ou l'incendie qui a réduit un lieu de travail en cendres et qui vous laisse planté sur le bord du trottoir à vous demander : « Que vais-je faire maintenant ? »

On raconte beaucoup de mensonges au sujet de l'esprit qui régnait pendant le Blitz : les gens qui chantaient dans les tunnels, ceux qui continuaient pour leur famille, pour leurs amis et pour l'Angleterre. La réalité était bien plus simple. Les gens continuaient parce qu'ils ne pouvaient rien faire d'autre. Ce qui n'en est pas moins un exploit remarquable, à sa façon.

Je trouvai cruel que le 1er juillet 1940 soit une si belle journée. Sans le vent, il aurait fait trop chaud, sans le soleil, il aurait fait trop froid, mais ce jour-là, les deux éléments semblaient s'être combinés pour former une parfaite harmonie. Le ciel était d'un azur éclatant, la lune serait pleine le soir même, et les gens qui traversaient la place d'un pas vif semblaient abattus. Ils maudissaient le ciel entre leurs dents et priaient pour que viennent la pluie et le brouillard.

Je m'assis du côté nord, en haut des marches qui descendaient vers les larges fontaines peu profondes, et j'attendis. J'étais arrivé avec presque une heure d'avance afin de reconnaître les lieux, en espérant que, s'il y avait des signes de danger, je serais capable de les identifier. J'étais un déserteur. On m'avait appelé sous les drapeaux en 1939 et, pour ne pas rater le rendez-vous fixé par Virginia, j'avais fui, à la grande honte de Patrick et peut-être aussi de mon père biologique.

Comme beaucoup de nos semblables, j'avais pris garde durant ma quatrième vie de noter quelques renseignements utiles glanés dans un almanach de 1957 : notamment, les résultats de certaines courses de chevaux et autres événements sportifs. Je ne m'en étais pas servi pour amasser une fortune, mais seulement pour atteindre le niveau de confort essentiel si on veut se voir confier un travail stable.

J'avais pris un accent qui était presque une parodie de la prononciation standard de Phearson, laissant transparaître ma voix naturelle quand je souhaitais impressionner un employeur potentiel par le mal que je m'étais donné pour améliorer mon statut social. En vérité, ce que je considérais comme ma voix « naturelle » avait été tellement déformé par les voyages, le temps et les langues apprises que, souvent, je me surprenais à imiter inconsciemment la syntaxe et le ton des gens qui m'entouraient. Je parlais à Patrick avec l'accent du Nord, à mon épicier avec l'accent cockney, et à mes collègues avec le phrasé de quelqu'un qui rêve de bosser pour la BBC.

Il s'avéra que Virginia ne se donnait pas tant de peine.

— Bonjour, mon cher petit ! s'écria-t-elle en me voyant.

Et même si cela faisait vingt-deux ans qu'elle m'avait glissé un canif dans la main, je la reconnus aussitôt. Elle était plus jeune cette fois, la quarantaine environ, mais habillée comme pour une soirée où le jazz était roi et où les hommes se montraient empressés. Rien dans son apparence ne trahissait la moindre concession aux difficultés du moment.

Je me levai aussitôt, un réflexe de politesse guindé et quelque peu incongru qu'elle dissipa en m'attrapant par les épaules et en me donnant une bise sur chaque joue selon une mode qui restait encore à inventer.

— Harry ! s'exclama-t-elle. Seigneur ! mais que vous êtes jeune en ce moment !

J'avais vingt-deux ans mais m'habillais de manière à convaincre le reste du monde que j'en avais vingt-neuf, même si je faisais moins, afin que l'on m'accorde davantage de considération. Cela me donnait plus ou moins l'air d'un enfant qui s'était déguisé avec les vêtements de son père. D'un autre côté, je n'ai jamais réellement maîtrisé mon propre corps.

Virginia passa son bras sous le mien et m'entraîna vers Buckingham Palace. L'endroit n'avait pas encore été endommagé par le bombardier Dornier qui, quelques mois plus tard, toucherait également la gare Victoria.

— Alors, comment c'était, la dernière fois ? me demanda-t-elle joyeusement en se dirigeant vers le Mall telle une cousine de la campagne venue en ville pour une réunion de famille. L'artère fémorale, ça pisse vraiment beaucoup une fois qu'on l'a entamée, et il n'y a que très peu de terminaisons nerveuses dans le coin. J'ai essayé de vous apporter une solution chimique, mais nous avons dû agir de manière si précipitée ! C'était un sacré bazar.

— Mon suicide était-il vraiment la seule option ? demandai-je faiblement.

— Chéri ! s'exclama-t-elle. Ils vous auraient repris et de nouveau interrogé. Franchement, nous ne pouvions pas le tolérer. Et puis… (Elle me donna un coup de coude complice qui manqua me faire partir à la renverse.) Comment aurions-nous su que vous étiez vraiment l'un des nôtres si je ne vous avais pas donné ce rendez-vous ?

Je pris une grande inspiration pour me calmer. Ce rendez-vous qui venait à peine de commencer et qui s'annonçait déjà si étrange m'avait coûté ma vie et vingt-deux ans d'attente.

— Puis-je vous demander si vous comptez disparaître au cours du prochain quart d'heure ? Parce que j'ai plusieurs siècles de questions à vous poser, et j'aimerais savoir si je dois commencer par les plus importantes.

Elle me donna une petite tape affectueuse sur le bras.

— Mon cher enfant, répondit-elle, vous avez tout le temps du monde devant vous.

Chapitre 24

Le Cercle Cronus.

Toi et moi, nous avons eu des discussions si enfiévrées à son sujet !

Nul ne sait qui l'a créé.

Ou, plus exactement, nul ne sait qui en a eu l'idée le premier.

Généralement, il apparaît à Babylone aux alentours de 3 000 avant Jésus-Christ. Nous le savons parce que ses fondateurs tendent à dresser un obélisque dans le désert, au creux d'une vallée quelconque. Dans la pierre, ils gravent leur nom et, souvent, un message pour les générations futures. Parfois, il s'agit d'un conseil sincère et plutôt concret, par exemple :

« ÉVITEZ LA SOLITUDE »
« CHERCHEZ UN ABRI »
« GARDEZ LA FOI »

D'autres fois, quand les fondateurs se sentent d'humeur taquine et moins protectrice vis-à-vis de leurs futurs lecteurs, ils laissent une blague cochonne.

L'obélisque lui-même est devenu une source d'amusement. Souvent, une génération du Cercle Cronus le déplace et le dissimule ailleurs, mettant ses descendants au défi de le retrouver. L'obélisque demeure ainsi enfoui pendant des siècles, jusqu'à ce que quelques archéologues entreprenants finissent par le mettre au jour et par graver eux aussi dans sa pierre vénérable des messages qui vont de :

« LE TEMPS RÉVÉLERA TOUTE CHOSE »

au beaucoup plus terre à terre :

« HARRY EST PASSÉ PAR-LÀ »

L'obélisque lui-même n'est jamais tout à fait identique d'une génération à l'autre. Il fut détruit dans les années 1800 par des Victoriens zélés qui jugeaient sa forme un peu trop phallique. Un autre coula au fond de l'océan alors qu'on le transportait en Amérique. Quelle que soit sa raison d'être, il demeure un témoignage du passé pour tous les futurs membres du Cercle Cronus : les kalachakras de 3 000 avant Jésus-Christ étaient les premiers d'entre nous et le resteront.

Toutefois, une rumeur affirme que la personne qui a fondé le Cercle Cronus ne vient pas d'un passé aussi lointain, qu'il s'agissait d'une dame du nom de Sarah Sioban Grey, née aux alentours de 1740. Elle fut l'une des premières à rechercher activement ses semblables, rassemblant au fil de nombreux siècles et de dizaines de vies le nom de tous les autres habitants de sa ville natale de Boston susceptibles d'être eux aussi des kalachakras. Nous représentons environ deux millionièmes de la population, aussi est-il remarquable qu'elle ait pu découvrir ne serait-ce que quelques dizaines d'entre nous.

Et il lui apparut rapidement que les quelques dizaines d'individus en question ne constituaient pas seulement une fraternité dans le présent, mais aussi dans le passé et l'avenir. Le plus âgé d'entre eux avait presque quatre-vingt-dix ans, ce qui faisait de lui un enfant au début du siècle. Et le plus jeune avait à peine dix ans. Il serait grand-père d'ici à l'époque de la guerre civile qu'elle-même ne connaîtrait jamais. Aussi dit-elle au vieillard :

— Voici ce que je sais de l'avenir. Usez-en pour gagner de l'or.

Et de fait, lorsqu'elle naquit de nouveau aux alentours de 1740, l'homme frappa à sa porte pour lui dire :

— Bonjour, jeune Sarah Sioban Grey. J'ai suivi vos conseils et gagné de l'or, de sorte que vous n'aurez jamais à travailler de toute votre vie.

À son tour, elle rendit ce service à l'enfant qui vivrait pour voir la guerre civile.

— Voici de l'argent que je vais investir, lui annonça-t-elle. Le temps que tu deviennes adulte, ce sera une fortune, et tu n'auras jamais à travailler de toute ta vie. La seule chose que je te demande en échange, c'est de transmettre cette faveur à ceux de nos semblables que tu rencontreras à l'avenir, afin qu'eux aussi jouissent de la sécurité matérielle en ce monde difficile.

Ainsi le Cercle Cronus grandit-il, chaque génération investissant pour les suivantes. Il s'étendit dans le futur, mais aussi dans le passé au fur et à mesure que les enfants parlaient aux vieillards et leur expliquaient :

— Le Cercle Cronus est une fraternité. Lorsque vous redeviendrez enfant, cherchez les vieillards de votre époque et expliquez-leur à votre tour.

Chaque génération s'attela à identifier davantage de membres, et, en l'espace de quelques cycles de mort et de renaissance, le Cercle se propagea non seulement à travers l'espace, mais aussi à travers le temps, jusqu'à la fin du XXe siècle dans une direction et au milieu du Moyen Âge dans l'autre. Chaque décès d'un de ses membres permettait de diffuser son existence un peu plus loin vers les extrémités du temps.

Bien entendu, il est probable que l'histoire de Sarah Sioban Grey ne soit qu'un mythe : elle aurait vécu et disparu il y a si longtemps qu'aucun des membres du Cercle originaire de Boston ne se souvient plus de cette époque. Ce fut pourtant l'histoire que Virginia me raconta, assise dans un fauteuil bleu sous le portrait d'un kalachakra défunt de longue date dans ce qu'on appelait alors le salon rouge de la branche londonienne du Cercle. Et, à défaut d'autre chose, je vis quel plaisir c'était pour elle de la raconter.

De la même façon que les membres du Cercle Cronus ne sont pas fixes dans le temps, ils sont rarement fixes dans l'espace. La branche londonienne ne faisait pas exception à cette règle.

— Nous sommes à St James depuis quelques centaines d'années, m'expliqua Virginia en me servant un nouveau verre du meilleur brandy que l'on pouvait trouver au marché noir. Mais, parfois, nous atterrissons à Westminster, voire à Soho. C'est la faute du comité de direction des années 1820 ! Ils s'ennuient tellement à force de rester toujours au même endroit qu'ils finissent par déménager. À nous de nous débrouiller ensuite pour trouver où sont passés nos locaux.

Pour l'heure, le Cercle était basé deux ou trois rues au nord de St James' Park, au sud de Piccadilly, niché entre les boutiques de tailleurs à façon et les manoirs de riches à la fortune déclinante. Sur sa porte, une plaque en laiton déclarait : « LE TEMPS PASSE TROP VITE. PAS DE DÉMARCHEURS, SVP. »

— C'est une plaisanterie de la bande des années 1870, m'expliqua Virginia. Nous sommes toujours en train de nous laisser de petits messages. Une fois, en 1925, j'ai enterré une capsule temporelle contenant un message vital pour le Cercle qui existera dans cinq siècles.

— Qu'avez-vous mis dedans ? interrogeai-je.

— Une recette de sorbet au citron digne de ce nom. (Voyant ma tête, elle écarta les bras.) Personne n'a dit que c'était facile d'être à la fin des événements temporels linéaires !

Je bus mon brandy et regardai de nouveau autour de moi. Comme beaucoup de vastes demeures situées dans les quartiers les plus huppés de Londres, le siège du Cercle Cronus me ramenait à une époque où les couleurs étaient riches, les goûts académiques et les dessus de cheminée obligatoirement en marbre. Des portraits d'hommes et de femmes luxueusement vêtus à la mode de leur époque (« Apparemment, ça vaudra quelque chose un jour. Dieu seul sait pourquoi. Moi, je n'en ai pas la moindre idée, et j'ai failli coucher avec Picasso ! ») s'alignaient sur les murs telles les plaques à la mémoire des défunts dans un crématorium. Les meubles étaient somptueux bien que pleins de poussière, et les hautes fenêtres recouvertes de chatterton « pour faire plaisir aux autochtones, chéri. Personne ne sera touché ici, mais les gardiens font toujours tellement d'histoires ! »

Le silence régnait à l'intérieur. Les lustres en cristal tintaient doucement quand un avion passait dans le ciel, des lampes brillaient en sourdine dans quelques pièces derrière les volets fermés, et il n'y avait personne en vue.

— Ils sont tous à la campagne, m'expliqua gaiement Virginia. La plupart d'entre eux partent se mettre au vert avant l'été 1939. Le problème, ce ne sont pas tant les bombardements que l'atmosphère oppressante. Nos membres ont déjà vécu ça tant de fois qu'ils ne le supportent plus. Alors, ils s'en vont dans un endroit plus calme et mieux aéré, où aucune guerre ennuyeuse ne vient les déranger. Beaucoup se réfugient au Canada, surtout ceux qui viennent des branches les plus exposées : Varsovie, Berlin, Hanovre, Saint-Pétersbourg… Quelques-uns d'entre eux restent parce qu'ils trouvent ça excitant. Ce qui n'est pas mon cas.

Dans ce cas, que faisait-elle là ?

— Mais je monte la garde, mon cher petit ! Voyez-vous, c'est mon tour d'ouvrir l'œil pour repérer les nouveaux membres. Ou le nouveau, en l'occurrence, puisque vous êtes notre premier depuis six siècles. Cela dit, d'autres naissent en ce moment même. Et leurs mères ont une vision de la guerre tellement sentimentale que… on ne peut pas s'en remettre à leur jugement. Il faut bien que quelqu'un reste sur place pour s'assurer que leur enfance ne soit pas trop difficile. La plupart du temps, l'argent résout tous les problèmes, mais parfois… (Elle but prudemment.) Il faut intervenir de manière plus directe. En évacuant le gamin, par exemple. Les parents peuvent être si pénibles !

— C'est ça, votre rôle ? Vous… veillez sur les autres membres pendant leur enfance ?

— C'est l'un de nos rôles principaux, répondit-elle sur un ton léger. L'enfance est la période la plus délicate de nos vies, à moins bien entendu que vous ne soyez prédisposé à une mort affreuse ou porteur de quelque maladie génétique. Nous possédons tous l'expérience et le savoir acquis au cours d'une dizaine de vies, pourtant, si nous disons à l'un de ces assommants adultes linéaires qu'il devrait vraiment investir dans le caoutchouc parce que ça va faire un malheur, nous ne récoltons qu'une tape sur la tête et un « Mais oui, Harry, retourne jouer avec ton petit train », ou une réaction du même acabit. Par ailleurs, la plupart de nos membres naissent assez pauvres. C'est très commode pour eux qu'un groupe d'individus en bonne entente veille à leur fournir de bonnes chaussettes chaudes et leur épargne la peine de perdre chaque fois plusieurs années de leur vie, chaque vie, à étudier un abécédaire. Ce n'est pas juste une question d'argent, mais de bonne compagnie, conclut-elle d'un air satisfait.

J'avais cent, mille questions qui se bousculaient dans ma tête, mais impossible d'en isoler une seule. Alors, je me rabattis lamentablement sur :

— Y a-t-il des règles que je devrais connaître ?

— Ne vous mêlez pas de changer les événements temporels, répondit-elle très fermement. Vous nous avez causé un peu d'embarras durant votre dernière vie, Harry. Bien sûr, vous n'y étiez pour rien. Nous nous sommes tous trouvés dans des situations difficiles, mais Phearson avait suffisamment d'informations pour modifier le cours de l'Histoire, et nous ne voulons surtout pas de ça. Non pas qu'il n'y aurait rien à améliorer, c'est juste qu'on ne peut jamais prédire la tournure que prendront les événements.

— Autre chose ?

— Ne faites pas de mal à un autre kalachakra. Nous nous fichons comme d'une guigne de ce que vous faites au reste de l'humanité, tant que ce n'est pas exagérément obscène et que ça n'attire pas l'attention sur nous. Mais nous, nous nous souvenons d'une vie sur l'autre. Alors, soyez sage !

— Vous avez mentionné certaines contributions…

— Oui. Si vous avez l'occasion de toucher une somme d'argent indécente, merci d'en mettre une partie de côté pour notre fonds d'aide à l'enfance. Les générations suivantes vous en remercieront.

Était-ce tout ?

Non, il restait encore une petite chose.

— Ce n'est pas tant une règle qu'un excellent conseil. Ne dites à personne d'où et de quelle année vous venez, Harry chéri. Évitez tous les détails personnels.

— Pourquoi ?

— Parce qu'on pourrait s'en servir pour vous tuer, répondit-elle gaiement. Je suis sûre que ça n'arrivera pas, vous me semblez être un charmant jeune homme, pas du genre à vous attirer des inimitiés, mais nous avons déjà eu quelques cas. Du coup, c'est considéré comme malvenu. N'interrogez pas les autres sur leurs origines, et ne vous épanchez pas sur les vôtres. C'est la règle.

Et elle m'expliqua pourquoi.

Chapitre 25

Le premier cataclysme commença à Paris en 1642. L'homme qui le provoqua était un gentleman apparemment sans histoire du nom de Victor Hoeness. Ouroborien, il était passé par les phases traumatisantes habituelles avant que le Cercle Cronus ne le découvre, ne réussisse à le calmer et ne lui explique qu'il n'était ni possédé ni damné, pour autant que quiconque puisse en juger.

Fils d'un armurier, il revivait chaque fois le pire de la guerre de Trente Ans, un conflit motivé par les causes socio-économiques habituelles de son temps mais qui virait très vite à la croisade. Au nom de la guerre, les hommes s'autorisent à tuer leur prochain. Au nom d'une croisade, ils sont dans l'obligation morale de le détruire. Inutile de dire que, pendant cette période, la plupart des membres du Cercle Cronus préfèrent déménager dans des régions plus paisibles du monde, notamment au cœur de l'empire ottoman alors relativement stable : les sultans y sont peut-être fous, mais leurs mères, non.

Victor Hoeness, toutefois, insista pour demeurer dans le Saint Empire de Rome. On lui conseilla de ne pas interférer, et il jura de se cantonner au rôle d'observateur passif, documentant tout ce dont il serait témoin. Et de fait, pendant plusieurs de ses vies, les notes de Victor Hoeness fournirent d'excellentes archives historiques. Certains kalachakras ne se rendirent même pas compte que c'était là le travail d'un de leurs semblables. D'autres s'inquiétèrent, non parce que Hoeness était instable, mais au contraire parce qu'il semblait trop calme et trop maître de lui.

Il traversait la souffrance et la destruction en rapportant tout ce qu'il voyait, comme s'il n'était qu'une brume planant dans une forêt. Il ne recherchait pas la compagnie des autres, ne choisissait jamais de camp, ne tissait pas de liens, se tenait à l'écart du danger autant que possible et, même lorsqu'il lui arrivait de mourir - car il était impossible de prédire précisément ce qu'engendrerait le chaos de cette guerre -, il acceptait son sort avec une résignation gracieuse, clamant après coup qu'il regrettait de ne pas avoir soudoyé le bourreau pour que celui-ci mette de la poudre à canon dans les flammes de son bûcher, ou que se faire empaler par une lance provoquait une mort beaucoup plus rapide si la lame coupait le foie en deux au lieu de seulement percer les intestins.

Ses collègues se retrouvèrent dans une position plutôt délicate : comment expliquer à quelqu'un que son stoïcisme est irrationnel, inhumain et probablement symptomatique d'un mal profond, quand la seule preuve dont vous disposez est justement une absence de symptômes ?

Au fil du temps, l'immense utilité de Hoeness en tant qu'historien le conduisit à entretenir une correspondance avec de futurs membres du Cercle Cronus. Ils lui posaient depuis le XIXe ou le XXe siècle des questions qui étaient transmises vers le passé, depuis la main d'un enfant des années 1850 au vieillard qui redeviendrait un enfant vers 1780 et pourrait lui-même les confier à un vieillard des années 1710, et ainsi de suite (avec le moins de relais possible pour éviter d'affecter la nature du message), jusqu'à ce qu'un de ses contemporains puisse interroger Hoeness en personne. Celui-ci inscrivait alors ses réponses sur un matériau durable et confiait la missive au Cercle Cronus afin qu'elle soit remise à son correspondant du futur et à la postérité.

Parmi ceux d'entre nous qui se mêlent d'érudition, beaucoup emploient cette technique. Souvent, ils en abusent pour gagner quelque avantage académique. Par exemple, s'ils manquent d'informations sur une époque particulière, une requête à la politesse persuasive, relayée au fil des générations, permet d'obtenir non seulement des réponses, mais aussi un document d'époque authentique et susceptible d'être identifié comme tel par les moins imaginatifs de nos pairs. À condition, bien entendu, que le sujet les intéresse toujours quelques vies plus tard, au moment où le message leur parvient.

Toutefois, pour prix de la documentation de premier choix qu'il fournissait, Hoeness commença à poser des questions lui-même. Il envoya des lettres dans le futur ou, quand il pensait que du papier ne survivraient pas à ce voyage dans le temps, des messages gravés sur une pierre qu'il déposait à des endroits convenus d'avance où la guerre, l'expansion urbaine et la révolution agricole ne les atteindraient probablement pas.

Ainsi, il entreprit de se renseigner sur l'avenir. Il reçut des réponses aussi imprécises que si elles avaient été transmises par téléphone arabe. Mais il découvrit l'existence du siège de Vienne, le déclin de l'Empire ottoman, les révolutions française et américaine, et même quelques bribes d'informations sur un futur plus lointain encore : un monde où les pogroms devenaient des massacres organisés, où la liberté était une richesse et où on utilisait le nom de Dieu pour effrayer les petits.

Il les reçut avec le même détachement froid qui lui permettait de voir des enfants se faire égorger sous les yeux de leur mère, et des armées séparées par moins de quarante mètres se déchiqueter à grand renfort de plomb sous les encouragements de leurs officiers. Les autres kalachakras trouvaient cela étrange, voire remarquable, mais, à ce stade, toute tentative pour comprendre la psyché de Victor Hoeness avait succombé à l'apathie empreinte de lassitude qui est la malédiction de beaucoup de nos semblables.

Puis, un jour, il se rendit à Paris. Il n'emporta pas grand-chose d'autre que ses mots, dont le simple pouvoir lui valut bientôt une invitation à la cour du roi de France.

— Je me nomme Victor Hoeness, dit-il d'après la rumeur, et je suis venu vous révéler l'avenir.

Ce qu'il fit sur-le-champ.

Quand on lui demanda pourquoi il agissait ainsi :

— Pourquoi avez-vous choisi de nous raconter tout cela, plutôt que de le raconter à d'autres ?

Il répondit :

— Malgré les troubles civils, votre nation reste la plus puissante d'Europe. Le Saint Empire de Rome est affaibli, le roi d'Espagne est un pleutre, le pape n'a aucun pouvoir militaire, et j'ai besoin d'un dirigeant fort. Je vais vous exposer des idées encore informulées, des philosophies qui n'ont pas encore de nom. Je vais vous donner des armes, des stratégies, des médicaments. Je vais vous renseigner sur vos ennemis et sur les terres qui s'étendent au-delà des leurs, car j'ai voyagé dans le Pacifique et vu le soleil se lever sur l'océan Indien. J'ai dîné avec des nababs et des mandarins, entendu gronder les eaux du Congo, humé les épices du bazar et mangé de la viande de requin pêché sous la glace. Vous et moi, nous pouvons construire un monde nouveau, un monde meilleur.

Passé un scepticisme initial bien compréhensible, le roi de France écouta son étrange visiteur, et le monde se mit à changer.

Victor ne se faisait pas d'illusions quant à la nature de son projet : du sang serait versé, et une telle révolution à l'échelle globale consumerait sans doute ses initiateurs. Charles II mourut avant de pouvoir reprendre le trône d'Angleterre tandis qu'une intervention combinée des armées françaises catholique et huguenote, équipées de fusils d'assaut et appliquant les tactiques de Napoléon, mettait un terme brutal à la guerre de Trente Ans.

Victor savait que son temps était compté. Même en prenant grand soin de lui, il était peu probable qu'il dépasse la soixantaine. Il ne pouvait plus perdre de temps et d'énergie à se rendre jusqu'à Istanbul, Bénarès ou Pékin, non plus qu'à entreprendre un long voyage en mer jusqu'aux colonies du Nouveau Monde. Son plan consistait à se focaliser sur une zone géographique restreinte mais puissante, et à tenter de changer le reste du monde depuis l'Europe.

Il avait conscience qu'il ne verrait pas la fin de cette révolution, dont il avait calculé qu'elle mettrait au moins cent vingt ans à aboutir à une situation plus ou moins stable. Aussi imagina-t-il deux moyens d'assurer la pérennité de son héritage dans ce monde si différent.

L'une de ces méthodes fut de solliciter l'aide des membres du Cercle Cronus qui, comprenant ce qu'il était en train de faire, se divisèrent en deux camps presque égaux pour le soutenir ou, au contraire, le rejeter. Il baptisa les premiers « son avant-garde du futur », et fit incarcérer les seconds dans les cachots les plus obscurs qu'il put trouver. Il insista bien pour qu'on ne les exécute pas : il tenait à ce qu'ils vivent le plus longtemps possible dans ce nouveau monde pour, peut-être, être témoins de sa réussite avant leur mort.

Le temps qu'il meure lui-même, la carte de l'Europe était complètement chamboulée. La France régnait depuis Lisbonne jusqu'à Cracovie, depuis Calais jusqu'à Budapest. L'Empire ottoman, qui réclamait la paix, renonça à ses colonies nord-africaines pour se mettre dans les bonnes grâces de la France. Le Parlement anglais, qui n'avait plus personne d'autre vers qui se tourner, offrit la couronne à Louis XIV, ce qui provoqua une rébellion immédiate et l'élimination sanglante du nouveau monarque.

Mais le changement le plus dévastateur fut celui apporté à la technologie. Les idées engendrent de nouvelles idées. En révélant le peu qu'il savait des progrès réalisés dans le futur, Victor avait, sans vraiment le vouloir, mis en branle un processus qui allait changer la face du monde.

En 1693, la première locomotive à vapeur fut testée entre Paris et Versailles. En 1701, un navire cuirassé éradiqua les corsaires ottomans en deux heures et demie de bombardements au large d'Alger. Des armées furent mises en déroute, et des nations capitulèrent face à cet assaut technologique. Mais les populations concernées, que ce soit pour défendre leur foi, leurs terres, leur orgueil ou leur langue maternelle, résistèrent jusqu'à ce que cela devienne leur seconde nature. Elles s'emparèrent des armes de leurs oppresseurs et, comme toujours dans l'histoire de l'humanité, elles les améliorèrent.

Ainsi, plus la guerre faisait rage, plus le progrès technologique accélérait, plus les armes devenaient rapides et puissantes. Quand Edo fut bombardée en 1768, ses défenses antiaériennes parvinrent à abattre un tiers des attaquants, et lorsque enfin, en 1802, la radio souterraine put transmettre un message à tous les bunkers, ce fut le suivant : « Battez-vous jusqu'au dernier homme et au dernier fusil ! ».

Victor Hoeness ne vécut pas assez longtemps pour voir la fin de son rêve, qui survint le 18 novembre 1937 quand un groupe appelé les Prophètes de la Nouvelle Aube s'introduisit par la force dans un silo à missiles dans le sud de l'Australie et lança trois des missiles en question, déclenchant une riposte globale et provoquant un hiver nucléaire qui oblitéra le soleil. En 1953, il ne restait plus une seule trace de vie à la surface de la planète.

Puis tout recommença.

Chapitre 26

Lorsque ses semblables lui rapportèrent ces événements, Victor Hoeness refusa de les croire.

Comme ils insistaient que telles étaient les nouvelles envoyées depuis l'avenir par le Cercle Cronus, il se contenta de réclamer des rapports plus détaillés afin de rectifier le tir dès le départ.

Mais, dans l'esprit des autres kalachakras, il y avait un problème bien plus important à régler. De leur point de vue, Victor Hoeness avait commis une tuerie. Pas exactement le génocide de l'espèce humaine, ce n'était qu'une résolution temporelle, une vie où tout s'était flétri et avait succombé. Non, le péché de Victor était bien plus grand car, par sa faute, des générations entières de kalachakras n'étaient tout bonnement jamais nées.

— Ce n'est pas tant une règle qu'un excellent conseil, avait déclaré Virginia. Ne dites à personne d'où et de quelle année vous venez, Harry chéri. Évitez tous les détails personnels.

Ce soir-là, à Londres, je la regardai faire tourner le verre de brandy entre ses doigts, les yeux dans le vague tandis que le soleil se couchait et que la nuit recouvrait la ville.

— La mort, m'expliqua-t-elle, peut être obtenue de deux façons. Je ne parle pas de la mort fastidieuse que notre corps nous force à endurer à la fin de chacune de nos vies, pas du tout. Je parle de la mort véritable, la seule qui importe. Sa première forme, c'est l'Oubli. On efface l'intégralité de votre mémoire par un moyen chimique, chirurgical ou électrique. Après ça, vous ne vous souvenez plus de votre nom, ni de votre lieu de naissance ou de votre premier baiser, ce qui, pour nous, équivaut à une mort véritable. L'ardoise ainsi effacée, vous pouvez redevenir pur et innocent.

» Bien entendu, nous éliminons tous ceux qui ont connu l'Oubli dès que nous constatons leur amnésie, afin qu'ils entament leur existence suivante sans la moindre idée de ce qu'ils sont. Et lorsqu'ils meurent de nouveau, nous faisons en sorte de nous manifester très tôt dans leur vie d'après pour les assister et les aider à accepter leur nature sans qu'ils soient tenus de passer par l'étape fastidieuse de la folie, du suicide et du rejet. Beaucoup d'entre nous se sont soumis à l'Oubli au moins une fois, même si c'est une entreprise difficile qui ne réussit pas systématiquement. Il paraît… (le brandy clapota contre la paroi de son verre comme elle le remuait, puis retomba lentement dans le fond) que j'ai déjà Oublié une fois. Mais tout le monde semble trop gêné pour en parler.

Un instant, les ondulations du liquide s'estompèrent, et sa surface redevint parfaitement immobile tandis que Virginia tentait de se rappeler une chose qu'elle avait choisi d'oublier.

— Il n'y a pas de sentiment de perte si vous ne vous souvenez pas de ce que vous avez perdu, reprit-elle. Personnellement, je suis très soulagée. Les cicatrices de nos anciennes vies disparaissent en même temps que nos expériences. Et les remords, aussi. Je ne dis pas que j'ai mené une existence particulièrement coupable, mais le silence de mes pairs quand j'évoque le sujet n'augure rien de bon.

Le « tic-tic-tic » d'horloge de grand-père s'égrenait dans le vestibule. Bientôt, les sirènes retentiraient, puis s'arrêteraient, et la ville guetterait le bourdonnement sourd des bombardiers. La mort qui se racle la gorge avant de se mettre à chanter.

— La seconde forme de mort véritable, poursuivit Virginia, est celle qui consiste à ne pas naître. C'est un phénomène assez controversé parmi nous, car il jette le doute sur toutes les théories scientifiques qui subsistent encore quant à notre nature même. Nous avons observé que, si un kalachakra meurt avant de redevenir conscient dans une de ses vies, il ne naîtra pas du tout dans la suivante. Ainsi, son corps, comme son esprit, se trouve détruit, et de manière définitive, contrairement à ce qui se produit dans le cas de l'Oubli. Il n'y a pas de récupération possible : c'est tout simplement la fin de son existence.

» Vous comprendrez donc, Harry chéri, qu'il n'est pas d'informations plus précieuses pour les nôtres que ceci : votre nom véritable, celui de vos parents, votre date et votre lieu de naissance. Car elles peuvent permettre de vous détruire à jamais. Bien entendu, il se peut qu'un jour vous souhaitiez disparaître pour de bon. Ou Oublier. L'esprit peine à recréer la joie d'un premier baiser, alors qu'il se rappelle la terreur, la douleur, l'humiliation et la culpabilité avec une clarté éblouissante.

Franklin Phearson.

Je suis un gentil, Harry. Un putain de gentil.

Mes phalanges avaient blanchi tant ma main était crispée sur mon verre de brandy.

Remontant le fil de mes souvenirs, je me demandai qui connaissait les circonstances exactes de ma naissance. Même en cherchant du côté de ceux qui menaient une existence purement linéaire, ils n'étaient guère nombreux : mon père, mes parents adoptifs, mes tantes, ma grand-mère Constance et peut-être quelques parents de ma mère qui soupçonnaient mes origines sans en avoir la certitude. Établies avant ma venue au monde, ces faiblesses-là étaient inévitables. Mais mon statut de bâtard m'offrait une formidable protection.

Aucun document officiel ne mentionne ma naissance ni mes origines jusqu'à ce que j'aie sept ou huit ans et qu'une directrice d'école trop zélée en remarque l'absence dans ses dossiers et, à cet âge, je suis en position de détruire le document sitôt émis. La honte d'une naissance illégitime dans les années 1920, particulièrement au sein d'une famille nourrissant des valeurs d'une autre époque, garantissait que mes origines n'étaient évoquées qu'au sein d'un cercle très restreint. Et, après la mort des principaux protagonistes, il n'y avait plus de raison pour qu'elles soient évoquées du tout, à moins que je ne choisisse de le faire moi-même.

J'ai la chance d'être un enfant petit et fluet jusqu'à l'adolescence, puis de connaître une poussée de croissance tardive mais rapide : il est ainsi difficile de deviner ma date de naissance exacte. Une fois que je suis adulte, les traits de mon père, accentués par une certaine consanguinité, semblent se diluer quelque peu dans les gènes de ma mère, de sorte que je peux aussi bien faire vingt-deux ans que trente-neuf à n'importe quel moment, pour peu que je choisisse soigneusement mes vêtements. Mes cheveux blanchissent quasiment du jour au lendemain, mais le stress peut altérer ma physiologie, si bien que, là encore, la date exacte de ma naissance est difficile à deviner lorsque j'atteins l'âge mûr. Et mes voyages ont presque entièrement atténué mon accent initial. Désormais, je m'adapte à la façon de parler de l'endroit où je me trouve avec une facilité à la limite de la flagornerie.

En résumé, les inconvénients de ma vie normale, si on peut l'appeler ainsi, se révèlent des bénédictions pour ma vie secrète. Et tandis que Virginia me contait la fin de Victor Hoeness, je m'adossai à mon fauteuil avec un sentiment grandissant de sécurité.

— Victor a vraiment foutu le bordel. Par sa faute, des générations entières de kalachakras ne sont pas nées dans cette vie-là, et donc pas non plus dans les suivantes. Après que la fin de l'humanité eut mis un terme à ses expériences, le monde poursuivit sa course, mais les rares kalachakras qui avaient survécu à l'apocalypse firent remonter des appels à la vengeance à travers le temps. Ils rapportèrent que des Cercles entiers avaient été éradiqués, que des millénaires d'histoire et de culture devaient être rebâtis depuis les fondations. Sans parler de la destruction prématurée du monde pour tous ceux qui l'habitaient dans cette vie-là, bien entendu. Mais cela n'a guère d'importance dans le grand plan de l'univers.

Je ne discutai pas cette vision du monde. Pourquoi l'aurais-je fait ? Victor Hoeness avait provoqué quatre siècles de guerre et de souffrance, puis il était mort, et rien de tout ça n'avait eu d'impact sur lui car, à sa naissance suivante, les choses étaient redevenues telles quelles. J'appartenais au Cercle Cronus désormais, le passé et l'avenir ne se trouvaient qu'à quelques chuchotements de moi. Les secrets de mon existence même me semblaient à ma portée. Tout le reste n'était que des histoires, des mots dans le vent.

— C'était une époque moins civilisée que la nôtre, poursuivit Virginia. Les gens ne s'embarrassaient pas de subtilité.

Et ce fut dans cet esprit que les kalachakras retrouvèrent Victor Hoeness dans la ville de Linz, alors qu'il était âgé de onze ans et se préparait déjà à effectuer une nouvelle tentative pour modifier la nature de l'univers. Ils l'enlevèrent et le torturèrent pendant onze jours. Le douzième, il craqua et leur donna le nom de ses parents, sa date et son lieu de naissance, le secret de ses origines. Ils le retinrent prisonnier le temps de procéder à de laborieuses vérifications. Lorsqu'ils furent certains qu'il leur avait dit la vérité, ils réunirent leurs semblables pour décider que faire de lui.

— Oui, une époque beaucoup moins civilisée, beaucoup moins ! s'exclama Virginia.

Et ils décidèrent que tuer Victor sur-le-champ ne suffirait pas. Comme nous l'avons déjà établi, la mort n'effraie pas les kalachakras, car elle n'affecte que leur chair. L'esprit est la source de ce que nous sommes, aussi fut-ce l'esprit de Victor qu'ils s'attelèrent à détruire.

Ils l'emprisonnèrent, non seulement dans un complet isolement, mais dans une immobilité physique totale, à l'aide d'une camisole de force médiévale entièrement faite de métal. Ils lui coupèrent la langue et les oreilles, lui arrachèrent les yeux, et, lorsqu'il se fut remis de ces blessures, ils l'amputèrent également des mains et des pieds pour garantir qu'il n'irait nulle part. Puis ils le nourrirent de force à l'aide d'une baguette de bois évidée qu'ils lui avaient fourrée dans la gorge, afin de le maintenir en vie dans sa folie aveugle, sourde et muette. Neuf ans s'écoulèrent ainsi avant qu'il ne s'étrangle et meure, un sourire aux lèvres, d'après ce qu'on raconte. Il avait vingt ans.

Mais la vengeance du Cercle Cronus se poursuivit bien au-delà de sa mort.

Lorsqu'il naquit de nouveau au même endroit, Victor Hoeness fut enlevé au berceau et reconduit en captivité. Sa conscience s'éveilla vers l'âge de quatre ans, et, en l'examinant, les membres du Cercle Cronus déterminèrent que son esprit était suffisamment intact pour qu'il puisse être tenu responsable de ses actes antérieurs. Alors ils recommencèrent : les yeux, les oreilles, la langue, les mains, les pieds, tout cela avec une grande précision médicale pour s'assurer que le processus ne le tuerait pas mais, bien évidemment, sans anesthésie. Cette fois, ils parvinrent à le maintenir en vie pendant sept ans, et il mourut à l'âge de onze ans.

— C'est étonnamment difficile d'entretenir une rancœur pendant plusieurs siècles, m'expliqua Virginia.

Victor succomba à l'âge de onze ans, mais ses tortionnaires, eux, vécurent encore trente, quarante ou cinquante ans de plus. Au bout d'un moment, « torturer untel » finit par descendre dans la liste de vos priorités, surtout lorsque la mort du sujet ne cesse de s'interposer entre vous et votre tâche. Et quand revient le moment de vous y mettre, vous finissez par trouver ça terriblement fastidieux.

Pourtant, les membres du Cercle Cronus persistèrent et, à la naissance suivante de Hoeness, ils l'examinèrent de nouveau en quête de traces de son ancienne personnalité. Mais cette fois, bien que né avec des mains, des oreilles et des yeux parfaitement opérationnels, le bébé semblait incapable de les utiliser. Avant même que sa conscience ne s'éveille, il fut déclaré irrécupérable, et ses propres parents envisagèrent de le remettre aux bons soins de l'Église, voire, chuchote-t-on, aux soins brutaux de la rue. L'époque était rude. Beaucoup moins civilisée, comme dirait Virginia.

Une fois de plus, les membres du Cercle Cronus se réunirent pour prendre une décision et, à une exception près, ils votèrent pour mettre un terme définitif à la vie de Hoeness en faisant avorter sa mère avant sa naissance. Ainsi le cycle de la vengeance s'achèverait-il.

La seule personne qui s'opposa à cette résolution fut un ouroborien du nom de Koch. Il avait la particularité de…

— Nous appelons ces gens des mnémoniques, me révéla Virginia. En un mot comme en cent, ils se souviennent de tout.

Elle dut me voir tourner la tête vers elle et remarquer que mon regard s'éclaira lorsqu'elle prononça ces mots.

Si elle comprit ma réaction, elle eut la gentillesse de ne pas faire de commentaire.

— En règle générale, au bout de quelques siècles, nous commençons à oublier. Ce qui est parfaitement compréhensible, si on y réfléchit bien. Le cerveau ne possède qu'une capacité de stockage limitée et, avec l'âge, il est naturel que certaines informations finissent par s'effacer. Personnellement, je commence à souffrir de démence sénile vers l'âge de soixante-sept ans, et j'avoue que c'est très démoralisant de devoir surmonter le souvenir des symptômes pendant ma petite enfance suivante. La maladie mentale est une menace mortelle pour les nôtres. Si jamais elle venait à vous atteindre, faites-vous aider, je vous en prie.

— J'ai écrit des lettres à mon père, confessai-je d'une voix à peine audible à mes propres oreilles.

— Merveilleux, merveilleux ! Une attitude très positive. Naturellement, un des grands avantages d'avoir une mémoire faillible, c'est qu'on peut encore être surpris. Un autre, c'est qu'on peut surmonter ses traumatismes passés. Vous vous apercevrez que même si les faits et les chiffres subsistent dans votre mémoire, pour peu que vous fassiez l'effort de vous en rappeler, les émotions les plus vives finissent, elles, par s'atténuer. Mais pas toutes. Par exemple, si vous êtes rancunier, les offenses subies continueront à vous indigner, et vous ne pourrez pas y faire grand-chose, hormis les oublier. Si vous êtes particulièrement sentimental, il se peut que vous regrettiez encore un amour perdu au bout de plusieurs vies.

» Mais, d'après mon expérience, le temps vient à bout de tout. Après un certain nombre de vies, on parvient à une sorte de neutralité. À force de répétitions, on finit par s'apercevoir qu'on s'est vexé pour pas grand-chose, ou que l'amour ressenti n'était qu'un caprice. Et les rebords tranchants de l'émotion s'émoussent peu à peu. Nous avons le privilège d'observer le présent à travers la sagesse du passé et, franchement, c'est un honneur qui nous empêche de prendre quoi que ce soit trop au sérieux.

Koch était donc une anomalie parmi nous, un kalachakra qui se souvenait de tout, y compris de choses que la plupart des autres avaient oubliées.

— Les mnémoniques sont généralement assez bizarres, déclara Virginia.

Mon cœur se serra.

J'avais fait tout ce chemin pour trouver des gens comme moi, et voilà que leur porte-parole me jetait cela à la figure en toute innocence. « Les mnémoniques sont généralement assez bizarres. » Pour une certaine classe de la société, dans certains recoins de l'Angleterre, il n'était pas de pire faute.

— Alors que les Cercles s'efforçaient de décider du sort de Victor Hoeness, Koch déclara : « Ce n'est pas le premier cataclysme, mais le deuxième. Vous ne vous souvenez pas du précédent parce qu'il s'est produit il y a des milliers d'années et des centaines de vies. Ou, si vous vous en souvenez, c'est juste sous la forme d'une vague noirceur dans votre esprit, un écho lointain. Mais, moi, je l'ai vécu. Il y a un millénaire, un autre de nos semblables a fait exactement la même chose que Hoeness, et la trame de l'avenir s'en est trouvée déchirée comme par un coutelas. Combien de temps devrons-nous vivre avant de parvenir à une des deux seules conclusions qui s'offrent encore à nous ? Si nous voulons que le moindre détail puisse changer, nous devons consentir à des sacrifices et défier le système rigide dans lequel nous vivons. Si, au contraire, nous voulons que rien ne change jamais, nous devons nous surveiller les uns les autres en permanence, punir les déviants de manière impitoyable et dénuée de remords. Vous avez déjà décidé du sort de Hoeness, mais gardez mes paroles à l'esprit, et qu'elles vous servent d'avertissement. »

» Il se peut que les autres kalachakras aient été effrayés par cette déclaration. Ou - et, personnellement, je favorise cette hypothèse -, qu'ils aient pensé qu'un de leurs semblables les moins civilisés cherchait juste à se faire mousser en adoptant une attitude grandiloquente. Quoi qu'il en soit, leur décision était déjà prise et, en pleine nuit, l'un d'eux plongea une épée dans le cœur de l'enfant infirme, aveugle, sourd et muet qu'était Hoeness. Ce bourreau mena ensuite une existence normale, mourut et naquit de nouveau une quinzaine d'années avant Hoeness. À l'âge de quatorze ans, il se rendit dans la ville de Linz et se fit engager comme domestique dans sa famille. Il observa soigneusement ses parents, comptant les jours jusqu'à la conception de Hoeness. Dès que sa mère commença à montrer les signes d'une grossesse, il lui concocta une tasse d'infusion d'écorce d'if. Malheureusement, le goût était si atroce qu'elle en avala à peine quelques gorgées avant de recracher le reste. Le bourreau se rabattit donc sur un plan de secours peu ragoûtant. Dégainant sa lame, il cloua la femme à terre et lui trancha la gorge. Il resta auprès d'elle assez longtemps pour s'assurer qu'elle était morte, puis alla se nettoyer, prépara le corps pour ses obsèques, laissa quelques pièces à l'attention de l'époux et disparut. Ainsi Victor Hoeness ne naquit-il plus jamais.

Chapitre 27

Je suis un mnémonique.

Je me souviens de tout.

Pour comprendre les choix que je ferai par la suite, tu dois d'abord savoir cela.

Un moment, je doutai. Je me demandai si, au lieu d'une mémoire parfaite, je ne possédais pas une imagination débordante, la capacité de projeter mon esprit vers n'importe quel lieu, n'importe quelle époque, et d'inventer les détails nécessaires pour étayer l'image que je m'en faisais.

Mais les preuves du contraire étaient trop nombreuses et, rétrospectivement, je me rends compte que ce chemin ne conduit qu'à l'inaction et à la folie.

Des centaines d'années, des milliers de vies avant ma naissance, un dénommé Koch affirma que les membres du Cercle Cronus devaient soit entreprendre de changer le monde, soit devenir les arbitres des agissements de leurs semblables, et leurs exécuteurs impitoyables en cas de nécessité. Je me demandai de quels événements il avait été témoin pour se forger une telle certitude, et s'il était encore capable de pardonner aux autres, ou à lui-même.

Ce qui nous ramène là où nous avons commencé.

Je mourais comme d'habitude, m'enfonçant dans la brume tiède de la morphine, lorsqu'elle m'interrompit avec tout le charme d'un serpent à sonnette qui se serait glissé dans un lit moelleux.

Elle avait sept ans et moi soixante-dix-huit. Elle se percha sur un côté de mon lit, les pieds pendant dans le vide. Examinant le moniteur cardiaque relié à ma poitrine, elle constata que j'avais déconnecté l'alarme, chercha mon pouls et dit :

— J'ai failli vous rater, Docteur August.

Avec son *Berliner Hochdeutsch*, Christa entreprit de me raconter la destruction de la planète.

— La fin du monde approche. Le message passe d'enfant à adulte, d'enfant à adulte, remontant de génération en génération depuis un millénaire dans le futur. La fin du monde approche, et nous ne pouvons pas l'en empêcher. À vous de jouer.

Chapitre 28

— Réfléchissez, s'exclamerait un jour Vincent lorsqu'il serait mon étudiant à Cambridge. La notion même de voyage dans le temps est un paradoxe en soi. Admettons que je construise une machine à voyager dans le temps, ce qui est impossible, que je remonte dans le passé, ce qui est également impossible, et que je me retrouve, disons, en l'an 1500. Je ne parle à personne, je ne fais rien, je ne passe pas plus de dix secondes dans cette époque avant de rentrer dans la mienne, ce qui est tout aussi impossible. Qu'ai-je accompli ?

— Pas grand-chose pour un coût exorbitant ? suggérai-je en me servant un autre verre de whisky.

Si, durant ma sixième vie, j'avais pu penser un jour qu'il n'était guère convenable qu'un aspirant professeur passe le plus clair de son temps à discuter avec un étudiant au lieu de s'asseoir en silence à la table distinguée de ses pairs, ces scrupules s'étaient envolés lorsque j'avais fait la connaissance de Vincent. Son indifférence absolue vis-à-vis de mon statut officiel avait rapidement déteint sur moi. De tous les gens qui m'entouraient, il semblait être le seul à éprouver quelque intérêt pour les idées modernes et encore très impopulaires avec lesquelles je torturais les universitaires des années 1940.

— Pendant les dix secondes qu'il a passées en 1500, notre impossible voyageur a inhalé huit litres d'air, une part d'oxygène pour quatre parts d'azote, et exhalé un volume équivalent dans lequel la quantité de dioxyde de carbone a augmenté de façon marginale. Il s'est tenu immobile sur un sol boueux au milieu de nulle part. Seule a été témoin de sa présence une hirondelle qui, effrayée, s'est envolée aussitôt. Sous ses pieds, il a écrasé une pâquerette solitaire.

— Ah, mais cette pâquerette ! entonnai-je, car Vincent radotait régulièrement à ce sujet.

— Ah, mais cette hirondelle ! corrigea-t-il. Puisqu'elle vient de s'envoler, le faucon qui piquait vers elle pour en faire sa proie infléchit sa trajectoire. Le fauconnier doit donc s'aventurer plus loin pour récupérer son oiseau, et ce faisant…

— Il surprend la fille de son maître au lit avec le fils du boucher ! me lamentai-je. Ne s'y attendant pas, il s'écrie : « Sales petits vauriens ! ». Les ébats s'en trouvent interrompus, la fille ne tombe pas enceinte…

— Et n'a donc pas l'enfant qu'elle aurait dû avoir !

— Et, n'étant pas né, cet enfant n'engendre nécessairement pas de descendance…

— Et voilà comment, une centaine de générations plus tard, notre brave voyageur dans le temps se rend compte qu'il n'existe plus parce que son aïeule a été surprise avec le fils du boucher. N'existant plus, il ne peut pas retourner dans le passé pour prévenir sa propre naissance en effrayant une hirondelle. Par conséquent, il naît bel et bien, et peut donc retourner dans le passé pour… Devons-nous poser le principe de l'existence de Dieu ? s'écria soudain Vincent. Est-ce le seul moyen d'échapper à ce piège ?

— Dieu ?

— *A priori*, clarifia Vincent en laissant tomber sa carcasse étonnamment vive, bien que peu agile, dans mon deuxième fauteuil préféré, dont les coussins portaient désormais l'empreinte de son corps, il n'existe que deux solutions à ce paradoxe. Un : incapable d'endurer ce fardeau, l'univers cesse tout bonnement d'exister. Deux : perturbé, il raccommode sa propre trame endommagée d'une manière qui nous dépasse mais qui, en se focalisant sur les agissements de notre voyageur dans le temps, semble impliquer une pensée consciente et structurée qu'on ne saurait s'attendre à rencontrer chez un simple amalgame de matière. Donc, devons-nous poser le principe de l'existence de Dieu ?

— Il me semblait que nous avions déjà conclu à l'impossibilité de cette hypothèse.

— Harry ! aboya Vincent, levant les mains en un geste exaspéré. Depuis combien de temps discutons-nous de cela ?

— J'imagine que vous ne parlez pas de la durée cumulée de nos conversations, mais du temps écoulé depuis la première fois que vous avez fait irruption chez moi pour m'informer de mes erreurs ?

— Chaque fois que nous abordons les incertitudes épineuses de l'existence mortelle, chaque fois que nous flirtons avec cette hypothèse, vous éludez la question tel un cocker qui bat en retraite devant l'os d'un bouledogue !

— Je ne vois pas l'intérêt de débattre d'un sujet à propos duquel aucune méthode scientifique ne nous permettra de collecter des données susceptibles de nous fournir une réponse.

— Nous ne pouvons pas mesurer la gravité au sens pratique du terme, rétorqua Vincent d'un air maussade. Nous ne pouvons pas établir sa vitesse ni même sa nature exacte. Pourtant, vous croyez en elle autant qu'en…

— Parce que ses effets sont observables.

— Donc, vous limitez la portée de nos débats en fonction des instruments disponibles ?

— Un argument scientifique doit s'étayer sur une certaine quantité de données qui lui permettent de… renifler la base théorique. Sans cela, il ne s'agit pas d'un débat scientifique, mais philosophique, fis-je valoir. Donc, hors de mon domaine de compétence.

Vincent agrippa les accoudoirs de son fauteuil comme si seule une prise solide pouvait l'empêcher de bondir de rage. J'attendis que passe son accès de colère.

— Une expérimentation par la pensée, dit-il enfin. Pouvez-vous au moins tolérer cela ?

Je fis un geste vague par-dessus le bord de mon verre pour indiquer que, à titre exceptionnel, je voulais bien m'y prêter.

— Un outil pour examiner toute chose, lâcha Vincent.

J'attendis de nouveau, mais en vain.

— Et… ? lançai-je enfin. Développez votre argument.

— Nous acceptons l'existence de la gravité non parce qu'elle est visible à l'œil nu, parce que nous pouvons la toucher ou définir sa nature avec certitude, mais parce qu'elle a des conséquences observables que nous pouvons prédire à l'aide de modèles théoriques constants. Vrai ?

— Vrai, concédai-je, attendant le hic.

— À partir de ces effets observables, nous déduisons des conséquences qui ne le sont pas. Nous voyons une pomme tomber, et nous décidons : « Ce doit être la gravité. » Nous étudions la réfraction de la lumière à travers un prisme, et nous déclarons qu'il doit s'agir d'une onde. À partir de cette déduction initiale, nous en faisons d'autres ayant trait au comportement et à l'effet, à l'amplitude et à l'énergie. Ainsi, avec très peu d'effort, nous parvenons rapidement au fond des choses à partir d'effets observables des plus banals, pour peu qu'ils corroborent notre théorie. Vrai ?

— Comptez-vous proposer une méthode supérieure à la méthode scientifique ?

Il secoua la tête.

— Un outil, répéta-t-il d'un ton ferme, capable de déduire... n'importe quoi. Prenons une des briques avec lesquelles l'univers est construit. L'atome, par exemple. Annonçons qu'il possède des propriétés observables telles que la gravité, l'électromagnétisme, une interaction nucléaire faible et une interaction forte, et proclamons qu'il s'agit là des quatre forces qui assurent la cohésion de l'univers. Dans ce cas, ne devrait-il pas être théoriquement possible d'extrapoler le fonctionnement entier de la création à partir de cet objet minuscule, mais qui contient la base de toute chose ?

— Je ne peux m'empêcher de penser que nous nous aventurons de nouveau en territoire divin.

— Quel est l'objectif de la science, sinon l'omnipotence ?

— Vous cherchez une réponse éthique ou économique ?

— Harry ! s'emporta-t-il, se levant d'un bond et se mettant à faire les cent pas le long de la mince bande de plancher que j'avais dégagée dans ce dessein quelques mois auparavant. Vous esquivez systématiquement mes questions ! Pourquoi ces idées vous font-elles si peur ?

Je me redressai dans mon fauteuil comme son indignation atteignait un niveau inhabituel. Il y avait quelque chose d'étrange dans ses propos, quelque chose qui ravivait une mise en garde dans un coin de mon esprit et ralentissait mon discours, m'incitant à lui répondre plus prudemment que d'ordinaire.

— Définissez « toute chose », lâchai-je finalement. Je suppose que votre… outil, puisque vous voulez l'appeler ainsi, votre outil hypothétique et impossible pourrait, en déduisant l'état présent de toute matière dans l'univers, déduire également ses états passés et futurs ?

— Ça semblerait logique, oui !

— Donc, il vous permettrait de voir tout ce qui est, fut et sera ?

— Si nous considérons le temps comme non-absolu, en effet, je pense que c'est une supposition raisonnable.

Je levai les mains en un geste apaisant et tâchai d'examiner le problème sous toutes les coutures. Mon inquiétude grandissait, suintait dans ma gorge et tentait de franchir la barrière de ma langue que je mouvais avec tant de prudence.

— Mais par l'acte même d'observer le futur, vous le modifieriez. Et nous en revenons à notre voyageur dans le temps qui sort de sa machine et contemple le passé. Avoir contemplé l'avenir vous inciterait à vous comporter différemment, à moins que l'avenir lui-même ne soit affecté par le bref moment que vous auriez passé à l'observer, et nous retombons sur un univers incohérent. Quand bien même cela ne suffirait pas à provoquer un paradoxe, nous devons nous demander quel usage serait fait de ce savoir. Comment réagiraient les hommes s'ils étaient omniscients, et que… et…

Je posai mon verre de whisky sur le côté. Vincent se tenait toujours au milieu de la pièce, me tournant à moitié le dos, les doigts écartés contre ses flancs, le corps droit et raide.

— Et, murmurai-je doucement, même si nous n'avions pas à nous inquiéter de tout cela, une chose m'interpellerait quand même : l'interaction nucléaire forte sur laquelle vous fondez votre hypothèse ne sera pas découverte avant une trentaine d'années.

Silence.

Effrayé par l'immobilité de Vincent, par la crispation des muscles de ses épaules et de son dos, je me levai de mon fauteuil.

— Les quarks, dis-je.

Pas de réaction.

— Le boson de Higgs. La matière noire. Apollo 11.

Rien.

— Vincent, soufflai-je en tendant une main vers son épaule. Je veux vous aider.

Il sursauta à mon contact, et je crois que nous éprouvâmes tous deux un brusque afflux d'adrénaline, de ceux qui vous incitent à fuir ou à vous battre. Puis Vincent parut se détendre quelque peu. Il baissa la tête et adressa un sourire distrait au plancher, acquiesçant à demi comme à une pensée qui viendrait de lui traverser l'esprit.

— Je me posais la question, admit-il enfin, mais j'espérais me tromper.

Il pivota brusquement vers moi et planta son regard dans le mien.

— Êtes-vous l'un d'eux ? demanda-t-il. Appartenez-vous au Cercle Cronus ?

— Vous connaissez l'existence du Cercle Cronus ?

— Oui.

— Alors, pourquoi n'avez-vous pas… ?

— Êtes-vous l'un d'eux ? Pour l'amour du ciel, Harry, répondez-moi.

— J'en suis membre. O-ui, bien sûr, continuai-je en bégayant, mais ça ne…

Il me frappa.

Je crois que je fus plus surpris que vraiment blessé. Bien évidemment, j'avais déjà été confronté à la violence et à la douleur mais, dans cette vie, j'avais mené une existence si confortable que je les avais presque oubliées. Si j'avais anticipé le coup, j'aurais peut-être pu rester debout, mais la stupéfaction plus que l'impact me fit basculer en arrière dans une pile de livres.

Le goût du sang envahit ma bouche et, quand je passai ma langue sur mes dents, je sentis bouger l'une d'elles qui n'avait jamais branlé jusque-là. Levant les yeux vers Vincent, je vis sur son visage une froideur mêlée d'un soupçon de regret. Mais peut-être ne fis-je que l'imaginer.

Puis il frappa une seconde fois, et je n'eus même pas le temps d'être surpris.

Chapitre 29

— Je m'excuse de poser la question, dit-elle, mais, si la fin du monde approche, que sommes-nous censés y faire exactement ?

Ma douzième vie.

À l'âge de six ans, j'avais écrit une lettre à la branche londonienne du Cercle Cronus, réclamant assez d'argent pour me rendre à Londres et une lettre type m'invitant à suivre les cours d'une école prestigieuse. Sur ma demande, l'argent fut déposé dans une boîte aux lettres morte, dans un village appelé Hoxley où, plusieurs vies auparavant, j'avais fui Phearson au clair de lune.

J'écrivis une lettre à Patrick et à Harriet mourante, leur souhaitant le meilleur et les remerciant pour le temps qu'ils m'avaient consacré. Puis je m'en fus. Je récupérai l'argent dans sa cachette, une boîte de conserve enterrée au pied d'un noisetier, et je m'achetai un billet pour Londres. Le boulanger me sourit quand je passai dans la rue et je sentis les coups de Phearson dans mon ventre, j'entendis ses pas, et je dus m'appuyer contre le mur en me demandant pourquoi mon corps refusait d'oublier une chose que mon esprit avait depuis belle lurette reléguée dans un coin obscur.

Je pris une charrette pour me rendre à Newcastle. Quand le contrôleur du train me demanda qui m'accompagnait, je lui montrai la lettre envoyée par le Cercle Cronus et lui dis que ma tantine m'attendait à Londres. Pour cette aventure, il s'agissait de Charity Hazelmere.

— Te voilà enfin, mon garçon ! rugit-elle alors que le contrôleur m'escortait prudemment le long du quai. Harry, viens ici tout de suite !

Il existe de nombreuses façons de soustraire un enfant à ses parents linéaires. La boîte aux lettres morte que j'ai mentionnée, combinée au versement de sommes appropriées et à l'obtention de certains documents, compte parmi les mieux acceptées et les plus populaires. Elle fournit au jeune kalachakra les ressources nécessaires pour se rendre au Cercle Cronus le plus proche, sans révéler des informations cruciales telles que l'endroit où il vit et a grandi. En revanche, elle présente l'inconvénient de réduire géographiquement le champ d'une recherche éventuelle.

Pour plus de prudence, la boîte aux lettres morte peut être localisée dans un lieu où le destinataire sait que ses parents l'emmèneront à un moment ou un autre de son enfance, ce qui lui permet de se procurer en toute discrétion les instruments de son émancipation, le seul danger étant la possibilité assez faible que ses parents ne se conduisent pas comme prévu.

Si la discrétion n'est pas un problème (et pourquoi le serait-elle pour les plus affables et les plus innocents de nos semblables ?), une intervention directe est toujours possible, et nul ne s'en charge aussi efficacement que Charity Hazelmere. Avec son nez patricien, sa voix de chanteuse d'opéra et sa collection de corsets noirs amidonnés dont je ne l'ai jamais vue changer au cours d'une seule de ses vies, elle est l'incarnation cauchemardesque d'une directrice d'école infernale. Un simple regard par-dessus ses lunettes en demi-lune, munies d'une chaîne et perchées sur son imposant appendice, suffit à réduire les simples mortels à un tas de gélatine tremblotante assailli par les doutes et la peur. Elle use de cajoleries, d'intimidation, de harcèlement et parfois même de kidnapping pur et simple pour soustraire des enfants kalachakras à leur famille frappée de stupeur, dans le dessein d'offrir une vie plus tranquille à ses jeunes pupilles et avec l'espoir non dissimulé que, dans les années à venir, d'autres auront le bon sens de faire de même pour nos futurs semblables.

Malgré tout cela, elle a une vision des choses très étroite.

— C'est bien beau de nous demander d'intervenir, s'exclama-t-elle. Mais comment ?

Ma douzième vie.

Les réunions du Cercle Cronus sont très rares. Nos membres vont et viennent constamment, mais une véritable assemblée régionale, dont les invités ont été convoqués par une carte festonnée d'or pour discuter de la fin du monde, c'est quelque chose à ne pas manquer.

Du haut de mes six ans, j'étais le plus jeune et, du haut de ses quatre-vingt-deux ans, Wilbur Mawn était le plus vieux. Enfant, il avait rencontré le duc de Wellington, et jeune adulte, alors qu'il vivait à Londres, il avait échangé sa carte avec des hommes qui s'étaient battus pour ou contre la Révolution française. Désormais sur le point de mourir, il devait être notre prochain messager, qui ferait remonter notre avertissement jusqu'en 1844 : « La fin du monde approche, et nous ne savons pas pourquoi. Alors, que comptez-vous y faire ? »

— Rien du tout ! déclara fermement Philip Hopper, fils d'un fermier du Devon animé par un goût de l'aventure qui lui avait valu de mourir six fois durant la Seconde Guerre mondiale, deux fois en guerre de Corée, et une fois au Vietnam en tant que correspondant de guerre décrépit qu'aucune armée ne voulait plus employer. Les facteurs sont trop nombreux, les informations trop vagues ! Il nous en faudrait davantage pour agir. En l'état des choses, nous ne pouvons même pas déterminer ce qui se passe.

— Je pense, suggéra Anya, une réfugiée qui, avec un soupir de résignation, tendait à abandonner la cause des Russes blancs vers 1904 pour mener une vie plus confortable à l'Ouest, que l'accélération est davantage problématique. La fin du monde se produit de plus en plus tôt. Cela implique que la cause est en train de changer, et nous devons donc nous demander ce qui provoque ce changement ?

Tous les regards se tournèrent vers moi. J'étais à la fois le messager et, en tant que plus jeune membre de l'assemblée, la personne censée être le plus au courant des raisonnements scientifiques modernes sur la question. Si on peut considérer les années 1990 comme une époque moderne.

Dans chacune de nos vies, quelles que soient les circonstances de notre mort, le monde qui nous entoure demeure identique. On assiste toujours au même mouvement de rébellion en 1917, la guerre éclate toujours en 1939, Kennedy se fait toujours assassiner et les trains sont toujours en retard. Ce sont des événements linéaires qui, pour ce que nous pouvons observer, ne changent jamais. Nous sommes les seules variables. Si le monde change, c'est à cause de nos agissements.

— C'est contraire aux règles du Cercle Cronus ! m'interrompit Charity sur un ton furieux, car elle n'avait jamais été du genre à se laisser distraire de peccadilles par la vue d'ensemble.

— Par conséquent, poursuivis-je en balançant mes pieds dans le vide depuis la chaise sur laquelle je m'étais perché, la question n'est pas de savoir pourquoi la fin du monde approche, mais à cause de qui ?

Chapitre 30

Tuer un ouroborien est difficile, mais je tiens à faire remarquer que tuer un mortel linéaire l'est souvent plus encore, car tu ne peux pas te contenter d'empêcher sa naissance dans une vie et en être débarrassé. Il faut le tuer de nouveau dans chaque vie, et ce meurtre devient une tâche aussi routinière que se laver les dents ou te couper les ongles. C'est une question de discipline.

Nous étions en 1951, et je vivais à Londres.

Elle s'appelait Rosemary Dawsett, elle avait vingt et un ans et elle aimait l'argent. Je me sentais seul, et elle me plaisait. Je ne vais pas prétendre que notre relation était sérieuse, mais elle était honnête à sa façon. Je ne lui réclamais pas de m'être fidèle, et elle ne tentait pas de m'extorquer de l'argent, même si elle voyait bien que j'avais des moyens très raisonnables.

Puis, un jour, elle manqua notre rendez-vous. Je me rendis chez elle et la trouvai dans sa baignoire, les poignets ouverts. La police conclut au suicide d'une catin, un de plus, mais, moi, je savais quoi regarder, et je vis. La lame avait mordu trop profondément dans son poignet droit, sectionnant les tendons. Elle n'aurait pas dû avoir assez de force dans cette main pour s'entailler ensuite le poignet gauche. De plus, il n'y avait aucun signe d'hésitation ou de doute, aucune marque indiquant qu'elle avait tâtonné pour trouver le bon angle ou eu du mal à rassembler son courage. Et elle n'avait pas laissé de lettre. J'avais suffisamment d'expérience en termes d'autodestruction pour reconnaître un meurtre quand j'en voyais un.

Comme la police refusait d'ouvrir une enquête, je m'en chargeai moi-même. Les preuves étaient flagrantes si on voulait bien se donner la peine de les chercher. Il y avait des empreintes, dont une dans le sang de la victime. La mère maquerelle du rez-de-chaussée, qui tenait une liste des clients de Rosemary, pensait avoir vu partir un certain Richard Lisle au moment où elle rentrait. Me procurer son adresse ne nécessita que quelques coups de téléphone polis. Pour obtenir ses empreintes, je l'abordai dans un pub, lui offris plusieurs pintes et écoutai ses divagations, depuis les discours sur les beaux-arts qu'il avait dû apprendre par cœur dans un manuel jusqu'à ses remarques bruyantes, et fort applaudies, sur les pakis, les bicots et les chinetoques.

Il avait l'accent distingué mais intermittent d'un homme issu des classes moyennes qui nourrit des ambitions et a pris des cours de prononciation. Trente ans plus tard, ce serait la manière de parler que les *comics* attribueraient au raté qui vénère Ascot mais n'arrive jamais à se procurer un billet pour s'y rendre.

Si j'avais été d'humeur miséricordieuse, j'aurais eu pitié de ce pauvre type. Il luttait pour se faire admettre au sein d'une caste qui ne se contentait pas de lui refuser l'accès : elle ne l'entendait même pas frapper à la porte. Puis je rapportai un de ses verres chez moi. Je vérifiai ses empreintes, vis qu'elles correspondaient à celles que j'avais trouvées dans le sang de Rosemary sur le côté de la baignoire, et la compassion qu'il avait pu m'inspirer s'évanouit instantanément.

J'envoyai mes preuves (le verre de bière, l'analyse des traces de sang, les empreintes) à un inspecteur de Scotland Yard nommé Cutter, qui avait la réputation d'être imaginatif et prudent. Il interrogea Lisle deux jours plus tard et, pour ce que j'en sais, ce fut tout. Le surlendemain, une autre prostituée se pendit, et on retrouva des traces de lutte sur ses poignets et ses bras, ainsi que de l'hydrate de chloral dans son sang. Mais cette fois, alerté par la visite de la police, Lisle avait fait bien attention à ne pas laisser d'empreintes.

Je n'avais encore jamais commis de meurtre à cette époque, même s'il m'était arrivé de tuer : sept fois directement à ma connaissance, dont six pendant la Seconde Guerre mondiale et une en état de légitime défense. En outre, j'avais calculé que j'étais indirectement responsable de plusieurs centaines d'autres morts à cause d'actes aussi banals que réparer la roue d'un B-52 ou concevoir un minuteur plus fiable pour équiper une bombe.

Je me demandai si j'aurais le courage d'assassiner quelqu'un de sang-froid, et je conclus avec un regret modéré que oui. Je me dis que j'avais à tout le moins la décence d'en avoir honte, mais ce n'était qu'un maigre réconfort comparé à la certitude que j'allais commettre ce crime. J'allais tuer Richard Lisle.

Je me préparai soigneusement. J'achetai un bateau avec du liquide et sous un faux nom : une misérable barcasse en fer-blanc dont la cale empestait le champignon blanc humide qui infestait ses parois. J'achetai du carburant et de la nourriture, une scie et de l'acide chlorhydrique, des gants et une combinaison en caoutchouc en prenant garde à me servir chez différents fournisseurs aussi éloignés que possible les uns des autres. Puis j'allai observer les marées de la Tamise et la circulation nocturne. Je me procurai plusieurs centilitres de benzodiazépine, louai une chambre en face du pub où j'avais abordé Richard Lisle et attendis jusqu'au soir où il se pointa.

Un mardi où un épais brouillard verdâtre avait envahi les rues, je le rejoignis au comptoir, lui rappelai qu'on s'était déjà rencontrés et lui demandai de ses nouvelles. Il semblait ravi. En fait, il jubilait presque. Son visage luisait de sueur, et il parlait d'une voix forte qui déclencha aussitôt une alarme dans ma tête. Que venait-il de faire pour être de si bonne humeur ?

Je l'examinai soigneusement, cherchant quelque chose qui clochait. Ses cheveux sentaient le shampoing, ses ongles venaient d'être brossés et, malgré l'heure tardive, ses vêtements semblaient sortir tout droit de son armoire. Alors, la partie intuitive de mon esprit, celle que la partie rationnelle tente toujours d'étouffer, m'informa que j'arrivais quelques heures trop tard.

Une flambée de rage me fit momentanément oublier mon plan si efficace et si bien préparé. Mais je continuai à lui sourire et, lorsque nous quittâmes le pub d'un pas titubant à l'heure de la fermeture, émergeant bras dessus bras dessous dans l'air chargé de poussière de charbon qui eut tôt fait de se déposer sur notre peau, nous étions les meilleurs amis du monde.

Alors que nous remontions la rue en chancelant, une de ces rues en terrasse bordées de maisons minuscules qui se cachent encore derrière les cratères de l'East End, il leva les yeux vers le ciel et se mit à rire. Sans réfléchir, je le frappai en pleine figure. Je le rouai de coups et, lorsqu'il s'écroula, je m'assis à califourchon sur lui, l'empoignai par la gorge et hurlai :

— Où est-elle ? Qui était-ce cette fois ?

Submergé par la rage et l'adrénaline, dissimulé par l'obscurité et le brouillard, je jetai tous mes plans soigneusement échafaudés par-dessus bord. Ce fut à peine si je sentis le choc sur mes jointures tandis que je martelais son crâne de mes poings. Je ne remarquai pas non plus le cran d'arrêt qu'il me planta dans l'abdomen, crevant le bas de mon poumon gauche, jusqu'à ce que je tente de reprendre mon souffle avant de frapper une nouvelle fois et me rendre compte que c'était impossible.

Le visage de Richard Lisle était réduit à l'état de pulpe sanguinolente, mais moi j'étais mort. Il me repoussa tant bien que mal, et je m'affaissai dans le caniveau tel un pudding détrempé. L'eau sale m'éclaboussa le visage. Il se traîna à quatre pattes jusqu'à moi, la respiration sifflante, son nez cassé pissant le sang. Je savais maintenant qu'il tenait un couteau à la main, aussi fus-je conscient qu'il me le plongea par trois fois dans la poitrine. Puis je ne sentis plus rien du tout.

Chapitre 31

De nombreuses vies plus tard, assis face à Virginia dans le salon du Cercle Cronus, je dis :

— Il s'appelle Vincent.

— Ce n'est pas suffisant, Harry chéri.

— C'est l'un des nôtres. Un ouroborien. Quand j'ai mentionné le Cercle Cronus, il m'a agressé et il s'est enfui.

— Quel comportement infantile.

— Il a des ambitions.

Virginia était plus que capable de se désintéresser d'un sujet quand elle le voulait. Et, de toute évidence, elle le voulait en ce moment. Elle fixa le plafond du regard comme si c'était la chose la plus fascinante au monde, et elle attendit que je poursuive.

— Les générations futures ne cessent de nous faire remonter ce message : « la fin du monde approche, la fin du monde approche ». Rien ne change dans le cours établi des événements linéaires. Rien, sauf nous.

— Donc, tu suggères que ce… Vincent… est peut-être le « qui » à l'origine du « quoi » ?

— Je… non. Je n'en sais rien. Je suggère juste qu'une personne possédant son caractère, quelqu'un qui est comme nous mais qui ne fait pas partie des nôtres, est en train de chercher des réponses sans se soucier des conséquences, voilà tout.

— Harry… Je me trompe, ou tu as déjà une idée de la façon dont tu veux régler le problème ? murmura-t-elle.

— Nous traquons les anomalies, lui rappelai-je fermement. Le Cercle Cronus recherche les événements qui ne devraient pas se produire à une période donnée, ceux qui modifient le cours normal de l'histoire. Je pense en avoir trouvé un.

— Où ça ?

— En Russie.

Elle se mordit pensivement la lèvre inférieure.

— Tu as parlé aux Cercles de là-bas ? Moscou, Saint-Pétersbourg et… je suppose qu'il faut l'appeler Leningrad maintenant, si horrible que ce soit.

— Je leur ai fait parvenir un message via Helsinki. Je pars en Finlande demain matin.

— Si tu as déjà pris tes dispositions, pourquoi m'en parles-tu ?

J'hésitai avant de répondre :

— Si jamais il m'arrivait quelque chose, je souhaite que tu fasses part de mes soupçons aux autres. Mais…

— Tu crains que si l'un des nôtres est en train d'altérer le cours normal de l'histoire, il ait des informateurs au sein du Cercle.

Elle soupira, et je me demandai depuis combien de temps elle y pensait par-devers elle, combien d'autres de nos semblables avaient eu la même idée. Étions-nous tous devenus si apathiques et habitués à la duplicité qu'aucun de nous ne s'était donné la peine de soulever la question ?

Considérions-nous donc la trahison comme un fait avéré et inéluctable ? Auquel cas, en parler n'aurait fait que propager des soupçons sans fournir de solution.

— Pourtant, reprit Virginia, son visage s'éclairant un peu, tu me fais assez confiance pour m'informer de tes préoccupations, alors que tu refuses de t'adresser directement à Moscou et Saint-Pétersbourg. Oh ! Harry, ta carrière d'espion n'a pas arrangé ta réputation mondaine.

— Je ne savais même pas que j'en avais une.

— Et quelle réputation ! Harry, dit-elle avec une pointe d'inquiétude sincère. Je comprends que ce doit être très excitant d'apprendre que la fin du monde approche. Quelle merveilleuse aventure cela doit représenter pour toi ! La monotonie engendre l'ennui, la stimulation du changement est indispensable pour ralentir le déclin des facultés et de la volonté. Mais la vérité mathématique pure et simple, c'est qu'entre nous et les événements futurs il existe une infinité de possibilités, de permutations potentielles. Penser que nous pouvons les affecter de quelque façon que ce soit n'est pas seulement ridicule, c'est infantile. Je ne vois pas d'objection à ce que tu fasses ce que tu souhaites, Harry, après tout, c'est ta vie, et je sais que tu la mèneras en prenant garde à ne pas mettre le Cercle dans l'embarras. Mais je détesterais que tu t'impliques trop sur le plan émotionnel.

Je réfléchis aux paroles de Virginia. Physiquement, elle était plus vieille que moi, mais après quelques cycles ce genre de chose cesse d'importer. Elle cumulait très probablement davantage de vies, mais là encore, passé les premiers siècles, la plupart des kalachakras atteignent un palier où le temps cesse de compter et où l'âme ne change presque plus. Pourtant, j'avais toujours considéré Virginia comme mon aînée, la femme qui m'avait tiré des griffes de Phearson et introduit dans le Cercle. Ce souvenir s'estomperait dans sa mémoire et, avec le temps, notre relation évoluerait peut-être, mais moi… je n'oubliais jamais rien.

Je revis Christa debout à mon chevet à Berlin.

En 1924, je m'étais rendu à Liverpool pour effectuer une mission similaire. Le mourant portait le nom de Joseph Kirkbriar Shotbolt. Né en 1851, il décédait généralement entre 1917 et 1927. D'un point de vue statistique, la cause la plus fréquente de mort était la grippe espagnole, qui emportait trois autres membres de sa famille proche, une dizaine de ses cousins et près d'un quart de la communauté vivant au bord de l'eau, au sein de laquelle il passait parfois sa retraite.

— Je n'arrive pas à me débarrasser de cette foutue saloperie ! l'avais-je entendu s'exclamer dans les rares occasions où il y avait survécu. Elle me suit partout où je vais !

Cette fois, il avait évité de la contracter en prenant la précaution de passer les dernières années de la guerre sur une île de Micronésie encore non répertoriée dans les atlas, mais dont le nom dans la langue des autochtones pouvait être traduit par : « Larme bénie ». L'inconvénient, c'est qu'il avait troqué la grippe espagnole contre un parasite qui avait fait affreusement rougir et gonfler ses pieds, au point d'exploser ses chaussettes et qui, surtout, avait entraîné l'apparition de kystes sur son foie et ses reins, provoquant la septicémie dont il mourait lorsque je le rencontrai enfin.

Les kalachakras tendent à se reconnaître entre eux. Pas grâce à leur instinct, comme ma relation avec Vincent pouvait en attester, mais à cause de leur attitude et de l'incongruité des circonstances qui entourent leur rencontre. Quand un enfant de six ans se rend dans un hôpital de Liverpool pour rendre visite à un homme en train de mourir d'une infection parasitaire que les médecins sont impuissants à soigner, il n'a pas vraiment besoin de préciser qui il est.

Shotbolt était un colosse que l'approche de la mort avait ratatiné comme une chips trop cuite. Ses articulations pliées semblaient douloureuses, ses tendons étaient bloqués, et les antidouleurs qu'on lui administrait n'avaient réussi qu'à hâter la dégénérescence de son foie, donnant à sa peau une teinte jaune assez virulente. Ses cheveux et ses poils étaient tombés, cils et sourcils inclus. Les jointures gonflées de sa main se détachaient de façon presque obscène sur les draps qu'il serrait contre lui pour se prémunir du froid qui l'envahissait jusqu'à la moelle.

J'avais déjà rencontré Shotbolt deux ou trois fois, et, même s'il ne se souvenait pas de moi, il sut immédiatement qui j'étais.

— C'est le Cercle qui t'envoie ? grommela-t-il d'une voix étonnamment ferme pour un homme dont la fin était si proche. Si tu m'apportes un foutu remède, dis-leur que je n'en veux pas. Du laudanum, voilà de quoi j'aurais besoin, si ça ne te fait rien.

Je consultai la fiche au pied de son lit. Sa perfusion contenait essentiellement une solution saline, tentative sans conviction de l'hydrater après la défaillance de son système digestif. Les flacons en verre étaient lourds, l'un d'eux fuyait à l'endroit où le caoutchouc qui entourait le bord s'était fissuré.

— Oh, Seigneur ! grogna Shotbolt en me voyant lire sa fiche. Tu as une formation médicale, pas vrai ? Je ne supporte pas ces maudits docteurs, surtout quand ils ont cinq ans.

— Six, corrigeai-je. Et ne vous en faites pas : vous serez mort d'ici à une semaine.

— Une semaine ! Je ne veux pas moisir ici pendant une autre foutue semaine ! Ces salopards ne veulent même pas me filer un bouquin décent à lire ! « Vous ne devez pas vous agiter, Monsieur Shotbolt, qu'ils me disent. Allons, Monsieur Shotbolt, il faut aller sur le pot maintenant ! » Le « pot » ! Je te jure que c'est comme ça qu'ils l'appellent ! Je n'ai jamais été aussi humilié de toute ma vie.

Sa façon de parler impliquait que la pire humiliation de sa vie était survenue de manière assez fréquente par le passé, et qu'elle continuerait probablement à le faire dans le futur. Je choisis donc de ne pas en débattre avec lui. Me réjouissant que, malgré tous ses médicaments, Shotbolt soit encore à peu près lucide, je m'assis sur le bord de son lit et dis :

— J'ai un message pour vous.

— J'espère pour toi que ça n'est pas une question au sujet de cette foutue reine Victoria, grommela-t-il. Je ne supporte pas ces soi-disant historiens qui veulent toujours connaître la taille de ses sous-vêtements.

— Ce n'est pas une question, lui assurai-je patiemment. Plutôt un avertissement qui remonte de génération en génération depuis le futur.

— Qu'avons-nous encore fait cette fois ? marmonna-t-il. Trop de glace, pas assez de feu ?

— Quelque chose comme ça, oui. Apparemment, et je suis un peu gêné de vous dire ça, la fin du monde approche. Ce qui n'est pas une grande surprise en soi. Mais elle approche de plus en plus vite, et nous ignorons pourquoi.

Shotbolt considéra un moment mes propos, les doigts toujours crispés sur son drap. Puis il s'exclama :

— Enfin un nouveau sujet de conversation !

Trente ans plus tard, presque jour pour jour, j'embarquais sur un vol qui décollait de Heathrow à destination de Berlin Tempelhof, changeant de passeport comme je franchissais la douane et me dirigeant vers l'est en quête d'un nouveau sujet de conversation.

Chapitre 32

Pour réussir à duper les gens, il convient de respecter certaines règles, dont ma préférée est la suivante : « Tiens-t'en à ce que tu connais. » Je ne veux pas dire qu'il est nécessaire d'incorporer une part de vérité à chacun de tes mensonges, mais que, pour être crédible, il faut maîtriser ton sujet un minimum. En 1956, il n'était nullement impossible pour un citoyen d'un pays de l'Ouest de se rendre dans un pays de l'Est. C'était même beaucoup plus facile que l'inverse. Mais se présenter comme tel revenait à attirer une attention pas forcément bienvenue, et il me semblait que je ne pouvais pas me le permettre.

Après avoir reçu le message de Christa, je m'étais embarqué, lors de ma douzième vie, dans ce que l'on en viendrait à qualifier durant les années 1990 d'« existence portfolio ». Je voyageais beaucoup sous la mince couverture du statut d'homme d'affaires, et je fricotais avec tous les services secrets qui paraissaient pouvoir m'être utiles afin de garder un œil aussi attentif que possible sur les événements mondiaux.

En 1929, à l'âge de onze ans, j'investis lorsque les marchés s'effondrèrent et, en 1933, j'étais l'unique actionnaire d'une des firmes de courtage ayant la plus forte croissance de l'hémisphère Nord. Un acteur du nom de Cyril Handry reçut des émoluments généreux afin de se faire passer pour moi, car il eût été peu avisé qu'un garçon de quinze ans dirige ouvertement une grosse société d'investissement. Cyril Handry incarnait le P.-D.G. idéal : digne, bien bâti, avec un accent soigneusement cultivé, des goûts raffinés, et un peu de ventre mais rien qui puisse nuire à sa santé. Il pratiquait un mélange de silence judicieux et de châtiments explosifs qui fonctionna très bien jusqu'à ce que, en 1936, il commence à se prendre un peu trop au jeu et à virer des employés compétents en pleine réunion du conseil d'administration.

Je déménageai le siège social en Suisse, dédommageai Cyril en lui offrant une maison à Bali pour sa retraite et engageai un autre acteur plus jeune pour incarner mon fils récemment nommé à la tête de l'entreprise. J'achetai sa complicité avec un salaire décent et, à ma propre surprise, avec des cours d'économie, de finances et de comptabilité grâce auxquels, en 1938, j'avais acquis une totale confiance en sa capacité à diriger la compagnie avec des interventions minimales de ma part.

— Investissez dans le pétrole, la chimie, l'acier et les armes américaines, fut la seule instruction que je lui donnai cette année-là, tandis que le monde glissait de nouveau vers la guerre. Débarrassez-vous de la manufacture Skoda et évacuez tout le personnel étranger de Singapour.

En 1948, Waterbrooke & Smith (deux noms choisis sans autre raison que leur totale absence de lien avec moi) était l'une des compagnies les plus prospères de l'hémisphère Nord, avec des contacts étendus, et parfois illégaux, en Asie du Sud-Est et en Afrique, ainsi que des intérêts grandissants au Chili, au Venezuela et, initiative sur laquelle je devais m'interroger par-devers moi, à Cuba. Ma société était rentable, dénuée de toute éthique, et, surtout, elle me fournissait un afflux continuel d'argent disponible, qui ne m'excitait que modérément, et d'informations sur l'état du monde, sans jamais que j'aie à montrer ma bobine.

Ce fut une note minuscule, parmi la centaine qui arrivait sur mon bureau chaque semaine, qui m'envoya en Russie. Son titre : « Exposition limitée à la radio portable (commerciale) PJC/9000 ». Rédigé par un analyste, ce bref rapport évoquait le récent investissement de mon entreprise dans un émetteur-récepteur radio qui était arrivé sur le marché en Allemagne de l'Ouest deux mois auparavant, et dont la portée comme la qualité du signal lui avaient valu, la semaine précédente, d'être récompensé par un contrat pour équiper les bases de l'armée de l'air.

Les caractéristiques techniques étaient jointes, et je les parcourus sans rien relever de spécial jusqu'à ce que j'aperçoive la fréquence opérationnelle de l'émetteur en balayant la page du regard. Elle se situait deux cent mille hertz au-delà de la fréquence normale des équipements de l'époque. Seul, le nombre relativement bas n'aurait pas suffi à m'alarmer, mais le mécanisme qui permettait cette prouesse n'aurait pas dû être inventé, et encore moins mis sur le marché, avant 1961.

Chapitre 33

Si on te demandait de décrire l'Allemagne de l'Est dans les années 1950, « pittoresque » n'est probablement pas l'adjectif qui te viendrait à l'esprit. La Seconde Guerre mondiale n'avait pas été tendre avec le pays, pas plus que les tanks soviétiques qui cheminaient vers Berlin. Les années d'incertitude jusqu'aux élections de 1948, qui rendirent la certitude un peu trop certaine, n'avaient pas été tendres, et l'aube s'était levée sur les années 1950 avec une résignation grisâtre.

Le paysage sans relief ne pouvait dissimuler les dures réalités d'une économie qui considérait les intellectuels comme des bourgeois, le travail comme la clé de la liberté, et la fraternité comme obligatoire. On avait promis des voitures au peuple. Les usines vomirent alors de petites caisses à savon incroyablement peu fiables et aussi dignes que des cercueils en carton, qui bondissaient par-dessus toutes les ornières tels des hippopotames effrayés, de sorte que les passagers entassés à l'arrière se cognaient la tête au plafond. On avait promis de la nourriture au peuple. On abattit des forêts et on planta du blé dans des endroits où aucun fermier digne de ce nom n'aurait envisagé d'en faire pousser, et les fertilisants industriels teintèrent de gris-brun vaseux les eaux immobiles des lacs du Nord.

Pourtant, malgré tout cela, un ou deux bastions de la tradition subsistaient encore, essentiellement parce que le gouvernement les avait oubliés. Après la guerre, les Soviets avaient confisqué une grande partie de l'équipement industriel allemand, depuis les machines-outils des usines jusqu'aux plus humbles camions de ferme. Dans les coins les plus reculés de la campagne vivaient désormais des veuves robustes qui arpentaient leurs champs, une faux à la main, la tête couverte d'un foulard de couleur vive et le dos voûté sous le poids des paniers contenant leur récolte. En clignant des yeux, on aurait pu croire à une scène rurale idyllique. En y regardant de plus près, on aurait vu la faim dans les yeux de ces malheureuses, et compris combien leur fardeau les accablait chaque fois qu'elles devaient se baisser.

J'étais venu rencontrer Daniel Van Thiel. En achetant la compagnie qui distribuait la radio douteuse, j'avais découvert, à ma grande surprise, qu'elle était basée en Europe de l'Est, et que l'innovation technologique était due à Van Thiel, ancien ingénieur en communications de la *Wehrmacht* qui, à l'âge tendre de dix-neuf ans, avait été l'une des rares personnes à échapper au *Kessel* de Stalingrad, en étant renvoyé à bord d'un avion pour honorer ses « talents exceptionnels ». Son évacuation fut l'un des rares indices que l'armée prisonnière de la Volga était condamnée, et que le haut commandement allemand en avait conscience.

Dix ans plus tard, Van Thiel s'était découvert un zèle communiste fort à propos pour recevoir une formation supplémentaire non seulement en Allemagne de l'Est, mais aussi à Moscou. Après cinq ans d'études, il venait de rentrer pour dévoiler des inventions que mon entreprise vendait en affirmant qu'elles révolutionnaient la communication, et dont je pensais personnellement qu'elles avaient encore besoin d'être développées. Il était comme un architecte à qui on révèle soudain le concept de roue et qui s'en sert pour bâtir une pyramide, sans se rendre compte qu'il pourrait être utile de l'appliquer également à un chariot.

Je voyageais sous l'identité de Sebastian Grunwald, un journaliste qui travaillait sur un article intitulé « Les futurs héros de notre révolution socialiste ». Van Thiel habitait l'une des rares villes que l'on aurait presque pu qualifier de pittoresques, dans la mesure où le raz-de-marée industriel n'avait pas encore atteint son point culminant et détruit sur son passage les petites chaumières de pierre grise, les rues tortueuses et la chapelle de pierre noire avec son vitrail miraculeusement préservé montrant le Christ au sommet de la montagne. Il vivait avec sa sœur, qui pour l'occasion avait mis ses plus beaux vêtements aux couleurs passées et nous servit des biscuits maison et du café autrichien dans le petit salon bleu azur.

— Le café est un cadeau de Vienne, m'expliqua Van Thiel tandis que j'ouvrais mon calepin pour l'interview. La vie est facile pour nous en ce moment. Tout le monde veut des produits d'Allemagne de l'Est.

Parle avec n'importe quelle personne occupant une fonction publique à cette époque, et elle te dira que la vie est facile. La cause et l'effet sont des concepts malléables : peu importe que le premier n'ait aucun rapport avec la seconde, tant que le second garantit la prospérité et le bonheur sous le régime de la RDA.

Je commençai l'interview, en prenant bien garde de dissimuler l'objet de ma curiosité en le bombardant de questions anodines.

Depuis combien de temps s'intéressait-il aux radios ?

Un père ingénieur amateur, vraiment ?

Il écoutait la radio pendant les bombardements, histoire d'être averti au cas où les sirènes failliraient...

Et comment sa réussite l'avait-elle changé ?

Fier, très fier d'être allemand, et encore plus fier d'être communiste, bien entendu.

Cherchait-il une femme ?

Qu'allait-il faire ensuite pour son pays ?

Avait-il d'autres passions, ou des passe-temps ?

Non, bien sûr que non, entièrement dédié à son travail, un employé dévoué...

Et ses études en Russie ? Il avait dû apprendre tant de choses !

— Incroyable ! Incroyable, me répondit-il. On m'a fait un accueil si chaleureux, je ne m'y attendais pas du tout. « Camarade, il n'y a pas d'Allemands et de Russes : nous sommes tous communistes ! »

Il avait pris un accent russe pour dire la dernière phrase, une affectation qui me désarçonna légèrement. J'ai appris l'allemand sur place, mais le manque de pratique finit par affecter même les mnémoniques parmi nous. Régler à la fois son oreille et sa voix sur un accent régional nécessite une concentration qui ne laisse que peu de place pour la comédie.

Et l'idée de cette nouvelle radio, d'où lui venait-elle ?

Une expression malicieuse passa sur le visage de Van Thiel.

— J'ai travaillé avec de grands hommes, m'expliqua-t-il. Nous étions tous unis par la recherche d'une cause commune.

On aurait dit un slogan. C'était tellement cliché que je ne pus m'empêcher de sourire. Conscient de la vacuité de ses propos et savourant leur effet sur moi, Van Thiel me sourit en retour. Puis il tendit la main, me prit mon stylo, me força à poser mon calepin sur la table et le referma.

— Les Russes, dit-il, ont mauvaise haleine et ne savent pas cuisiner. Mais leur science… c'est grâce à elle qu'ils ont remporté la guerre.

— Vous devez plaisanter, protestai-je. Leur population considérable, la force de leur idéologie, leurs bases industrielles…

— Foutaises ! J'ai rencontré des gens là-bas, des hommes et des femmes qui faisaient des choses… Les Soviets ont vu l'avenir. C'est pour ça qu'ils vont gagner, c'est pour ça qu'ils étaient destinés à gagner dès le début. Ce que j'ai fait n'est qu'une goutte d'eau dans l'océan.

Et quel était donc cet avenir que les Russes avaient vu ?

Ce serait cafter. Van Thiel rit. En un autre lieu et une autre époque, il se serait peut-être tapoté la narine. Il pouvait juste me dire que demain frapperait à notre porte plus tôt que prévu.

— Allez, murmurai-je, allez ! Rendez service à un malheureux plumitif qui a besoin de se faire mousser auprès de ses chefs. Donnez-moi un nom, juste un nom… Quelqu'un que vous avez rencontré en Russie et qui vous a inspiré.

Il réfléchit un moment puis grimaça.

— D'accord, capitula-t-il. Mais je ne vous ai rien dit. L'homme que vous cherchez, celui qui va tout changer… il s'appelle Vitali Karpenko. Si jamais vous allez à Moscou et que vous le rencontrez, n'oubliez pas : ce type va changer le monde.

Je ris et haussai les épaules comme s'il s'agissait d'une idée farfelue. Puis je rouvris mon calepin pour poser le reste des questions inutiles que j'avais préparées. Lorsque je pris congé, Van Thiel me serra la main, me fit un clin d'œil et me dit que j'allais faire des étincelles dans le métier. L'Allemagne aurait toujours besoin de gens qui comprenaient les grandes idées.

Quatre jours plus tard, on le découvrit pendu aux poutres apparentes de sa pittoresque maisonnette en bois avec un vieux bout de corde en chanvre. Une note laissée sur son bureau affirmait qu'il avait trahi son pays en vendant ses inventions et son âme, et qu'il ne pouvait plus vivre avec cette culpabilité. On conclut au suicide, et les ecchymoses retrouvées sur sa cage thoracique et sur ses mains furent considérées comme des blessures *post mortem*, survenues quand la police l'avait décroché.

Le surlendemain, sous le nom de Kostya Prekovsky, j'embarquai sur un cargo qui convoyait du charbon jusqu'à Leningrad, un jeu de documents de voyage dans ma poche, un autre dissimulé dans le faux fond de ma valise, et un passeport de secours déjà déposé dans une boîte aux lettres morte inutilisée aux bords de la gare de Finlande, en cas de besoin. Je cherchais Vitali Karpenko, l'homme capable de changer le futur.

Chapitre 34

Ce n'est pas moi mais lui qui prend le train de nuit pour traverser l'Europe.

Tous les voyageurs ont peut-être cette impression (je n'ai que ma propre expérience pour en juger), mais il vient toujours un moment où, aux heures les plus sombres de la nuit, alors qu'il est assis sur un quai dans une gare vide, attendant la dernière correspondance d'un long voyage, un homme cesse d'être « je » pour devenir « il ». Il se peut que d'autres créatures hantent cet endroit mort : un individu au dos voûté et aux yeux trop las pour lire un livre, un apparatchik revenant d'une réunion infructueuse et prêt à subir les reproches de ses supérieurs aux aurores, deux ou trois étrangers pelotonnés sous un des lampadaires à la lumière blanche dont le sifflement est inaudible de jour, quand les trains filent à travers la gare et que les portes s'ouvrent et se ferment avec fracas, mais qui résonne la nuit comme la respiration de l'univers.

Quand le train arrive enfin, il semble mettre une éternité à entrer en gare et, tout à coup, il est là devant vous, bien plus long que vous ne l'aviez imaginé. Les lourdes portes s'ouvrent en pliant par le milieu. Les toilettes empestent l'urine, les filets à bagages s'affaissent sous le poids de trop de valises pour trop de sourires tremblants. Trois personnes montent dans le dernier train pour Leningrad, et aucun passager ne descend.

Je m'assois près de la fenêtre. Mon passeport est établi sous un faux nom, et une dizaine de langues se mélangent dans ma tête. Impossible de deviner laquelle se manifestera au bout de ma langue. Je regarde mon reflet dans la vitre, et je vois un inconnu. L'inconnu voyage à bord du train de nuit qui traverse la Russie, seul avec le staccato des rails sous les roues de la voiture. Le visage de l'inconnu est trop blanc contre l'obscurité du dehors. La tête de l'inconnu cogne contre le verre glacé à chaque soubresaut du moteur, chaque hurlement des freins.

En de tels moments, les pensées ne s'expriment pas sous forme de mots mais d'histoires racontées comme si elles parlaient de quelqu'un d'autre. Une fillette rend visite à un homme qui se meurt à Berlin, elle lui annonce que la fin du monde approche, et ces paroles ne signifient rien du tout pour lui. La mort de l'homme est toujours survenue comme elle continuera à survenir et, franchement, elle ne l'intéresserait ni plus ni moins qu'un étrange insecte exotique si elle n'entraînait pas l'ennui d'une enfance sans cesse revécue. Des bombes sont tombées, des gens ont péri : en quoi importe-t-il de modifier le cours de ces événements, puisque le résultat est toujours le même ?

Mais d'un autre côté…

Vincent Rankis a levé le poing sur un professeur de Cambridge. Il l'a frappé à la mâchoire, et pour quelle raison ? Deux mots prononcés avec espoir : « Cercle Cronus. »

Un enfant s'est jeté du deuxième étage d'un asile. Un moine errant a demandé à un espion chinois comment faire pour mourir. Vincent Rankis s'est exclamé face aux merveilles de l'univers, et il a voulu en savoir plus.

À quoi servez-vous ?

À bord d'un train pour Leningrad, un homme entend la voix de Franklin Phearson dans sa tête, et il est brièvement surpris de voir son reflet dans la vitre. Qu'est-ce donc ? La douleur d'un souvenir malvenu ? De la culpabilité ? Du regret ?

À quoi servez-vous, Docteur August ? Pensez-vous que tout cela n'était qu'un rêve ?

Une discussion avec Vincent dans mon appartement de Cambridge.

Nous avons posé l'hypothèse d'un univers parallèle auquel vous pourriez épargner les vicissitudes de la guerre. Un monde dans lequel, si on oublie le paradoxe inhérent à son existence, vous pourriez vous-même goûter les joies de la paix.

Lorsque je me sens optimiste, je choisis de croire que chaque vie que je mène, chaque choix que je fais, a des conséquences. Je ne suis pas un seul Harry August mais une multitude, un esprit qui voyage de vie parallèle en vie parallèle et, après ma mort, le monde continue sans moi, mais altéré par mes actions, affecté par ma présence.

Puis j'examine les actions que j'ai accomplies et, ce qui importe sans doute davantage étant donné ma nature, celles dont je me suis abstenu, et je rejette cette hypothèse comme erronée.

À quoi je sers ?

Soit à changer un monde, des mondes innombrables, dont chacun est touché par les choix que je fais, où chacune de mes actions a des conséquences, où chaque amour et chaque chagrin contiennent leur part de vérité, soit à rien du tout.

C'est un inconnu qui prend le train pour Leningrad.

Chapitre 35

L'Histoire tend à oublier le siège de Leningrad pour se concentrer sur sa contrepartie dans le sud de la Russie : la bataille de Stalingrad. Ce qui peut se comprendre, puisque la retraite des Nazis à la suite de cette dernière est généralement considérée comme un tournant décisif. Mais, du coup, on en oublie trop facilement que Leningrad, ville élégante aux larges avenues piétonnes et aux antiques tramways dont la cloche tintait joyeusement, a été assiégée sans relâche ni pitié pendant huit cent soixante et onze jours.

Jadis, elle avait été la résidence des tsars, puis le cœur de la révolution. Je trouvais remarquable que le moindre vestige de sa grandeur passée ait survécu à la raclée qu'elle avait prise. Et de fait, depuis les faubourgs jusqu'au centre-ville, une architecture pragmatique érigée à la va-vite (blocs carrés ou rectangulaires, bitume gris et murs bruns) avait pris le dessus. L'Histoire n'intéressait guère les Soviets, à moins qu'il s'agisse de celle de leur triomphe. Comme embarrassés par les belles maisons de pierre qui bordaient encore les canaux, ils avaient recouvert les hauts murs de la vieille ville d'affiches qui clamaient : « LUTTEZ POUR LA VICTOIRE ! », « CÉLÉBREZ LE COMMUNISME

ET UNISSEZ-VOUS DANS LE TRAVAIL ! » et autres perles de sagesse.

Le palais d'Hiver se dressait toujours au milieu de ces hideuses bonnes intentions avec un petit air embarrassé, monument d'une époque révolue, héritage du régime renversé. L'honorer serait revenu à glorifier ses anciens occupants d'une façon un peu désuète, mais le détruire eût été une insulte envers les hommes et les femmes de 1917 qui s'étaient battus contre tout ce qu'il représentait. Aussi le palais d'Hiver et une grande partie des bâtiments de l'ancienne Leningrad demeuraient-ils debout, avec leurs murs si épais que c'était à peine si les balles les éraflaient et si la glace les fendillait.

À ma grande surprise, le Cercle Cronus de Leningrad s'était installé, non dans l'un des bâtiments grandioses de la vieille ville, mais dans une maison beaucoup plus petite et plus modeste nichée derrière un cimetière juif aux pierres tombales mangées par la végétation, où les arbres étendaient leurs branches lourdes par-dessus les hauts murs gris. La concierge du Cercle, qui se révéla également être l'un de ses membres les plus anciens, se présenta très simplement sous le nom de…

— Olga. Et vous devez être Harry. Ça ne va pas du tout. Ces bottes, quelle hérésie ! Allons, ne restez pas planté là : entrez !

Olga, cinquante-neuf ans, une tresse de cheveux gris qui lui descendait jusqu'à la taille, des épaules légèrement voûtées qui faisaient saillir son menton d'une manière peu seyante, avait peut-être été une de ces jeunes beautés dont le pied menu et le pas léger faisaient battre plus fort le cœur de maints aristocrates. Mais elle ressemblait désormais à une caricature enfantine de sorcière tandis qu'elle grommelait et pestait après les tuyaux grinçants qui couraient le long de l'escalier de l'immeuble. Le carrelage vert et la peinture cobalt passée des murs étaient la seule véritable concession faite à la joie de vivre. Les portes qui donnaient à l'étage étaient maintenues soigneusement fermées « pour empêcher la chaleur de s'échapper ! »

Nous étions au mois de mars et, malgré le froid encore mordant, la neige commençait à fondre, sa blancheur cédant la place à un gris anthracite scintillant comme cinq mois de suie et de crasse en tout genre pointaient sous les amas cristallins pelletés au bord des routes. Le plus gros de la glace avait disparu des toits, mais les congères demeuraient, entretenant le froid nécessaire à leur survie, tels des monuments à la gloire de l'hiver qui s'estompait peu à peu.

— J'ai du whisky, annonça Olga en me désignant un fauteuil près du feu électrique rayé d'orange. Mais vous devriez plutôt prendre une vodka et me remercier.

— Je vais prendre une vodka et vous remercier, dis-je, me laissant tomber dans le siège rembourré avec soulagement.

— Vous parlez russe avec un accent oriental. Où l'avez-vous appris ?

— À Komosomolsk, il y a quelques vies, admis-je.

— Vous avez l'air trop mou. Vous devez parler avec un accent occidental, sinon, les gens s'interrogeront. Et vos bottes, elles sont beaucoup trop neuves. Tenez. (Un éclair métallique traversa la pièce et atterrit dans mon giron.

C'était une râpe à fromage.) Vous n'étiez jamais venu en Russie, ou quoi ? Vous vous y prenez comme un pied !

— Pas avec un passeport russe, concédai-je. Américain, oui, anglais, suisse, allemand…

— Non, non, non, non ! Ça ne va pas du tout. Recommencez !

Tandis qu'Olga s'asseyait face à moi avec une bouteille de vodka sans étiquette et deux verres d'une taille intimidante, je m'attaquai à mes bottes avec la râpe à fromage.

— Pardonnez-moi, bredouillai-je, mais je m'attendais à trouver plus de monde au Cercle. Où sont tous les autres ?

— Quelques-uns de nos membres dorment à l'étage, grommela-t-elle, et Masha a encore ramené un jeune gandin, ce que je n'approuve pas. Ils passent parfois quand ils sont dans les parages, mais c'est tout ce qu'ils font désormais, passer. Pas comme au bon vieux temps.

Je vis une lueur de nostalgie briller dans ses yeux à la mention du bon vieux temps mais, très vite, elle se concentra de nouveau sur une tâche autrement plus vitale : boire et me critiquer.

— Vos cheveux sont dégoûtants ! s'exclama-t-elle. Comment appelez-vous cette couleur ? Carotte ? Il va falloir les teindre tout de suite.

— Je comptais…, commençai-je faiblement.

— Et le passeport dont vous vous êtes servi pour entrer dans le pays, brûlez-le.

— Je l'ai déjà jeté.

— Il ne fallait pas le jeter, mais le détruire ! Nous n'avons vraiment pas besoin que des gens viennent fouiller ici. Il reste si peu de membres du Cercle ! La paperasse est sans fin.

— Pardonnez-moi de poser cette question, mais quel est le statut actuel du Cercle de Leningrad ? La dernière fois que je suis venu ici, la *glasnost* battait son plein, mais maintenant…

Elle eut un ricanement dédaigneux.

— Le Cercle, expliqua-t-elle en frappant le cul de la bouteille sur la table pour ponctuer chacun de ses mots, est dans la merde. Personne ne veut se donner la peine de rester, personne ! Au bon vieux temps, il y avait toujours un ou deux membres qui se débrouillaient pour accéder aux plus hauts échelons du Parti, histoire de s'assurer que ceux de nos semblables nés ici auraient un allié parmi les autorités. Mais aujourd'hui ? « C'est trop hasardeux, Madame Olga, chouinent-ils. Peu importe ce que nous faisons ou dans quel camp nous nous rangeons, nous finissons toujours par être arrêtés et abattus. Ça n'en vaut pas la peine. Si nous ne sommes pas exécutés pendant les années 1930, nous le sommes pendant la guerre, et si nous ne le sommes pas pendant la guerre, nous le sommes par Khrouchtchev. Nous sommes las de ce jeu. » Les sales petits pleurnicheurs ! Ils n'ont aucune persévérance, voilà le problème ! Ou bien ils me disent : « On veut mener la belle vie, Madame Olga. On veut voir le monde. » Et je m'écrie : « Vous pourriez passer des centaines de vies ici sans jamais connaître tous les recoins de la Russie ! » Mais ils ne veulent pas s'en donner la peine.

Sa voix dégoulinait de mépris.

— Ils ne veulent pas perdre leur temps et leur énergie dans leur mère patrie. Alors, ils franchissent la frontière et ils vont vivre ailleurs, mais ils s'attendent quand même à ce qu'on veille sur eux quand ils renaissent, ces petits misérables !

Je frémis comme un nouveau coup de bouteille sur la table menaçait de renverser les deux verres et la table elle-même.

— Je suis la seule qui reste, la seule qui se soucie de chercher nos futurs membres. Savez-vous que je dois me faire envoyer de l'argent par les autres Cercles ? Paris, New York, Tokyo… J'ai dû établir une nouvelle règle. Si vous accueillez un de mes membres, tout l'argent qu'il verse me revient de droit. Personne n'a osé protester, rapporta-t-elle avec satisfaction, parce qu'ils savent tous que j'ai raison. Aujourd'hui, il n'y a plus guère que les visiteurs venus contempler la débâcle pour mettre un peu d'animation.

— Et vous ? hasardai-je. C'est quoi, votre histoire ?

Elle rentra le menton et, l'espace d'un bref instant, j'aperçus la femme qu'elle avait dû être sous ses multiples couches de vêtements en laine.

— Je suis une Russe blanche, proclama-t-elle. J'ai été fusillée en 1928, ajouta-t-elle en redressant un peu le dos, parce qu'on a découvert que mon père était duc. On m'a ordonné de faire mon autocritique, d'admettre que j'étais une cochonne de bourgeoise et de partir travailler dans une ferme. J'ai refusé. On m'a torturée pour que j'avoue mais, même quand j'ai commencé à saigner par tous mes orifices, je suis restée debout et j'ai dit : « Je suis une fille de cette magnifique contrée, et jamais je ne prendrai part à la hideur de votre régime ! » J'étais sublime de dignité quand ils m'ont exécutée.

Ce souvenir qu'elle chérissait lui arracha un petit soupir nostalgique.

— Bien sûr, grommela-t-elle, maintenant, je comprends leur point de vue. Il faut avoir traversé la révolution pour se rendre compte à quel point les paysans sont affamés, à quel point les travailleurs sont furieux quand le pain vient à manquer. Mais sur le coup, au moment où ils ont noué le bandeau sur mon visage en sang, je savais que j'avais raison. Le cours de l'Histoire ! J'ai entendu tellement de conneries au sujet du cours de l'Histoire !

— J'en déduis que le Cercle n'a plus beaucoup de contacts au sein de l'administration.

C'était un coup dur. Une des rares leçons que j'avais apprises en travaillant pour les services secrets anglais, c'était que presque personne n'avait de sources fiables en position de pouvoir chez les Soviets durant cette période, d'une part à cause de l'interminable cycle de purges qu'Olga venait d'évoquer, et d'autre part à cause du manque d'efforts pour mettre des taupes en place à des postes stratégiques. Même Waterbrooke & Smith n'avait que le strict minimum de contacts nécessaires en Russie. En organisant mon voyage, je comptais surtout sur ceux que le Cercle Cronus pourrait me fournir.

Puis Olga grimaça.

— Des contacts, marmonna-t-elle. Qui a besoin de contacts ? Nous sommes en Russie ! Ici, vous ne demandez pas aux gens de vous aider. Vous leur ordonnez de le faire. En 1961, le commissaire qui vit deux maisons plus loin sera arrêté pour avoir logé un mignon dans une datcha au bord du fleuve. Le mignon habitait là depuis dix ans, donc, il y est déjà en ce moment! En 1971, on découvrira un corps enseveli dans le jardin du boucher, celui de sa femme, qui avait « disparu » en 1949, il ne savait absolument pas où. Dans trois ans, le commissaire sera dénoncé par son adjoint, qui a besoin d'une maison plus grande parce que sa femme est encore enceinte des œuvres de son sergent d'amant... Rien ne change. Vous n'avez pas besoin de contacts : juste d'un peu d'argent, et de connaître les secrets des uns et des autres.

— Et sur qui connaissez-vous des secrets qui pourraient m'être utiles ? demandai-je.

— Le chef du département de physique de l'académie, répondit-elle vivement. Il s'intéresse à l'univers, il veut découvrir d'où nous venons, ce genre de choses. Depuis cinq ans, il correspond en douce avec un professeur d'astronomie du MIT, par l'intermédiaire d'un ami commun basé à Istanbul qui confie les lettres à son cousin quand celui-ci fait entrer du savon et sortir de l'alcool de contrebande sur le marché noir. Rien de politique, mais c'est suffisant.

— Vous avez déjà utilisé ces informations pour faire pression sur lui ?

Olga haussa les épaules.

— Ça m'est arrivé. Parfois, il cède, parfois, non. Il a été fusillé à deux reprises et envoyé au goulag à trois autres, mais en règle générale, si vous savez y faire avec lui, il donne satisfaction. Et si vous ne savez pas y faire, c'est votre faute.

— Alors, murmurai-je, je ferais bien de ne pas me planter.

Chapitre 36

Il est étonnamment difficile de réussir un chantage. Tout l'art de la manœuvre consiste à faire croire à la cible que le mal qu'elle va faire (car, par définition, vous la forcez à agir au lieu de la convaincre) est moindre que le mal qu'entraînerait la révélation des secrets en votre possession. Le plus souvent, le maître chanteur a la main trop lourde et il ne réussit qu'à nuire à la cible sans en retirer le moindre bénéfice. Pour que ça fonctionne, il faut procéder en douceur et savoir quand se retirer.

J'ai déjà employé des méthodes plus que douteuses pour parvenir à mes fins. Les employer contre des gens que j'apprécie est toujours plus difficile. Or j'appréciais beaucoup le professeur Gulakov. Il me plut dès le moment où il vint m'ouvrir avec un sourire interrogateur et poli. Il avait un menton mal rasé couvert de poils grisonnants et portait un épais pull-over marron. Il continua à me plaire quand il m'offrit un café trop clair dans une tasse en porcelaine pas plus épaisse que l'ongle et m'invita à m'asseoir dans une pièce envahie par les livres qu'il avait récupérés, empruntés ou obtenus à force de supplications.

Dans une autre vie, j'aurais profité de sa compagnie, échangé avec lui des pensées sur la science et sur les possibilités qu'elle offrait, émis des hypothèses à tout-va et débattu sans fin. Mais j'étais là dans un dessein bien précis, et il était le moyen par lequel je comptais l'atteindre.

— Professeur, dis-je, je cherche un dénommé Vitali Karpenko. Pouvez-vous le trouver pour moi ?

— Je ne connais pas cet homme, répondit-il. Pourquoi voulez-vous le voir ?

— Un de ses parents est mort récemment, et son avocat m'a mandaté pour entrer en contact avec Karpenko. Une certaine somme est en jeu.

— Bien entendu, je vous aiderai si je le peux…

— On m'a dit que Karpenko était un scientifique.

— Je ne connais pas tous les scientifiques de Russie ! protesta-t-il en riant, mal à l'aise, faisant tourner son café dans sa tasse.

— Mais vous pourriez localiser Karpenko.

— Eh bien, je… je pourrais demander à des gens.

— Discrètement, s'il vous plaît. Comme je l'ai dit, une certaine somme est en jeu, et son parent n'est pas mort en Russie.

Un frémissement passa sur le visage de Gulakov. Il commençait à comprendre où je voulais en venir.

— Il paraît, poursuivis-je calmement, qu'il vous arrive de communiquer avec des scientifiques hors de l'Union soviétique ?

Sa main se figea, mais son café continua à tourner dans sa tasse, agitant les granulés dans le fond.

— Non, répondit-il enfin. Vous vous trompez.

— Vous ne correspondez pas avec un professeur du MIT ? (Je me forçais à sourire mais ne parvenais pas à soutenir le regard de Gulakov, mes yeux étaient rivés sur le contenu de sa tasse.) Il n'y a aucun mal à ça, ajoutai-je aimablement. Aucun mal, vraiment. La science devrait transcender les frontières de la politique, n'est-ce pas ? Je suggère simplement que, s'il le voulait, un homme de votre influence et de vos capacités ne devrait pas avoir de mal à trouver ce Vitali Karpenko, discrètement, je le répète. La famille serait très reconnaissante.

Cela fait, je changeai immédiatement de sujet et, pendant une demi-heure, je parlai d'Einstein, de Bohr et de la question de la bombe à neutrons, même si, en vérité, Gulakov se contenta d'émettre quelques grognements évasifs tandis que je dissertais tout seul. Puis je le laissai à sa solitude et au silence pour décider de ce qu'il comptait faire.

Gulakov ne me recontacta pas pendant trois jours.

Le quatrième jour, le téléphone sonna au Cercle Cronus. C'était lui, et il semblait effrayé.

— Kostya Prekovsky ? C'est le professeur. J'ai peut-être quelque chose pour vous.

Il parlait lentement, un peu trop lentement, et j'entendais sur la ligne un cliquetis semblable au bruissement amplifié de la peau d'un insecte.

— Vous pouvez passer chez moi dans vingt minutes ?

— Non, je ne peux pas être chez vous dans ce délai, mentis-je. On pourrait plutôt se retrouver à la station de métro Avtovo ?

Un silence un peu trop long. Puis :

— Dans une demi-heure ?

— À tout de suite, professeur.

Avant même d'avoir raccroché, je saisissais mon manteau.

— Olga ! claironnai-je, ma voix résonnant dans les couloirs déserts et glacés du Cercle Cronus. Vous gardez un flingue quelque part ?

Je n'avais jamais vraiment compris l'hypocrisie du métro tel que conçu par les Soviets. On aurait dit que le monde de la surface et le monde souterrain existaient dans deux univers séparés, voire à deux époques différentes. Le métro de Leningrad avait été inauguré moins d'un an auparavant. On prévoyait déjà de l'agrandir, et ses stations étaient autant de palais de décadence cristalline formant une ligne étincelante.

Des colonnes en spirale et des mosaïques qui, dans le meilleur des cas, pouvaient être considérées comme des triomphes de l'art moderne et, dans le pire, comme de vulgaires manifestations de vanité et d'ego, bordaient les quais carrelés aux allures de galeries. Ici, on n'annonçait pas le temps qui restait à attendre jusqu'au prochain train, mais le temps écoulé depuis le départ du précédent : une façon de mettre le passager au défi de croire que, dans ce monde parfait, il n'aurait jamais à attendre quoi que ce soit pendant plus de trois minutes.

C'était un environnement susceptible de compliquer la tâche des gens qui pouvaient vouloir me tendre une embuscade. Le métro ne fonctionnant que depuis quelques mois, il semblait peu probable que les agents locaux aient déjà développé une méthode pour opérer dans ses tunnels. Et la foule a toujours été l'amie des anonymes.

Tout comme la nécessité de porter chapeau et vêtements volumineux afin de se prévenir contre le froid. Hors des cultures où leur religion obligeait les gens à dissimuler leur visage, l'hiver russe restait ce qui se faisait de mieux pour éviter d'être reconnu.

J'arrivai en avance, et eux aussi. Ils étaient faciles à identifier, ces hommes en manteau noir qui restaient sur le quai au lieu de monter dans les trains. Taches d'obscurité qui s'agitaient contre les murs aux couleurs vives, ils semblaient mal à l'aise, conscients que la discrétion n'était pas leur fort. L'un d'eux tentait de lire la dernière édition de la *Pravda*, l'autre examinait le plan du métro avec le regard intense d'un serpent qui se demande s'il peut avaler une chèvre.

Lors de ma deuxième traversée de la station, je repérai la femme, qui s'en sortait mieux que ses collègues. Elle avait amené un bébé dans un landau, un accessoire dont je jugeai le mérite douteux, et les soins qu'elle lui prodiguait constituaient une diversion autrement plus convaincante.

Je pris le premier train qui passa, descendis deux stations plus loin et repris un train dans la direction opposée. La première fois, je dépassai Avtovo sans m'y arrêter, cherchant le professeur des yeux. Quand il arriva, je vis qu'il était de loin le plus nerveux de tous.

Debout près d'un mur, se dandinant d'un pied sur l'autre, il brûlait visiblement d'envie de faire les cent pas et se contenait à grand-peine. Sous un bras, il tenait un livre dont je parvins à déchiffrer le titre sur la couverture. *Les Principes physiques de la théorie des quanta*, par W. Heisenberg. Rétrospectivement, je me demande s'il ne s'agissait pas d'une tentative de sa part pour me prévenir qu'on le surveillait. C'était un curieux choix de lecture à exhiber. Peut-être espérait-il que cette incongruité me mettrait la puce à l'oreille si d'autres détails ne l'avaient pas déjà fait.

Quoi qu'il en soit, bien que surveillé, le professeur détenait sans doute les informations dont j'avais besoin. En dépassant Avtovo, je réfléchis à ce que j'allais faire ensuite. Tenter d'établir un contact avec lui serait certainement dangereux. D'un autre côté, si je ne me présentais pas au rendez-vous, il risquait de disparaître, et ma meilleure chance de localiser Karpenko avec lui.

Pour les ouroboriens, le temps est un luxe auquel nous nous sommes habitués, de sorte qu'il ne nous est pas toujours facile de prendre des décisions hasardeuses sur le vif. Mais l'occasion était trop belle pour que je la laisse passer, et le danger de l'inaction trop grand. Alors, je revins à la station Avtovo et, au moment où le train entrait en gare, je baissai mon chapeau sur mes yeux en criant :

— Au voleur !

Bien entendu, il n'y avait aucun voleur à arrêter mais, au sein d'une foule, il suffit d'être rapide pour que personne ne remarque rien. Je fonçai à travers la masse des passagers, les bousculant sans égard pour leur âge ou leur état physique, jusqu'à ce que le train finisse par s'arrêter et qu'ils se tournent vers moi. Alors je criai :

— Il a une arme !

Pour plus d'impact, je dégainai la mienne et tirai une fois dans la paroi de la voiture. Les portes s'ouvrirent, et ce fut la ruée.

Ma technique présentait certains inconvénients : notamment, le point d'origine du mouvement de foule indiquait clairement où je me trouvais. Ce problème fut en partie compensé par le chaos sur le quai et par la mentalité de troupeau des gens alentour qui, voyant la voiture se vider et entendant crier « Une arme, une arme ! » prenaient eux aussi des décisions malavisées.

J'aime penser que je contribuai au chaos à ma façon, trébuchant tête baissée et lâchant de temps à autre un « Seigneur, aidez-nous » ou autre lamentation du même acabit. Rien de très inspiré mais, dans l'état d'agitation où ils se trouvaient, les gens alentour n'en avaient cure.

Les autres passagers me poussèrent, me bousculèrent et me piétinèrent avec aussi peu de considération que j'en avais eu pour leur tranquillité d'esprit. Je laissai le mouvement de la foule m'emporter vers le professeur à l'air hébété, qui se plaqua contre le mur pour plus de sûreté. Il laissa échapper un gémissement surpris quand ma main jaillit du grouillement humain pour lui saisir le bras et l'entraîner à ma suite.

Toutes les stations ont un goulet d'étranglement. Les gens auraient bien voulu s'enfuir en courant, mais ils n'avaient pas la place de le faire. Alors, tandis que nous piétinions en direction de la sortie, je me pressai contre Gulakov, lui enfonçai le canon de mon arme dans le ventre et sifflai :

— Je sais qu'ils sont là. Dites-moi où je peux trouver Karpenko.

— Je suis désolé, geignit-il. Je suis désolé !

— Karpenko !

— Pietrok-112 ! Il est à Pietrok-112 !

Je lui lâchai le bras et replongeai au sein du raz-de-marée humain. Il n'y avait pas grand-chose à ajouter.

Sur le quai, les trois agents se frayaient un chemin à travers la foule en criant, en arrachant des chapeaux, en hurlant aux voyageurs de s'arrêter et de rester calmes. La femme avait abandonné son landau. Une arme à la main, elle ordonnait aux gens de lui montrer leurs papiers.

D'autres voix s'élevèrent en haut de l'escalier qui menait vers la surface : des policiers, certains en uniforme, d'autres non, tentaient d'aller à l'encontre du mouvement de foule pour descendre dans la station. Si efficaces que soient les services de sécurité russes, la direction du métro n'avait pas reçu le message.

J'entendis un fracas de roues sur les rails, et lorsque le premier agent, un type au visage allongé portant un manteau de fourrure, arriva à mon niveau, je me tournai vers lui avec une expression paniquée, gémis : « Il a un flingue ! Oh ! mon Dieu ! » et lui mis mon poing dans le nez, saisissant son arme de l'autre main et lui tordant le poignet vers le plafond.

J'entendis une détonation et sentis les arêtes du métal me meurtrir les doigts. Une femme hurla près de moi en se tenant la jambe avant que je parvienne à m'emparer du flingue et à donner un coup de genou dans l'entrejambe de son porteur. Celui-ci s'écroula comme un sac et, tandis que la foule s'ouvrait autour de nous tels les pétales d'une fleur, je me tournai vers le train suivant, glissai l'arme dans ma poche et me précipitai vers les portes qui s'ouvraient.

Je n'avais encore jamais été un fugitif en Russie.

Au début, je trouvai ça très excitant, jusqu'à ce que l'obscurité grandissante et le froid humide qui traversait mes bottes me rappellent que l'excitation pâlissait face à un lit douillet et une salle de bains équipée de l'eau courante. Mes papiers au nom de Kostya Prekovsky risquaient de me nuire davantage qu'une absence de papiers : celle-ci provoquerait à tout le moins un délai administratif, tandis que les premiers me garantissaient l'incarcération ou la mort. Je les jetai donc dans les eaux noires et paresseuses du canal. Puis j'achetai un autre manteau et un nouveau chapeau et, chez un bouquiniste installé au rez-de-chaussée d'un cabinet de médecine générale aux lampes encore allumées, je feuilletai un atlas de l'Union soviétique en quête de Pietrok-112. Rien.

J'envisageai de retourner au Cercle Cronus, mais causer des ennuis à Olga et aux siens me semblait une bien piètre manière de la remercier pour son hospitalité, et je n'étais pas vraiment certain que les investigations du professeur soient seules responsables de l'apparition des agents à la station Avtovo.

L'atlas mentionnait bien Pietrok-111 et Pietrok-113, deux points minuscules au sein d'une vaste étendue désertique dans le nord du pays. Je me dis que cet endroit en valait un autre pour commencer mes recherches.

J'attendis que le silence absorbe le dernier tramway, puis me dirigeai vers la gare de Finlande afin d'y récupérer mes papiers de secours. J'en avais laissé deux jeux dans une guérite abandonnée près des voies ferrées, à l'endroit où un homme en toque de fourrure (du moins, je l'espérais pour lui) avait autrefois passé ses journées à manœuvrer des aiguillages et où les souris se tapissaient désormais pour se protéger du froid de l'hiver. Le premier m'identifiait comme un certain Mikhail Kamin, membre du Parti et consultant industriel, un poste assez haut placé pour me valoir le respect sans susciter trop de vérifications. Le second était un passeport finlandais porteur d'un visa d'entrée en Russie, que je fixai sur mon mollet à l'aide de scotch chirurgical et d'élastiques en caoutchouc.

Je passai une nuit glaciale dans la guérite. J'entendais les souris aller et venir autour de moi, voire sur moi, dans le cas d'un spécimen plus audacieux que la moyenne, alors que j'attendais le lever du soleil pour commencer mon voyage vers le nord.

Chapitre 37

J'ai déjà évoqué ma pathétique tentative d'assassiner Richard Lisle environ cinq vies avant que je prenne le train à Leningrad pour me précipiter dans une situation dont je pressentais déjà qu'elle finirait dans le sang. Lisle avait tué Rosemary Dawsett, et moi ensuite. Ma mort m'avait bien sûr empêché de suivre l'affaire, mais je soupçonnais qu'il avait fait bien d'autres victimes sans jamais être inquiété.

Il m'avait tué dans ma huitième vie et je me lançai à sa recherche durant la neuvième. Je n'agissais pas sous le coup de l'indignation brûlante qui anime le justicier, et je ne me livrai pas non plus à la traque méthodique et discrète d'un espion qui craint de se faire prendre. J'avais eu un peu plus de trente ans pour réfléchir au problème, trente années durant lesquelles la rage avait fait place à une froideur calculée et pragmatique.

— Je comprends tes raisons, mais je ne suis pas certaine de t'approuver.

Akinleye. Née au milieu des années 1920, la plus longue de ses vies lui avait permis de voir deux avions percuter le World Trade Center.

— Je me souviens d'avoir pensé à quel point il était frustrant de savoir que je ne vivrais pas assez longtemps pour assister à la suite, aimait-elle raconter.

Au lieu de ça, elle avait interrogé les plus jeunes membres du Cercle, les kalachakras nés dans les années 1980 et 1990, qui avaient tristement secoué la tête et répondu :

— Vous ne manquez rien.

Le père d'Akinleye était un professeur nigérien, sa mère, une secrétaire ghanéenne « qui, en fait, dirigeait l'hôpital où elle travaillait. Tout le monde le savait, mais c'était une femme dans les années 1920, donc on disait quand même d'elle qu'elle était secrétaire ». Contrairement à la plupart d'entre nous, Akinleye n'avait pas besoin qu'on la sauve de sa propre enfance.

— Mes parents m'ont offert un amour inconditionnel que je n'ai jamais retrouvé auprès d'aucun adulte, expliquait-elle.

Quand nos chemins se croisaient, nous devenions amants, sauf dans celle de ses vies où elle décida de s'essayer à l'homosexualité « pour voir si ça ne me conviendrait pas mieux », et dans celle où elle se maria. Son mari était un Soudanais grand et mince, qui surplombait tout le monde sans jamais dominer personne : un homme mortel, linéaire et follement amoureux d'elle.

— J'envisage de lui dire la vérité, me confia-t-elle un jour.

Je lui parlai de Jenny et de ce que mes révélations avaient entraîné. Elle secoua la tête et lâcha :

— Bon, peut-être pas, alors.

D'après ce que j'ai entendu, leur union fut longue, heureuse, et resta fondée sur un mensonge jusqu'au jour où il mourut.

— Cet homme que tu veux éliminer… A-t-il assassiné quelqu'un ?

— Oui, répondis-je fermement. Pas dans cette vie, dans la précédente.

— Mais dans ses souvenirs à lui, pas les tiens, a-t-il déjà assassiné quelqu'un ?

— Non, admis-je. Pas à ma connaissance.

Nous nous étions rencontrés à Cuba en 1948. Elle avait la vingtaine épanouie et passait sa énième vie à faire la même chose que dans toutes celles où je l'ai croisée par la suite : voyager, faire du shopping et bonne chère, boire du bon vin, et entretenir des liaisons tumultueuses avec des hommes qui ne lui convenaient pas.

Elle possédait un yacht, et les gens du coin ne pouvaient s'empêcher de suivre des yeux cette jeune Nigérienne qui parlait un anglais sans accent et un espagnol impeccable tandis qu'elle longeait les quais en direction de ce mastodonte blanc, requin bardé de cuir et de chrome aux commandes duquel elle fonçait vers les tempêtes tropicales en réclamant joyeusement : « Apporte-moi de la pluie ! » J'avais accepté de passer quelques nuits en mer avec elle, après m'être assuré que nous n'étions pas à la saison des ouragans et lui avoir expliqué que j'avais des choses à faire.

— Quelles choses ? demanda-t-elle avec humeur.

— Je dois intégrer les services secrets britanniques, répondis-je en énumérant sur mes doigts, rencontrer Elvis avant sa mort et tuer un dénommé Richard Lisle.

— Pourquoi veux-tu devenir espion ?

— Par curiosité. J'aimerais savoir s'il y a un fond de vérité dans les théories conspirationnistes que je ne cesse de lire durant mes vieux jours.

Peu de femmes sont capables de boire du rhum d'un air désapprobateur, mais Akinleye s'en acquittait parfaitement.

— Je ne te comprends pas, Harry, finit-elle par lâcher. Je ne comprends pas ce qui te motive. Tu as de l'argent, du temps et le monde à tes pieds. Mais tout ce que tu fais, c'est te mêler de choses qui ne te concernent pas. Qu'est-ce que ça peut faire que Lisle ait tué des gens ? Il finit toujours par mourir lui aussi, pas vrai ? Il meurt, et il ne se souvient de rien dans ta vie suivante. En quoi cela te regarde-t-il ? Est-ce un désir de vengeance ?

— Non. Pas vraiment.

— Tu veux me faire croire que tu te donnerais tout ce mal pour quelques prostituées linéaires ?

— Je crois que oui, répondis-je prudemment. Je crains que oui.

— Mais des tas de gens assassinent des prostituées ! Dénonce Ted Bundy, trouve Charles Manson, identifie le Zodiaque… Pourquoi perdre ton temps avec ce type-là ? Seigneur ! Harry, c'est comme ça que tu espères changer les choses ?

— Je sais bien que c'est impossible, soupirai-je. Nul ne peut interférer avec les principaux événements de l'Histoire. Ted Bundy fera des victimes, le Zodiaque terrorisera la Californie. Ces choses ont toujours été et, selon le *credo* du Cercle Cronus, elles doivent perdurer.

— Alors pourquoi t'en mêler ? Pour l'amour de Dieu, détends-toi et profite un peu !

Je me tordis le cou pour voir les étoiles poindre au-dessus de nos têtes.

— Dans un peu plus de vingt ans, un homme marchera sur la Lune. Des centaines de milliers de gens mourront au Vietnam sans raison valable, des dissidents seront abattus, des hommes seront torturés, des femmes pleureront et des enfants périront. Nous savons tout cela, et nous ne faisons rien. Je ne suggère pas que nous changions le monde. Il faudrait déjà savoir comment nous y prendre ! Quel serait l'avenir si nous empêchions ces choses de se produire ? Pourtant… nous devons faire quelque chose.

Elle fit claquer sa langue d'un air désapprobateur qui m'irrita étrangement en cette nuit paisible. Je me détournai, renversant la tête en arrière pour contempler le ciel nocturne, repérant les constellations. En vérité, mes propos sonnaient creux même à mes oreilles. Je parlais de nous impliquer dans les événements du monde comme si c'était la seule chose noble à faire, et de quelle façon proposais-je de m'y impliquer, moi ? En éliminant un homme qui, dans cette vie, n'avait encore tué personne.

— Les linéaires n'ont qu'une vie, dit enfin Akinleye, et ils ne se soucient pas de changer quoi que ce soit. Ce ne serait pas pratique pour eux. Certains s'y essaient : les « grands » hommes, ou ceux qui sont très en colère, ou encore ceux qui sont tombés si bas qu'il ne leur reste plus qu'à se relever et à accomplir quelque exploit grandiose. Mais la plupart des « grands » hommes n'ont qu'un point commun : ils sont presque toujours seuls, Harry.

— Peu importe, répondis-je. Je ne suis pas un grand homme.

— Non, en effet, acquiesça-t-elle. Et je suppose que ça fait de toi un vulgaire meurtrier.

Plus tard, je m'éloignai à pied le long de la jetée tandis que la mer venait mourir sur les rochers noirs et le sable blanc, et qu'Akinleye voguait vers la prochaine fête, le prochain cocktail, la prochaine aventure.

— La seule chose qui me surprenne encore, avait-elle déclaré, c'est ce que les gens avouent quand ils sont soûls.

J'avais retenu un soupir. Les plus noirs secrets de l'âme humaine avaient depuis longtemps cessé de me stupéfier.

J'étais sûr d'une chose : Richard Lisle tuerait.

Allais-je attendre qu'il passe à l'action ?

Je me rendis à Londres. Dans ma vie précédente, Rosemary Dawsett opérait à Battersea, aussi retournai-je dans les bouges enfumés qui bordaient les rues envahies par le brouillard et l'humidité.

Chaque fois que j'ai travaillé pour les services secrets, c'était autant pour la formation et le défi intellectuel qu'ils me procuraient que par réel désir de découvrir leurs secrets. Mettant à profit les compétences qu'ils m'avaient enseignées, je devins un petit homme gris, un non-événement dans le fond de la salle.

Je regardai Rosemary choisir ses clients avec la délicatesse d'une torpille fonçant vers un pétrolier, et j'éprouvai une étrange attirance au creux de mon ventre en me souvenant de ce qu'il y avait eu entre nous… L'argent, c'était l'argent qu'il y avait eu entre nous, mais la solitude rend plus enclin à parer ce genre de chose d'une aura romantique.

Je cherchai Richard Lisle et je l'observai tandis qu'il guettait. Plusieurs années le séparaient encore de son premier meurtre. C'était un jeune homme qui semblait peut-être un peu gauche en société, mais rien chez lui ne laissait supposer ce qu'il deviendrait pour un œil non averti. Je le trouvai même vaguement agréable. Il couchait avec des prostituées et les payait rubis sur l'ongle, aussi avait-il la réputation d'un type décent bien qu'un peu étrange. Il était en bons termes avec ses collègues de travail, mais pas vraiment ami.

Lorsque je m'introduisis par effraction dans son appartement de Clapham, je ne trouvai pas de photos de cadavres, pas d'instruments de torture ni de restes organiques. En fait, la chose la plus déplaisante dans son logement était une odeur persistante de corned-beef et d'oignons.

Sa radio était réglée sur la BBC, et les quelques livres et magazines qu'il possédait traitaient essentiellement des joies de la vie campagnarde. Je l'imaginais facilement à la retraite, arpentant les collines avec aux pieds de bonnes bottes en caoutchouc, un chien bondissant joyeusement autour de lui, puis s'arrêtant au pub local où tout le monde l'appellerait Rick, ou Dick, ou Dicky, et où le patron mettrait un point d'honneur à toujours lui servir une pinte sans faux col. Je l'imaginais aussi vivement que je revoyais son couteau fendre le brouillard avant de se planter dans ma chair.

Pourtant, il n'avait encore rien fait.

Pouvait-on sauver même un homme tel que Richard Lisle ?

La voix de Vincent, mon étudiant d'autrefois, alors que nous buvions du whisky dans mon bureau à Cambridge :

« La question que vous devez vous poser, c'est : le bien que vous ferez à autrui en l'aidant à résoudre son problème, quel qu'il soit… Mettons par exemple qu'il souffre de la goutte. Le bien que vous lui ferez en l'aidant à se soigner, donc, compensera-t-il la fatigue et le dégoût que vous endurerez en l'aidant ? Je sais que ça n'a pas l'air très noble, Harry, mais vous faire du mal dans l'intérêt d'autrui ne l'est pas non plus. Car en vous efforçant de réparer ce mal, vous risquez de nuire à quelqu'un d'autre. C'est une spirale infernale. Et, à la fin, tout le monde est plus mal en point qu'avant. »

Il avait marqué une pause pour méditer ses propres paroles avant d'ajouter :

« Et puis, la goutte ? Allez-vous vraiment aider quelqu'un à soigner sa goutte ? »

Deux semaines plus tard, je suivis Richard Lisle jusque chez Rosemary Dawsett. Il resta une heure et ressortit plus débraillé, mais l'air assez satisfait. Debout sur le seuil, elle lui sourit tandis qu'il s'éloignait dans la nuit.

Le lendemain, j'achetai une arme.

Chapitre 38

Je n'avais encore jamais tué de sang-froid.

Assis dans l'appartement de Richard Lisle par un soir de l'hiver 1948 où la glace étendait ses griffes sur la surface intérieure des vitres, j'attendais son retour avec la certitude que je serais parfaitement capable d'appuyer sur la détente le moment venu. Mon angoisse n'était pas due à la crainte de manquer mon coup, mais à la conviction que je ne le manquerais pas. Voilà qui n'était pas si éloigné de l'état d'esprit d'un sociopathe, songeais-je.

Aurais-je dû me lamenter ? Sangloter ? Me mordre les lèvres ? Développer un tic nerveux ? J'espérais que mon corps, à défaut de mon esprit, aurait eu la bonne grâce de manifester quelque désordre psychosomatique, quelque symptôme de la culpabilité qui aurait dû me ronger à l'idée du crime que je m'apprêtais à commettre.

Je passai donc les longues heures d'attente dans le silence et l'obscurité à culpabiliser de ne pas culpabiliser. Un exercice dont je ne pouvais pas sortir gagnant mais, même lorsque je me rendis compte de l'absurdité de ma logique, je fus irrité que ma conscience choisisse de se manifester de cette façon purement intellectuelle. J'aurais de loin préféré pleurer dans mon oreiller pendant des nuits entières plutôt qu'analyser aussi froidement ma propre dégénérescence morale.

Je m'étais introduit dans l'appartement de Richard Lisle à 21 h 12.

Il ne rentra pas avant 01 h 17.

Pas particulièrement inhabituel, mais 21 heures m'avait paru le meilleur moment pour une effraction : les voisins étaient déjà rentrés chez eux, et il y avait encore assez de bruit dans la rue pour couvrir celui que je ferais en crochetant la serrure. Me gardant bien d'allumer, je m'étais assis, mon arme sur les genoux, dans le fauteuil du salon qui servait également de chambre à coucher, la cuisine n'étant séparée du reste de la pièce que par un plan de travail.

Il était éméché lorsqu'il arriva mais pas complètement soûl. Me découvrir là avec mes gants de cuir noir et mon pistolet muni d'un silencieux lui rendit instantanément sa sobriété. La raison, à défaut de l'intellect, peut venir à bout des effets de l'alcool s'il s'agit d'une question de vie ou de mort.

J'aurais dû l'abattre immédiatement, mais le voir debout sur le seuil de son appartement, ses clés pendant à l'anneau passé autour de son index, une veste de laine brune fermée par-dessus son pull vert et le visage maculé de suie par le brouillard, me figea l'espace d'un instant. Je n'avais aucune envie de lui parler, et absolument rien à lui dire, mais, comme je levais mon arme, il bredouilla :

— Prenez tout ce que vous voulez ! Je n'ai pas grand-chose, mais prenez tout ce que vous voulez !

J'hésitai, puis le mis en joue.

— Vous ne voulez pas faire ça, chuchota-t-il.

Des paroles banales et qui restèrent sans effet, car j'avais déjà décidé que je voulais vraiment le faire et, même si je n'en avais pas eu envie, cela devait désormais être fait.

— Pitié. (Il se laissa tomber à genoux, le visage ruisselant de larmes.) Je n'ai jamais rien fait de mal.

J'y réfléchis quelques secondes.

Puis je pressai la détente.

Chapitre 39

J'aime les trains russes.

Pas pour leur confort, inexistant, ni pour leur vitesse, négligeable, surtout en regard de la taille du pays qu'ils doivent traverser. Pas même pour la vue, forcément répétitive : mère Nature elle-même semble avoir décidé qu'elle n'a pas assez de ses merveilles pour agrémenter de si vastes étendues.

Pourtant, j'aime les trains russes ou, du moins, ceux que j'ai pris au début du printemps 1956, tant de siècles après avoir abattu Richard Lisle de sang-froid. Je les aime pour la fraternité qu'ils inspirent chez les passagers confrontés ensemble à cette épreuve.

Je soupçonne qu'il s'agit là d'une expérience relative. Imagine un voyage interminable, dans une voiture glacée et inconfortable où se trouverait un individu pénible, voire fou ou dangereux. Il est fort probable que les autres passagers garderaient un silence maussade, ne serait-ce que par prudence. Mais fais le même voyage avec de joyeux compagnons, et tu verras que le temps passe beaucoup plus rapidement.

Le jour où je quittai Leningrad pour me diriger vers le nord-est de la Russie avec mon nouveau faux passeport, j'eus la chance de tomber sur des voyageurs particulièrement joyeux.

— Là d'où je viens, c'est la merde, m'expliqua Petyr, un garçon de dix-sept ans très excité à la perspective d'aller travailler onze heures par jour dans une fonderie. Les gens sont merdiques, le paysage est merdique, et tu peux y mettre tout le fumier du monde, ça le rendra juste encore plus merdique. Là où je vais, par contre... Là-bas, je pourrai devenir quelqu'un. Je pourrai faire quelque chose. Je rencontrerai une fille qui voudra être avec moi, et on aura des bébés, et nos enfants ne connaîtront jamais la merde d'où je viens.

— Petyr est très motivé, m'expliqua Viktoria, une calme jeune fille de dix-neuf ans qui se réjouissait d'étudier bientôt la politique agricole. Mes parents seront tellement fiers ! Ma mère ne sait même pas lire et écrire !

Un bruit de pièces de bois s'entrechoquant dans un coffret annonça que Tanya venait de sortir ses dominos. Nous nous pelotonnâmes les uns contre les autres, le plus loin possible des fenêtres couvertes de condensation. Et là, dans les profondeurs humides de la voiture, des ripostes furent lancées et des espoirs brisés avec une réflexion stratégique et une ferveur guerrière dignes d'une campagne napoléonienne.

Je ne nourrissais pas d'illusions sur mes compagnons : leur enthousiasme était le fruit de leur naïveté, et leur ignorance du monde extérieur frisait l'inconcevable. J'imaginais Viktoria dans cinquante ans, pleurant le Bon Vieux Temps du communisme comme Olga pleurait aujourd'hui la fin des tsars. Quand je le testai, Petyr frappa sa cuisse du poing et clama : « On n'a pas gagné la guerre à cause de tous ces salopards qui n'étaient pas d'accord avec Staline ! » L'ignorance est-elle synonyme d'innocence ? Et si oui, tolérons-nous l'ignorance des autres pour préserver leur innocence ? Assis dans ce train dont notre souffle embuait les vitres et dont la voiture sautait par-dessus les fissures de la voie ferrée telle une jeune gazelle, je découvris que je n'avais pas de réponse satisfaisante à ces questions.

Après avoir passé sept heures à jouer aux dominos, même mes compagnons s'abîmèrent dans le silence, somnolant épaule contre épaule. Assis entre un cordonnier et un soldat qui rentrait chez lui, je réfléchis à la suite de mon plan. Je cherchais Pietrok-112, et il semblait probable que les gens qui voulaient m'empêcher de m'y rendre devineraient comment je comptais m'y prendre. Même avec de nouveaux papiers, je risquais donc d'avoir du mal à atteindre mon but sans me faire repérer. Le plus raisonnable aurait été de battre en retraite et de réessayer plus tard.

Et c'était là tout le problème : plus tard, mais quand exactement ? Et si la piste que je suivais avait disparu le temps que je revienne ? Combien de temps oserais-je attendre ? Étais-je disposé à renoncer ? J'étais un fugitif recherché, un étranger en pays inconnu, ce qui ne m'était pas arrivé depuis plus d'un siècle. Les grognements de mon estomac et la raideur de mon cou (je passais mon temps à tourner la tête pour regarder autour de moi) trahissaient l'inconfort de ma situation. Mais j'avais des papiers, une arme à feu, de l'argent et les veines gonflées d'adrénaline comme jamais. Je résolus alors de poursuivre ma mission, sachant à quel point il m'était difficile de justifier mes actes de manière rationnelle. Mais je choisis de m'en moquer.

Des soldats attendaient au terminus de la ligne, des types du coin qui avaient reçu un appel téléphonique. Moyenne d'âge : vingt-trois ans. Grade moyen : deuxième classe. Ils disposaient apparemment d'une description, mais pas d'une photo.

Je dérobai une bouteille de vodka presque vide dans le sac ouvert d'un de mes compagnons de voyage, tamponnai un peu d'alcool autour de ma bouche, puis dans mon cou et sur mes mains comme s'il s'agissait d'un parfum, me frottai les yeux jusqu'à les faire larmoyer et me joignis à la file de passagers qui descendaient du train. Le soleil se couchait déjà, petite boule de lumière coléreuse à l'horizon gris, assez terne pour qu'on puisse la regarder en face. Le quai était couvert d'une fine couche de boue noire qui avait gelé dans l'ombre.

— Ton nom !

— Mikhail Kamin, répondis-je d'une voix pâteuse en leur soufflant mon haleine chargée à la figure. Mon cousin est là ?

Les soldats examinèrent mes papiers, qui étaient impeccables, et ma tête, qui l'était beaucoup moins.

— Enlève ton chapeau !

J'obéis. Il est aisé mais risqué de surjouer l'abrutissement de l'ivresse. Ma tactique personnelle consiste à accentuer le comportement que je manifesterais de toute façon dans une situation donnée. Ici, la servilité. Je tordis nerveusement les oreillettes de ma toque en fourrure, mordillai ma lèvre inférieure et regardai l'homme qui s'adressait à moi, les sourcils froncés par l'inquiétude et la tête rentrée dans les épaules tel un échassier.

— Quel est le but de ton voyage ?

— Mon cousin, marmonnai-je. Ce salopard est en train de mourir.

— Qui est ton cousin ?

— Nikolai. Il a cette grande maison… Vous devriez faire quelque chose, parce qu'il a toujours eu cette immense bicoque, et quand je lui ai demandé si je pouvais habiter là, il a dit non.

Je gratifiai le soldat d'une autre bouffée d'haleine parfumée à la vodka et le vis frémir. Il me rendit mes papiers en plissant le nez de dégoût.

— Fous le camp, grogna-t-il. Va cuver ailleurs.

— Merci, camarade, merci, entonnai-je en m'inclinant devant lui comme un mandarin devant un empereur mandchou.

Je glissai et titubai jusque dans la rue boueuse, couvrant au passage le bas de mon pantalon d'éclaboussures noires.

La ville, si on peut la qualifier de telle, s'appelait Ploskye Prydy. Je longeai sa rue unique et déserte, bordée de devantures en bois qui s'enfonçaient lentement dans la gadoue et dont je m'attendais presque à découvrir qu'elles n'étaient que de simples façades sans rien derrière, la réponse des soviets aux films de cow-boys. Je n'aurais guère été surpris qu'un Cosaque hurlant jaillisse d'une porte, poursuivi par une jeune paysanne en colère qui le maudissait sur tous les tons.

Mais il ne se produisit rien d'aussi rocambolesque. Il s'agissait seulement d'un lieu de passage, conçu pour les voyageurs en transit vers d'autres destinations. Les routes se définissaient comme l'endroit où la boue était la plus tassée. Sous le porche de l'unique magasin se balançait une pancarte marquée « PAS D'ŒUFS », et le vétéran qui se tenait sur le seuil avec ses béquilles, figurant incontournable dans tous les bons films de cow-boys, marmonnait en boucle le même passage d'une chanson oubliée, tel un magnétophone cassé.

Néanmoins, à sa manière modeste, Ploskye Prydy constituait le portail entre la civilisation et les étendues sauvages au-delà : une plaie de boue noire dans laquelle seuls se dressaient des arbres penchés aussi loin que portât le regard. La seule bâtisse imposante était en briques et se dressait le long de la voie ferrée, à l'endroit où l'air frémissait et où les cheminées vomissaient de la fumée noire dans le ciel : le *kiln* d'un briquetier, qui fournissait les matériaux nécessaires à la construction de nouvelles structures aux noms enchanteurs, tels qu'Institut-75 ou Commune-32, l'endroit rêvé pour toute la famille !

Je soudoyai un artisan. Il me laissa monter à l'arrière du camion qui se dirigeait vers Pietrok-111. Je passai trois heures dans le noir, mais au chaud entre les briques pas encore refroidies. Elles glissaient d'un côté à l'autre et s'entrechoquaient de manière incontrôlable tandis que le véhicule cahotait sur l'unique route, droite comme la trajectoire d'une flèche conduisant vers le nord.

Une fois les briques plus ou moins calées, je me blottis en relative sécurité dans mon nid de blocs de construction et réussis presque à m'assoupir au sein de leur tiédeur résiduelle qui m'enveloppait tel un cocon. Puis le camion s'arrêta et quelqu'un baissa le hayon en s'écriant gaiement :

— Pietrok-111 ! J'espère que tu as apprécié le voyage, camarade !

Quelque peu hébété, je descendis pendant que le briquetier et son assistant commençaient à décharger. Tout en bavardant avec animation, ils jetaient les briques en vrac sur le bord de la route comme un livreur lance le journal sur le perron d'un client malpoli. Je clignais des yeux en découvrant les lumières tamisées de la ville. Je distinguais quelques immeubles d'habitation, une épicerie et, surplombant le reste, une raffinerie dont les feux au gaz étaient la seule tache de couleur dans l'obscurité épaisse.

Les étoiles innombrables et minuscules semblaient figées dans un ciel sans nuages. Je localisai l'étoile Polaire et, tournant mon visage vers le nord, demandai à mes compagnons :

— C'est loin d'ici, Pietrok-112 ?

Ils éclatèrent de rire.

— Encore deux heures de route, mais crois-moi, camarade, tu n'as aucune envie d'aller là-bas. C'est plein de soldats et de scientifiques.

Je les remerciai chaleureusement et me dirigeai vers ce qui devait tenir lieu de cœur battant de la ville.

Il me semblait mal avisé de chercher un logement. Je n'avais aucune raison de penser que les autorités n'étaient pas encore à ma recherche. D'un autre côté, il faisait trop froid pour dormir dehors : la nuit venue, les flaques d'eau qui avaient fondu dans la journée s'étaient changées en plaques de verglas noir traîtresses.

J'errai le long des rues obscures, me guidant à la lueur des feux de la raffinerie, celle argentée des étoiles, en effleurant les murs, jusqu'à découvrir enfin le bar local. Il n'arborait aucune enseigne et n'invitait pas les étrangers à entrer, mais il s'agissait bien de ce lieu universel qui apparaît dans toutes les villes où il n'y a rien d'autre à faire que boire après la tombée de la nuit.

Peut-être l'ancienne résidence d'une personne accueillante qui avait fini par oublier de fermer sa porte, elle était devenue une chaude tanière où brûlait un poêle au centre de la pièce et où des hommes assis en silence se dédiaient corps et âme à une mission capitale : boire de l'alcool de contrebande jusqu'à s'en rendre aveugles.

Mon arrivée suscita quelques regards curieux, mais aucun commentaire. Je me glissai près du poêle. En échange de quelques roubles, la tenancière, qui n'avait plus que deux dents de devant, me remit un verre d'alcool à peine plus raffiné que de l'antigel, ainsi qu'un bol de riz et de haricots.

— Je vais voir mon cousin qui est en train de mourir, expliquai-je. Vous connaissez quelqu'un qui peut m'emmener à Pietrok-112 ?

— Demain, demain, marmonna la vieille.

Et, apparemment, il n'y avait rien d'autre à ajouter.

Chapitre 40

J'avais fini par m'endormir malgré moi. Lorsque quelqu'un me secoua, je posai instantanément la main sur ma poche, cherchant mon arme, imaginant déjà des soldats venus m'arrêter. Au lieu de ça, un jeune homme aux yeux brillants et au visage presque sphérique fendu par un sourire si large qu'il faisait frémir ses oreilles minuscules se pencha vers moi.

— Tu voulais aller à Pietrok-112, camarade ? Moi, je peux t'emmener !

Son prix était prohibitif, et son véhicule, une ancienne voiture d'état-major de la *Wehrmacht*. Il en faut beaucoup pour me surprendre, mais j'avoue que je restai bouche bée face à cette chose. Le métal autour des portières et du pare-chocs était tellement rouillé qu'il avait viré à l'orange. Les sièges crevés, dont s'échappaient rembourrage et ressorts, avaient été tapissés de vieilles couvertures élimées reconverties en housses. Mais l'emblème nazi était toujours visible sur le capot et les flancs.

Voyant la tête que je faisais, mon chauffeur rayonnant de fierté s'exclama :

— Mon père a tué deux colonels et un major sans même érafler la carrosserie ! (Debout près de la voiture, il mima l'exploit de son géniteur.) Bam ! Bam ! Bam ! Et avec des balles de revolver à tête molle, par-dessus le marché ! Trois coups, trois macchabées. Mon père s'est fait exploser par un tank en Pologne, mais il nous a laissé la bagnole. Alors, tu veux que je t'emmène ?

Pas le moyen de transport le plus discret dont je puisse rêver, mais il roulait, et il allait dans la même direction que moi.

— D'accord, marmonnai-je. Ce sera une nouvelle expérience.

Pendant le trajet jusqu'à Pietrok-112, je gardai le silence et, recroquevillé sur moi-même pour me protéger contre le vent qui me transperçait, je réfléchis à la suite. Plus qu'un plan cohérent, c'était ma curiosité qui m'avait mené jusque-là. Je ne savais pas du tout ce que je ferais une fois sur place. Les autorités s'attendraient à me voir débarquer, et je ne possédais ni l'équipement nécessaire à une intrusion, ni, soupçonnais-je, la chance indispensable pour que mon baratin m'ouvre les portes.

Une question devenait donc prépondérante : étais-je prêt à mourir pour obtenir la réponse que je cherchais ? Dans une telle situation, une issue fatale semblait plus que probable, et je préférais une mort rapide et sans douleur à un interrogatoire prolongé à la Loubianka. Pourtant, mourir si jeune dans cette vie m'apparaissait comme une insupportable perte de temps et d'énergie (ô l'ennui de devoir revivre mon enfance encore une fois !), et j'étais bien décidé à ne pas succomber sans avoir obtenu un maximum d'informations sur Vitali Karpenko et Pietrok-112.

Mon voyage était-il en train de se muer en mission suicide ? Je pouvais m'y résoudre, à condition que cela en vaille la peine. J'analysai mon état d'esprit. Même si, d'un point de vue intellectuel, mes actions ne se justifiaient guère, sur le plan émotionnel, je me sentais décidé à aller jusqu'au bout. C'était une aventure, une aventure irréfléchie, imprudente et dangereuse, et j'en avais vécu si peu durant mes nombreux siècles d'existence !

Si Pietrok-111 était le genre de ville qui possède un seul cheval, Pietrok-112 était la fabrique de colle où allait mourir le cheval en question. Un grillage entourait un amas de cabanes et de dalles de béton rectangulaires, sans fenêtres, sans nom et sans âme. La route filait droit vers un portail où une pancarte proclamait : « PIETROK-112. LAISSEZ-PASSER OBLIGATOIRE. »

Pelotonnés dans une petite guérite blanche à l'entrée, deux gardes en uniforme de la milice écoutaient la radio. Entendant notre voiture, l'un d'eux sortit et nous ordonna de nous arrêter. Il parut reconnaître mon chauffeur dont il tapota amicalement l'épaule. Mais, lorsqu'il s'approcha de moi, son expression se durcit. Il crispa les doigts sur la bandoulière de son fusil, et ce ne fut pas qu'une simple prudence de routine qui le fit aboyer :

— Tes papiers, camarade !

M'étant embarqué dans une mission suicide, je décidai de m'en acquitter avec panache. Je descendis de voiture, marchai droit vers le garde et répondis :

— C'est « camarade capitaine ». Et toi ?

Il se mit au garde-à-vous et parut aussi surpris que moi par sa réaction. On lui avait si bien appris à saluer ses supérieurs que c'était devenu un réflexe chez lui.

La clé d'une intimidation réussie, ce n'est ni de gueuler ni de jurer, mais d'exsuder cette confiance tranquille qui informe votre interlocuteur que d'autres gueuleront à votre place s'il faut en arriver là.

— Où est ton commandant ? ajoutai-je. Il m'attend.

— Oui, camarade capitaine, répondit-il très vite. Mais j'ai quand même besoin de voir vos papiers, camarade capitaine.

— Mikhail Kamin, sécurité interne.

— J'ai besoin de voir…

— Non, tu n'en as pas besoin, répliquai-je d'une voix douce. Tu as besoin de voir les papiers des fermiers qui livrent le grain, des commissaires qui apportent le courrier de la semaine dernière, des sous-officiers qui se sont mis minables la veille. Tu as besoin de voir les papiers de ceux qui n'ont pas une vision d'ensemble. En revanche, mon p'tit gars… (Et croyez-moi : traduire « mon p'tit gars » depuis le cockney des gangsters vers le russe paranoïaque n'est pas un mince exploit linguistique.) Tu n'as pas besoin de voir les putain de papiers d'un homme qui n'est jamais venu ici. Parce je ne suis jamais venu ici, pigé ? Si j'étais venu ici, tu aurais un putain de problème, tu comprends ?

Le gamin tremblait presque sous le coup des deux terreurs conflictuelles dont il était la proie : la terreur du châtiment connu qui le frapperait pour avoir désobéi à ses supérieurs, et la terreur du châtiment inconnu qui le frapperait pour m'avoir désobéi, à moi. Je décidai de faire pencher la balance de mon côté.

— Je te félicite de faire ton devoir, mon p'tit gars, ajoutai-je en réprimant une envie brûlante de lui serrer l'épaule un peu trop fort, mais, sans vouloir te vexer, ton devoir est tellement insignifiant que je me sens loucher rien que d'y penser. Alors, je te suggère de me conduire à ton commandant en gardant un œil sur moi, comme un bon soldat, ce qui m'évitera de me geler les noix dehors dans ce putain de trou perdu pendant que la bombe à merde explosera. Qu'est-ce que tu en dis, gamin ?

Traduire « gamin », tel qu'assené avec ses connotations les plus paternalistes par des propriétaires terriens au visage rougeaud et à la classe sociale incertaine, constituait un défi encore plus grand que traduire « mon p'tit gars ». Parfois, l'intimidation reste le meilleur moyen de résoudre un problème, surtout quand le problème en question a été conditionné depuis la naissance à respecter les brutes qui gouvernent son pays.

Le garde savait qu'une alerte avait été donnée. Si j'en avais encore douté, sa voix me l'aurait confirmé. Du coup, il ne trouvait pas si surprenant que quelqu'un de la sécurité interne se pointe pour parler à son commandant. Jamais un agent étranger n'aurait demandé une chose pareille. Mon histoire n'était donc pas si incroyable. Et puis on n'exigeait aucun effort de réflexion en dessous d'un certain grade.

— Suivez-moi, s'il vous plaît, camarade capitaine !

Il alla jusqu'à me saluer en m'ouvrant le portail.

Chapitre 41

Une fois, j'ai travaillé dans un kibboutz en Israël qui me rappelait un peu Pietrok-112. Je traversais une phase pastorale après avoir passé les cent vingt années précédentes à m'adonner à la boisson et aux jeux de l'amour. Ironie suprême, ce fut Akinleye, la reine de la fête, qui inspira mon installation en terre promise où, raisonnais-je, je redécouvrirais la pureté de la nature humaine grâce au rude labeur agricole. Quant à elle, qui avait ri de mon intention de tuer Richard Lisle, elle vivait alors à Hong Kong. Nous étions en 1971. J'avais cinquante-deux ans, et je me demandais si une overdose d'héroïne serait un moyen si terrible d'en finir.

— Tu ne mesures pas ta chance, me dit-elle, allongée sur son transat sous les étoiles pendant qu'une servante silencieuse préparait les aiguilles. Tu peux infliger à ton corps des choses qu'aucun humain linéaire n'oserait tenter. Tu peux mourir de plaisir et renaître dans la foulée !

— Elles sont stérilisées ? demandai-je en jetant un coup d'œil aux aiguilles soigneusement disposées sur le petit plateau en argent.

— Seigneur, Harry, qu'est-ce que ça peut foutre ? Oui, elles sont stérilisées. Je les achète directement à un gamin de la triade, un dénommé Hong.

— Comment se fait-il que tu connaisses quelqu'un dans la triade ?

Elle haussa les épaules.

— Ils dirigent tous les endroits où on s'amuse à Hong Kong. Dans cette ville, si tu as du fric et l'envie de faire la fête, tu rencontres forcément des gens. Tiens.

Elle se redressa et, gloussant de sa propre bonhomie, releva ma manche. Plus je vieillis, plus les veines de mes bras bleuissent, à moins que ce ne soit ma peau qui blêmisse. Akinleye pouffa en voyant le sang s'accumuler au creux de mon coude tandis qu'elle serrait le garrot. Mon inquiétude dut se lire sur mon visage quand elle saisit la première seringue emplie de liquide ambré, parce qu'elle grimaça et me donna une petite tape amicale.

— Harry ! Ne me dis pas que tu n'as encore jamais essayé ?

— Le temps que j'en aie le loisir et les moyens, j'avais eu l'occasion de m'entendre dire pendant plusieurs siècles que c'était une mauvaise idée.

— Ne te laisse pas influencer par ce que racontent les linéaires, me réprimanda-t-elle. Nous ne sommes pas comme eux.

Elle était douée avec une aiguille, ce fut à peine si je sentis la piqûre.

« Euphorie ». Je crois que c'est le terme utilisé pour décrire l'état provoqué par l'héroïne. Après en avoir fait l'expérience, j'estime que c'est une définition inepte, car fondée sur des comparaisons inadéquates. Un bonheur sans égal, une béatitude qui défie l'entendement, l'extase, un voyage, l'esprit enfin libéré de la chair : toutes ces descriptions sont exactes et pourtant dénuées de valeur, car les mots ne peuvent ni restituer ni même reproduire le souvenir des sensations que l'on éprouve.

Pour avoir connu cette euphorie, je peux vous certifier que si le mot inspire un regret approprié sorti du contexte, il perd toute signification lorsque vous êtes en train d'en faire l'expérience. J'avais les membres lourds et la bouche sèche, mais je m'en foutais, car ma bouche ne m'appartenait plus. Je savais que j'étais immobile et que le temps s'écoulait, et je me demandais pourquoi il m'avait fallu si longtemps pour me rendre compte que telle était sa nature. Je regrettais de ne pas avoir de carnet sous la main pour noter ces pensées, ces pensées profondes et magnifiques qui ne m'avaient encore jamais traversé l'esprit et qui, j'en étais certain, révolutionneraient la façon dont l'homme appréhendait le monde.

Je regardai Akinleye se piquer, puis piquer la servante qui avait posé la tête dans son giron tel un chaton docile et, tandis que la drogue faisait son œuvre, j'eus envie de leur expliquer la découverte extraordinaire que je venais de faire sur la nature de la réalité. Une vérité stupéfiante, pourvu que je puisse la faire comprendre à autrui.

Les opiacés suppriment le désir sexuel. Pourtant, Akinleye m'embrassa. Nous n'étions plus de jeunes amants, mais cela n'importait guère car, comme l'euphorie, notre amour était incompréhensible pour ceux qui n'en avaient pas fait l'expérience. La servante dansait, et Akinleye et moi nous levâmes pour en faire autant.

Elle parcourut toute la longueur du pont en tournoyant sur elle-même. Nous la suivîmes jusqu'à la proue. Comme mes jambes étaient trop lourdes pour se mouvoir d'elles-mêmes, je rampai en m'aidant de mes coudes. Lorsque je levai la tête, je vis Akinleye embrasser la servante dans le cou et lui chuchoter les secrets de l'univers à l'oreille. Tout en riant, la fille escalada le bastingage, écarta les bras et laissa son propre poids l'entraîner en avant.

Son cadavre s'échoua sur la plage le surlendemain.

Le légiste conclut à un suicide. Elle fut ensevelie dans une tombe anonyme, sans famille pour la pleurer. Akinleye avait quitté le port sans me dire son nom.

Trois heures après que la terre eut recouvert son cercueil, je me rendis en Israël où je signai un contrat pour travailler dans un kibboutz au pied des turbulentes chaînes montagneuses du Golan. Je n'étais pas juif et ne nourrissais aucun penchant politique pour leur cause, mais un fermier m'avait embauché pour ramasser des oranges pendant l'été, et je n'avais rien de mieux à faire ailleurs.

Pendant sept mois, je me levai à l'aube et trimai avec un panier sur le dos, mangeai du pain sans levain pour le souper et ne lus aucun livre, ne regardai pas la télé, n'écoutai pas la radio et ne parlai avec personne hors des murs de la communauté. J'étais logé avec treize autres ouvriers dans une baraque en bois meublée de lits superposés et, quand mon travail laissait à désirer, j'acceptais que le fermier me réprimande comme un petit garçon. Les propriétaires chuchotaient que je devais souffrir de quelque déficience mentale, incapable de comprendre pourquoi cet Anglais aux cheveux blancs avait voyagé jusqu'aux collines baignées de soleil d'un pays étranger pour gagner sa pitance en rampant dans la saleté et la poussière.

Parfois, les gamins des villages environnants venaient nous regarder, et aucun de nous ne sortait seul du kibboutz de peur d'être attaqué par les familles dont la communauté avait pris les terres. Petit à petit, nous cessâmes carrément de sortir pour rester tapis derrière les hauts murs de pierre blanche qui nous protégeaient d'une société hostile et d'une balle vengeresse.

Il en fut ainsi jusqu'au jour où la femme du fermier vint s'asseoir près de moi et me dit :

— Je crois que tu devrais lâcher prise.

C'était une grosse femme qui portait une perruque noire sur la tête et un tablier noir autour de la taille.

— Cette chose qui t'habite, reprit-elle. J'ignore de quoi il s'agit. Je ne sais pas d'où elle te vient. Mais, Harry… (Tandis qu'elle parlait, elle fit glisser sa main le long de ma cuisse.) Le passé est le passé. Tu es vivant aujourd'hui, c'est tout ce qui compte. Tu ne dois pas oublier, parce que tes souvenirs sont ton identité, mais tu ne dois pas non plus nourrir de regrets. Jamais. Regretter ton passé, c'est rejeter ton âme.

Sa main remonta vers mon entrejambe. Je la saisis par le poignet avant qu'elle n'atteigne sa destination et la reposai soigneusement dans le giron de sa propriétaire. Celle-ci soupira et détourna légèrement la tête.

— Ce n'était qu'une seconde. L'espace d'une seconde, ma main a touché la tienne, mais cette seconde est passée. Nul ne pourra plus la voir, l'entendre ou la ressentir. Et le moment pendant lequel je t'ai dit que cette seconde était passée est passé lui aussi. Mort. Laisse-le reposer en paix.

Sur ces mots, elle se leva brusquement, lissa son tablier et sa jupe sur ses fesses, puis retourna au travail.

Je m'en fus dans la nuit, sans laisser le moindre signe derrière moi.

Chapitre 42

Quinze ans plus tôt et quelques siècles plus tard, Pietrok-112 me rappelait ce kibboutz en Israël. Le silence nocturne, les longues rangées de baraquements où dormaient les travailleurs, un grillage pour l'isoler du reste du monde… Un monde hostile et effrayant, fait de ténèbres et de choses qui remuaient dans l'obscurité. Là-bas, les monts Golan nous surplombaient tel le monument dédié au dieu d'une autre tribu. Ici, en guise de sommets, il n'y avait que des blocs de béton anonymes, temples à la gloire d'une divinité rationnelle que l'on priait avec des atomes et des chiffres.

Je marchais du pas vif et arrogant qu'adoptent tous les managers rendant visite à un subordonné dont ils sont mécontents. D'autres sentinelles montaient la garde près de la première porte donnant sur ce canyon de béton, qui s'enfonçait dans le sol autant qu'il en dépassait. Ils me dévisagèrent d'un air soupçonneux, mais la déférence que me manifestait mon escorte me prêtait une certaine crédibilité, et ils ne posèrent pas de questions.

Dans les couloirs gris éclairés par des néons blancs, les panneaux de direction se bornaient à indiquer B1 ou G2. Des affiches placardées sur les murs prévenaient les occupants qu'ils devaient porter un badge indicateur de radiations, alors qu'il ne s'agissait pas d'un site d'essais nucléaires. Une autre dépeignait la triade scientifique-soldat-ouvrier jovial ouvrant la voie à travers des champs dorés tandis que le soleil brillait dans leur dos, histoire de rappeler le tableau d'ensemble à tous ceux qui passaient par là. Des tas de civils se mêlaient aux soldats. Les blouses de laboratoire avaient fait place à d'épaisses vestes matelassées. Pourtant, nous ne nous trouvions pas dans quelque entrepôt industriel. De lourds volets isolaient les zones les plus dangereuses ou les plus secrètes, et des panneaux géants proclamaient : « ACCÈS RESTREINT AU PERSONNEL AUTORISÉ. »

Le bureau de commandement se trouvait dans une petite pièce surélevée au-dessus d'une plate-forme de livraison donnant sur le monde extérieur. Sur la table de travail, une photo en noir et blanc montrait un homme tenant une énorme mitrailleuse, des cartouchières drapées sur ses épaules telle l'écharpe de Miss d'un gangster. La radio diffusait les plus grands succès communistes des années 1940, des chansons dont le refrain disait : « Nous marchons dans le sang de nos frères et levons nos enfants vers le soleil », ou « Au sein de la mère patrie, nous travaillons pour nos proches et nos camarades ».

Le commandant semblait être passé sous un rouleau compresseur, avec son nez saillant au milieu d'un visage étroit, comme aplati, et sa carrure d'allumette qui ne pouvait résulter que d'un horrible accident médical. À notre entrée, il leva les yeux d'une banque de téléphones et, me voyant, aboya :

— Qu'est-ce que c'est ?

J'étais entré au culot, et je décidai de continuer. Glissant ma main dans ma poche pour en sortir mes papiers, que je fis mine d'avoir du mal à trouver, je répondis sèchement :

— Mikhail Kamin, camarade. Sécurité d'État. Mon bureau a appelé.

— Jamais entendu parler de vous.

— Dans ce cas, vous devriez changer de secrétaire, parce que je me suis tapé huit putain d'heures de voyage pour arriver jusqu'ici, et il est hors de question que je perde une seule seconde de plus à cause d'un foutu mémo. Vous avez reçu la dernière description ?

Le commandant reporta son attention sur le deuxième classe qui m'avait amené là. C'était un homme payé pour réfléchir, un homme qui n'aurait jamais dû adresser la parole à quiconque ne lui manifestait pas la déférence due à qui se trouve du bon côté du fusil. Je vis son esprit se tourner dans une direction où je ne souhaitais pas qu'il s'aventure, alors, je frappai violemment du poing sur la table et tonnai :

— Pour l'amour de Dieu, camarade ! vous croyez vraiment que la taupe va attendre gentiment que vous en ayez terminé avec la paperasse ? Il faut agir avant que notre type soit prévenu.

Le despotisme opère des miracles même sur les esprits forts. Une lueur alarmée brilla soudain dans les yeux du commandant.

— Une taupe ? Personne ne m'a rien dit. Qui êtes-vous, déjà ?

Je levai les yeux au ciel d'une façon un peu trop théâtrale, me tournai vers le deuxième classe et aboyai :

— Toi, dehors !

Il s'exécuta en traînant les pieds, comme s'il ne savait pas trop à qui il devait obéissance, son esprit partant d'un côté et ses jambes l'emportant de l'autre. J'attendis que la porte se referme derrière lui, puis me penchai au-dessus de la table, plongeai mon regard dans celui du commandant et ordonnai :

— Appelez-moi Karpenko, immédiatement.

Ce qui parut avoir raison de son hésitation.

— Je ne vous connais pas, dit-il fermement. Vous déboulez ici, et vous lancez des accusations…

Je sortis le flingue de ma poche. Mes papiers au nom de Mikhail Kamin tombèrent en même temps depuis les profondeurs de mon manteau, mais ma maladresse n'affecta que très peu l'emphase de mon geste.

— Vitali Karpenko, répétai-je à voix basse. Décrochez votre téléphone, et faites-le venir ici.

Je vis chez lui l'héroïsme le disputer brièvement au pragmatisme. Et, à mon grand soulagement, le pragmatisme l'emporta. Je ne sais vraiment pas ce que j'aurais fait dans le cas contraire.

Chapitre 43

Je ne comprendrai jamais la notion de mission suicide. Pour nous autres ouroboriens, la conséquence majeure d'un tel geste n'est jamais que l'ennui considérable de revivre l'enfance. Certes, je regrettais d'avance de devoir, en toute probabilité, me faire sauter la cervelle pour échapper à la situation dans laquelle mon culot m'avait si efficacement fourré, mais cette perspective me semblait de loin préférable à celle d'une capture suivie d'un interrogatoire. Entre quelques années d'ennui et la torture, mon choix était vite fait.

Mais j'ai connu des hommes pour lesquels la mort serait vraiment le bout du chemin, et qui se précipitaient vers elle sans autre raison que de faire leur devoir. Sur les plages de Normandie, où les corps flottaient dans l'eau près des rampes de débarquement, j'ai vu des soldats s'apprêter à courir vers les mitrailleuses ennemies en soupirant : « Du diable si je pensais que ça en arriverait là, mais maintenant qu'on y est, qu'est-ce qu'on peut bien faire d'autre ? » Sans pouvoir revenir en arrière et sans meilleur plan, ils avaient parié que leurs choix ne se réduiraient jamais à ce point, et les événements leur avaient donné tort. Quant à moi, il semblait probable que je doive mourir là pour une simple spéculation : pour une radio dont la technologie avait quelques années d'avance sur son temps, pour le nom d'un homme qui connaissait l'avenir, pour un secret gardé par des soldats armés. Le commandant eut la bonté de me le faire remarquer.

— Vous allez mourir ici, m'expliqua-t-il alors que, assis dans son bureau, nous attendions l'arrivée de Karpenko. Facilitez-vous les choses.

Je grimaçai. Son « Facilitez-vous les choses » impliquait que mon souci principal était la façon dont je quitterais ce monde. J'associais davantage l'expression aux flics new-yorkais qu'aux commandants de bases secrètes soviétiques. Mon sourire le surprit, et ses fins sourcils gris frémirent dans son visage couleur de papier.

— Je vous trouve bien calme pour un homme qui contemple la mauvaise extrémité d'une arme à feu, fis-je remarquer.

Il haussa les épaules.

— J'ai fait mon temps, et j'ai bien vécu. Vous, par contre, vous êtes encore jeune. Il vous reste sûrement des liens avec ce monde. Vous êtes marié ?

— C'est une question très pieuse. Si je vous disais que j'aimais vivre dans le péché, considéreriez-vous mon attachement comme aussi important ?

— Qu'est-ce que vous aimez d'autre ? Vous pourriez peut-être en profiter un peu plus longtemps.

Je soupirai.

— Ce serait agréable, oui, mais arrivé à un certain stade on se rend compte que les plaisirs de la chair ont leurs limites. Oh, c'est fantastique tant que ça dure, mais tout ce bagage émotionnel, tous ces doutes ! Franchement, je commence à me demander si toutes ces complications ne surpassent pas la satisfaction qu'on en retire.

À ma grande surprise, il haussa les sourcils.

— De toute évidence, vous ne recherchez pas les bons plaisirs.

— C'est exactement ce que m'a dit une masseuse d'oreilles à Bangkok, une fois.

— Vous n'êtes pas russe, devina-t-il.

— C'est mon accent qui m'a trahi ?

— Aucun Russe n'agirait ainsi.

— Vous jugez bien sévèrement les Soviets.

— Ce n'est pas ce que je voulais dire. Vous ne me semblez pas assez déséquilibré pour être venu ici dans le seul dessein de vous suicider de manière originale. Pourtant, vous ne semblez pas non plus poursuivre un objectif destiné à servir une quelconque cause. Donc, je ne comprends pas la raison de votre geste.

— Mais pourquoi en déduire que je suis étranger ?

Il haussa les épaules.

— Mettez ça sur le compte de l'instinct.

Voilà qui ne faisait pas mon affaire. L'instinct était l'un des rares facteurs sur lesquels je n'avais aucune prise.

— Camarade, poursuivit le commandant, vous êtes trop intelligent pour n'avoir pas une bonne raison de faire cela, si absurde que cela puisse me paraître. Aucun autre chemin ne s'offre donc à vous ?

— Aucun qui me convienne davantage, répondis-je.

Quelqu'un frappa à la porte, empêchant le commandant de sonder mon âme plus avant. Je lui fis signe de rester derrière son bureau. Puis, glissant mon flingue à l'intérieur de mon manteau, je m'assis sur le tabouret qui flanquait sa table de travail.

Sur un signe de tête de ma part, il lança :

— Entrez !

La porte s'ouvrit. L'homme qui pénétra dans la pièce était au beau milieu d'une phrase, qu'il avait visiblement commencée plusieurs secondes avant la réponse du commandant.

— … très occupé en ce moment, et je ne peux vraiment pas…

Il s'interrompit tout net.

Son regard fit la navette entre le commandant et moi, et un large sourire fendit son visage.

— Ça, par exemple, lâcha-t-il, chaque mot tombant de sa bouche tel un caillou dans une mare. Comme on se retrouve !

Chapitre 44

De nombreuses vies auparavant, au cours de cet été agité durant lequel Vincent Rankis et moi disséquâmes mutuellement nos idées, avant cette nuit froide où je lui parlai du Cercle Cronus et où il me planta là avec de belles ecchymoses et un doute lancinant, nous descendîmes la rivière Cam en canot.

Je n'avais jamais apprécié ce type de navigation, qui me semblait un des moyens de transport les moins pratiques au monde, et surtout tel qu'on le pratiquait à Cambridge, un exercice prisé indépendamment du niveau de compétence des gens qui s'y adonnaient. Pour les étudiants comme pour une bonne partie de mes pairs, aucune descente de la rivière n'était digne de ce nom si l'embarcation n'avait pas au moins heurté un pont ou provoqué un carambolage, si elle ne s'était pas échouée sur une rive boueuse, si personne n'avait lâché la perche qui remplaçait les rames comme moyen de propulsion et si un passager au moins n'était pas tombé à l'eau.

Les gondoles vénitiennes m'inspirent le même sentiment : la maîtrise du pilote pâlit en comparaison du prix exorbitant qu'il vous réclame et de l'impression de contribuer, par votre naïveté, à perpétuer un cliché qui permettra à d'autres gondoliers de soulager d'autres touristes de leurs liquidités.

— Votre problème, Harry, c'est que vous ne comprenez pas qu'on puisse faire les choses à moitié, décréta Vincent.

J'avais grommelé alors que nous nous dirigions vers le rivage, grommelé en montant à bord, grommelé tandis que notre embarcation cognait les autres en se frayant un chemin parmi elles, et je grommelai encore quand Vincent ouvrit son panier en osier pour en sortir des flasques de gin coupé de tonic et des sandwichs au concombre découpés en triangles parfaits.

— Les sandwichs au concombre, m'expliqua-t-il, sont indispensables pour tenir notre rôle.

— Quel rôle ? demandai-je sur un ton boudeur.

— Nous sommes la preuve vivante que la raison scientifique et la vigueur intellectuelle sont esclaves de la pression sociale et d'une belle journée ensoleillée. Vous et moi savons très bien que c'est un passe-temps ridicule pour tout érudit qui se respecte, s'exclama-t-il en agitant la perche dans l'eau avec un enthousiasme sans équivoque, et malgré cela, pour une raison qui m'échappe totalement, nous devons nous y adonner.

Nos compagnes gloussèrent.

Je n'étais pas du tout convaincu par le choix de nos passagères pour cette descente de la rivière. Je ne les avais rencontrées qu'une fois sur la berge, et leur présence avait encore renforcé mon impression de catastrophe imminente. L'une s'appelait Leticia et l'autre Frances, mais laquelle était laquelle ? Je n'aurais su le dire.

Elles étaient vêtues très convenablement, avec des robes d'été boutonnées jusqu'au cou et des anglaises impeccables. Hélas, leur frivolité découlait justement de leur bonne éducation, car elles savaient - elles savaient forcément ! - que faire une promenade en barque sous le soleil d'été en compagnie de deux jeunes célibataires n'était pas quelque chose que leur mère aurait approuvé, et cette révélation englobait toutes les autres pensées qu'elles auraient pu nourrir durant notre excursion.

— Le père de Leticia travaille dans la biochimie, me chuchota Vincent à l'oreille, et apparemment Frances est considérée comme la propriété de Hugh, une créature répugnante qui joue actuellement au tennis un peu plus loin. Je crains donc qu'en arrivant l'un de nous ne doive se sacrifier pour embrasser Frances sur la bouche et sous le nez de Hugh. Gare à choisir le bon moment, sans quoi il faudra réitérer l'intégralité du processus jusqu'à ce qu'il remarque quelque chose.

Je me réfugiai derrière mon statut de membre du corps enseignant, arguant qu'il était déjà assez dommageable pour ma réputation d'être vu en train de canoter avec des étudiants sans aller jusqu'à en embrasser une. Vincent poussa un profond soupir, et, lorsque nous arrivâmes au niveau des courts, il prit bien soin, pour respecter la tradition, de laisser tomber la perche dans l'eau, puis d'insister pour que Leticia et moi pagayions à contre-courant afin d'aller la récupérer pendant qu'il s'attelait bruyamment à la tâche cruciale de séduire Frances. Notre infortune attira l'attention générale, et la vision du replet

Vincent enlaçant sensuellement la vivace Frances suffit à la retenir. Il avait réussi son coup.

Alors que je remontais la perche à bord du canot et essuyais mes mains gelées sur mon pantalon, je fus surpris de me rendre compte que je riais. Je n'aurais su dire quand l'absurdité de la situation avait pris le pas sur mon ressentiment, mais malgré tous mes efforts je ne parvenais plus à rester d'humeur maussade. Même les sandwiches au concombre si peu appétissants, si dénués de goût et de consistance, me ravissaient justement par leur absence de qualités. Je craignais néanmoins que Leticia, se sentant délaissée, ne s'attende également à quelque étreinte sensuelle de ma part. Et, de fait, mes dérobades polies l'incitèrent à propager sur le campus la rumeur que j'étais homosexuel et m'intéressais à Vincent pour son corps plus que pour son esprit.

— Et alors ? C'est toujours agréable d'être apprécié pour son physique, commenta Vincent quand la rumeur parvint à ses oreilles. Surtout de nos jours, où il faut s'en remettre à son intellect ravageur et à son intelligence émotionnelle pour séduire les filles. Je trouve ça épuisant.

Aurais-je dû repérer les signes ?

Aurais-je dû comprendre la véritable nature de Vincent ?

Il avait l'attrait de la nouveauté. Il était excentrique, ridicule, brillant, ténébreux et absurde. Il était la modernité débarquant dans une petite ville de province. La promenade en canot terminée, et nos compagnes rendues un peu moins pures à l'étreinte glaciale de leurs familles respectives, nous nous assîmes dans mes appartements pour finir le gin (Vincent trouvait qu'une flasque presque vide était infiniment plus triste qu'une flasque tout à fait vide) et discuter une fois de plus du sujet de sa thèse de dernière année.

— Je ne sais pas trop, Harry. Aucun de ces sujets potentiels ne me semble assez important.

Pas assez importants, le mouvement des étoiles dans l'espace, l'identification des particules élémentaires, la diffraction de la lumière dans notre ciel, la propagation des ondes électromagnétiques à travers notre corps même ?

— Si, si, si. (Vincent agita les mains avec impatience.) Tout ça est très important. Mais une thèse, c'est dix mille mots. Autrement dit, rien. Et puis on m'oblige à me focaliser sur une seule chose, comme s'il était possible de comprendre la structure du soleil sans comprendre d'abord le comportement des atomes !

Et voilà, c'était reparti pour un tour.

— On parle d'une théorie du tout, cracha-t-il, comme si c'était quelque chose qu'on pouvait découvrir du jour au lendemain. Comme si un second Einstein allait un jour se redresser dans son lit en s'exclamant « *Mein Gott! Ich habe es gesehen!* ». Et juste comme ça… on aurait tout compris de l'univers. Je trouve ça offensant, oui offensant, qu'on puisse croire que la solution se niche dans les nombres, ou dans les atomes, ou dans de colossales forces galactiques, comme si notre monde universitaire insignifiant pouvait résumer la structure de l'univers sur le recto d'une feuille A4. Comme si, à partir du moment où X = Y, il existait forcément une théorie globale, et qu'une fois cette théorie découverte on pourrait cesser de chercher. On aurait gagné : on connaîtrait toute chose. Calembredaines.

— Calembredaines ?

— Calembredaines et billevesées, répéta-t-il fermement, pour paraphraser le docteur Johnson.

Je suggérai que, peut-être, le destin de l'univers pouvait être brièvement relégué à la deuxième place juste après le problème épineux de l'obtention d'un diplôme avec mention. Il soupira bruyamment pour manifester son mépris.

— C'est justement le problème avec le système universitaire ! s'écria-t-il.

Chapitre 45

— Ça par exemple, lâcha-t-il. Comme on se retrouve! Il n'avait que quelques années de plus que lorsque je l'avais vu pour la dernière fois, plusieurs siècles auparavant. Un homme encore jeune, qui frôlait à peine la trentaine. D'une façon ou d'une autre, il avait réussi à se procurer un pantalon de costume gris et des chaussures en cuir brun si bien cirées qu'on se voyait dedans. Sa tunique verdâtre trop ample correspondait davantage au style vestimentaire des Soviets, et un mince filet de barbe qui bouclait doucement tentait de lui donner l'air plus âgé. Il était Vitali Karpenko et Vincent Rankis.

Presque immédiatement, deux gardes entrèrent dans la pièce, fusil au poing. Ils me crièrent de me coucher à terre et de mettre les mains sur la tête, mais il les fit taire d'un geste.

— C'est bon, leur dit l'homme qu'ils connaissaient sous le nom de Karpenko. Je m'en occupe.

Vincent Rankis, jadis mon étudiant, anglais jusqu'au bout des ongles, parlait un russe sans accent, et je voyais dans ses yeux qu'il se souvenait. Après m'avoir attaqué à Cambridge, il s'était volatilisé. J'avais utilisé toutes les ressources à ma disposition pour le retrouver, mais toutes les pistes avaient abouti à une impasse. Vincent Rankis, avais-je été forcé de conclure, n'avait jamais existé d'un point de vue légal. D'un autre côté, moi non plus.

Je me retrouvai muet l'espace d'un instant. Toutes les tactiques que j'avais échafaudées, toutes les questions que j'avais en tête s'étaient comme envolées à sa vue. Il en profita pour me décocher un sourire éblouissant avant de jeter un coup d'œil au commandant et de réclamer :

— Camarade, pouvez-vous nous laisser seuls ?

L'officier me consulta du regard, et de mes lèvres changées en sable, je marmonnai :

— Ça me convient.

Il se leva prudemment, s'approcha de Vincent et s'arrêta près de lui, tournant la tête pour murmurer, tout bas mais de façon néanmoins audible :

— Il est armé.

— C'est bon, le rassura Vincent. Je m'en occupe.

D'un signe de tête, il congédia les deux soldats, puis contourna le bureau du commandant et s'assit sur sa chaise avec un mélange d'assurance et de nonchalance. Il croisa les doigts devant son menton et posa les coudes sur ses genoux croisés.

— Bonjour, Harry, dit-il enfin.

— Bonjour, Vincent.

— J'imagine que vous êtes là à cause de notre cher Daniel Van Thiel ?

— C'est lui qui m'a montré la voie.

— Petit homme prétentieux. Il avait cette habitude incroyablement agaçante de toujours dire aux autres à quel point ils étaient brillants, ce qui n'était qu'une façon détournée d'exiger qu'on lui retourne le compliment.

J'espérais qu'il nous aiderait à résoudre certains problèmes de contrôle que nous avions mais, au final, j'ai dû me séparer de lui. Malheureusement, ce vermisseau était assez malin pour se souvenir de quelques spécifications techniques. J'aurais dû le tuer à l'époque. Et vous êtes arrivé jusqu'ici grâce… au professeur Gulakov ? Un homme charmant, n'est-ce pas ?

— En effet.

— Je crains qu'il n'ait été envoyé en camp de rééducation.

— Je suis navré de l'apprendre. Mais, apparemment, vous dirigez une opération très militarisée. Avez-vous eu à tuer beaucoup de gens pour la protéger ?

— Vous savez ce que c'est, Harry, dit-il en poussant un profond soupir. On ne peut pas introduire trop de nouvelles technologies dans la ligne temporelle, pas sans être sûr de pouvoir en contrôler les conséquences. On courrait le risque d'attirer l'attention, de bouleverser le cours de l'Histoire établie… Mais je ne vous apprends rien, puisque vous appartenez au Cercle Cronus. Oh, à ce propos… (Il tapota négligemment un de ses ongles avec l'extrémité d'un autre.) Dois-je m'attendre à voir les forces combinées de tous les Cercles du monde me tomber dessus d'un instant à l'autre ?

— Je leur ai fait part de mes soupçons, si telle est votre question, et demandé de poursuivre mes investigations au cas où je viendrais à disparaître.

Il grogna, levant les yeux au ciel d'un air exaspéré.

— Franchement, c'est pénible, Harry. Personne ne mesure la lourdeur de la bureaucratie aux niveaux intermédiaires, en Union soviétique. Tout va très bien si vous êtes le secrétaire général, les gens ne sont pas assez fous pour prendre des notes, mais si vous n'appartenez pas au Politburo, vous devez fournir une quantité de paperasse incroyable pour clôturer ou déplacer ce genre de projet.

— Votre position n'a pas l'air très sûre.

— La politique, cracha-t-il. Tout le monde cherche des informations à utiliser contre tout le monde. Ce que je veux dire, Harry, c'est que je me passerais bien de devoir déménager une fois de plus. C'est tellement frustrant ! Si vous veniez à disparaître, vous pensez que le Cercle vous retrouverait ?

Je haussai les épaules.

— Peut-être. Est-ce de cela qu'il est question ? Comptez-vous me faire disparaître ?

— Je n'en sais rien, Harry, murmura-t-il d'un air pensif. À votre avis ?

Pour la première fois, nos regards se croisèrent. Il n'était plus l'étudiant que j'avais connu, le jeune homme qui s'embarquait dans une promenade en canot avec une fille nommée Frances pour le seul plaisir d'humilier un rival, mais un vieillard dans un corps de trentenaire qui me dévisageait pourtant avec les mêmes yeux ronds. Je sortis le flingue de mon manteau et le posai sur mes genoux, un doigt sur la détente. Mon geste fit brièvement baisser les yeux à Vincent.

— Ce n'est pas pour moi, j'espère ?

— Juste au cas où faire mon rapport deviendrait difficile.

— Bien sûr. Une balle dans la tête. Vous êtes vraiment très déterminé. Même si… (Il s'agita dans son siège avec un vague haussement d'épaules.) Pour faire un rapport, encore faudrait-il que vous ayez quelque chose à raconter.

Je soupirai.

— J'imagine que vous n'avez pas l'intention de m'expliquer ce qui se trame ici ?

— Vous vous trompez, Harry. Au contraire, j'espère qu'une fois au courant vous envisagerez même de vous joindre à nous. (Il se leva et me désigna courtoisement la porte.) Après vous.

Chapitre 46

Mon père.

Je pense à mon père.

À mes deux pères, en fait.

J'imagine Patrick August assis face à moi de l'autre côté de la cheminée, pelant en silence une pomme qu'il fait tourner entre ses mains sans jamais briser la longue épluchure en spirale.

J'imagine Rory Hulne, vieillard à la jambe gauche congestionnée qui, durant une vie des plus anodines, m'avait envoyé en 1952 une lettre m'informant qu'il passait des vacances à Lindisfarne et me demandant si je voulais le rejoindre là-bas. Dans cette vie, j'étais professeur de mathématiques, et j'avais épousé Elizabeth, docteur en littérature anglaise. Lizzy voulait des enfants et se tenait responsable de notre apparente incapacité à concevoir. Elle fut une compagne loyale et une âme généreuse. Je restai à son côté jusqu'à ce qu'elle meure en 1973, à la suite d'une série d'accidents vasculaires cérébraux qui l'avaient laissée essentiellement paralysée du côté gauche, et ne la cherchai pas dans mes vies suivantes.

« Je suis à Lindisfarne, écrivait mon père biologique. Peux-tu m'y rejoindre ? »

— Qui est ce monsieur Hulne ? demanda Lizzy lorsque je reçus la lettre.

— C'était le maître du domaine où j'ai grandi.

— Vous étiez proches ?

— Non. Pas dans cette vie.

— Alors pourquoi veut-il te voir maintenant ?

— Je n'en sais rien.

— Tu comptes y aller ?

— Peut-être. Il doit être mourant à l'heure qu'il est.

— Harry, c'est affreux de dire ça ! me reprocha-t-elle.

Il fallait sept heures de train pour se rendre à Alnmouth. Une halte était prévue à Newcastle afin que le conducteur au visage noirci puisse prendre un repos bien mérité sur les bancs en bois vert de la gare de brique rouge. Quand il ôta sa casquette, on put voir la ligne que la suie avait tracée sur son front et, en baissant ses lunettes, il révéla deux ronds de peau rose qui lui faisaient des yeux de hibou.

Sur le quai d'en face, un enfant très excité me fit coucou depuis les genoux de sa mère, et j'agitai la main en retour. Il continua ainsi pendant tout le quart d'heure que dura notre arrêt et, malgré ma lassitude, je me sentis obligé d'en faire autant. Lorsque le train repartit enfin, mon bras et mes zygomatiques me faisaient mal, et j'avais l'impression que tout ce voyage était une terrible erreur.

Je feuilletai le journal que j'avais acheté, mais je l'avais déjà lu trois vies auparavant, et je fus vite irrité par sa vision naïve des événements en cours. Les mots croisés de la fin me plongèrent dans une grande frustration. Je les avais pratiquement finis la dernière fois, durant une de mes pauses au bureau européen des Affaires étrangères et, à l'époque, j'avais déjà buté sur la même définition qui me donnait du fil à retordre ce jour-là : « Oyez, oyez, j'aperçois un virage dans le lointain », en huit lettres. Je fus dépité de constater que, des siècles plus tard, la réponse m'échappait encore. Peut-être dans cette vie-là pourrais-je devenir cet individu qui écrit tout le temps à la rédaction des journaux afin de se plaindre.

La marée haute coupait Lindisfarne du continent. De la jetée qui relie les deux, on n'apercevait que quelques piquets dépassant à la surface de l'eau. Je payai un vieil homme dans une barque pleine de paniers de crabes vides afin qu'il m'emmène sur l'île. Il ne pipa mot de toute la traversée, se contenant de ramer avec une telle régularité qu'on aurait pu régler un pacemaker sur son allure.

Bientôt, le brouillard se leva, recouvrant la terre comme la mer, dissimulant les ruines noires du château qui couronnait le sommet de l'île. Le temps d'atteindre le rivage, nous ne distinguions plus que quelques chaumières blanches sur le flanc de la colline, le long duquel résonnait le bêlement plaintif de quelques moutons égarés.

Lindisfarne ne s'était pas encore découvert une vocation de lieu touristique où l'on vendait de la confiture presque maison et des bougies presque artisanales. Pour l'heure, elle avait la réputation d'un endroit où les gens se rendaient afin d'être seuls, d'oublier, voire de mourir à l'ombre des anciennes croix celtiques.

Je n'eus pas de mal à trouver mon père : ici, on remarquait les étrangers. On m'indiqua une chambre à l'étage d'une chaumière à porte minuscule appartenant à une certaine madame Mason, une femme joviale au visage rougeaud qui aurait pu briser le cou d'un poulet entre le pouce et l'index et qui ne croyait pas à cette nouvelle invention qu'était la Sécurité sociale, pas alors qu'elle avait des groseilles à maquereau plein son jardin et du sirop de cynorhodon dans ses placards de cuisine.

— Z'êtes là pour m'sieur Hulne ? me demanda-t-elle aimablement. Je vous monte du thé.

En haut d'un escalier conçu pour décapiter tout visiteur de plus de sept ans, de l'autre côté d'une porte munie d'un verrou en fer forgé, je trouvai une chambre modeste. Un petit feu orange brûlait dans la cheminée, et une série de mauvais tableaux représentant des fleurs de lilas flottant à la surface d'eaux immobiles étaient accrochés aux murs. Il y avait également un lit à une place et un fauteuil à bascule devant l'âtre.

Dans le fauteuil en question, guère plus épais que la couverture sous laquelle il s'était blotti, Rory Edmond Hulne se mourait en temps et heure. À en juger par la teinte jaunâtre de ses ongles cassants et la veine saillante qui battait faiblement dans son cou maigre, personne ne pouvait plus faire grand-chose pour lui hormis lui fournir des soins palliatifs et un peu de rédemption affective. Il était facile de deviner pour laquelle de ces deux choses il m'avait fait venir.

Je me perchai au pied du lit, posai mon sac par terre et, tandis qu'il battait faiblement des cils pour tenter d'ouvrir les yeux malgré ses paupières collées par la maladie, je dis doucement :

— Bonjour, Monsieur Hulne.

Quand l'avais-je vu pour la dernière fois ? Dans cette vie, par la tiède journée de mai 1925 où j'avais, comme toujours, fini par retrouver assez de souvenirs pour écrire au Cercle Cronus et demander que l'on m'extraie de l'ennui mortel qui caractérise l'enfance des ouroboriens. Charity Hazelmere, cette éternelle matrone, avait réagi immédiatement en envoyant une missive à Patrick et Harriet pour les informer qu'un généreux donateur finançait la pension et l'éducation de jeunes indigents, et que quelqu'un lui avait soumis mon cas. La somme proposée était importante.

J'avais absous mes parents adoptifs de toute culpabilité en m'écriant que j'étais très enthousiaste, que j'avais soif d'apprendre et que je leur écrirais souvent, même s'ils savaient à peine lire. Ils avaient empaqueté mes maigres effets personnels, et Patrick m'avait hissé à l'arrière de sa charrette pour me conduire à la gare. Rory Hulne était sorti de sa maison pour me regarder partir, mais il n'avait rien dit. Dans certaines vies, il s'avance pour me serrer la main et me dire d'être courageux, mais pas cette fois. Qu'est-ce qui, dans mon comportement, altère ainsi le sien d'une vie sur l'autre ? Je n'ai jamais pu le déterminer.

Près de trente ans s'étaient écoulés depuis. Les rares fois où j'étais revenu dans le Nord pour passer un Noël silencieux avec Patrick ou assister aux obsèques d'Harriet, cette triste constante de mon enfance, Rory était absent : en voyage d'affaires, ou en cure, ou en ville, ou vaquant à toute autre occupation vide de sens. Mais ce jour-là il était là, agonisant sous mes yeux, seul dans une chaumière sur une île. Envolés son pouvoir et ses richesses, il n'était plus qu'un vieillard frêle recroquevillé devant un feu.

— Qui êtes-vous ? murmura-t-il d'une voix aussi amenuisée que sa stature. Que voulez-vous ?

— C'est Harry, monsieur, répondis-je avec la déférence involontaire de ma jeunesse. Harry August.

— Harry ? Je t'ai écrit une lettre.

— C'est pour ça que je suis venu.

— Je ne pensais pas que tu le ferais.

— Pourtant… je suis là.

Je cumulais plusieurs siècles d'existence, alors pourquoi n'étais-je capable d'énoncer que des platitudes dénuées de sens face à cet homme ? Pourquoi me sentais-je de nouveau comme un enfant frémissant sous le regard de son maître ?

— Tu vas bien, Harry ? me demanda-t-il comme le silence s'étirait entre nous. Tu es riche ?

— J'ai de quoi vivre, répondis-je prudemment. J'enseigne les mathématiques.

— Les mathématiques ? Pourquoi ?

— J'aime ça. Le sujet est… intéressant, et les élèves inventent toujours quelque chose pour me surprendre.

— Tu as des enfants ?

— Non.

Il poussa un grognement qui me parut exprimer une profonde satisfaction. Il eut un geste vers le feu, une manière de m'ordonner de rajouter une bûche. Ce que je fis, m'accroupissant devant l'âtre et trifouillant le bois à demi consumé avec un bâton que je finis également par jeter dans les flammes.

dit, mais le temps y remédiera. Je suis désolé pour vous, Monsieur Hulne. Je regrette qu'Alexandra ait des difficultés financières, elle a toujours été bonne pour moi. Mais, même enfant, Clement était déjà une petite brute, et cette maison… Cette maison était un monument de tragédie muette et de vanité gravée dans la pierre. Constance était un tyran, pour qui les préjugés comptaient davantage que la vérité. Victoria était une droguée. Lydia était une innocente que vous avez tourmentée jusqu'à ce que…

— Comment oses-tu ?

Il eut un soubresaut comme s'il voulait se lever de son fauteuil pour me frapper, mais n'avait pas la force de le faire. Aussi resta-t-il assis, tremblant de tout son corps, ses larmes s'évaporant sur ses joues rouges de colère.

— Comment oses-tu ? Comment oses-tu parler d'eux comme… comme si tu les connaissais, comme si tu… ? Tu n'étais encore qu'un enfant quand tu es parti. Tu nous as abandonnés sans un regard en arrière. Comment oses… ?

— Dites-moi, le coupai-je. (Sa voix frémissait de rage, mais la mienne était plus forte.) Ma mère a-t-elle crié quand vous l'avez violée ?

C'était du cinquante-cinquante. Sa rage affleurait, elle aurait très bien pu charger à travers mes paroles. Au lieu de ça, ce furent mes paroles qui chargèrent à travers sa rage, le repoussant contre le dossier de son siège et l'y clouant tel un papillon épinglé sur un tableau de liège. Je lui portais le coup de grâce en ajoutant :

— Une fois, j'ai rencontré une dame du nom de Prudence Crannich, qui avait accouché dans les toilettes pour dames de la gare de Berwick-upon-Tweed, un jour de l'An. La mère était morte, mais j'ai retrouvé sa famille, et sa mère, ma grand-mère, m'a raconté l'histoire de Lisa Leadmill, qui était partie chercher fortune dans le Sud et qui n'avait trouvé que la mort dans les bras d'un couple d'inconnus. Le froid est l'ennemi des blessés : il ralentit la coagulation du sang et favorise les hémorragies fatales. Si j'étais né en été, ma mère aurait peut-être survécu. Bien sûr, vous seul savez si vous l'avez vraiment violée. Mais elle était jeune et isolée, à la merci d'un maître violent et furieux, qui pensait que son épouse l'avait trahi et qui était sans doute lui-même traumatisé par la guerre.

» J'imagine que vous l'avez prise par le bras et que vous l'avez embrassée brutalement, en faisant du bruit pour que votre épouse sache ce qui se passait. J'imagine qu'elle était terrifiée, incapable de comprendre que vous l'utilisiez comme un pion au service de votre vengeance. Vous avez dû la menacer de renvoi, elle a dû vous supplier de ne pas faire ça. Vous avez dû lui dire qu'elle avait intérêt à se laisser faire, que si elle criait toute la maisonnée serait au courant, et qu'on la renverrait sans la payer ni lui donner de références, qu'elle serait à jamais considérée comme une catin. Mieux valait qu'elle se taise. Et du coup, si elle ne criait pas, vous pouviez vous dire qu'il ne s'agissait pas d'un viol. Alors : a-t-elle crié ou non quand vous l'avez poussée par terre ? A-t-elle crié ?

Il agrippait si fort les accoudoirs que ses jointures avaient viré au blanc jaunâtre. Tout son corps tremblait, mais plus de rage cette fois, me sembla-t-il.

— Il fut un temps, poursuivis-je plus calmement, où j'avais envie de vous connaître. Une fois, je vous ai écrit une lettre en vous parlant des horreurs que j'avais vues, des péchés que j'avais commis, de la douleur qui était la mienne. J'avais besoin de parler à un inconnu qui se soucierait de moi, à quelqu'un que les liens du sang obligeraient à me comprendre sans me juger. Je pensais que, peut-être, vous pouviez encore être mon père. Vous m'avez répondu comme un soldat à un autre, mais je me rends compte à présent que vous ne m'avez jamais considéré comme un fils. Un héritier, peut-être. Un héritier illégitime, une incarnation de votre honte, un rappel de vos fautes, un retour de bâton humain, mais un fils, jamais. Je ne crois pas que vous étiez fait pour être père.

Je ramassai mon sac, me levai et me tournai vers la porte.

— Un instant, j'ai cru que vous vouliez me proposer d'hériter de Hulne Hall. Que vous pensiez que j'avais peut-être de l'affection pour cet endroit, et que, contrairement à Clement, je m'attacherais à le préserver. Ou qu'en raison de mes humbles origines je serais tellement impressionné par ce legs que j'en ferais un monument à votre gloire. En l'état des choses, je dois vous informer que, si vous veniez à me donner ce qui reste du domaine, je raserais la maison jusqu'à la dernière pierre pour la transformer en... parc d'attractions destiné aux petits banquiers et à leur progéniture, ou en casino. À moins que je ne laisse la terre reprendre ses droits.

Je me dirigeai vers la porte.

Comme je saisissais la poignée, il me rappela :

— Harry ! Tu ne peux pas… C'est ton histoire, Harry. Ton histoire.

Je m'en fus sans un regard en arrière.

Deux vies plus tard, j'entrai bel et bien en possession de Hulne Hall. Ma présence aux obsèques de ma grand-mère Constance j'avais alors vingt et un ans, fut le catalyseur. C'était la première fois que j'y assistais. Jusque-là, je n'en avais jamais éprouvé l'envie.

Ma tante Alexandra qui, bien des années auparavant, m'avait sauvé en me trouvant un bon foyer, et qui continuerait à le faire dans toutes mes vies, engagea la conversation avec moi près de la tombe de sa mère, et après ça nous devînmes assez proches. Elle était la plus forte de la famille, la seule capable de voir dans quelle direction le vent soufflait et de se laisser emporter.

Je n'ai jamais su ce qu'elle avait dit à mon père mais, trois mois avant sa mort, il modifia son testament pour me léguer le domaine. Je le maintins en l'état, sans toucher à une seule de ses briques, et en fis un hôpital psychiatrique. Bien entendu, à ma mort suivante, il redevint la propriété de Constance. Mais j'aime à penser que quelque part, dans un monde perdu pour moi, Hulne Hall a enfin fait une différence.

Chapitre 47

Vincent, marchant à mon côté dans une base de recherche militaire russe.

Ah, Monsieur Hulne, si vous pouviez me voir maintenant !

Il me laissa garder mon arme tandis que nous nous enfoncions dans les entrailles du complexe. Qu'est-ce que ça pouvait bien lui faire ? Je n'avais pas intérêt à le tuer, et me suicider aussi prématurément ne m'aurait rien rapporté, sinon l'obligation irritante de revivre ma puberté une fois de plus.

Les gens s'écartaient devant nous, me jetant des coups d'œil furtifs, mais nul n'osa poser la moindre question à Vincent. Malgré sa veste usée, ses chaussettes roulottées et sa relative jeunesse, de toute évidence, c'était lui qui commandait. C'était lui qu'on respectait, et un geste de sa main suffisait à ouvrir toutes les portes verrouillées, à franchir toutes les patrouilles armées.

— Je suis bien content que ce soit vous, me confia-t-il tandis que l'air devenait froid et lourd d'humidité autour de nous. Quand j'ai compris qu'une partie de ma technologie avait été commercialisée avant l'heure, j'ai espéré que le Cercle Cronus serait trop occupé à boire pour s'en préoccuper. Franchement, je suis surpris que quelqu'un s'en soit rendu compte, mais si quelqu'un devait s'en rendre compte, je me réjouis que ce soit vous, Harry. Vous vous appelez toujours Harry ?

Je haussai les épaules.

— Ça fera aussi bien l'affaire que n'importe quel autre nom. Et vous ? Comment vous êtes-vous retrouvé dans la peau d'un Vitali ?

Il eut un geste désinvolte.

— J'ai essayé de travailler pour l'industrie américaine pendant plusieurs vies, grommela-t-il, mais garder secrète quelque forme d'innovation technologique que ce soit dans un environnement pareil, c'est perdu d'avance. Quand ce n'était pas des hommes d'affaires ou des scientifiques cupides, c'était des généraux de l'armée ou des envoyés du ministère des Affaires étrangères qui exigeaient de savoir en quelle quantité et à quelle vitesse je pouvais produire. L'Amérique est une nation terriblement vulgaire. Alors qu'à défaut d'autre chose la culture des Soviets encourage le secret.

Plus nous nous enfoncions au cœur du complexe, plus la température chutait, et plus l'épaisseur des câbles et des tuyaux augmentait, jusqu'à ce que les murs disparaissent pratiquement dessous.

— Que devenez-vous depuis notre dernière entrevue ? me demanda Vincent sur un ton désinvolte. Avez-vous obtenu ce poste de titulaire ?

— Quoi ? Oh ! en fin de compte, oui. Mais non sans que Fred Hoyle ait menacé de me flanquer son poing dans la figure.

— Décidément, votre carrière universitaire a été bien violente.

— Pour être honnête, Hoyle et vous avez été, dans cette vie-là, les deux seuls individus à vouloir exercer une quelconque violence physique envers moi.

— Ravi d'apprendre que j'étais en si bonne compagnie. Tenez, vous feriez bien de porter ça.

Il me tendit un mince badge transparent. Je l'examinai : un détecteur de radiations grossier, qui vous dirait si vous aviez été exposé sans préciser à quel point c'était grave.

— Vincent, vous êtes trop subtil pour vous amuser à fabriquer des armes nucléaires pour les Soviets, le réprimandai-je. Que faites-vous ici, exactement ?

— Oh ! je fabrique des armes nucléaires, me répondit-il sur un ton désinvolte en tirant le verrou d'une porte métallique grande comme un petit château. Mais je fais en sorte que les hommes les plus intelligents n'exploitent jamais tout leur potentiel, et que des erreurs mineures se glissent dans les dernières étapes du procédé de fabrication, histoire de ne pas chambouler la chronologie. Je suis sûr que même le Cercle Cronus remarquerait une accélération de la course globale à l'armement.

— Et personne ne vous pose de questions ?

— Comme je viens de vous le dire, le système soviétique est assez remarquable de ce point de vue.

Pendant que nous parlions, la porte avait glissé avec une lenteur glaciale et pesante. Vincent pénétra dans une caverne de métal et d'électricité. Tous les tuyaux du complexe semblaient converger ici, et il faisait sensiblement plus chaud que dans les couloirs que nous avions empruntés. Des ventilateurs plus massifs que les propulseurs du *Titanic* soufflaient et bourdonnaient.

Au centre de la pièce se dressait une machine monolithique. Là où les Américains auraient tenté d'habiller leur création pour la rendre plus esthétique, Vincent et son équipe avaient opté pour la fonctionnalité pure. Les composants avaient été assemblés par la force brute, les entrailles étaient exposées, les câbles étiquetés avec du scotch blanc et un feutre noir, les seules lumières qui clignotaient étaient celles qui avaient désespérément besoin de le faire. On aurait dit la tentative de bricolage d'un dieu de la technologie qui était tombé à court de gaines thermorétractables avant même de se mettre au travail.

Des hommes et des femmes portant de petits badges blancs s'affairaient dans l'ombre du monstre, traînant des échelles sur le sol pour accéder à quelque port d'accès invisible au-dessus de sa base pyramidale tournante.

— Alors, qu'en pensez-vous ? me demanda joyeusement Vincent.

Je sentis le poids de l'arme dans ma poche et répondis aussi calmement que possible :

— Tout dépend de ce que j'ai sous les yeux.

— Vous me décevez, Harry, me réprimanda-t-il.

Ce qui était une façon de m'inviter à jouer au jeu des déductions. Je m'exécutai à contrecœur.

— Très bien, soupirai-je. De toute évidence, vous utilisez un calculateur à circuits intégrés qui n'aurait dû être inventé que dans une quinzaine d'années et, là-bas, j'aperçois des unités de refroidissement liquide qui ne devraient faire leur apparition que d'ici dix-sept ans. Les badges et les murs doublés de plomb laissent supposer une source de radioactivité mais, en l'absence d'une quantité d'eau suffisante à proximité, il ne peut pas d'agir d'un réacteur nucléaire… à moins que votre technologie ait plus d'un demi-siècle d'avance.

— Non, ce n'est pas un réacteur, confirma Vincent, mais vous avez raison pour la radioactivité.

— La criticité vous préoccupe, mais pas suffisamment pour que vous ayez équipé votre personnel de combinaisons antiradiation. La quantité de réseautique reliée à la machine suggère un transfert de données en plus du transfert d'énergie, donc des expérimentations surveillées plutôt qu'un véritable processus de fabrication. En conclusion… vous étudiez quelque chose, probablement au niveau subatomique, en utilisant une technologie très en avance sur son temps, dans une base secrète au beau milieu de l'URSS et, ce qui m'étonne le plus dans tout ça, vous avez l'air absolument ravi.

De fait, il irradiait de fierté.

— Bien sûr que je suis ravi, Harry. Grâce aux informations que cette machine va nous permettre de collecter, nous pourrons tout changer.

— Tout ?

— Tout, répéta-t-il.

Et je vis dans son regard qu'il était sérieux.

— Vous voulez m'aider ?

— Vous aider ?

— « Aider » étant l'action opposée à « mettre des bâtons dans les roues ».

— Même si toute votre entreprise ne violait pas l'ensemble des règles du Cercle… (Vincent gloussa) Je ne suis pas sûr de comprendre à quoi je vous aiderais.

Passant un bras autour de mes épaules, il me serra contre lui tel un ami perdu de vue depuis trop longtemps. Était-ce bien le même homme qui, des siècles auparavant, avait embrassé Frances près des courts de tennis et m'avait mis son poing dans la figure parce que j'étais un kalachakra ?

— Harry, que diriez-vous de construire un miroir quantique ?

Chapitre 48

— Un miroir quantique…, commença-t-il.

— Balivernes, répondis-je.

— Un miroir quantique…

— Foutaises.

— Un miroir quantique !

Vincent commençait à s'énerver, comment souvent durant nos conversations d'autrefois.

Cambridge, de nouveau.

Mes souvenirs, de nouveau.

Il me semble que depuis le début de cette histoire avec Vincent mon esprit retourne sans cesse au « bon vieux temps », à l'époque où tout était plus simple entre nous, avant le début de la fin du monde.

— Vous êtes prêt à m'écouter ? demanda-t-il sévèrement.

— Passez-moi un autre morceau de poulet et de la purée, et je me tairai. Je me composerai même l'expression la plus intéressée dont je suis capable.

Il empila docilement dans mon assiette, que je n'avais pas encore finie, une quantité indécente de nourriture supplémentaire. Puis il fit une nouvelle tentative.

— Un miroir quantique, donc, serait un instrument théorique permettant l'extrapolation de la matière.

— « Extrapolation » dans quel sens ?

— Je croyais que vous deviez vous taire ? Mangez.

— Je mange, répliquai-je en enfournant un monticule de purée dans ma bouche.

— Prenez Darwin. (Je réussis tout juste à ne pas m'étrangler avec ma nourriture, et Vincent me foudroya du regard.) Il se rend dans des îles coupées du reste de la planète pour y observer différents animaux et la façon dont ils vivent. D'autres gens ont déjà contemplé et contempleront encore ce spectacle, mais Darwin, lui, y décèle l'amorce d'une extrapolation logique. Voyez, dit-il, de quelle façon les êtres vivants s'adaptent à leur environnement. Admirez l'oiseau qui pique si parfaitement depuis son rocher pour pêcher un poisson, constatez combien il est similaire à un autre volatile qui vit à des milliers de kilomètres de là et qui pourrait très bien appartenir à la même espèce, à cela près que ses proies vivent dans des grottes, et qu'il a donc développé un bec plus long. Observez un ver de terre, observez un insecte, observez la façon dont un crabe se déplace au fond de l'océan, et à partir de tout cela…

— Passez-moi la sauce, grognai-je.

Il s'exécuta sans s'interrompre.

— Et à partir de tout cela, élaborez la plus merveilleuse des théories : celle de l'évolution. Voilà ce que j'entends par « extrapolation », Harry. S'inspirer de choses minuscules pour mettre au jour de grands principes. En tant que physiciens…

— Moi, je suis un physicien. Vous, vous êtes toujours un étudiant, et j'ignore pourquoi je tolère votre compagnie.

— En tant que physiciens, insista-t-il, nous - ma recette de sauce est meilleure que la vôtre - n'observons pas le comportement des animaux. Notre sujet, c'est l'atome même. Et si nous prenions cette chose, la plus simple de toutes, comme sujet ? Et si nous la soumettions au même processus que Darwin ? À partir d'un proton, d'un neutron et d'un électron, nous pouvons déduire les forces qui les lient ensemble, et qui doivent également lier le reste de l'univers, l'espace et le temps ! Il nous suffit de disposer un miroir face à la nature de l'existence même…

— Un miroir quantique, conclus-je en agitant ma fourchette d'un geste théâtral. Vincent, me hâtai-je d'ajouter avant que son indignation ne prenne le dessus sur la mienne, c'est précisément ce que fait la science !

— C'est ce qu'elle s'évertue à faire ! rectifia-t-il. Mais les instruments dont nous devons nous contenter, des objets tridimensionnels que nous percevons à l'intérieur du spectre visible, le cerveau humain lui-même, sont complètement inadéquats pour réaliser cette tâche. Ce dont nous avons besoin, c'est d'un outil tout à fait différent pour parvenir à comprendre la matière, d'une tout autre façon d'appréhender les briques dont la réalité est bâtie, afin de décrypter l'ensemble de l'univers. Qu'en pensez-vous ?

Je réfléchis quelques instants.

— J'en pense que ce sont des foutaises.

— Harry…

— Non, laissez-moi finir. Même en mettant de côté les complications théoriques, les difficultés économiques et les problèmes scientifiques, je pense que ce sont des foutaises du point de vue philosophique, un point de vue qui va vous plonger dans une de vos colères habituelles du fait de sa nature non scientifique. Je ne crois pas,

Vincent, que l'humanité possède la capacité d'appréhender pleinement l'univers.

— S'il vous plaît…

— Attendez encore un peu ! Je pense que ce que vous décrivez, cet instrument que je qualifierai d'impossible, avec votre permission, et qui est censé, par une méthode dépassant mon entendement, faire imploser notre conception actuelle de l'univers pour créer une théorie capable de répondre à toutes les questions, en commençant par « comment » et en terminant par le bien plus délicat « pourquoi »... Cet instrument miraculeux, donc, n'est ni plus ni moins qu'une divinité faite maison. Vous voulez vous fabriquer une machine qui vous rendra omnipotent, Vincent ? Vous voulez devenir Dieu ?

— Pas moi, non, pas Dieu…

— Savoir tout ce qui est, tout ce qui fut et tout ce qui pourrait être…

— C'est le but de la science ! Une arme à feu n'est pas dangereuse en soi, ce sont les hommes qui en font un mauvais usage…

— Ah, dans ce cas, tout va bien ! Donnez donc l'omnipotence à l'humanité !

— « Dieu », c'est un terme si emphatique…

— Vous avez raison, aboyai-je plus sèchement que je ne l'avais voulu. Appelez plutôt ça « miroir quantique », et personne ne soupçonnera l'étendue de votre ambition.

Il haussa les épaules.

— Dans le fond, peut-être que c'est ça. Peut-être que Dieu n'a jamais été autre chose qu'un miroir quantique.

Chapitre 49

Je demandai :

— Me laissez-vous un peu de temps pour réfléchir ?

— Bien sûr, répondit-il aimablement.

— Ça vous ennuie si je garde mon arme ? ajoutai-je.

— Pas du tout. Et vous, ça vous ennuie d'attendre dans une cellule ? Il y a ici beaucoup d'équipement fragile que vous risqueriez d'éclabousser de votre sang si vous veniez à vous faire sauter la cervelle.

— Ce serait très frustrant, en convins-je. Je vous suis.

On me conduisit à la prison. J'imagine qu'aucune base de recherche secrète ne serait complète sans elle. À l'intérieur, il faisait froid, et les couchettes consistaient en des blocs de béton scellés dans les murs. Vincent m'avait promis qu'on me fournirait des couvertures, et il tint parole. On m'apporta même une soupe chaude et épaisse dans laquelle nageaient des raviolis. Un garde visiblement nerveux poussa le tout vers moi sans quitter mon arme des yeux. Je lui souris gentiment et ne pipai mot.

Un miroir quantique.

Vincent Rankis, Vitali Karpenko, quel que soit son nom, essayait bel et bien de fabriquer un miroir quantique.

Le temps et l'espace, tout ce qui avait été et ce qui serait, étalé telle une carte de la Création. Une machine qui, à partir d'un seul atome, pourrait extrapoler toutes les merveilles de l'univers.

Expliquer comment nous sommes venus au monde.

Pourquoi nous sommes venus au monde.

Même nous, les kalachakras.

Je m'assis pour réfléchir.

Je pensai à Cambridge et à nos disputes autour d'un poulet rôti.

Je revis Akinleye enfonçant l'aiguille dans ma peau.

Richard Lisle, abattu d'une balle en pleine poitrine avant de pouvoir commettre ses crimes.

Lizzy, que j'avais aimée, et Jenny, que j'avais aimée d'une tout autre façon, mais pas moins authentique et sincère.

Moi, rampant aux pieds de Phearson. La visite de Virginia. *L'artère fémorale, ça pisse vraiment beaucoup.* Rory Hulne aux obsèques de ma grand-mère, et son expression quand je l'avais planté là alors qu'il était en train de mourir. Moi, debout au bord de la tombe d'Harriet une vie après l'autre, gamin incapable de prendre la main de son père adoptif qui allait mourir à l'intérieur même si son corps subsisterait.

À quoi servez-vous ?

La fin du monde approche.

À vous de jouer.

A-t-elle crié ?

C'est ton histoire, Harry. Ton histoire.

Vous prenez-vous pour Dieu, Docteur August ? Pensez-vous que vous êtes la seule créature vivante qui importe ? Pensez-vous que, puisque vous vous en souvenez, votre douleur surpasse toutes les autres ? Pensez-vous que, parce que vous en faites l'expérience, votre vie est la seule qui compte ?

Ah, dans ce cas, tout va bien ! Donnez donc l'omnipotence à l'humanité !

À quoi servez-vous ?

Vous prenez-vous pour Dieu ?

Apparemment, je réfléchis ainsi pendant près de vingt-quatre heures.

Lorsque j'eus terminé, je tambourinai à la porte de ma cellule. Le même garde nerveux qui m'avait apporté les raviolis ouvrit et baissa les yeux vers mon flingue.

— Bonjour, dis-je en lui remettant l'arme. Oui. Dites à Karpenko que ma réponse est oui.

Chapitre 50

Une fois, j'ai rencontré un kalachakra du nom de Fidel Gussman. C'était en 1973, je m'étais rendu en Afghanistan pour voir les grands bouddhas avant que les talibans n'arrivent au pouvoir et ne les détruisent. Je voyageais avec un passeport néo-zélandais, un des plus pratiques pour se balader un peu partout à travers le monde, et je tentais d'en profiter pour rafraîchir mon pashto.

J'avais cinquante-cinq ans et je venais de passer une bonne partie de ma vie en cours à traquer des messages gravés dans la pierre par d'anciens membres du Cercle Cronus. C'était un jeu perpétuel entre nous, lancé en 45 avant Jésus-Christ. Quand j'arrivais à exhumer l'obélisque, j'ajoutais mon nom en bas de la liste avant de l'enterrer ailleurs et de laisser de nouveaux indices suffisamment nébuleux pour que les générations futures s'attellent à les résoudre. C'était une sorte de capsule temporelle internationale pour les kalachakras qui s'ennuyaient sérieusement.

Quand ils se sentaient d'humeur généreuse, les participants enterraient aussi des trésors de nature non biodégradable. La plus belle contribution en la matière avait été une œuvre perdue, et pour cause, de Léonard de

Vinci, dissimulée par un kalachakra de la Renaissance italienne dans une outre de vin scellée sous un autel dédié à sainte Angélique, sur l'un des plus hauts sommets des Alpes. L'énigme était presque entièrement rédigée sous la forme de rimes paillardes, ce qui rendait la découverte potentielle de l'artefact encore plus excitante. Plus que toute autre chose, ce fut ce divertissement qui m'amena à parcourir le monde.

Je me trouvais donc en Afghanistan pour voir les bouddhas locaux lorsque je rencontrai Fidel Gussman.

On pouvait le voir approcher à un kilomètre, ce colosse au cou enflé qui voyageait sur le toit d'un camion. Lorsque le convoi dont il faisait partie arriva au village, soulevant un nuage de poussière jaune plus haut que ses antennes radio bringuebalantes, les habitants se dispersèrent, car ils craignaient d'avoir affaire à des bandits. Et, de fait, c'était précisément ce dont Gussman et ses hommes avaient l'air.

Pour ma part, je ne bougeai pas : un Néo-Zélandais à la peau claire dispose de peu d'endroits où se cacher au beau milieu de l'Afghanistan. Je me contentai de dévisager ce nouveau venu d'allure européenne et ses hommes équipés d'AK, comme un touriste aurait dévisagé un agent de police hostile.

— Hé, vous ! appela-t-il en urdu, mais avec un fort accent, en me faisant signe d'approcher.

Si son camion avait un jour été d'une autre couleur que celle de la terre alentour, il n'y avait plus moyen de le dire. Le moteur fumait, incapable de refroidir par cette chaleur caniculaire, et déjà les hommes sortaient des poêles pour les poser sur les capots afin de cuire leur collation de milieu de matinée. Pas besoin de feu pour ça.

Je m'approchai en comptant discrètement les armes et en tentant de jauger les hommes qui venaient d'interrompre ma balade contemplative avec tant de grossièreté. Des mercenaires et des voleurs, décidai-je, le seul semblant d'uniforme étant le bandana rouge que chacun d'eux portait quelque part sur sa personne. L'homme qui m'avait interpellé était de toute évidence leur chef. Un large sourire fendait son visage au-dessus de sa barbe de quatre ou cinq jours.

— Vous n'êtes pas d'ici, constata-t-il. CIA ?

— Non, répliquai-je, méfiant. Juste un touriste venu admirer les bouddhas.

— Quels bouddhas ?

— Les bouddhas de Bamiyan ? répondis-je en m'efforçant de ne pas afficher le mépris que l'ignorance de ce bandit m'inspirait. Ceux qui sont sculptés dans le flanc même de la montagne ?

— Ah ! ouais. Je les ai vus. Vous avez bien raison d'y aller maintenant. D'ici à vingt ans, il n'en restera rien.

Surpris, je reculai d'un pas et détaillai plus attentivement ce type débraillé et couvert de poussière. Grimaçant, il porta une main à son front et dit :

— Bon, ben, ravi d'avoir fait votre connaissance, même si vous n'êtes pas de la CIA.

Il sauta à terre et commença à s'éloigner.

Sans réfléchir, je lançai :

— Place Tian'anmen ?

Il fit volte-face, la pointe du pied levée et le talon s'enfonçant dans le sol à la manière d'un danseur. Sans se départir de son large sourire, il revint vers moi en roulant des mécaniques et s'arrêta si près que je sentis l'odeur de sa transpiration poisseuse.

— Merde alors, lâcha-t-il enfin. Vous ne ressemblez pas non plus à un espion chinois.

— Et vous ne ressemblez pas à un seigneur de guerre afghan, répliquai-je.

— Sans doute parce que je ne fais que passer dans le coin.

— Vous allez quelque part en particulier ?

— N'importe où, pourvu qu'il y ait de l'action. Voyez-vous, nous sommes des guerriers. La guerre, c'est ce que nous faisons, et nous le faisons bien. Et il n'y a pas de honte à ça parce que ça arriverait sans nous de toute façon, mais avec nous… (Son sourire s'élargit encore.) Ça arrivera sans doute un poil plus vite. Et vous ? Pourquoi un sympathique vieux monsieur dans votre genre s'intéresse-t-il à la géographie chinoise ?

— Pour rien, répondis-je en haussant les épaules. Ce ne sont que des mots qui me sont venus à l'esprit. Comme… Tchernobyl.

Son sourire ne se flétrit pas, mais je vis frémir ses sourcils. Puis il se mit à glousser, me donna sur l'épaule une tape si vigoureuse que je faillis en perdre l'équilibre, recula un peu pour admirer le travail et finit par rugir :

— Jésus, Marie, Joseph ! Michael Jackson vous-même, putain !

Nous déjeunâmes ensemble. La famille à la table de laquelle nous nous installâmes fut informée en termes ne souffrant aucune contradiction qu'elle allait avoir des invités. Au moins les hommes de Fidel apportèrent-ils leur propre pain et distribuèrent-ils des capsules de bouteille aux enfants, que ces menus trésors eurent l'air de ravir. Debout sur le seuil, la mère nous observait à travers le voile bleu de sa burka, comme pour nous mettre au défi de casser une seule de ses assiettes.

— Je nais dans les années 1940, m'expliqua Fidel en arrachant de la viande d'agneau rôti de son os avec une dentition impressionnante et qui avait déjà bien servi. C'est nul, parce que je rate un tas de trucs passionnants. Mais, en général, je suis bon pour aller faire la baie des Cochons, et évidemment pour le Vietnam. Je passe aussi beaucoup de temps à me battre en Afrique mais, franchement, le boulot consiste surtout à effrayer les autochtones, et je ne vois vraiment pas où est l'art là-dedans. Donnez-moi une vraie guerre à livrer, bon sang ! Je ne suis pas un psychopathe qui aime faire pleurer les petits enfants. L'Iran et l'Irak commencent à devenir intéressants en ce moment, même si l'Iran est nettement moins drôle après le départ du shah, croyez-moi sur parole ! Le Koweït, c'est pas mal. J'ai tenté les Balkans aussi, mais on en revient toujours aux mêmes conneries : buter les civils, s'enfuir devant les tanks. J'ai envie de dire : « Putain les gars, je suis un professionnel, filez-moi autre chose que cette merde ! »

— Vous êtes militaire dans la plupart de vos vies ? demandai-je.

Il arracha une autre bouchée de viande.

— Ouais. Mon père était militaire, je suppose que ça vient de là. Je passe la plupart de mes années d'enfance à Okinawa. Seigneur, vous devriez voir ça ! Les gens de là-bas, ils ont quelque chose à l'intérieur, un truc en acier. Il faut le voir pour le croire. Je paie ma dette envers le Cercle, ajouta-t-il comme si c'était une précision nécessaire, mais tout ce temps passé à ne rien faire, le sexe, la politique... Oh ! mon Dieu ! la politique. Machin a dit ça il y a trois siècles, et Truc a couché avec Bidule mais ensuite Truc est mort et il est devenu vraiment jaloux... Je n'en peux plus de tout ça. Mais peut-être que je me trompe. Peut-être que le Cercle n'est plus comme ça maintenant. Qu'est-ce que vous en pensez ?

— Je n'y passe pas beaucoup de temps, admis-je, gêné. Je me laisse facilement distraire.

— Pour des immortels, ils n'ont pas beaucoup de suite dans les idées. Vous savez qu'une fois ils m'ont tué en me filant une overdose ? J'étais là : « Sérieusement, les gars ? J'ai à peine trente-trois ans, et il va déjà falloir que je réapprenne à aller sur le pot ? Vous faites chier ! »

— J'ai tendance à me soigner tout seul sur la fin de ma vie, avouai-je. Vers la fin de ma soixantaine, je développe toujours la même maladie...

— Putain, ne m'en parlez pas, grogna-t-il. Moi, à soixante-sept ans, bam ! Je me chope un cancer du poumon à petites cellules. Et vous savez quoi ? J'ai fumé, j'ai essayé de ne pas fumer. J'ai essayé d'avoir une bonne hygiène de vie, mais ça n'y change rien. Une fois, j'ai demandé à un docteur comment ça se faisait, et vous savez ce qu'il m'a répondu ? « C'est la vie. » Du coup, je suis systématiquement baisé.

— Alors, demandai-je prudemment, décidant de ne pas m'étendre sur ma propre carrière médicale. Pourquoi la guerre ?

Il me dévisagea de ses yeux semblables à deux perles au-dessus de l'os d'agneau dont le blanc apparaissait rapidement.

— Vous avez été soldat ? Sans vouloir vous vexer, vous me semblez assez vieux pour avoir combattu pendant la Seconde Guerre mondiale.

Je haussai les épaules.

— J'en ai fait quelques-unes. Mais, en règle générale, j'évite. Je trouve ça trop... imprévisible.

— Mais justement, c'est tout l'intérêt, bordel ! Vous naissez en sachant déjà tout ce qui va se passer pendant votre vie, jusque dans le moindre détail, et vous vous dites : « Contentons-nous d'y assister en spectateur » ? Pas question ! Moi, je veux faire du raffut, vivre un peu, être surpris ! On m'a tiré dessus soixante-quatorze fois, révéla-t-il fièrement, mais seules dix-neuf de ces balles m'ont tué. Je me suis déjà fait exploser par une grenade. J'ai marché sur une mine, et, une fois où je me battais contre les soldats du Viêt-cong, j'ai été transpercé par un pieu en bambou. Vous y croyez, vous ?

» On nettoyait un coin de jungle qui n'avait même pas de nom, et ça puait parce que les gars de l'armée de l'air avaient tout cramé à droite et à gauche pour canaliser les guérilleros vers nous, comme ils disaient. Donc, on avait fait un beau petit massacre, et je me sentais trop bien de penser que chaque seconde pouvait être la dernière. Franchement, c'est un kiff d'enfer. Bref, je n'entends même pas approcher le type. Soudain, il apparaît devant moi comme s'il venait de jaillir de terre, et je lui tire dessus. Je lui explose le bide. Il se vide de ses tripes, mais ça ne le ralentit même pas. Il se jette sur moi, et bam, bam ! Il ne devait pas avoir plus de seize ans, et j'ai pensé : « Putain, mec, respect».

Il jeta l'os rongé par la porte, en direction d'un chien à trois pattes qui s'approcha en boitillant. Puis il s'essuya les mains sur sa chemise et se fendit d'une large grimace.

— Vous, les mecs du Cercle Cronus, vous avez tous peur de faire les choses différemment. Le problème, c'est que vous ramollissez. Vous vous habituez à votre petit confort et, forcément, vous n'avez plus envie de faire de vagues. Vous devriez apprendre à vivre un peu, prendre des risques ! Franchement, il n'y a rien de plus excitant.

— Pensez-vous avoir déjà influé sur le cours des événements linéaires ? lui demandai-je. Avez-vous personnellement modifié l'issue d'un conflit armé ?

Il gloussa.

— Aucun danger ! On est juste des putain de soldats. On essaie de tuer les gars d'en face, ils essaient de nous tuer en retour, on riposte, ils ripostent, et ainsi de suite. Ça n'a pas vraiment d'importance. Au final, ce ne sont que des chiffres sur une page. Quand ils montent assez haut, les gros bonnets qui décident ce genre de trucs se réunissent et se disent : « Bon, c'est l'heure de prendre les décisions qu'on aurait dû prendre un jour ou l'autre de toute façon. » Je ne menace pas les événements linéaires, mec, je ne suis que la flamme dans le poêle. Et vous savez le meilleur ? (Rayonnant, il se leva et jeta une poignée de billets froissés dans un coin de la hutte, tel un maître jetant des restes de nourriture à son chien.) Rien de tout ça n'a aucune importance. Pas une seule balle, pas une seule goutte de sang ne fait la moindre différence.

Il se dirigea vers la porte et s'arrêta sur le seuil, grimaçant, le visage à moitié dans l'ombre de la hutte et à moitié dans la lumière blanche aveuglante du dehors.

— Hé, Harry ! Si un jour vous en avez marre de l'archéologie, venez me rejoindre sur la ligne rouge.

— Bonne chance, Fidel, répondis-je.

Sans se départir de son sourire, il sortit dans la lumière.

Chapitre 51

— C'est oui, dis-je à Vincent. Ma réponse est oui.

Nous étions assis dans le bureau du commandant du complexe Pietrok-112, dont l'occupant légitime avait diplomatiquement vidé les lieux. Les jambes et les mains croisées, j'attendais en regardant Vincent me regarder.

Enfin, il lâcha :

— Puis-je vous demander pourquoi ? C'est une remarquable volte-face de la part d'une personne qui hier qualifiait toute l'entreprise de « foutaises ».

Je levai les yeux vers le plafond pour y chercher de l'inspiration et remarquai une file d'insectes noirs qui le traversaient, sortant du branchement du plafonnier.

— Je pourrais vous répondre que c'est pour le défi scientifique, pour l'aventure, pour satisfaire ma curiosité et aussi parce que, dans le fond, je pense que c'est impossible. Donc, où est le mal ? Je pourrais prétendre que j'ai envie de me rebeller contre le Cercle Cronus, contre leur politique de non-intervention, contre l'idée qu'il n'y a rien d'autre à faire de nos vies que boire, baiser et planer à travers la terre entière. Je pourrais vous dire que le passé est le passé, et que rien n'a de conséquences, et que j'en ai assez de cette vie où tout ce que je fais n'a de signification que pour moi, et qu'au fil des ans je me suis engourdi à l'intérieur. Je suis devenu vide et apathique, je dérive d'un endroit à l'autre et d'un événement à l'autre tel un fantôme qui se rendrait sur sa tombe pour tenter de comprendre comment il est mort, sans jamais rien découvrir... Du moins, rien qui ait un sens.

» Je pourrais vous raconter que je partage votre ambition, que je veux voir avec les yeux de Dieu. Car c'est bien de ça que nous parlons au final, pas vrai ? Cette machine, ce « miroir quantique », qu'importe le nom que vous lui donnez... Ce n'est qu'un outil scientifique comme un autre, mais un outil qui nous permettrait de découvrir le pourquoi et le comment des choses. De tout savoir. Pourquoi nous existons. D'où nous venons. Les kalachakras, les ouroboriens. Depuis le commencement de son histoire, l'humanité cherche à percer le secret de ses origines et de sa raison d'être. Nous ne sommes pas différents des humains linéaires. Je donnerais cher pour trouver ces réponses, et personne d'autre ne m'a proposé ne fût-ce que le début d'une explication ou d'une méthode de recherche. À défaut d'autre chose, vous avez un plan.

Je haussai les épaules et m'enfonçai plus profondément dans ma chaise.

— Ou bien, pour être plus fidèle à la vérité, je pourrais vous dire tout simplement que c'est quelque chose à faire, quelque chose qui pourrait changer le cours de ma vie. Et au diable tout le reste.

Vincent réfléchit un instant, puis me sourit.

— D'accord. Ça me suffit.

Aujourd'hui encore, sachant ce que je sais, je ne puis mentir.

Je passai dix ans à travailler sur le miroir quantique.

Pour les kalachakras, une décennie n'est rien comparée à la vision d'ensemble. D'un autre côté, personne, pas même nous, n'a une vision d'ensemble. Trois mille six cent cinquante jours, moins quelques vacances par-ci par-là, et chaque moment fut…

Une révélation.

Je n'avais pas véritablement travaillé depuis tant d'années ! Au cours de mes premières vies, j'avais exercé les métiers de médecin, de professeur, de chercheur ou d'espion, mais ils n'avaient été qu'un moyen au service d'une fin : connaître et comprendre le monde qui m'entourait. Mais lorsque je m'attelai au projet impossible de Vincent, tel un étudiant qui vient enfin de décrocher son diplôme et d'entrer dans la vie active, je pus mettre mon savoir à profit, le tourner vers son objectif ultime, et, pour la première fois de toute ma longue existence, je compris ce que c'était que de s'immerger dans son travail au point d'en faire sa vie.

J'étais heureux, et je m'émerveillais de n'avoir pas compris plus tôt que c'était ça, le bonheur. Les conditions de travail n'étaient pas luxueuses, loin s'en fallait (après tout, Vincent devait faire quelques concessions à l'État qu'il était censé servir), mais cela ne me posait pas de problèmes. J'avais un lit et des couvertures chaudes, de la nourriture qui, à défaut d'être savoureuse, remplissait bien l'estomac après une longue journée de labeur. Tous les matins et tous les après-midi, Vincent insistait pour que nous montions à la surface afin de sentir le soleil ou, plus souvent, l'absence de soleil et le vent mordant de l'arctique, sous prétexte que « c'est très important de ne pas perdre le contact avec la nature, Harry ! »

Son principe valait même en hiver, et je passai de nombreuses heures à me rouler misérablement en boule contre le froid glacial qui gelait mes cheveux, mes sourcils et mes larmes sur ma peau, tandis que Vincent faisait les cent pas en aboyant :

— Songez combien ce sera merveilleux de rentrer à l'intérieur !

Si je n'avais pas été congelé jusqu'à la moelle, j'aurais pu faire une réponse désagréable.

Puisque Vincent m'avait accepté, l'ensemble du personnel en avait fait autant. Personne ne me posait de questions, et nul ne doutait de la peur qui motivait le silence de ses collègues. Mais au fil du temps mon travail comme mes interactions sociales m'apprirent que Vincent avait rassemblé des esprits vraiment extraordinaires pour l'assister dans son entreprise.

— Cinq vies, Harry ! s'exclama-t-il un jour. Encore cinq vies, et ça devrait être bon !

Voilà ce qu'on appelait un plan à long terme, puisque sa mise en œuvre nécessitait que nous mourions cinq fois, et il ne l'avait partagé qu'avec moi. Nous étions encore si loin de réussir les percées que Vincent estimait nécessaires, si loin de disposer de l'équipement adéquat pour étudier les problèmes du pourquoi et du comment (tous les pourquoi, tous les comment) que ça ne valait même pas la peine d'en parler. Au lieu de ça, nous travaillions sur des composants dont chacun était révolutionnaire pour l'époque et dont le but était, pour citer Vincent, « de propulser fermement le XXe siècle dans le XXIe ».

— J'ai l'intention de développer un réseau intranet d'ici à 1963, m'expliqua-t-il, et des microprocesseurs dignes de ce nom d'ici à 1969. Avec un peu de chance, nous parviendrons à sortir l'informatique de l'âge du silicone vers 1971 et, si nous sommes dans les temps, je vise le développement des nanoprocesseurs d'ici à 1978. J'ai tendance à mourir en 2002, ajouta-t-il avec un léger reniflement de regret, mais, grâce à l'avance que j'aurai prise dans cette vie, nous nous débrouillerons pour fabriquer des microprocesseurs opérationnels avant la fin de la Seconde Guerre mondiale. La prochaine fois, j'envisage de m'installer au Canada : je n'ai pas eu l'occasion de sonder le cerveau de beaucoup de Canadiens dernièrement.

— Tout cela est bien beau, lui fis-je remarquer par une soirée tranquille où nous jouions au backgammon dans ses quartiers, mais, pour mettre directement en œuvre tes découvertes de cette vie dans la suivante, encore faudra-t-il que tu te souviennes de tous les détails de chaque spécification technique, de chaque diagramme et de chaque équation.

— Oh ! je ne risque pas de les oublier, répondit-il sur un ton désinvolte.

Je lâchai les dés en espérant que mon mouvement de surprise passe pour un lancer maladroit, et je bredouillai :

— Tu… tu es un mnémonique ?

— Un quoi ?

— Un mnémonique… C'est le nom que le Cercle donne à ceux d'entre nous qui se rappellent tout.

— Alors, oui, c'est exactement ce que je suis. Tu sembles étonné ?

— Nous sommes… les mnémoniques sont très rares.

— Je m'en doutais un peu. Mais je dois dire, Harry, que tes souvenirs de tes différentes carrières scientifiques sont impeccables. Tu es un véritable atout pour notre équipe.

— Merci.

— Pourtant, j'imagine qu'il t'arrive d'oublier des choses ?

— Bien sûr. En fait, je ne me rappelle plus à qui est le tour de jouer : toi ou moi ?

Pourquoi avais-je menti ?

La force de l'habitude ?

Ou peut-être le souvenir de Virginia me racontant l'histoire de cet autre mnémonique célèbre, Victor Hoeness, père du cataclysme, qui se souvenait de tout et qui, à cause de ça, avait détruit le monde. Oui, peut-être était-ce pour cette raison.

La fin du monde approche.

Christa à Berlin.

Peu importait.

Peu importe.

La mort doit toujours survenir, et si la récompense de nos actions était une réponse, une colossale, une sublime réponse à la plus vieille de toutes les questions : « Pourquoi existons-nous ? », « D'où venons-nous ? », alors ça valait la peine de la payer ce prix.

Ainsi raisonnai-je, seul dans l'obscurité d'un hiver russe.

Durant cette période, Vincent et moi avions élevé la discrétion et le secret au rang d'arts. Nous avions tous deux connaissance de théories et de développements technologiques vingt ans, voire trente avant qu'ils ne soient mis au point. Nous en gardions tous deux un souvenir parfait, même si j'attribuais le mien à d'excellentes dispositions pour les mathématiques.

Le truc, c'était d'introduire nos idées de telle sorte que les individus hautement intelligents dont Vincent s'était entouré puissent s'en servir pour faire eux-mêmes les découvertes nécessaires. Cela devint un jeu, une sorte de compétition : voir lequel de nous deux parviendrait à glisser dans une conversation l'idée subtile qui entraînerait une connexion dans l'esprit du chimiste, une révélation dans la tête du physicien.

L'ampleur de notre mission avait un avantage : nous pouvions la décomposer en tâches plus petites. Nous aurions besoin d'un microscope électronique, instrument avec lequel nous étions familiers sans que ni lui ni moi ne l'ayons jamais étudié ni même utilisé. Nous aurions besoin d'un accélérateur de particules, dont nous connaissions l'utilité sans jamais en avoir fabriqué un.

Parfois, le simple fait de discuter d'un concept suffisait à provoquer des éclairs de génie chez nos chercheurs. Étourdis par leur succès, jamais ils ne s'étonnèrent de cet enchaînement phénoménal de découvertes.

— D'ici à la fin de cette vie, m'annonça fermement Vincent, je veux disposer de la technologie de 2030, quelle qu'elle soit. C'est une attitude de parfait communiste : toujours avoir un plan à long terme.

— Et tu ne t'inquiètes pas de ce que cette technologie deviendra après ta mort ? m'enquis-je.

— Il n'y a pas d'« après ma mort », répliqua-t-il sévèrement.

J'aimerais dire que cette question me préoccupait davantage qu'elle ne le faisait réellement. Je me souvins de nos discussions sur la nature même des kalachakras. Que sommes-nous ? Pourquoi existons-nous ? Ne sommes-nous, en réalité, que des consciences qui volettent entre une infinité d'univers parallèles, que nous altérons par nos faits et gestes ? Si oui, cela implique que nos actions ont bel et bien des conséquences, même si nous ne devons jamais en être témoins. Quelque part, il existe un univers où Harry August a tourné à gauche plutôt qu'à droite le jour de son cinquante-cinquième anniversaire, et ailleurs il existe un univers où Vincent Rankis est mort, laissant derrière lui une Russie en possession de données technologiques en avance de plusieurs décennies sur son temps.

La fin du monde approche.

Christa à Berlin.

La fin du monde approche.

Ce doit être à cause de l'un de nous.

— La fin du monde approche, dis-je.

Nous étions en 1966, et sur le point de tester le premier réacteur à fusion froide de Vincent.

De mon point de vue, la fusion froide, source d'énergie renouvelable qui produisait de l'hydrogène et de l'eau comme principaux déchets, pouvait sauver la planète. Dans les rues de Londres, la suie noircissait encore le visage des voyageurs. Des nuages gris s'élevaient au-dessus des cheminées industrielles de mon pays natal, du mazout recouvrait les plages à proximité desquelles un pétrolier avait coulé. D'ici à vingt ans, trente hommes mourraient d'avoir respiré la fumée que vomissait le quatrième réacteur endommagé de Tchernobyl, et des centaines de milliers d'autres seraient plus tard baptisés « liquidateurs » : les soldats qui enfouiraient la terre radioactive dans des mines souterraines, les maçons qui verseraient du béton liquide sur le cœur d'uranium encore en fusion, les pompiers qui jetteraient des pelletées de sable sur le combustible nucléaire en feu alors même que la caresse insidieuse des radiations commencerait à leur picoter la peau. Tout cela était encore à venir et, même alors, la fusion froide ne serait rien de plus qu'un rêve. Pourtant, Vincent et moi nous apprêtions à changer le monde.

— La fin du monde approche, répétai-je tandis que les générateurs chauffaient.

Mais il me sembla qu'il ne m'entendait pas par-dessus le grondement des machines.

Notre test fut un échec.

Ce ne serait pas dans cette vie que nous triompherions d'une des plus grandes quêtes scientifiques du XXe siècle. Même Vincent et moi avions nos limites, s'avéra-t-il. La connaissance ne peut se substituer à la créativité : elle ne fait que l'accélérer.

— La fin du monde approche, dis-je alors que, debout côte à côte sur la galerie, nous observions le démontage de notre machine en contrebas.

— Qu'est-ce que tu dis, vieille branche ? murmura Vincent, distrait par sa déception et par la nécessité de faire bonne figure malgré tout.

— La fin du monde approche. Les océans bouillonnent, le ciel se fracture, et cela arrive de plus en plus vite. Le cours de la temporalité linéaire a été altéré, et c'est notre faute. C'est nous qui avons fait ça.

— Harry, ne sois pas si mélodramatique, me sermonna-t-il.

— Tel est le message qui se transmet d'enfant à vieillard mourant, remontant les générations. Le futur est en train de changer, et pas en bien. C'est notre faute.

— Les gens du Cercle Cronus ont toujours été des rabat-joie.

— Vincent, et si c'était notre faute ?

Il me jeta un coup d'œil, et je compris qu'il m'avait très bien entendu par-dessus le grondement d'une machine qui un jour en engendrerait une autre, qui un jour en engendrerait une autre qui conférerait le savoir de Dieu, la réponse à toutes nos questions, qui nous permettrait d'appréhender l'univers tout entier.

Et il se contenta de demander :

— Et alors ?

Quatre jours plus tard, comme les résultats de notre expérience de fusion continuaient à tomber et confirmaient que nous avions échoué mais que nous étions toujours vivants, événement dont la probabilité avait été évaluée à 99,3 %, je réclamai des vacances.

— Bien sûr, répondit Vincent. Je comprends tout à fait.

Une voiture de l'armée me conduisit à Pietrok-111. De là, une autre voiture m'emmena jusqu'à Ploskye Prydy, et je me rendis compte que je n'avais pas quitté le laboratoire de Vincent depuis dix ans. Le temps n'avait pas été tendre avec le paysage : les rares arbres avaient disparu, ne laissant que des souches hideuses au-delà desquelles de grands murs de béton proclamaient qu'ici les gens travaillaient à produire du pain ou de l'acier. Ailleurs, il n'y avait pas d'autre indication qu'un avertissement : toute personne s'approchant après 20 heures serait abattue sans sommation.

Un seul train partait de là chaque jour, et Ploskye Prydy n'était pas réputée pour la qualité de son hébergement et de sa nourriture. Mon chauffeur m'emmena chez sa mère, qui me servit une assiette de poisson en conserve accompagné de haricots fumants et me raconta tous les secrets du village, qu'elle semblait détenir en quantité pour la bonne raison, soupçonnai-je, que c'était elle qui les inventait. Je dormis sous une icône de saint Sébastien, qui était mort criblé de flèches et en sous-vêtements dans la plupart des représentations catholiques, mais qui portait ici une tunique d'or.

Le voyage en train vers Leningrad fut silencieux. Cette fois-là, pas de jeunes gens bruyants comme ceux qui avaient été mes compagnons à l'aller, mais un homme transportait plusieurs caisses de poulets vivants. Au bout de quatre heures, la voie ferrée encore plus inégale que dans mon souvenir en fit voler une. Son prisonnier aux plumes blanches et aux yeux rouges put jouir de neuf glorieuses minutes de liberté pendant lesquelles il courut dans tous les sens à travers le compartiment, jusqu'à ce qu'un milicien dont la peau squameuse suggérait un début de mélanome au niveau de la mâchoire tende une main gantée et saisisse le volatile par le cou. Celui-ci parut aussi reconnaissant d'être rendu à sa cage et à son maître que peut l'être une créature possédant un cerveau de la taille d'une noix.

Officiellement, personne ne m'attendait lorsque je descendis enfin du train à Leningrad, où le ciel était déjà noir et où la pluie tambourinait sur les toits pentus, mais deux hommes en manteau à col large me suivirent comme je sortais de la gare en quête d'un endroit où passer la nuit, et se plantèrent sur les pavés ruisselants à l'ombre de la pension.

J'appris à bien les connaître durant les quelques jours que je passai en ville. Ils étaient six au total. Mentalement, je les baptisai Boris Un, Boris Deux, Freluquet, Gras-du-Bide, Essoufflé et Dave. Dave devait son surnom à son incroyable ressemblance avec David Ayton, un ingénieur de laboratoire irlandais qui, une fois, avait bousillé mon manteau en renversant de l'acide sulfurique dessus. Il avait supplié le magasin de lui en donner un autre, avait cousu mon nom dessus pendant la nuit, et même tenté de reproduire exactement les taches de café et de produits chimiques qui rendaient mon manteau impossible à confondre avec un autre. La sympathie suscitée par son effort avait de loin surpassé ma colère.

Et, désormais, Dave le Soviet gagnait mon respect par l'attitude décontractée avec laquelle il abordait ma filature. Les autres, surtout Boris Un et Deux, qui portaient les mêmes vêtements, se déplaçaient de la même façon et employaient les mêmes techniques, comme si l'un était le reflet de l'autre dans un miroir, tentaient de se montrer d'une discrétion absolue et, par-là même, ils me déconcentraient. Dave me faisait la courtoisie de m'observer assez ouvertement. Quand je passais à son niveau, il me souriait depuis l'autre côté de la rue comme pour s'excuser de la futilité de sa mission. En d'autres temps, songeai-je, j'aurais apprécié la compagnie de Dave le Soviet, et je me demandai quelle histoire se dissimulait derrière sa façade si polie pour qu'il ait fait carrière dans la sécurité.

Pendant quelques jours, je me contentai de jouer les touristes, autant qu'il l'était possible en ce lieu et à cette époque. Dans l'un des rares cafés qui méritait plus ou moins cette appellation, et où le chef s'était fait une spécialité de créer des variations autour d'un seul et même ingrédient, le chou-fleur, je fus surpris de rencontrer un groupe d'élèves tout droit venus d'Angleterre et surveillés par les omniprésentes nounous soviets.

— Nous sommes ici en échange culturel, m'expliqua l'un d'eux en touillant d'un air dubitatif son plat du jour à base de chou-fleur. Jusqu'ici, on a été battus au foot, au hockey, à la natation et en athlétisme. Demain, on va faire de l'aviron. À mon avis, ça veut dire qu'on va être battus aussi à l'aviron.

— Vous êtes des sportifs ? demandai-je en jetant un coup d'œil à certains de ses compagnons fort grassouillets.

— Pas du tout ! s'exclama-t-il. Nous étudions le russe. Je me suis inscrit pour ce voyage parce que je pensais qu'on nous laisserait visiter le palais d'Hiver. Mais hier soir Howard a battu un de nos correspondants aux échecs, et ça a fait toute une histoire. On lui a demandé de ne plus se mettre en avant de manière aussi éhontée.

Je leur souhaitai bonne chance et reçus en retour un sourire désabusé ainsi qu'un vague mouvement de fourchette en guise de remerciement.

Ce soir-là, une prostituée m'attendait devant la porte de ma chambre. Elle me dit qu'elle s'appelait Sophia et qu'elle avait déjà été payée. En secret, elle était fan de Boulgakov et de Jane Austen, et, comme j'avais une réputation d'érudit, elle me demanda si ça ne m'ennuierait pas de parler allemand, car elle avait des problèmes à placer son accent.

Était-ce une idée de Dave le Soviet ou de Vincent ? Ne voyant aucun signe flagrant de maladie ou de violences exercées à son encontre, je lui donnai un généreux pourboire pour me tenir compagnie.

— Qu'est-ce que tu fais dans la vie ? s'enquit-elle tandis que les phares d'une voiture qui passait dans la rue dessinaient l'arc d'un cadran solaire au plafond avant de disparaître.

— Je suis un scientifique.

— Quel genre de scientifique ?

— J'étudie des théories.

— Quel genre de théories ?

— Des théories sur tout.

Elle gloussa brièvement, puis parut embarrassée d'avoir trouvé ça drôle alors que je ne comprenais pas pourquoi.

— Quand j'étais jeune, expliquai-je, j'ai cherché des réponses auprès de Dieu. Comme il ne me répondait pas, j'ai cherché des réponses chez les gens, mais tout ce qu'ils m'ont dit, c'est : « Détends-toi, laisse-toi porter. »

— « Laisse-toi porter » ?

Un idiome américain, énoncé en allemand et qu'elle venait de traduire en russe.

— Ne lutte pas contre ce qui est inévitable, reformulai-je. La vie est ce qu'elle est, jusqu'au jour où elle se termine, alors pourquoi te prendre la tête ? Ne fais de mal à personne, essaie de ne pas empoisonner les gens que tu invites à dîner, sois franc et honorable. Qu'y a-t-il d'autre à faire, sinon tenter d'être quelqu'un de décent ?

— Tout le monde est quelqu'un de décent à ses propres yeux, répliqua-t-elle doucement.

Elle était toute chaude contre moi, ma fatigue conférait à mes paroles une lenteur et un poids que j'évitais d'y mettre en temps normal pour ne pas plomber les conversations.

— Les gens n'ont pas la réponse eux non plus, conclus-je. Les gens… veulent juste qu'on les laisse tranquilles, et ne pas se poser trop de questions. Mais moi, je m'en pose. Quand tu demandes : « Pourquoi moi ? » ou « À quoi bon ? », on te répond : « C'est une coïncidence » ou « Je fais tout ça pour la femme que j'aime, ou pour mes enfants », ou encore « Pour aller jusqu'au bout ». Mais pour moi et mes semblables… ça ne suffit pas. Nos actions doivent avoir des conséquences. Pourtant, je ne les vois pas. Et je dois savoir, quel qu'en soit le prix.

Sophia garda le silence un moment tandis qu'elle réfléchissait. Puis elle répéta : « Laisse-toi porter », en prononçant avec soin cette expression qui ne lui était pas familière.

— « Laisse-toi porter », dit-elle encore avec un sourire grimaçant. Tu parles des gens décents qui mènent une vie décente comme si ce n'était rien, comme si ça ne comptait pas. Alors qu'en fait, la décence, c'est la seule chose qui compte. Si tes théories te permettent de construire une machine qui rend tous les gens très beaux, mais que tu ne t'arrêtes pas pour aider une vieille mère à traverser la rue, je me fiche de tes exploits, monsieur le scientifique. Je me fiche que tu trouves un moyen de préserver la jeunesse éternelle, de faire disparaître la faim dans le monde ou de mettre un terme aux guerres nucléaires. Si tu oublies ça… (Elle frappa sur mon front de ses phalanges repliées.) Et ça… (Elle pressa sa paume sur ma poitrine.) Quand bien même tu aurais sauvé le reste de l'humanité, tu serais mort à l'intérieur. Un individu doit d'abord être quelqu'un de décent et, ensuite seulement, quelqu'un de brillant. Sans ça, il n'aide pas les gens : il se contente de servir la machine.

— Ce n'est pas un point de vue très communiste, soufflai-je.

— Tu te trompes. C'est le plus communiste de tous. Le communisme a besoin de braves gens, de gens dont l'âme est… (Elle poussa plus fort sur ma poitrine, puis s'écarta de moi en soupirant.) Bonne naturellement, sans se forcer. Et c'est ce dont nous manquons le plus en cette époque. Le progrès a dévoré notre âme, et nous ne nous soucions plus de rien.

Elle partit peu après minuit. Je ne lui demandai pas où, ni qui elle allait rejoindre.

Lumières éteintes, j'attendis l'heure la plus sombre de la nuit, celle où l'esprit perd la notion du temps et se laisse envahir par un brouillard de pensées informulées. C'est l'heure où toutes les choses sont solitaires : chaque passant qui marche sur les pavés noircis, chaque voiture qui file à travers les rues désertes. Il y règne le même silence absolu que lorsqu'un moteur s'arrête au milieu d'une mer glaciale et désespérément plate.

J'enfilai mon manteau et me glissai par la porte de derrière afin de sortir sans me faire repérer par Boris Un et Essoufflé. Le secret pour ne pas avoir peur du noir, c'est de mettre le noir au défi d'avoir peur de soi, de lever un regard vif vers les âmes égarées qui passent en titubant pour leur faire croire qu'on est plus effrayant qu'elles. Les circonstances ramenèrent à la surface de ma mémoire le souvenir de Richard Lisle, des rues de Battersea et des filles mortes chez elles. Leningrad avait été bâtie comme la plus européenne des villes russes par un tsar qui avait voyagé à travers le monde et décidé d'en rapporter un bout chez lui. Brejnev avait-il voyagé à travers le monde ? La question me surprit, car je n'en connaissais pas la réponse.

L'angle d'un bâtiment. À Leningrad, les rues sont essentiellement plates et rectilignes. En été, une odeur d'algues monte de l'eau paresseuse des canaux, et la ville succombe à la folie des nuits blanches. En hiver, l'euphorie des premières neiges immaculées cède rapidement la place à la monotonie une fois le gel installé. Me fiant à mes souvenirs, je tournai deux ou trois fois de plus que strictement nécessaire pour vérifier que je n'étais pas suivi, et arrivai enfin devant la petite porte en bois du Cercle Cronus.

Ou, plus exactement, à l'endroit où se trouvait jadis la petite porte en bois du Cercle Cronus. Je fus si choqué par son absence qu'un instant je doutai de ma propre mémoire pourtant infaillible. Mais non : un rapide coup d'œil alentour me confirma que j'étais au bon endroit. C'était bien à cet emplacement, c'était bien sur ce carré de terre que le siège du Cercle s'était tenu. À sa place se dressait désormais un monument érigé avec l'absence brute de goût typique des années 1950, un socle de béton surmonté par une étrange courbe de pierre que traversait une barre de fer, et sur lequel était gravée cette inscription : « En souvenir de l'ultime sacrifice de la grande guerre patriotique, 1941-1945. »

Il ne restait rien d'autre.

Les membres du Cercle Cronus ont pour habitude de se laisser des signes les uns aux autres, afin de pouvoir trouver des compagnons dans l'adversité. Il peut s'agir d'une entrée dans le *Who's Who*, d'un message laissé derrière le comptoir du pub voisin, d'une pierre gravée qui rendra perplexes les générations futures, des coordonnées d'un lieu gravées dans le métal d'une gouttière. Nous nous cachons, mais notre existence est si absurde en elle-même que nous n'avons pas besoin de faire beaucoup d'efforts pour la dissimuler.

Pendant trois jours de plus, je jouai les touristes innocents. Je me promenais en ville, j'admirais l'architecture, je mangeais, je passais mes soirées à lire dans ma chambre et, la nuit, j'échappais en douce à mes surveillants pour chercher des traces du Cercle Cronus, une indication de ce qui lui était arrivé. Je n'en trouvai qu'une seule : une tombe du cimetière local marquée « OLGA PRUBOVNA, 1893-1953, ELLE SE RELÈVERA. »

Et, au-dessous, une inscription beaucoup plus longue en sanskrit. Traduit, cela donnait :

« SI CE MESSAGE FIGURE SUR MA TOMBE C'EST QUE MA MORT FUT VIOLENTE ET INATTENDUE. PRENEZ GARDE DE NE PAS CONNAÎTRE LE MÊME SORT. »

Chapitre 52

Un dilemme.

Rester ou partir ?

Que devais-je déduire de la destruction du Cercle Cronus de Leningrad ?

Mon optimisme le plus naïf ne pouvait me détourner de l'idée plausible que Vincent était, d'une façon ou d'une autre, à l'origine de cet événement.

Même en faisant preuve de la mauvaise foi la plus éhontée, je ne pouvais me convaincre que, d'une certaine façon, je n'étais pas moi aussi responsable, parce que j'avais disparu pour rallier la cause même que je m'étais mis en tête de vaincre, et parce que je n'en avais rien dit.

Et maintenant que je connaissais la vérité, un événement qui s'était produit plusieurs années auparavant sans que je m'en doute une seule seconde, qu'allais-je faire ? Cela changeait-il quoi que ce soit ? Cela modifiait-il l'enjeu magnifique de notre recherche, l'ampleur stupéfiante de la vision de Vincent ? Le projet dans lequel nous nous étions embarqués, la question dont nous cherchions la réponse, ne surpassaient-ils pas un simple incident survenu dans le présent, de minuscules altérations apportées à l'avenir ? Il eût été absurde, totalement absurde, de laisser de tels détails influencer mes décisions. Et pourtant, alors même que je rationalisais les faits, je savais qu'ils avaient déjà affecté mes décisions, et que je ne serais plus le même quand je retournerais à Pietrok-112.

Car j'y retournai.

Fuir la Russie eût été problématique, et j'avais la certitude que, comme de nombreuses années auparavant, l'échappatoire la plus simple restait la mort. Pourquoi tenter une vulgaire évasion physique qui aurait risqué de mettre la puce à l'oreille de quelqu'un et lui faire soupçonner que j'envisageais de mettre un terme à mes jours ? Et puis, échapper à quoi ? Dans quel dessein ? J'avais besoin de réponses à ces questions et, si cela devait une fois de plus se terminer par mon décès, j'entendais que ce soit un décès choisi par mes soins, et qui surviendrait une fois que j'aurais mis la main sur autant d'informations que possible. Planification et stratégie furent ma principale nourriture durant le voyage de retour jusqu'à Pietrok-112.

— Harry !

Lorsque je franchis la porte du complexe, je le trouvai en train de m'attendre, les joues roses d'enthousiasme.

— Tu as passé de bonnes vacances ? Tu es bien reposé ? Excellent ! J'ai vraiment besoin de tes neurones sur ce coup-là. Ça va être sublime, absolument sublime une fois qu'on l'aura résolu !

Vincent Rankis. Lui arrivait-il jamais de dormir ?

— Je donnerais n'importe quoi pour une calculatrice de poche, ajouta-t-il en m'entraînant dans les couloirs. Crois-tu que ce serait une perte de temps d'en concevoir une ? Je pense que ça nous en ferait gagner plus que l'investissement initial nécessaire pour développer la technologie adéquate, mais les calculs de productivité, c'est toujours délicat, pas vrai ? Combien de décennies devrons-nous attendre jusqu'à ce qu'on invente les consultants en management ? Et combien d'autres encore avant qu'on les supprime ?

— Vincent…

— Non, non, tu n'as pas le temps d'ôter ton manteau. J'insiste : le moment est critique.

— Mais après, dis-je fermement, il faudra qu'on parle.

C'est drôle comme l'imminence d'un « après » peut peser sur l'esprit. Je connaissais tous les nombres que j'avais sous les yeux, et la solution de toutes les équations inscrites sur le tableau. Pourtant, c'était à peine si je pouvais me concentrer ou prononcer le moindre mot. Les autres plaisantèrent en disant que mes vacances m'avaient ramolli, que les jolies filles et la boisson m'avaient embrumé le cerveau. Je hochai la tête en souriant et au bout d'un moment, voyant combien j'étais distrait, ils me fichèrent la paix et continuèrent à travailler sans s'occuper de moi.

« Après », ça aurait dû être pendant le dîner, mais Vincent, débordant d'énergie, était beaucoup trop préoccupé.

Puis ce fut le soir, et il se demanda si on ne devrait pas bosser toute la nuit.

Le temps que je le convainque que c'était une mauvaise idée, nous étions déjà lancés, et il était 2 heures quand je le saisis par la manche et l'entraînai à l'écart du tableau noir en m'exclamant : « Vincent ! »

Utiliser son nom anglais en public constituait une grave infraction. Il jeta un rapide coup d'œil à la ronde pour voir si quelqu'un avait entendu, mais personne ne bronchait.

— Oui, murmura-t-il distraitement, me concédant quelques bribes de son attention. Tu voulais me parler, c'est ça ? Allons dans mon bureau.

Le bureau de Vincent était aussi sa chambre, soit une cellule comme toutes les autres, petite et dépourvue de fenêtres, pleine du bourdonnement des tuyaux et des conduits d'aération qui passaient au-dessus. En guise de mobilier, outre la couchette pour une personne fixée au mur, il n'y avait qu'une petite table ronde, un peu trop basse pour caser confortablement nos genoux dessous, et deux chaises en bois. Vincent m'en désigna une et, tandis que je m'asseyais, pêcha sous son lit une bouteille de whisky et deux verres qu'il déposa sur la table.

— Je l'ai fait importer de Finlande pour les grandes occasions, révéla-t-il. À ta santé !

Il me porta un toast, et je trinquai avec lui, mais trempai à peine mes lèvres dans l'alcool avant de reposer mon verre devant moi.

— Je m'excuse d'avoir insisté, dis-je tout de go, car avec Vincent il était toujours préférable d'aller droit au but. Mais il faut vraiment qu'on parle.

— Harry, tout va bien ? demanda-t-il d'un air presque inquiet en s'asseyant face à moi. Je ne t'avais encore jamais vu dans un état pareil.

Je poussai mon verre vers le milieu de la table et tentai de mettre un peu d'ordre dans mes pensées. Mon désir pressant de parler à Vincent avait quelque peu éclipsé la liste des questions précises que je devais lui poser. Du coup, je luttai pour reconstituer le plan rationnel que j'avais échafaudé dans le train sur l'impulsion du moment.

Enfin, je lâchai :

— Tu as détruit le Cercle Cronus de Leningrad.

Vincent hésita, parut brièvement surpris, puis détourna la tête. C'était une réaction étrangement animale. Le regard rivé sur les profondeurs de son verre, il considéra mon accusation.

— Oui, admit-il au bout d'un moment. En effet. Je suis désolé, Harry. Je ne m'attendais pas à ça : d'après les rapports de tes surveillants, tu ne t'es pas approché de l'ancien siège. (Il eut un brusque sourire.) Mais j'aurais dû deviner qu'ils répugneraient à avouer qu'ils n'avaient pas été fichus de t'en empêcher. Au fait, tu as apprécié Sophia ?

— Elle était tout à fait charmante.

— Je sais que c'est terrible de dire ça mais, parfois, un homme a juste besoin de relâcher la pression. Oui, j'ai détruit le Cercle Cronus de Leningrad. Tu avais autre chose à me demander ?

— Tu comptes prétendre que c'était pour mon propre bien ? Pour empêcher mes collègues de me retrouver et dissimuler notre trahison ?

— Évidemment ! Cela dit, « trahison » est un terme bien péjoratif, tu ne trouves pas ? Le Cercle Cronus ne s'intéresse qu'à un présent éternellement répétitif. Toi et moi, nous œuvrons à un dessein bien supérieur. Tu y crois autant que moi, pas vrai ?

Tout en parlant, il remplit de nouveau mon verre de whisky, même si j'avais à peine bu une goutte, et sirota le sien. S'il espérait que je suivrais son exemple, il dut être déçu.

— Ne me dis pas que ça te perturbe ? Je voulais juste brouiller les pistes. Et si tu t'entêtes à parler de « trahison », je te rappelle, au nom de la précision linguistique, que je n'ai jamais appartenu au Cercle Cronus. Contrairement à toi. La trahison dont tu parles, toi seul l'as commise. C'est un choix que tu as fait librement et en toute connaissance de cause. Si tu doutais de la valeur de notre entreprise et de l'hérésie de la politique du Cercle, tu te serais fait sauter la cervelle il y a dix ans. Tu aurais pu te la faire sauter aujourd'hui.

— Rejoins-moi ou meurs, c'est ça ?

Il poussa un petit soupir désapprobateur.

— Harry… N'utilise pas les arguments des mortels linéaires quand tu discutes avec moi. L'idée que leur philosophie et leur morale puissent s'appliquer à nous n'est pas seulement absurde, elle est intellectuellement irrecevable. Je ne dis pas que nous devrions n'avoir ni foi ni loi, juste qu'adopter celles des humains ordinaires serait aussi stupide que ne pas en avoir du tout.

— Les lois des humains ordinaires, leur éthique, leur morale, ont été formées au fil des millénaires !

— Les lois qui nous gouvernent ont été forgées au fil des siècles, et elles n'obéissent pas à la peur.

— Que se passera-t-il quand tu auras terminé ? demandai-je doucement. Qu'adviendra-t-il des hommes et des femmes qui vivent ici, de nos… collègues ?

Du bout des doigts, il caressa le bord de son verre.

— Je vois bien que tu connais la réponse, et qu'elle te perturbe. Je suis navré, Harry, je ne m'étais pas rendu compte que tout cela te travaillait autant.

— Si tu te gardes de l'énoncer, est-ce parce que tu as honte ou parce que tu es trop délicat ?

Ses doigts décrivirent un autre tour de verre, comme ceux d'un pianiste qui s'échauffe avant un concerto.

— Les gens meurent, Harry, lâcha-t-il enfin. C'est la règle fondamentale de l'univers. La nature même de la vie, c'est qu'elle doit se terminer un jour.

— Sauf pour nous.

— Sauf pour nous, acquiesça-t-il. Tout ceci… (il fit un geste du doigt pour englober la pièce) ne sera plus après notre mort. N'aura jamais été. Les proches que nous avons vu mourir renaîtront, et nous nous rappellerons que nous les aimions, mais ils ne nous connaîtront pas, et rien de tout cela n'aura la moindre importance. Ni les gens qui ont vécu, ni ceux qui sont morts. Il ne restera d'eux que les idées qu'ils ont explorées et les souvenirs qu'ils ont contribué à fabriquer.

(*Vous prenez-vous pour Dieu, Docteur August ? Pensez-vous que vous êtes la seule créature vivante qui importe ?*)

(*Il existe un gouffre noir et béant au fond de mon âme, un abîme sans fond.*)

— Je crois que nous devrions nous arrêter, dis-je.

Il posa son verre sur la table et s'adossa à sa chaise, une jambe pliée sur l'autre, les mains croisées sur son ventre, tel un professeur tentant de dissimuler son anxiété à l'élève agité qui se tient devant lui.

— D'accord, soupira-t-il enfin. Pourquoi ?

— Je crains que nous ne soyons en train de dévorer nos propres âmes.

— Je ne t'ai pas demandé une réponse poétique.

— Cette… machine, dis-je prudemment. Ces idées que nous explorons, ces souvenirs que nous fabriquons, si tu préfères. Cette théorie du tout, la réponse aux questions primordiales, la solution aux problèmes des kalachakras… C'est un concept magnifique. C'est la plus belle chose que j'aie jamais entendue, et toi, Vincent, tu es le seul homme que j'aie jamais rencontré qui possède à la fois une vision grandiose et la volonté de la réaliser. Je suis très honoré d'avoir travaillé sur ce projet.

— Mais…, m'encouragea-t-il, les tendons saillant autour de sa trachée et dans le creux tendre de son poignet.

— Mais au nom du progrès nous avons dévoré nos propres âmes, et rien d'autre ne compte plus pour nous.

Silence.

Je vis les lignes de ses tendons blanchir contre sa peau.

D'un seul geste, il vida son verre et le reposa sur la table avec un tintement sec.

Silence.

— La fin du monde approche, soufflai-je encore. Tel est le message qui se transmet d'enfant à vieillard mourant, remontant les générations. Comme les idées que tu explores, celle-ci est trop énorme pour qu'on puisse l'appréhender vraiment. Mais, derrière elle, il y a des gens qui meurent, des vies qui sont détruites, brisées et perdues. Et c'est notre faute. La fin du monde approche.

Silence.

Puis, aussi brusquement qu'il avait vidé son verre, Vincent se leva, parcourut la longueur de la pièce et fit volte-face, les mains derrière le dos comme l'enseignant qu'il aurait dû devenir, et lança :

— Je réfute ce « dû ».

Je haussai les sourcils, réclamant une explication.

— Nous ne détruisons pas *le* monde, Harry, me dit-il sur un ton de reproche. Nous détruisons seulement *un* monde. Nous ne sommes ni des monstres, ni des scientifiques fous et incontrôlables. Il est indéniable que nous allons affecter le cours des événements linéaires, nous n'avons pas d'autre choix, mais ce faisant nous ne changerons qu'un seul monde. Nous vivons et nous mourons, et les choses redeviennent ce qu'elles étaient, et rien de tout ce que nous avons fait auparavant n'a la moindre importance.

— Je ne suis pas d'accord. Nous changeons la vie des gens. Peut-être que ça n'a pas d'importance pour nous, peut-être même que ça n'a qu'une importance marginale dans la vision d'ensemble. Mais la vision d'ensemble, dans ce siècle, englobe des milliards de gens pour qui ça a une importance capitale et, bien que nous disposions de davantage de temps qu'eux, ils sont beaucoup plus nombreux que nous. Donc, nos actions importent. Nous avons la responsabilité de tenir compte des petites choses comme des grandes, parce que ces petites choses font également partie des fondations du monde qui nous entoure, un monde habité par une multitude d'êtres conscients. Nous ne sommes pas des dieux, Vincent, et notre savoir ne nous autorise pas à agir comme tels. Ce n'est... pas ce à quoi nous servons.

Il leva les mains en signe d'impuissance. Puis, comme si le reste de son corps devait participer à son exaspération, il se remit à faire les cent pas dans la petite pièce.

— Non, dit-il enfin. Nous ne sommes pas des dieux, je le concède. Mais Harry, ce projet, c'est justement ce qui fera de nous des dieux, ce qui nous donnera la vision du Créateur. Nos recherches pourraient faire sauter les verrous de l'infini. Tu dis que nous causons du tort à ce monde. Je ne vois pas en quoi. Un message transmis par le Cercle Cronus ? Ça ne veut rien dire. Toi et moi sommes tous deux conscients qu'aucune permutation mathématique, aucune analyse historique ne peut indiquer que notre machine est la cause de cette fin. Les facteurs sont trop nombreux et variés. Penses-tu que l'humanité est vouée à se détruire avec son savoir ? Est-ce cela que tu suggères ? C'est une vision bien pessimiste pour quelqu'un qui se fait l'avocat de la vie à court terme.

— Le miroir quantique tel que tu l'imagines possède des implications théoriques. Et si... ?

— Et si, et si, et si ! aboya-t-il en faisant volte-face à un bout de la pièce pour repartir dans l'autre sens. Et si nous provoquions une catastrophe dans le futur ? Et si nos actions changeaient des vies ? Et si, et si, et si ! Je croyais que, de nous deux, tu étais celui qui avais la tête la plus froide, celui pour qui « et si ? » constituait un anathème théorique !

Son expression s'assombrit encore, et il pivota pour frapper brutalement le mur du plat de la main. Il resta un moment immobile, attendant que l'écho fasse place au silence le plus profond. Puis, sans me regarder, il dit :

— J'ai besoin de toi sur ce projet, Harry. Tu es bien plus qu'un atout, bien plus qu'un ami. Tu es brillant. Ton savoir, tes idées, ton soutien… Je pourrais percer le mystère de l'existence, le mystère de notre existence, en quelques vies à peine. Mais, pour ça, j'ai besoin de toi.

— Travailler sur ce projet, c'est la chose la plus excitante que j'aie faite de toutes mes vies, admis-je. Et ça le redeviendra peut-être. Mais ici et maintenant je pense que nous devrions interrompre nos recherches jusqu'à ce que nous soyons capables d'en évaluer les conséquences.

Comme Vincent ne répondait pas, j'insistai inconsidérément :

— Parlons au Cercle Cronus.

Il poussa un grognement furieux à cette idée.

— Envoyons des questions vers l'avenir, à des membres dont la compréhension de la technologie future dépassera la nôtre. Ainsi, nous verrons si nos recherches affectent l'histoire et les gens…

— Les membres du Cercle Cronus ne savent que stagner ! aboya Vincent. Ils ne changeront jamais, ils n'envisageront jamais le moindre développement susceptible de nuire à leur petit confort ! Ils n'hésiteraient pas à nous tuer, voire à tenter de nous supprimer définitivement, Harry ! Toi et moi, nous sommes une menace pour eux, parce que nous ne pouvons pas nous contenter de boire du vin, de prendre des bains de soleil et de répéter les mêmes gestes inutiles sans fin !

— Dans ce cas, n'en parlons pas au Cercle. Laissons un message dans la pierre pour réclamer des informations, suggérai-je. Demandons qu'on nous fasse remonter la réponse dans le temps. Ainsi, nous pourrons rester anonymes, et une fois que nous saurons…

— Des milliers d'années ! cracha-t-il. Des centaines de générations ! Es-tu prêt à attendre si longtemps ?

— Je sais que tu travailles sur ce projet depuis plus longtemps que moi…

— Des dizaines de vies, des siècles de mon existence. Dès l'instant où ma conscience commence à se manifester dans les bras de mon père et jusqu'au jour de ma mort, c'est mon unique objectif, Harry. (Il se tourna vers moi et me scruta d'un regard face auquel je refusai de me dérober.) Tu n'as pas l'intention de m'arrêter, j'espère ?

Une prière et une menace ?

Peut-être.

Quelque chose se serra en moi.

— Je serai toujours ton ami, Vincent, répondis-je. Rien de moins.

Cette partie de mon âme que mon mensonge fit frémir frémit-elle également en lui ? Étions-nous tous deux conscients de notre duplicité dans les tréfonds de notre être, là où la pensée rationnelle n'a plus cours ?

Si ce fut bel et bien le cas, Vincent ne s'attarda pas à de telles considérations, se contentant de les saluer de la main comme une vague connaissance aperçue sur le trottoir d'en face. Il se glissa de nouveau sur sa chaise, saisit son verre à whisky, fronça les sourcils en le découvrant vide et le reposa.

— Je peux te demander de réfléchir un peu ? lança-t-il enfin. Disons, une semaine ? Si tu n'as pas changé d'avis au bout de ce laps de temps…

— Bien sûr.

— Alors, on trouvera un arrangement. Ça me briserait le cœur que tu t'en ailles, Harry, vraiment. Mais si ta… conscience s'interposait entre nous, je comprendrais.

Je haussai les épaules.

— Reparlons-en dans une semaine. Après tout, je n'ai aucune raison de me précipiter.

Une demi-heure plus tard, j'étais de retour dans ma chambre, et, moins de dix secondes après avoir refermé derrière moi, je fourrais mes vêtements les plus chauds dans mon sac de voyage en réfléchissant au meilleur moyen de m'échapper.

Chapitre 53

Je t'ai déjà parlé de la fois où j'ai été capturé par des bandits argentins ? À l'époque, j'étais un homme d'affaires, autrement dit, j'empochais les bénéfices d'une entreprise pendant que d'autres gens se tapaient le vrai boulot, et j'en reversais la plus grande partie au Cercle Cronus, conformément à nos accords. Je vivais en Argentine et, assez naïvement, je pensais ne pas me faire remarquer ni causer de problèmes.

Je fus enlevé pendant que je roulais vers le marché. De manière très peu professionnelle, mes ravisseurs me firent une queue de poisson qui retourna ma voiture et qui aurait très bien pu me tuer sur le coup. En l'occurrence, je me déboîtai une épaule, me fêlai deux ou trois côtes et m'estimai chanceux de n'avoir rien de plus grave.

Comme je m'extirpais à grand-peine de l'épave, deux hommes au visage dissimulé par une cagoule de ski jaillirent du pick-up qui m'était rentré dedans, me saisirent un bras chacun et hurlèrent : « La ferme, la ferme ! » en anglais, mais avec un fort accent. Puis ils me traînèrent à l'arrière de leur véhicule. Toute l'opération n'avait pas duré plus de vingt-cinq secondes.

J'étais trop sonné et trop désorienté pour faire autre chose qu'obéir, aussi restai-je allongé par terre avec les mains sur la tête pendant toute la durée du trajet alors que, si j'avais été plus en forme ou mieux préparé, j'en aurais profité pour me livrer à une meilleure évaluation stratégique. Les cahots de plus en plus nombreux et l'humidité grandissante m'indiquaient que nous nous dirigions vers la forêt, et je ne fus guère surpris quand nous nous arrêtâmes enfin dans une petite clairière ronde, et que je fus jeté dans une boue grouillant de larves.

Mes ravisseurs m'attachèrent les mains avec une corde et me couvrirent la tête d'un sac en tissu qui sentait fortement le café torréfié avant de m'entraîner entre les arbres. Comme souvent lorsqu'on force un prisonnier hébété et blessé à négocier un terrain accidenté en aveugle, je ne parcourus que quelques kilomètres avant de trébucher et de me fouler une cheville.

S'ensuivit une dispute pendant laquelle ils se demandèrent que faire de moi. Finalement, ils confectionnèrent un brancard rudimentaire à l'aide de branches tordues qui me rentraient dans le dos tandis qu'ils me transportaient jusqu'à leur campement. Ils posèrent à mes pieds un journal avec la date du jour bien en évidence et prirent une photo. En les écoutant parler entre eux, je découvris qu'une rançon de trois cent mille dollars avait été réclamée en échange de ma libération.

Mon entreprise aurait payé dix fois ça pour me récupérer, mais en écoutant mes ravisseurs, qui n'avaient toujours pas compris que je parlais espagnol, je conclus qu'il était peu probable que je vive assez longtemps pour profiter du résultat favorable de cette analyse coût-bénéfices.

De toute évidence, ils me considéraient comme un homme d'affaires étranger mou et faible. Alors je jouai ce rôle à fond, gémissant quand ma cheville et mon épaule se mirent à enfler. Je n'eus pas besoin de me forcer beaucoup : ils m'avaient enchaîné à un poteau et, très vite, des pulsations brûlantes parcoururent ma chair gonflée, comprimée par le métal. Comprenant qu'un otage mort était un otage inutile, ils m'ôtèrent mes fers et me donnèrent une béquille, puis un garçon d'une quinzaine d'années m'emmena jusqu'au ruisseau voisin afin que je me lave le visage et le cou.

Il portait une kalachnikov, l'arme universelle de tous les guerriers qui ont un budget à respecter, mais il pouvait à peine la tenir, et je doutais fort qu'il sache s'en servir correctement. Je m'écroulai dans l'eau et, quand il s'approcha pour me relever, je lui donnai un coup de béquille dans la tempe. Après l'avoir à moitié assommé, je le noyai dans le courant peu profond en m'asseyant sur son dos et en lui pressant mon coude dans la nuque de toutes mes forces restantes.

Compte tenu de ma blessure et de l'endroit où je me trouvais, il semblait peu probable que je parvienne à m'échapper. Puisque j'allais certainement mourir là, j'entendais mourir d'une façon que j'aurais choisie. Alors, je rebroussai chemin vers le campement en traînant la patte et m'apprêtai à tirer glorieusement ma révérence.

Je suis presque gêné d'admettre que le premier garde sur lequel je tombai était en train de pisser contre un tronc et, même si la discrétion me recommandait de lui briser proprement la nuque, je n'avais pas précisément l'entraînement d'un SAS. Au lieu de ça, je lui tirai dans les fesses. Il hurla et, quand les autres accoururent, je me jetai à plat ventre pour dégommer les rotules du premier qui jaillit entre les arbres.

À ma grande surprise, il fut aussi le seul.

Puis une voix lança en mauvais anglais :

— Nous ne voulons pas nous battre contre vous.

— Je crains que vous n'ayez guère le choix, répondis-je en espagnol.

Il y eut une pause pendant qu'ils digéraient cette information.

— On vous laisse la carte et de l'eau, de l'eau potable ! Et des vivres. La carte, de l'eau, des vivres. Après, on attend vingt-quatre heures. Ça vous laissera le temps d'atteindre le camion. On ne vous suivra pas, promis. Emportez la carte.

— C'est vraiment très gentil de votre part mais, si ça ne vous fait rien, je préférerais qu'on règle ça ici et maintenant, merci.

— Non, non, pas besoin ! se récria mon invisible interlocuteur avec un tel empressement que je commençai à douter de la motivation de ces bandits. On attend vingt-quatre heures, et on s'en va. On ne vous embêtera plus. Bonne chance !

J'entendis des gens se déplacer dans le sous-bois, retourner des choses en métal et s'éloigner.

Je dus rester là une heure, voire une heure et demie à attendre la fin. La forêt grouillait de vie autour de moi. Des fourmis s'introduisirent à l'intérieur de ma chemise et envisagèrent de me dévorer mais, apparemment, je n'étais pas leur nourriture préférée. Un serpent rampa dans l'herbe à proximité et dut avoir plus peur de moi que l'inverse.

Le soir tomba. Aucun bruit ne montait plus du campement. Même l'homme dont j'avais fait sauter les rotules n'émettait pas le moindre son. Peut-être avais-je touché son artère fémorale. Peut-être la douleur était-elle devenue insupportable.

En fin de compte, l'ennui pur et simple, combiné à la certitude que la mort n'était pas ma préoccupation principale, me poussa à me lever. Fusil dans une main et béquille dans l'autre, je regagnai le campement en boitillant.

Il était bel et bien désert.

Une carte, une gourde en métal et une boîte de haricots en conserve reposaient sur la table à côté d'un message écrit à la main, qui disait en anglais : « Toutes nos excuses. »

Rien d'autre.

Je passai la bandoulière de la gourde à mon épaule, mis la carte dans ma poche et entamai le pénible retour à la civilisation.

Le bandit avait dit la vérité. Je ne devais jamais le revoir.

Chapitre 54

Malheureusement, je soupçonnais que mon évasion de la forêt argentine ne serait qu'un jeu d'enfant comparée à ma fuite de Pietrok-112. Quitter le complexe ne devrait pas présenter de difficulté majeure, raisonnai-je, car les gardes n'avaient pas de raison de m'arrêter, et il n'est rien de plus rassurant qu'un visage amical et un signe de la main adressé par un homme vaquant à ses très importantes recherches.

Mais, une fois dehors, les choses se corseraient. Il serait crucial que je me procure un moyen de me suicider facilement en cas de capture, décidai-je. Toute la question était de savoir si je prenais le risque de partir à pied à travers les vastes étendues désertiques du nord de la Russie, profitant de leur immensité pour semer mes inévitables poursuivants, ou si je suivais les routes et tentais de me perdre dans le réseau de transports en commun, cheminant de ville en ville en direction de la frontière occidentale.

La deuxième option me plaisait davantage, pourtant, je la rejetai. Il n'y avait guère de routes qui desservaient Pietrok-112, et les goulets d'étranglement que Vincent aurait pu fermer d'un simple coup de fil étaient trop nombreux. Même si je parvenais à gagner une zone peuplée et à me perdre dans la foule, je doutais que les frontières

— Le temps que je charge un de ces flingues et que je tire…, commençai-je.

Il secoua la tête.

— Non, tu n'y arriveras pas.

Il ne bougea pas, ne tenta pas de m'arrêter. Je soupirai. Mais comme il ne me restait rien de mieux à faire, j'essayai quand même. J'empoignai le pistolet le plus proche, fis sauter la sécurité et éjectai le chargeur vide, me penchai pour en attraper un autre sur l'étagère du dessous, l'enclenchai avec un cliquetis, le levai pour tirer, non sur Vincent, mais sur moi, quand plusieurs milliers de volts administrés par-derrière me paralysèrent. Puis je me mis à convulser et, quelques secondes après, basculai dans l'inconscience.

Chapitre 55

Une combinaison molletonnée, dans un fauteuil rembourré, dans une cellule capitonnée.

Comment avais-je pu travailler là si longtemps sans jamais voir cette pièce ?

Des lumières vives. Une perfusion plantée dans une veine de ma main. Mon poignet attaché à l'accoudoir. Je me demandai s'il servirait à quelque chose d'arracher l'aiguille. À long terme, sans doute pas. Les sangles qui m'immobilisaient l'avant-bras s'arrêtaient au creux de mon coude. D'autres maintenaient en place mes jambes, mes chevilles, mon torse et même, découvris-je à mon plus grand agacement, mon front. Tout cela pour m'empêcher de me suicider, supposai-je. Je songeai que je ne m'étais sans doute pas aussi bien tenu depuis des années, raison pour laquelle ma position était si inconfortable.

Assis face à moi, Vincent ne disait rien.

Mais une phrase était inscrite sur son visage.

Une phrase qui n'exprimait pas de colère, juste de la tristesse.

Je me demandai si, dans une autre vie, il avait été instituteur. Il aurait excellé dans ce métier.

— En supposant que je refuse de boire et de manger, combien de temps penses-tu pouvoir me maintenir en vie de force ? dis-je enfin.

La vulgarité de la tâche qui l'attendait le fit presque frémir.

— Dans quelques années, les grévistes de la faim de l'IRA tiendront soixante jours avant de succomber. Mais j'espère que nous trouverons un meilleur moyen de t'alimenter que de t'enfoncer un tuyau dans la gorge.

Ce fut mon tour de manquer de frémir. Soixante jours, c'est très long pour un prisonnier qui n'a aucune autre perspective qu'une mort lente et douloureuse. Aurais-je encore la volonté de refuser de me nourrir quand je serais en train de crever de faim ? Je n'en savais rien : je n'avais jamais essayé. Mon esprit serait-il capable de rejeter la vie alors même que mon corps l'appellerait de tous ses vœux ? Tout dépendrait, conclus-je, de la valeur et de l'utilité de cette vie.

Silence.

Je ne me souvenais pas qu'il y ait jamais eu du silence entre nous avant ce jour-là, du moins, un silence qui ne soit pas celui de la contemplation ou de l'excitation partagée. Mais nous n'avions pas besoin de communiquer, pas besoin d'énoncer toutes les évidences que la courtoisie ordinaire aurait exigées. Au contraire, il me semblait que ce silence disait tout ce qu'il y avait à dire. Et à l'instant même où j'arrivais au bout de cette conversation imaginaire que j'avais avec lui dans ma tête, à l'instant même où j'allais recommencer en boucle, Vincent leva la tête et déclara :

— J'ai besoin de connaître ton point d'origine.

La question me choqua. Elle n'aurait pourtant pas dû.

— Pourquoi ? demandai-je, la bouche soudain sèche.

— Pas pour te tuer, précisa-t-il hâtivement. Seigneur ! Harry, jamais je ne te ferais une chose pareille, jamais. Mais j'ai besoin que tu saches que je sais. Que tu te rendes compte que tu pourrais être avorté dans le ventre de ta mère et ne jamais naître. J'ai besoin que tu en aies conscience pour être certain que tu garderas mes secrets. Je sais que tu ne seras plus jamais mon ami, mais le reste… le reste est plus important.

Je réfléchis aux implications, non pour ma propre vie, à l'encontre laquelle la menace était tout à coup limpide, mais pour Vincent. Plus jeune que moi, il naissait quelques années plus tard. Par conséquent, il ne pouvait pas empêcher ma naissance à moins de se faire aider : quelqu'un de plus âgé, qui vivrait déjà en 1919 et qui serait prêt à empoisonner ma mère avant ma conception. Un allié au sein du Cercle Cronus ? Quelqu'un qui collaborait à son rêve comme j'avais décidé de ne plus le faire ?

Il m'observait, devinant sans doute le cours de mes pensées.

— Je préférerais ne pas te soutirer ces informations par la force, Harry, ajouta-t-il. Mais si je n'ai pas le choix, je le ferai.

Retour en sursaut au présent. *Concentre-toi sur la réalité.*

— Tu me torturerais ? demandai-je.

Inutile de tourner autour du pot. Je me réjouis modérément de le voir frémir à cette idée, et beaucoup moins de voir à quelle vitesse il surpassa sa réticence.

Chapitre 56

Une journée.

Une journée pour éviter un sort pire, bien pire que la mort.

Une journée dans une combinaison molletonnée, attaché à un fauteuil rembourré dans une cellule capitonnée.

Une journée passée à chercher des failles dans le système, n'importe quel genre de faille.

Le siège était vissé au sol. La perfusion m'apportait de force les nutriments nécessaires. Des soldats montaient la garde devant la porte. C'étaient eux, le maillon faible. En refusant de participer à la suite, Vincent avait initié le processus et l'avait rendu vulnérable. Je ne doutais pas qu'il ait ordonné aux gardes de ne pas me parler mais, parfois, même un militaire soviétique sous-payé est forcé de prendre une initiative.

Je m'agitai et me tordis jusqu'à ce que je réussisse à déloger l'aiguille plantée dans ma main, déchirant ma peau au passage et m'infligeant une belle balafre. Puis, au lieu d'appeler ou de me manifester d'une quelconque façon, je laissai le sang former de grandes taches écarlates sur le sol blanc capitonné et imprégner le tissu en un glorieux technicolor. Je ne pouvais pas laisser pencher ma

— S'il le faut. S'il te plaît, ne m'y force pas.

— Je ne te force à rien du tout, Vincent. C'est toi et toi seul qui décides. Je tiens à me dégager de toute responsabilité morale en la matière avant que tu ne commences.

— Tu sais que tout le monde finit par craquer, Harry. Tout le monde.

Un souvenir. Moi, sanglotant aux pieds de Franklin Phearson. Tout le monde finit par craquer, c'est la stricte vérité. Moi aussi, et je finirais par révéler mon point d'origine.

Mais je pouvais aussi mentir et mourir.

— Comment comptes-tu t'y prendre ? demandai-je avec une désinvolture presque joyeuse dont je fus le premier surpris.

Les images de Phearson se bousculaient dans ma tête telle une mer calme se retirant juste avant un tsunami, et je me laissais emporter par les flots. Je ne maîtrisais plus rien.

— La méthode chimique ? Je préfère te prévenir, on a déjà essayé les neuroleptiques sur moi, les résultats sont assez inattendus. La méthode psychologique ? Non, probablement pas. Si tu n'as qu'une soixantaine de jours avant que mon corps lâche, sans vouloir me surestimer, le temps joue contre toi. L'électricité serait très efficace, mais elle comporte un risque pour le cœur. Tu sais que le mien n'est pas très solide, pas vrai ? Le froid ou la chaleur extrême, peut-être ? Ou un mélange des deux. La privation de sommeil est un classique qui a fait ses preuves, mais là encore…

— Arrête.

— J'essaie juste de débroussailler le terrain pour toi.

Il parvint à me regarder en face, et je n'eus pas de mal à soutenir son regard. Je ne l'avais encore jamais vu supplier personne.

(*Je suis un putain de gentil, Harry ! Un foutu défenseur de la démocratie !*)

— Parle-moi, Harry. Il te suffit de me donner ta date et ton lieu de naissance, et nous n'aurons pas besoin d'en arriver là.

(*Seigneur ! je ne suis pas ce genre de type, pas du tout. Mais vous devez comprendre que ceci nous dépasse vous et moi.*)

— J'espère que tu ne m'en voudras pas de réfuter de nouveau ton utilisation du mot « besoin ». (Je ne savais pas qui parlait, mais on aurait dit moi, en un peu soûl.) Rien ne t'oblige à agir ainsi envers moi. C'est une action complètement volontaire de ta part.

— Tout le monde a un point de rupture, Harry.

— Je sais. Mais tu ne peux pas te permettre de vérifier combien de temps il te faudra pour atteindre le mien, pas vrai ? Allez, Vincent, dis-je en savourant le goût de son nom anglais sur ma langue. Tu ferais mieux de te mettre au travail tout de suite.

Il hésita un instant. Puis toute supplication disparut de son regard.

Il plissa les yeux.

(*Vous pouvez faire une différence, bordel ! Alors, faites-la !*)

La voix de Franklin Phearson à mes oreilles. Autrefois, il avait banni la douleur et m'avait caressé les cheveux, et je l'avais aimé pour ça comme un enfant aime sa mère perdue depuis trop longtemps. Il m'avait brisé, et il avait eu

raison. À sa manière parfaitement futile et inestimable, il avait eu raison. Et j'étais mort, et ce monde n'aurait jamais été pour moi s'il n'avait pas subsisté dans ma mémoire.

Vincent secoua légèrement la tête et se leva pour partir.

— Tu ne comptes pas le faire toi-même ? lançai-je dans son dos. Que fais-tu de la responsabilité morale, alors ?

— Je te laisse une journée pour réfléchir, répliqua-t-il. Une journée.

Et il sortit.

tête à cause de la sangle sur mon front, mais je fermai les yeux et attendis avec mon air le plus mal en point.

J'ai honte pour eux de dire que les gardes mirent longtemps à venir et à voir le sang qui continuait à goutter de mon siège. Ils firent aussitôt irruption dans la pièce. S'ensuivit un débat embarrassant pour déterminer ce qu'il convenait de faire et s'il fallait appeler à l'aide.

— Il est évanoui ? demanda l'un d'eux. Il a perdu beaucoup de sang ?

Le plus âgé, et le plus gradé, espérais-je, examina ma main.

— Ce n'est qu'une plaie superficielle. Il a arraché l'aiguille.

J'ouvris les yeux et fus satisfait de voir l'homme alarmé faire un bond en arrière.

— Messieurs, dis-je, j'imagine que vous avez reçu l'ordre de ne pas communiquer avec moi. Aussi, laissez-moi en venir droit au but. Je vous connais tous. Je connais votre nom, votre grade, votre histoire et votre ville natale. Je sais que vous, deuxième classe, habitez toujours chez votre mère, et je sais que vous, sergent, avez une femme à Moscou, que vous n'avez pas vue depuis trois ans et demi, et une fille dont vous portez fièrement la photo dans votre poche pour la montrer à tous vos collègues chaque soir pendant le dîner au réfectoire. Vous dites : « C'est mon diamant, c'est toute ma richesse. »

» J'ai une question à vous poser, une seule : votre mère, votre femme et votre fille, ne savent-elles absolument rien de ce que vous faites ? C'est très important que vous y réfléchissiez, très important que vous vous remémoriez chaque phrase de chaque conversation que vous avez jamais eue avec elles. Parce que si elles savent quoi que ce soit, le moindre détail susceptible de compromettre les recherches effectuées ici, elles seront les prochaines sur la liste, messieurs. Votre mère, votre femme, votre fille, elles ne doivent rien savoir. Rien. C'est tout ce que j'avais à vous dire. Et maintenant, si vous voulez bien me mettre un pansement, je continuerai à attendre tranquillement qu'on vienne me torturer et qu'on finisse par m'exécuter, merci.

Ils sortirent en hâte et ne m'apportèrent pas de pansement.

Il s'écoula peut-être vingt heures, peut-être seulement deux, avant que Vincent ne revienne. Pendant qu'il me parlait, le sergent resta sur le seuil, m'observant nerveusement par-dessus l'épaule de son employeur.

— Alors, tu as réfléchi ? s'enquit Vincent sur un ton pressant. Tu as pris ta décision ?

— Bien sûr, répondis-je sur un ton léger. Tu vas me torturer, et je vais te raconter ce que tu veux entendre pour que tu arrêtes. Je vais te servir une infinité de versions.

— Harry, dit-il d'une voix basse, pleine d'urgence et de désespoir. Ne m'oblige pas à faire ça. Donne-moi ton point d'origine, et je te jure qu'il ne te sera fait aucun mal.

— Tu as envisagé le point de non-retour ? Ce moment où mon corps sera tellement abîmé que je ne me soucierai plus de le sauver, que je penserai que ça ne vaut plus la peine de parler ? Tu ferais bien d'espérer ne pas l'atteindre avant d'avoir brisé mon esprit.

À ces mots, son visage se durcit, et il se redressa.

— C'est ta faute, Harry. Tu es ton propre bourreau.

Et il sortit sans rien ajouter. Le sergent resta planté sur le seuil, et, l'espace d'un instant, nos regards se croisèrent.

— Vous n'avez rien pour moi ? demandai-je comme la porte se refermait.

Ils commencèrent quelques minutes plus tard. Je fus surpris qu'ils choisissent d'attaquer chimiquement, en apportant une petite variation à la procédure classique : une paralysie partielle qui bloqua mon diaphragme, de sorte que je me mis à tousser et à suffoquer tandis que l'air se changeait en plomb dans mes poumons, dans mon sang et dans ma tête. Le dosage était si bien calculé que le muscle conserva une légère mobilité et que je passai environ une heure à haleter désespérément, le visage et le dos ruisselants de sueur, à la limite du voile noir, mais sans m'évanouir tout à fait.

Vincent avait engagé un professionnel, un petit homme à la moustache bien taillée qui avait étalé ses outils sur un plateau afin que je puisse bien les voir. Tel un athlète à l'entraînement, il s'accordait une pause avant chaque nouvel accès de douleur qu'il m'infligeait. Et chaque fois, avant de se remettre au travail, il me demandait : « Quel est votre point d'origine ? » et attendait patiemment que je réponde, secouant la tête avec tristesse quand je refusais de le faire.

Vint ensuite une nausée qui m'arracha les cris d'un animal prisonnier de sa propre carcasse, un déferlement de chaleur sans cesse croissante, une distorsion, un rétrécissement des perceptions jusqu'à ce que je ne sois plus conscient de rien d'autre que mon délire.

Et, sur le seuil de la pièce, le sergent nous observait. Quand le tortionnaire fit une pause pour aller se chercher un verre d'eau, il s'approcha de moi, prit mon pouls, examina mes pupilles et chuchota :

— Elle sait que je prends le train jusqu'au terminus de Ploskye Prydy. C'est déjà trop ?

Je me contentai de lui sourire et le laissai deviner la réponse.

Quelque part entre la nausée et la suffocation, Vincent vint me voir et me prit la main.

— Je suis désolé, Harry, dit-il. Je suis vraiment désolé.

Je tentai de lui cracher dessus, mais j'avais la bouche trop sèche, et il s'en alla.

Ils apportèrent la batterie de voiture longtemps avant d'avoir l'intention de l'utiliser, me semble-t-il. Ce n'était qu'un autre objet à exhiber sous mon nez afin que je prenne peur. La privation de sommeil et la chaleur extrême, autre variation des méthodes auxquelles j'étais habitué, figuraient en tête de l'ordre du jour. Une personne dotée d'une oreille diabolique et d'une grande créativité avait utilisé le son multicanal pour créer une bande qui passait de la *beat* techno aux hurlements torturés puis aux descriptions graphiques d'actes violents, le tout agrémenté d'un effet Foley et en plusieurs langues. Quand le vacarme et l'horreur menaçaient de m'assommer, les gardes entraient, me secouaient et me jetaient de l'eau glacée à la figure.

— Vous êtes un brave homme, dis-je au sergent comme il me réveillait une nouvelle fois. Vous savez ce qui est juste.

— Bois, Harry, bois.

La voix de Vincent qui chuchotait dans un silence soudain. Je le sentis presser un chiffon humide sur mes lèvres et je bus avidement, jusqu'à ce que mes idées s'éclaircissent à grand-peine et que je recrache un mélange fait de deux tiers de salive pour un tiers de liquide, qui dégoulina le long de mon menton et de ma poitrine.

La moustache du tortionnaire était particulièrement soignée le jour où il m'arracha les ongles des orteils. Je l'imaginai dormir la nuit avec un filet sur le bas du visage pour la préserver.

— Vous êtes un brave homme, répétai-je au sergent tandis qu'il repliait la feuille de plastique étalée à mes pieds pour faire disparaître les ongles et le sang noir qui la maculaient. Combien de temps avant que vienne votre tour ?

Il regarda par-dessus son épaule pour s'assurer que le tortionnaire était sorti (il faisait souvent des pauses afin de se détendre les doigts), puis se pencha vers moi.

— Je peux vous apporter du poison, chuchota-t-il.

Nouveau coup d'œil vers la porte.

— C'est tout ce que je peux faire.

— Ça suffira, répondis-je. Personne ne pourrait faire davantage pour moi.

En guise de poison, il ne trouva que de la mort-aux-rats, mais les rats et les humains partagent plus de quelques caractéristiques génétiques, et je songeai que cela ferait l'affaire.

De façon plutôt ironique, le tortionnaire ne comprit pas la signification de mes symptômes avant que mes reins n'aient commencé à défaillir depuis un bon moment. Même moi, je savais que la teinte de plus en plus jaune de ma peau ne pouvait pas être une réaction à l'écrasement méticuleux de tous les petits os de mes pieds dans un étau. Quand il percuta, je hurlai de rire et me mis à trembler sur mon siège, des larmes roulant sur mes joues souillées.

— Espèce d'abruti ! glapis-je. Espèce d'incompétent ! Gros con !

Ils me détachèrent du fauteuil, et le tortionnaire introduisit deux doigts dans ma gorge pour me faire vomir. Mais trop tard, bien trop tard.

Ce fut ainsi que Vincent me trouva : gisant par terre dans mon propre vomi sanguinolent, le corps agité de spasmes d'hilarité macabre. Debout très raide sur le seuil de la pièce, le vieux sergent ne broncha pas.

Vincent se tourna vers le tortionnaire, puis vers le sergent. Il n'eut pas de mal à deviner ce qui s'était passé, et comment. De la colère passa brièvement sur son visage. Comme il reportait son attention sur moi, je m'esclaffai de plus belle pour voir la tête qu'il ferait. À ma grande surprise, il n'engueula ni le sergent ni le tortionnaire, se contentant de faire signe à deux aides-soignants et d'aboyer :

— Emmenez-le à l'infirmerie.

Ils obéirent.

Ils me donnèrent même des antidouleurs.

Le médecin annonça son diagnostic en regardant ses pieds, et mon rire affaibli par la perte de stimulation hormonale se réduisit à un sourire lorsque Vincent s'approcha de mon chevet.

— Tu as fait vite, lâcha-t-il. Je ne m'attendais pas à ce que tu te procures un moyen de te suicider avant au moins cinq jours.

— Ça fait moins de cinq jours ?

— Deux et demi.

— Seigneur.

Puis :

— Le sergent est un brave homme. Il n'aime pas ce que tu me fais. Si tu l'exécutes, tu peux d'abord lui présenter mes excuses ?

Vincent se rembrunit, feuilletant mon dossier médical dans le vain espoir d'y trouver quelque chose indiquant que je n'étais pas déjà perdu. J'avais fini de vomir, de trembler et de brûler. Les médecins étaient intervenus à temps pour empêcher un arrêt cardiaque, mais mes reins étaient foutus et mon foie ne tarderait pas à suivre, ce qui était bien suffisant. Je n'avais pas besoin de lire mon dossier pour le savoir.

— Il sera transféré dans une autre unité, répondit calmement Vincent. Ce n'est pas mon genre de tuer sans nécessité.

Je faillis rire de nouveau, mais ma respiration commençait à me faire défaut, et je ne réussis qu'à grogner.

— Puisqu'il est évident que je ne parviendrai pas à obtenir ce que je désirais, nous allons faire en sorte que ta mort soit aussi peu douloureuse que possible. Je peux t'apporter quelque chose ?

— Je ne dirais pas non à un peu de morphine.

— Hélas, je crains que tu n'aies déjà atteint la dose autorisée.

— Qu'est-ce que ça peut bien faire maintenant ?

Ses lèvres frémirent, et il détourna les yeux. Mon cœur manqua un battement. Quoi encore ? Que pouvait-il encore me faire dans le peu de temps qu'il me restait ?

— Vincent, murmurai-je sur un ton menaçant. Qu'est-ce que tu comptes me faire ?

— Je suis désolé, Harry.

— Tu ne cesses pas de dire ça, et je suis sûr que chacun des ongles que j'ai laissés sur le sol de cette cellule t'est reconnaissant pour ta compassion. Qu'est-ce que tu comptes me faire ?

Sans me regarder, il répondit :

— J'ai besoin que tu Oublies.

Un instant, je fus si choqué que j'en restai muet. Vincent secoua la tête, et je crus qu'il allait s'excuser de nouveau. L'envie de lui mettre mon poing dans la figure, au cas où il oserait, me traversa brièvement l'esprit. Non que j'aurais pu mettre mon vœu à exécution dans mon état. Mais il se contenta de sortir sans un regard en arrière, même lorsque je me remis à hurler.

Ils me maintinrent sous tranquillisants pendant la plus grande partie de mon agonie, ce qui fut un soulagement : en plus d'atténuer la douleur, cela m'empêchait de vraiment penser à la suite.

J'avais conscience que je rêvais mais, pour la première fois de mon existence, je ne me souvenais pas de mes rêves. Je savais juste qu'ils étaient frénétiques et brûlants, et je sentais que la réalité s'insinuait dans mes songes : un picotement sur ma peau se changeait en piqûre d'insectes, mes maux d'estomac créaient une image de mes propres intestins que je transportais dans un sac de shopping, le saignement de mes pieds me donnait l'impression qu'un énorme serpent m'avalait tout entier, le corps parcouru d'ondulations au rythme des palpitations de ma chair torturée. Le temps que ses crocs atteignent mon ventre, l'acide de son tube digestif dissolvait déjà chacun des os de mes pieds.

Ils agirent au tout dernier moment possible. Le temps qu'ils soient prêts à intervenir, je respirais de l'oxygène pur, et mes signes vitaux dégringolaient. Ils apportèrent une nouvelle machine montée sur roulettes, et qu'on aurait dit fabriquée à la hâte en suivant les instructions d'un savant fou. Elle avait besoin de sa propre alimentation : deux cent trente pauvres volts ne suffisaient pas pour la petite chérie.

Il y eut une brève discussion pour savoir si le chariot sur lequel je gisais devait être relié à la terre, jusqu'à ce qu'un docteur exaspéré s'écrie : « Ce que vous pouvez être bêtes ! » et fasse remarquer que les menottes métalliques qui m'attachaient au chariot en question feraient parfaitement l'affaire, et qu'il fallait considérer toute cette procédure comme une réanimation cardio-pulmonaire. S'ils se prenaient un coup de jus, ce serait leur faute et uniquement leur faute.

Il me semble que je ruai, hurlai, suppliai et me débattis, mais en vérité, j'étais sans doute trop faible et trop drogué pour faire davantage que pousser quelques grognements ponctués de temps à autre par un glapissement d'indignation enfantine. Ils durent utiliser de l'adhésif pour fixer les électrodes sur mon crâne, mais m'obliger à garder la dernière dans ma bouche se révéla plus difficile, jusqu'à ce que le docteur qui avait déjà fait preuve de tant de bon sens appliqué à l'électricité suggère de m'administrer un paralysant. Il fut estimé qu'une sédation ne les aiderait probablement pas à atteindre leur objectif, mais je fus reconnaissant à l'aide-soignant qui se pencha vers moi pour fermer mes yeux desséchés et scotcher mes paupières.

Il ne me resta que le son.

Ils durent s'y reprendre à trois fois. La première charge fit sauter un fusible. La deuxième refusa de partir parce qu'un des plombs s'était détaché quand ils avaient changé le fusible. Lorsqu'ils réussirent enfin à m'envoyer quelques milliers de volts dans le cerveau, afin d'effacer tout ce que j'étais et tout ce que j'avais vécu de mon esprit qui turbinait encore, leurs efforts avaient pris une tournure légèrement comique.

J'entendis le docteur lancer :

— On peut essayer de faire ça proprement cette fois ? Tout le monde s'écarte. Allez, c'est p…

Et ce fut tout.

Chapitre 57

Je n'ai assisté à un Oubli qu'une seule fois.

C'était en 1989, dans une chambre privée de l'hôpital St Nicolas, à Chicago. J'avais soixante-dix ans, et je me portais plutôt bien. Je n'avais reçu mon diagnostic de myélome multiple que quelques mois auparavant, relativement tard dans mon cycle de vie, et l'enthousiasme que j'avais éprouvé vers le milieu de ma soixantaine en constatant que je n'étais pas en train de mourir d'une mort lente et inopportune m'avait incité à prendre davantage soin de mon corps qu'à l'accoutumée. Je m'étais même inscrit dans un club de tennis, initiative que je n'avais prise dans aucune de mes vies précédentes, et j'enseignais trois mois par an les mathématiques dans une école perdue au cœur des montagnes marocaines, peut-être pour profiter de la compagnie d'enfants qui ne seraient jamais les miens.

Si je me rendis dans cette chambre très comme il faut d'un hôpital très comme il faut en bordure d'une banlieue très comme il faut, où le drapeau américain flottait fièrement et où, chaque jour sans faute, on mettait des fleurs fraîches au pied du lit de chaque patient, ce ne fut pas de ma propre initiative. J'avais été convoqué là par une mourante.

Akinleye.

Je ne l'avais pas revue depuis cette nuit à Hong Kong où sa servante s'était jetée à l'eau et où elle-même avait fui avant le lever du soleil.

On me fit passer une blouse stérile et me laver les mains à l'alcool avant d'entrer dans sa chambre, mais plus pour le principe qu'autre chose. Les dégâts étaient déjà faits.

J'étais stupéfait que quelqu'un à qui il restait si peu de globules blancs soit toujours en vie et, en m'approchant du lit sur lequel elle gisait, je vis clairement qu'elle ne tarderait plus à rendre son dernier soupir.

Ses cheveux étaient tombés, découvrant un crâne vérolé dont les os saillaient telles des plaques tectoniques mal ajustées. Je ne l'avais encore jamais vue chauve mais, à présent, je constatai à quel point sa tête avait la forme d'un œuf. Dire que ses yeux s'étaient enfoncés dans leurs orbites serait un mensonge. En vérité, sa chair avait complètement fondu, effaçant la douceur de ses traits pour ne laisser qu'un crâne recouvert d'une fine couche de muscles sur lequel les protubérances du nez, des oreilles, des lèvres et des yeux pendaient tristement telles les décorations d'un sapin de Noël qui aurait perdu ses aiguilles. Physiquement, elle était plus jeune que moi, mais, en ce lieu et en cet instant, c'était moi l'adolescent vigoureux et elle l'aïeule mourante.

— Harry, siffla-t-elle.

Pas besoin de formation médicale pour entendre le crépitement dans sa voix, les trous dans sa respiration.

— Tu as pris ton temps.

Je tirai une chaise près de son lit et m'assis prudemment, mes os craquant un peu malgré tout l'exercice que je faisais.

— Tu as l'air en forme, commenta-t-elle. La vieillesse te va bien.

Pour toute réponse, je poussai un grognement. Je ne voyais pas quoi dire d'autre.

— Comment vas-tu, Akinleye ? Ils n'ont pas voulu me dire grand-chose tout à l'heure.

— Oh ! soupira-t-elle, ils ne savent pas quoi dire. C'est la course pour voir ce qui me tuera en premier. Mon système immunitaire est flingué, tu comprends. Et avant que tu ne m'expliques que le sida est une maladie due au mode de vie, laisse-moi te dire que tu es un imbécile.

— Je n'allais pas…

— Les autres me regardent comme si j'étais un monstre, tu sais. Comme si avoir attrapé ce truc… (elle voulut désigner son corps émacié, mais ne parvint qu'à remuer faiblement le bout de ses doigts) était ma punition pour avoir mené une existence dépravée. Alors qu'en fait c'est juste une foutue capote qui s'est déchirée.

— Tu me prêtes des pensées qui ne me sont même pas venues à l'esprit.

— Vraiment ? Peut-être. Tu es quelqu'un de bien, Harry, tu l'as toujours été. Un peu coincé, mais bon.

— Combien de temps te reste-t-il ? demandai-je.

— Je parie que c'est la pneumonie qui m'aura, d'ici à après-demain, sans doute. Une semaine, si je manque de bol.

— Je vais rester. J'ai pris une chambre dans un hôtel voisin…

— Pour l'amour de Dieu, Harry, je ne veux pas de ta pitié ! C'est juste une mort de plus !

— Dans ce cas, pourquoi m'as-tu fait venir ?

Très vite et d'une voix atone, comme si elle récitait une phrase maintes fois répétée dans sa tête, elle débita :

— Je veux Oublier.

— Oublier ? Oublier quoi ?

— Tout.

— Je ne…

— Ne sois pas si obtus, Harry. Je sais que tu fais parfois semblant de ne pas comprendre pour mettre les gens à l'aise, mais je trouve ça paternaliste et irritant. Tu sais très bien ce que je veux dire. Tu te donnes tellement de mal pour te fondre dans la masse, je trouve ça franchement perturbant. Tu peux m'expliquer pourquoi tu fais ça ?

— Tu m'as fait venir ici pour me demander ça ?

— Non, répondit-elle en s'agitant légèrement dans son lit. Mais puisque tu es là, autant que je te le dise. Tu crois que, si les gens te trouvent agréable, tu auras une vie agréable en retour, mais c'est une idée ridicule, naïve et stupide. Pour l'amour de Dieu, Harry, qu'est qu'on a bien pu te faire pour te rendre aussi fade ?

— Je peux m'en aller…

— Non, reste. J'ai besoin de toi.

— Pourquoi moi ?

— Parce que tu es si obligeant, soupira-t-elle. Parce que tu es si fade. J'ai besoin de ça maintenant. J'ai besoin d'Oublier.

Je me penchai en avant dans ma chaise, joignant le bout de mes doigts.

— Tu veux que quelqu'un tente de te dissuader ?

— Absolument pas.

— Je me sens pourtant moralement tenu d'essayer.

— Comme si tu pouvais me sortir le moindre argument auquel je n'aie pas déjà pensé dix fois !

La tête penchée sur le côté, je lissai de deux doigts la couture d'une des manches de ma blouse d'hôpital, la tendant le long de mon bras. Puis je lâchai :

— Quand j'ai tout dit à ma femme.

— Laquelle ?

— La première que j'ai épousée. Jenny. Une humaine linéaire. Quand je lui ai révélé ma vraie nature, elle m'a quitté. Puis un homme est venu. Il voulait connaître l'avenir et, quand j'ai refusé, il ne l'a pas très bien pris… Mais je t'ai déjà raconté tout ça. Ce que je veux dire, c'est que j'ai vraiment voulu mourir à ce moment-là, sombrer dans l'obscurité qui arrête les ténèbres. Voilà la réponse à ta question, la raison pour laquelle je me laisse porter et me montre si accommodant. Parce que de tout ce que j'ai essayé, c'est la seule chose qui semble marcher.

Elle hésita en suçotant sa lèvre inférieure et en la faisant rouler sous ses dents. Puis elle dit :

— C'est idiot. Comme si qui que ce soit avait le mode d'emploi.

L'Oubli. Je pense qu'il mérite un article défini et une capitale, car c'est une sorte de mort. Pour tenter de dissuader Akinleye, je lui répétai toutes les choses qu'elle savait déjà. Que, pour nous, la mort de l'esprit surpasse celle du corps. Que ce serait douloureux. Qu'elle aurait peur. Et que même si elle n'avait pas conscience de la perte de savoir, de mémoire et d'âme qu'entraîne l'Oubli, même si elle ne regrettait pas leur absence, ne conservant pas de souvenirs de ce qui s'était enfui, nous qui la connaissions et qui étions ses amis éprouverions un chagrin amer de voir son esprit disparaître alors que son corps subsisterait.

Je m'abstins de faire valoir mon dernier argument : que choisir l'Oubli équivalait à fuir ses problèmes, à s'absoudre de la responsabilité de ce qu'elle avait fait, à se délivrer de la personne qu'elle avait été. Je ne pensais pas qu'elle y accorderait beaucoup d'importance.

— Harry, me répondit-elle une fois mon discours terminé, tu es un brave type qui tente de faire de son mieux dans les circonstances présentes mais, toi et moi, nous savons tous les deux que j'ai vu et fait trop de choses avec lesquelles je ne veux plus continuer à vivre. J'ai étouffé mon cœur et ce que tu appelles si poétiquement mon âme parce qu'ils ne pouvaient plus cohabiter avec ces souvenirs. Aide-moi à Oublier, Harry, et peut-être pourrai-je les récupérer.

Je n'insistai pas davantage. Je n'en avais pas le courage.

Le matin suivant, je me rendis au Cercle Cronus de Chicago pour y prendre ce dont j'avais besoin, et j'y déposai une lettre à distribuer aux autres Cercles pour les informer qu'Akinleye ne se rappellerait plus notre existence et que nous devrions la surveiller dans son innocence retrouvée, mais n'interférer qu'en cas de besoin.

La technologie de 1987 n'était guère plus avancée que celle dont Vincent avait fait usage pour effacer ma mémoire. Il avait l'avantage de connaître une petite partie de l'avenir, le Cercle Cronus en savait bien plus. Nous ne nous mêlons peut-être pas des événements linéaires mais, quand il s'agit de notre propre survie, les Cercles du futur n'hésitent pas à partager leur savoir avec ceux du passé. J'ai même entendu parler d'un engin à vapeur qui aurait été déployé dans les années 1870 pour provoquer l'Oubli de son créateur, même si je n'ai pas de preuve que ce soit réellement arrivé et n'en aurai probablement jamais.

La machine de cette époque utilisait un mélange de chimie et d'électricité, avec des nodules qui ciblaient des parties très spécifiques du cerveau. Contrairement à celle de Vincent, elle ne nécessitait pas que le sujet soit conscient. J'injectai l'ultime sédatif à Akinleye avec l'impression de commettre un meurtre.

— Merci, Harry, me dit-elle. Viens me voir dans quelques vies, le temps que je me stabilise, d'accord ?

Je lui promis de le faire, mais elle avait déjà fermé les yeux.

Après ça, le processus ne prit que quelques secondes. Je restai avec elle lorsque ce fut terminé. Assis à son chevet, je surveillai ses signes vitaux. Elle avait vu juste : la pneumonie allait gagner la bataille de toutes les maladies qui s'efforçaient de la tuer. En d'autres circonstances, je l'aurais simplement laissée mourir, mais il restait une étape cruciale à superviser pour que l'Oubli soit complet.

Cela se produisit trois nuits après, à deux heures et demie du matin. Une voix gémissante me réveilla. Je mis un moment à reconnaître la langue dans laquelle elle s'exprimait : l'éwé, un dialecte que je n'avais pas entendu depuis des siècles. Je le maîtrisais assez mal, mais suffisamment pour prendre la main d'Akinleye et lui chuchoter :

— Du calme. Tu n'as rien à craindre.

Si elle me comprit, elle n'en laissa rien paraître. Au contraire, elle eut un mouvement apeuré et se remit à appeler à l'aide en éwé, réclamant ses parents et sa famille. Incapable de comprendre ce qui lui arrivait, elle baissa les yeux vers son propre corps, frissonna de douleur et implora Dieu de la délivrer.

— C'est Harry, lui dis-je. Tu te souviens de moi ?

— Je ne vous connais pas, haleta-t-elle d'une voix sifflante. Aidez-moi ! Que m'arrive-t-il ?

— Tu es à l'hôpital. Tu es… très malade.

J'aurais voulu mieux maîtriser l'éwé, car le seul mot qui me venait à l'esprit, c'était « mourante ».

— Qui suis-je ?

— Tu ne vas pas tarder à le découvrir.

— J'ai peur !

— Je sais, murmurai-je. Ça veut dire que ça a marché.

Je la recouchai avant qu'elle puisse poser d'autres questions. Lorsqu'elle renaîtrait, elle se souviendrait peut-être de cet échange et penserait que c'était un rêve. Pour autant, il était inutile de lui en révéler davantage que ce qui était strictement nécessaire.

Quand les infirmières entrèrent dans la chambre le lendemain matin pour changer les draps, Akinleye était morte, et je n'étais plus là.

Chapitre 58

Un lit d'hôpital.

Je revins à moi.

Quelqu'un était à mon chevet.

Le visage dissimulé par son avant-bras, Vincent dormait, la tête posée sur le lit dans lequel j'étais allongé.

Je m'éveillai de mon propre Oubli, de ma propre rencontre avec la Mort de l'esprit, et je me rendis compte...

que j'étais toujours moi.

Toujours Harry August. Et que je me souvenais...

de tout.

Je restai immobile un moment, n'osant pas bouger de crainte de réveiller Vincent. J'avais l'esprit en ébullition. J'étais toujours prisonnier à Pietrok-112. Je constituais toujours une menace pour Vincent. J'étais toujours mourant, le corps rongé par le poison que j'avais ingéré, mais ma mémoire subsistait. Comme je l'avais fait avec Akinleye, Vincent voudrait tester que le processus avait bien fonctionné à mon réveil. Il chercherait des signes qu'il restait encore des traces d'Harry dans mon esprit. Mais je ne lui en fournirais pas.

Je dus m'agiter sans le vouloir, car Vincent se redressa en sursaut. Voyant que j'avais les yeux ouverts, il se pencha aussitôt vers moi et m'examina comme s'il était un médecin et moi son patient. Il cherchait des réponses dans mes yeux. J'envisageai de parler, de dire quelque chose dans ma langue natale et avec ma voix normale, mais cela me parut inutilement compliqué. Alors, je me contentai d'ouvrir la bouche et d'émettre un cri de détresse animal, ce qui ne me demanda guère d'efforts de mimétisme tant mon corps était ravagé par le poison et la douleur.

— Harry ?

Vincent me tenait la main comme j'avais tenu celle d'Akinleye, et l'inquiétude se lisait sur son visage.

— Harry, tu m'entends ?

Il me parlait en russe. Je hurlai de plus belle, et il passa à l'anglais.

— Tu vas bien ?

Il jouait l'ami alarmé. Un tel culot me poussa presque à répliquer, mais il me restait si peu de temps, si peu de vie... Mieux valait ne pas les gaspiller. D'autant que, pendant que j'étais inconscient, l'état de mes organes avait continué à se détériorer. Tout ce que je pus faire, ce fut me pencher par-dessus le bord du lit pour régurgiter le contenu de mon estomac plein d'acide et de sang. J'aime à penser que le mélange peu ragoûtant éclaboussa les chaussures de Vincent avant qu'il puisse bondir en arrière.

Une douleur atroce me martelait les tempes, et on aurait dit que quelqu'un avait tapissé mes orbites avec du Velcro, qui crépitait à l'intérieur de mon crâne chaque fois que je tentais de regarder autour de moi. Mon œil gauche s'obstinait à partir tout seul sur le côté, créant l'image perturbante d'une chambre fracturée par le milieu tandis que mon cerveau tentait vainement de déchiffrer les informations chaotiques qui lui parvenaient.

Pauvre vieux Vincent ! Le moment n'aurait pu être plus mal choisi pour lui. Il n'avait pas le temps de vérifier si je faisais semblant avant mon trépas inévitable. Alors il opta pour un test plus audacieux. Faisant signe à deux gardes, il aboya en russe :

— Emmenez-le !

Ils me saisirent chacun par un bras et me sortirent de mon lit, puis me charrièrent dans le couloir (vu mon état, ils furent obligés de me porter) et me laissèrent tomber à genoux dans une salle de douche où, une éternité auparavant, j'avais pris du bon temps avec une laborantine très cordiale prénommée Anna. Debout sur le seuil, Vincent ordonna en anglais :

— Tuez-le !

Qu'étais-je censé faire ? En montrant que j'avais compris, je prenais le risque de révéler que ma maîtrise du langage demeurait intacte. D'un autre côté, si je réagissais trop calmement à l'imminence de ma propre mort, cela suggérerait que j'avais conscience qu'en de telles circonstances la mort me serait un soulagement.

Par chance, mon état déplorable fit le plus gros du boulot pour moi. Après avoir été traîné dans un couloir et lâché par terre sans cérémonie, mon corps eut la bonté d'être pris de convulsions qui, d'après mes soupçons, constituaient l'avant-dernière étape avant la mort. Je ne remarquai même pas qu'on me tirait une balle dans la tête.

Chapitre 59

Ma treizième vie commença…
de la même façon que d'habitude.

Berwick-upon-Tweed. Les toilettes pour dames de la gare. Après toutes ces mésaventures, je m'attendais presque à revenir dans la peau d'un fils de roi. Mais s'il existait quelque forme de justice divine dans cet univers, elle prenait manifestement son temps pour se pencher sur le sort des kalachakras.

Le processus habituel. Confié à Patrick et Harriet, qui m'élevèrent comme leur propre fils, je commençai à recouvrer la mémoire vers l'âge de trois ans et fus, paraît-il, un enfant très calme qui ne donna jamais de souci à ses parents. À quatre ans, j'avais recouvré la quasi-totalité de mes souvenirs. Quand mon sixième anniversaire arriva, j'étais prêt à me lancer dans le vaste monde et à révéler à tous les membres du Cercle Cronus la vérité au sujet des plans de Vincent, ainsi que les extrémités auxquelles il était capable d'aller pour les mettre à exécution.

J'écrivis à Londres, à Charity Hazelmere et au reste du Cercle Cronus local, pour tout leur raconter : Vincent Rankis, le miroir quantique, la Russie, la totale. Il me semblait que je n'avais pas le temps d'organiser mon extraction en douceur, aussi informai-je Charity que j'allais voler l'argent nécessaire et m'écrire une lettre en me faisant passer pour un adulte, puis me rendre par mes propres moyens à Newcastle afin de tout lui expliquer en personne. Elle n'avait qu'à attendre mon télégramme et venir me chercher à la gare. Plus tard, je compris que ma précipitation m'avait sans doute sauvé la vie.

Je ne reçus pas de réponse, et n'en attendais d'ailleurs aucune. Charity était extrêmement fiable pour toutes les questions qui touchaient aux jeunes kalachakras. Je dérobai quelques shillings dans le secrétaire de Rory Hulne, m'écrivis une lettre très éloquente informant la personne qui la lirait que le porteur de ce message se rendait dans une école de Londres et que tous les adultes qu'il rencontrerait devraient l'aider à atteindre sa destination. Puis, muni de ma meilleure (de ma seule, en fait) paire de bottes et d'un sac de fruits volés, je me mis en route pour Newcastle.

Impossible de trouver un moyen de transport depuis le village voisin : il aurait été trop facile de demander à mes parents s'ils m'avaient bien donné la permission de me lancer seul dans une telle aventure. Alors je marchai toute la nuit et finis par atteindre, je vous le donne en mille… Hoxley où, des siècles auparavant, j'avais tenté de me cacher de Franklin Phearson et de sa curiosité pour l'avenir. En présentant ma lettre à la postière et en l'informant que j'étais un orphelin en route pour Londres, j'obtins non seulement qu'elle m'emmène à l'arrière de sa camionnette, que je partageai avec deux ifs en pots et un labrador paresseux, mais aussi qu'elle me donne du pain chaud et du saindoux pour me caler l'estomac.

Arrivé à Newcastle, je me rendis directement au bureau des télégrammes. J'eus du mal à envoyer le mien, essentiellement parce que le comptoir était trop haut pour que je l'atteigne, mais un aimable avocat qui faisait la queue me souleva pour me percher dessus. De ma voix flûtée, j'expliquai quelle était ma mission, présentai ma lettre et annonçai que je devais attendre ma tante. Après quelque hésitation, le responsable envoya mon message et me demanda si j'avais un endroit où loger cette nuit-là. Comme je répondais par la négative, il secoua la tête d'un air désapprobateur et dit qu'il n'était pas bien qu'un enfant aussi jeune voyage seul, et qu'il envisageait d'appeler la police.

Mais sa femme lui ordonna de me laisser tranquille. Elle me fit apporter une couverture et un bol de soupe. Puis elle me dit que je pouvais rester dans le bureau derrière le comptoir aussi longtemps que je voudrais, et qu'elle guetterait ma tante. Je la remerciai avec une chaleur non feinte : devoir constamment éluder la curiosité des adultes vis-à-vis d'un enfant de six ans qui se rendait seul à Londres me fatiguait déjà.

J'attendis.

Charity n'avait jamais mis plus de onze heures pour me rejoindre à Newcastle après avoir reçu mon télégramme, et la seule fois où elle avait mis aussi longtemps, c'était à cause d'une grosse chute de neige qui avait perturbé la circulation ferroviaire. Au bout de huit heures, l'épouse du responsable me demanda si j'avais un autre endroit où aller et si je connaissais quelqu'un en ville. Son mari secoua de nouveau la tête d'un air désapprobateur et dit qu'il allait vraiment appeler la police cette fois, parce que ce n'était pas bien du tout, non, pas bien du tout. Je demandai à aller aux toilettes et me faufilai par la fenêtre de derrière pendant qu'ils m'attendaient devant la porte.

Le lendemain, je montai la garde sur la colline qui surplombait le pont de chemin de fer tout proche de la gare. Chaque fois qu'un train arrivait depuis le sud, je descendais au bord du quai pour chercher Charity.

Mais elle ne vint pas.

J'avoue que je fus bien embêté. Depuis que je connaissais le Cercle Cronus, Charity était une figure incontournable de mon enfance. Quand elle ne pouvait pas se déplacer, elle m'envoyait quelqu'un d'autre. Là… j'étais complètement perdu. On venait de me dérober une alliée précieuse, la béquille dont j'avais besoin pour négocier la période la plus difficile de ma vie. Devais-je envoyer une seconde lettre à Londres ?

La prudence m'en dissuada. Trop de questions sans réponse, trop de dangers qui rôdaient. Vincent avait voulu m'extorquer mon point d'origine mais, comme j'étais plus vieux que lui, cela signifiait clairement qu'il avait un associé, quelqu'un de plus âgé que lui et moi, capable de tuer un kalachakra dans le ventre de sa mère. Préserver mon plus grand et mon seul secret devenait tout à coup crucial : en aucun cas Vincent et son allié potentiel ne devaient découvrir ma date et mon lieu de naissance.

J'avais l'esprit en ébullition. En avais-je trop dit dans ma lettre à Charity ? Je n'avais pas cherché à dissimuler mes origines, mais elle avait tellement l'habitude de me soustraire à mon enfance que je n'avais pas éprouvé le besoin d'entrer dans les détails. Et dans mes vies précédentes ? J'avais donné des adresses. Jamais celle de mes parents adoptifs, juste des lieux assez proches de Hulne Hall pour que je puisse surveiller le courrier qui arrivait et organiser ainsi ma propre extraction. Se pouvaient-ils qu'elles me trahissent ? À tout le moins, elles restreindraient considérablement la zone de recherche. Dans un endroit aussi isolé, il ne serait guère difficile d'identifier les petits garçons du bon âge et de la bonne classe sociale.

D'un autre côté… Figurais-je seulement dans les archives officielles ? L'illégitimité qui me poursuivait telle une malédiction pendant une grande partie de ma vie m'apparaissait tout à coup comme une formidable bénédiction, car je pris soudain conscience qu'il pouvait très bien n'exister aucune trace écrite de ma naissance. Mon père biologique ne m'avait pas reconnu, mon père adoptif détestait la paperasse presque autant qu'il se mettait en colère quand on laissait brûler une chandelle inutilement. C'est-à-dire de manière disproportionnée. Quelqu'un d'autre aurait-il pris la peine de signaler mon existence ?

Je me souvenais encore de ma première vie, de l'époque où ce genre de chose comptait pour moi et où j'avais eu un mal de chien à cotiser à la Sécurité sociale ou à toucher ma retraite, parce que l'administration ne me connaissait pas. Même le nom que j'utilisais était faux. Je n'étais pas davantage Harry August que je n'étais Harry Hulne. Selon la loi, j'étais le fils de Lisa Leadmill, morte en 1919, qui ne m'avait baptisé que de quelques syllabes chuchotées sur le carrelage des toilettes pour dames.

Restait ce simple fait : je n'étais pas mort.

Je n'avais pas été avorté avant ma naissance.

Si Vincent me cherchait dans cette vie, s'il avait confié cette mission à un allié plus âgé que lui de toute évidence, celui-ci n'avait pas réussi à déterminer mon véritable point d'origine, et je ne pensais pas avoir fourni suffisamment d'informations à Charity pour qu'il y parvienne.

Mais Charity, justement.

Qu'était-elle devenue ? Pourquoi n'était-elle pas venue me chercher ?

Plus que toute autre chose, ce fut son absence inexpliquée qui détermina la suite de mon plan. Je me faufilai à l'intérieur de la gare de Newcastle et montai à bord du premier train pour Londres.

Je n'achetai pas de billet.

Après tout, qui va donner une amende à un enfant de six ans ?

Retour à Londres.

En 1925, c'était une ville au bord d'un grand changement. Le jour de mon arrivée, le maire fit installer à Stoke Newington un nouvel abreuvoir destiné aux chevaux de passage. Quelques heures après son inauguration, ce dernier fut heurté par une voiture dont le conducteur avait perdu le contrôle à l'angle de la rue. Tout le monde sentait qu'un changement arrivait, mais comme personne ne savait vraiment en quoi il consisterait, la société titubait au bord d'un précipice, s'agrippant d'une main au passé et tendant l'autre vers l'avenir.

Les marchands des quatre saisons se battaient avec les épiciers, les travaillistes se disputaient avec les libéraux tandis que les conservateurs restaient en retrait, se résignant à contrecœur aux inévitables réformes mais espérant que leurs rivaux se chargeraient de faire voter les mesures les plus controversées. Le suffrage universel était la marotte du moment, car les femmes qui avaient réclamé l'égalité politique tournaient désormais leur attention vers l'égalité sociale : le droit de fumer, de boire et de faire la fête comme n'importe quel homme. Ma grand-mère Constance n'aurait pas approuvé du tout. D'un autre côté, elle n'avait plus rien approuvé depuis les années 1870.

Il était facile pour un enfant de se faufiler dans ce quartier. Des meutes de jeunes pickpockets grouillaient encore dans les rues et autour des bordels de King's Cross et, malgré ses rêves de grandeur, Holborn n'était encore qu'une façade. Je marchai avec tant d'assurance que les policiers me jetèrent des coups d'œil mais ne m'arrêtèrent je m'enfonçai dans le cœur de la ville en quête du Cercle Cronus.

La suie qui flottait dans l'air faisait virer la pierre blanche au noir. Même les bâtiments les plus récents étaient déjà couverts d'initiales et de messages. Mais je ne tardai pas à retrouver le passage dans lequel siégeait le Cercle Cronus, l'endroit où Virginia m'avait emmené par une chaude journée estivale au plus fort du Blitz, et où nous avions parlé du temps et de protocole en nous prélassant entre les draps anti poussière. La porte était bien là, mais elle n'arborait aucune plaque en laiton ni aucune indication quelle qu'elle soit.

Je frappai quand même.

Une domestique en tablier blanc amidonné et coiffe froufroutante vint m'ouvrir.

— Oui ? Qu'est-ce que tu veux ?

Je mentis instinctivement.

— Je vends des oranges, ça vous intéresse ?

— Hein ? Non ! Va-t'en !

— S'il vous plaît, madame, bredouillai-je. De belles oranges Cronus.

— Fiche le camp, sale garnement, me rabroua-t-elle.

Elle me donna un petit coup de pied pour faire bonne mesure, avant de me claquer la porte au nez.

Choqué, je restai planté là, le regard perdu dans le vide.

Le Cercle Cronus avait disparu. Je cherchai frénétiquement un signe, un indice, un message gravé dans la pierre ou toute autre indication qui aurait pu me dire où il était passé, mais en vain. Tournant follement sur moi-même, je levai les yeux vers les gouttières en quête de la plus petite trace… et vis un rideau remuer à l'étage.

Mon sang se glaça dans mes veines.

Mais bien sûr.

Ce que je pouvais être bête.

Même après avoir détruit un siège du Cercle Cronus, celui qui avait fait ça laisserait un guetteur sur place pour voir qui sortirait du bois.

Et comme l'enfant stupide que j'étais apparemment, je n'avais pas tardé à émerger du couvert des arbres.

Je n'essayai pas de lutter, ni même de voir qui m'observait de derrière ce vilain rideau brun. Tête baissée, je m'enfuis en courant.

Chapitre 60

Je n'avais pas le choix.

Je rentrai piteusement à Berwick.

À Hulne Hall, chez Patrick et Harriet, chez Rory et Constance. Là d'où je venais, là où tout avait commencé.

J'arrivai quatre jours après mon départ, crasseux, épuisé et débraillé, un petit voleur qui avait fugué et n'avait trouvé nul endroit où se réfugier. Harriet pleura en me voyant, me serra contre elle et me berça dans ses bras. Elle sanglota jusqu'à ce que mes vêtements soient trempés. Quant à Patrick, il m'emmena derrière la maison et m'infligea la pire correction de ma vie. Puis, alors que je saignais encore, il me traîna jusque chez les Hulne et m'obligea à m'excuser devant toute la famille. Rory me dit que j'avais de la chance qu'on ne me jette pas dehors pour que j'y meure de faim comme le petit chenapan que j'étais, et qu'à compter de maintenant je devrais travailler jour et nuit jusqu'à ce que je me sois racheté, enfant ingrat que j'étais !

J'acceptai la raclée et les remontrances qui suivirent en silence. Je n'avais pas le choix. On m'avait privé de la bouée de sauvetage sur laquelle j'avais appris à compter depuis plusieurs vies. J'avais six ans. J'avais sept siècles et demi. Et on me traquait.

Les Hulne refusèrent de payer pour que j'aille à l'école. Humilié par mon escapade, Patrick ne protesta pas. Harriet tomba malade très tôt cette fois et je me demandai si, à ma façon, je n'y avais pas contribué. Je restai à son chevet jusqu'à la fin, lui faisant boire du jus de pavot que j'avais dérobé à ma tante Victoria et tenant sa main en silence. Ma veillée dut me racheter quelque peu aux yeux de Patrick car, pendant les obsèques, il me regarda en face pour la première fois depuis ma fugue, et après ça il me rossa moins souvent.

À la suite à la mort d'Harriet, parce qu'elle refusait de voir son neveu bâtard grandir dans l'ignorance totale, ma tante Alexandra entreprit secrètement de m'apprendre à écrire. Bien entendu, je savais déjà tout ce qu'elle avait à me dire, mais je lui étais si reconnaissant de sa compagnie, de sa conversation, de ses livres et de ses encouragements que je la laissai parler sans l'interrompre. Un minuscule sacrifice en échange du grand cadeau qu'elle me faisait. Au bout de cinq mois, Constance s'en aperçut, et on put entendre la dispute qui suivit depuis la mare à poissons du domaine.

Alexandra était plus courageuse que je ne le pensais car, après ça, elle me rendit visite encore plus souvent. Elle était impressionnée par la vitesse à laquelle j'apprenais, et n'ayant pas d'enfant elle ne pouvait se rendre compte à quel point mon développement était anormal. Plus elle prenait de place dans ma vie, moins Patrick occupait la sienne et, lorsque j'atteignis mon douzième anniversaire, c'était à peine si nous échangions encore un mot de temps en temps. Il semblait que nous n'avions plus rien à nous dire.

Je comptais les jours jusqu'au moment où je pourrais passer pour un adulte. Malgré mon impatience, je n'avais pas le choix. Arrivé à quinze ans, j'estimai que je pouvais faire illusion. Si les apparences font cinquante pour cent de la réussite, j'avais à tout le moins l'attitude et les capacités intellectuelles de quelqu'un de beaucoup plus âgé. J'allai voir Alexandra, lui empruntai une petite somme d'argent, lui écrivis une lettre pour la remercier de toutes ses bontés, en écrivis une autre à Patrick pour lui dire à peu près la même chose, et partis dès le lendemain sans un regard en arrière.

Ma mission était celle d'un historien. Je devais découvrir ce qu'il était advenu du Cercle Cronus sans mettre ma propre vie en danger. Quoi qu'ils aient pu faire exactement, il était probable que les responsables se cachent. Il était tout aussi probable que, malgré sa détermination, l'influence de Vincent ne remonte guère que quelques générations de kalachakras en arrière. Il devait y avoir un Cercle Cronus, sinon dans les années 1900, peut-être dans les années 1800, et certainement dans les années 1700. Quand bien même Vincent aurait réussi à en effacer toute trace si loin dans le passé, il existerait d'autres branches dans d'autres villes auxquelles il n'aurait pas pu toucher. Je devais entrer en contact avec elles.

Je commençai mes recherches à la bibliothèque de l'université de Londres. La sécurité était quasi inexistante, et je n'eus pas de mal à me faire passer pour un étudiant. Roulant des mécaniques, je me rendis dans la salle de lecture pour y consulter des ouvrages sur l'histoire sociale de Londres. Très prudemment, je lançai quelques hameçons vers d'autres villes. J'envoyai des télégrammes à Paris ou à Berlin. Jamais à des kalachakras directement, mais à des gens qui s'intéressaient au fonctionnement de la société, pour leur demander s'il existait un Cercle Cronus chez eux. Dans les deux cas, on me répondit par la négative.

Dans mon désespoir, je poussai mes investigations plus loin. New York, Boston, Moscou, Rome, Madrid... Silence. Je savais que le Cercle Cronus de Pékin était, à cette époque, trop chamboulé pour répondre forcément à toutes les requêtes : de 1920 à 1940, il devenait l'ombre de lui-même, forcé de confier ses membres à des institutions plus fiables et plus prospères. Enfin, je reçus un message d'un collectionneur de faits divers viennois qui m'informa qu'en 1903 une organisation nommée le Cercle Cronus avait donné une soirée pour les ambassadeurs de la ville et leurs épouses, mais que durant les troubles de la Première Guerre mondiale il avait fermé ses portes pour ne jamais les rouvrir.

À Londres, j'épluchai les livres d'histoire et finis par trouver une référence au Cercle dans la Gazette Londonienne. En 1909, les dirigeants du Cercle Cronus cessaient toute activité « faute d'intérêt de la part de leurs membres ». Ce fut pratiquement tout ce que je découvris.

1909.

Cette date me procura un indice et un certain soulagement. Le Cercle Cronus avait donc existé jusqu'au début du XXe siècle. Quels que soient les alliés dont Vincent pouvait disposer, ils ne devaient pas remonter très loin dans le passé. Un enfant né en 1895 aurait, dès 1901, recouvré suffisamment de facultés pour traquer d'autres kalachakras à leur point d'origine et les avorter avant la naissance. En 1909, la menace envers le Cercle aurait commencé à se remarquer, et l'organisation conçue pour protéger ses membres serait devenue un piège, un danger pour tous ceux qui solliciteraient son aide.

D'un autre côté, même si la branche londonienne était systématiquement visée, j'avais du mal à croire que le phénomène ait pu atteindre une telle ampleur. Personne, pas même Vincent, ne pouvait avoir découvert le point d'origine d'un si grand nombre d'ouroboriens et annihilé ceux-ci. Pas à une telle échelle.

Cette pensée n'avait pas plus tôt traversé mon esprit qu'elle fut suivie par une autre : Vincent n'avait pas nécessairement besoin de connaître le point d'origine de tous les membres du Cercle pour les tuer. Il lui suffisait de leur faire Oublier qui ils étaient. Ainsi, des générations entières manqueraient à l'appel. Trouver des kalachakras adultes ne serait pas très difficile, et je ne pouvais deviner quel genre d'action Vincent avait entrepris contre eux dans ma vie précédente, puisque j'étais mort trop jeune pour y assister. Il avait eu quarante ans, peut-être davantage, pour traquer tous les kalachakras de la planète et effacer leur mémoire ou, comme il avait eu l'intention de le faire avec moi au départ, déterminer leur point d'origine. Dans les deux cas, les conséquences seraient dévastatrices. Et, effectivement, elles s'étendraient à une échelle globale.

Si je devinais juste, il fallait que je trouve un survivant, quelqu'un qui pourrait confirmer mes soupçons.

Je me rendis à Vienne.

Chapitre 61

Le Cercle Cronus de Vienne siégeait, ou plutôt, avait siégé, dans une bâtisse qui surplombait le Danube, en bordure de la ville, à l'endroit où les eaux agitées laissent deviner les courants puissants qui les entraînent en profondeur. Au moment où je m'y rendis, Vienne n'était guère plus qu'un lieu de plaisir pour l'aristocratie déclinante de ce qui avait jadis été l'Empire austro-hongrois et qui serait d'ici très peu de temps gouverné par Hitler et ses sous-fifres, puis par Staline et les siens. Mais, pour l'heure, ses habitants dansaient et jouaient de la musique en essayant de ne pas penser à l'avenir.

J'étais venu là pour la simple raison que, dans toutes mes recherches, je n'avais trouvé qu'un seul Cercle qui semblait avoir été dissous de manière volontaire par une génération précédente. Toute trace de la branche londonienne avait été effacée, et je n'avais pas obtenu de réponses aux messages envoyés dans d'autres villes. Mais là, à Vienne, j'avais un espoir que les anciens dirigeants aient laissé un signe dans la pierre, un indice que Vincent aurait manqué.

Je me vêtis comme un étudiant en histoire et parlai allemand avec un léger accent magyar, pour le plus grand amusement de mes hôtes. Je gagnais ma vie grâce à des mensonges, des escroqueries et, le plus vieux truc du monde pour les kalachakras, des prévisions d'une remarquable justesse quant aux gagnants des prochaines courses de chevaux. Tandis que je m'affairais, explorant les environs de l'ancien siège du Cercle, passant en revue les archives administratives locales, je me demandai pourquoi l'Oubli n'avait pas fonctionné sur moi.

Je ne voyais qu'une seule réponse possible : j'étais un mnémonique, comme Vincent. Mais... le savait-il ? Le carnage perpétré contre nos pairs disait assez clairement qu'il était bien renseigné, et qu'il reculerait devant très peu de choses pour assouvir ses ambitions. Mais que savait-il sur moi, exactement ? Il avait une vague idée de mon âge et, sans doute, de mes origines géographiques. En revanche, il ne pouvait pas être certain de mon vrai nom, et il n'avait pas pu établir avec certitude si je me souvenais de quelque chose ou non. Ce dernier fait pourrait constituer un avantage considérable, à condition que j'évite de me faire prendre. Si on me surprenait en train de faire des recherches sur les Cercles Cronus, cela prouverait que l'Oubli n'avait pas fonctionné. Mais, tant que mon identité demeurerait secrète, je resterais l'épine inconnue plantée dans le flanc de Vincent.

Partant de ce principe, je me mis à changer de vie comme de chemise. Je ne restais jamais au même endroit pendant plus de quelques jours, je modifiais régulièrement ma façon de m'habiller et de parler, ainsi que la langue dans laquelle je m'exprimais. Je teignis mes cheveux si souvent qu'ils devinrent très vite secs, cassants et d'une couleur indéfinie. Je développais mes talents pour la contrefaçon à tel point qu'on m'offrit un boulot dans la pègre à Francfort. Je ne laissais de traces de mon passage nulle part : pas de photos, pas de lettres, pas de noms, pas de documents. Je gardais mes notes dans ma tête, gagnais au jeu juste l'argent nécessaire à ma mission et ne me faisais pas d'amis proches. Je n'écrivis jamais à Hulne Hall et, pendant toute la durée de mes recherches, je crois que je ne racontai pas une seule chose vraie à mon sujet. J'allais devenir la Némésis de Vincent Rankis, et il ne me verrait pas approcher.

Il me fallut trois mois. Deux de trop, à mon goût. Les dirigeants du Cercle Cronus s'étaient montrés prudents et avaient dissimulé toutes leurs traces, mais l'un d'eux, un certain Theodore Himmel, avait laissé dans son testament une note stipulant qu'un coffret métallique devait être enseveli au pied de sa tombe. Il ne s'agissait que d'un bref codicille excentrique dans un document vieux de plus de trente ans, mais cela me suffit. Je m'introduisis dans le cimetière à la faveur de la nuit et, à la lumière d'une torche, creusai la tombe de Theodore Himmel jusqu'à ce que ma pelle heurte du métal.

Comme spécifié dans ses dernières volontés, un coffret noir et cabossé était enterré là. On avait soudé son couvercle, et je dus m'acharner avec une scie à métaux pendant trois heures pour arriver à l'ouvrir.

Le coffret contenait une tablette de pierre sur laquelle un message était rédigé en lettres minuscules et en trois langues : l'allemand, l'anglais et le français.

Moi, Theodore Himmel, appartenant à l'espèce connue sous le nom d'ouroboriens, d'après le serpent qui dévore sa propre queue, laisse ce message pour ceux de mes futurs semblables qui chercheraient à s'enquérir de mon sort. Enfant, je suis sauvé des vicissitudes de mon existence par le Cercle Cronus, qui m'arrache à la pauvreté pour me permettre de grandir dans le confort et la compagnie de mes pairs. Vieil homme, je m'efforce de rendre le même service aux nouvelles générations et ce, depuis de nombreuses vies avant la présente. Hélas, cette fois, je ne pus m'acquitter de ma mission.

Jusqu'en l'an 1894 de Notre Seigneur, nos enfants sont tous nés comme prévu. Mais, à compter de cette année funeste, de plus en plus des nôtres sont réapparus sans souvenir de leur nature réelle, et certains ne sont pas réapparus du tout. Il semble que, dans leur vie précédente, ils aient été capturés par quelque force inconnue qui a détruit leur esprit, leur âme, leur immense savoir et la personnalité développée au fil des siècles.

C'est un péché contre la connaissance, un péché contre l'humanité et contre tous les représentants de notre espèce. J'ai vu mes amis et collègues, ma véritable famille, réduits à l'état d'enfants balbutiants. Pour eux, le Cercle Cronus n'existe pas, et je ne peux que compatir aux épreuves qu'ils affronteront dans leurs vies suivantes en redécouvrant leur nature profonde dans la douleur.

Si vous lisez ceci, sachez que je suis mort, et que dans cette vie le Cercle Cronus a été endommagé au-delà de toute possibilité de salut. Ne vous mettez pas à sa recherche, car c'est un piège. N'essayez pas de trouver nos semblables et, si vous venez à rencontrer certains d'entre eux, ne leur faites pas confiance. Pour que tant d'entre nous aient tout oublié, pour que d'autres aient été détruits irrémédiablement avant leur naissance, il y a forcément une trahison à l'œuvre.
Je vous demande d'ensevelir de nouveau cette pierre pour les autres ouroboriens qui viendraient à passer par ici, et de prier pour que le Cercle Cronus se relève dans nos vies futures.

Je ne lus le message qu'une fois à la lumière de ma torche. Puis, obéissant, je l'enfouis de nouveau au pied de la tombe de Theodore Himmel.

Chapitre 62

Je devais trouver Vincent Rankis.

J'enrageais de penser combien cela s'annonçait difficile, et j'enrageais plus encore à l'idée que le poursuivre activement dans cette vie m'exposerait sans doute à un danger bien plus grand qu'attendre la suivante. Si je me faisais prendre dans cette vie, cela signifierait que l'Oubli n'avait pas fonctionné, et je ne doutais pas que la prochaine fois Vincent ne serait pas assez négligent pour me laisser avaler de la mort-aux-rats avant de m'avoir enfin extorqué ma date et mon lieu de naissance. De la même façon, si j'apparaissais sur le radar social en tant que figure d'importance, les humains linéaires comme les kalachakras s'interrogeraient sur mes origines, qui étaient désormais l'information la plus importante en ma possession.

Compte tenu de tout cela, et pour la première fois de toute ma longue existence, je devins un criminel professionnel.

Je précise très vite que mon but n'était pas d'accumuler richesses et contacts. Je devais trouver les ouroboriens encore en vie et en possession de leurs souvenirs, ceux qui avaient échappé à la purge de Vincent, mais de toute évidence je ne pouvais pas utiliser le Cercle Cronus pour ce faire. De la même façon, je ne pouvais pas employer des moyens légaux et risquer qu'on remonte jusqu'à moi. Aussi m'entourai-je de multiples cordons de sécurité pour empêcher la police et autres curieux de découvrir ma véritable identité.

Je commençai dans le blanchiment d'argent, profitant de ma connaissance des institutions bancaires majeures et des investissements qui se révéleraient payants ou non dans les années à venir. La Seconde Guerre mondiale perturba quelque peu ma carrière, car elle priva mes clients de leurs affaires les plus juteuses et força des secteurs entiers à se rabattre sur le marché noir, sur lequel je n'avais que très peu de contrôle. En revanche, les années qui suivirent l'Armistice se révélèrent extrêmement fructueuses.

Je fus un peu déçu par la facilité avec laquelle je maîtrisai les techniques, et la rapidité à laquelle je devins impitoyable. Je cessais immédiatement toute transaction avec les clients qui n'écoutaient pas mes conseils, ou qui faisaient étalage de leurs richesses d'une manière susceptible d'attirer l'attention sur moi, et je me débarrassais de ceux qui s'intéressaient d'un peu trop près à mon identité. En revanche, ceux qui appliquaient docilement mes règles très strictes étaient récompensés par d'énormes retours sur investissement.

L'ironie voulut que, la plupart du temps, les entreprises légales par lesquelles je faisais transiter l'argent réussissent si bien qu'elles se mettaient à faire des profits supérieurs à ceux des activités illicites qui les finançaient. Tôt ou tard, j'étais forcé de les démanteler ou de cesser de les alimenter pour éviter que les autorités fiscales des pays dans lesquelles elles étaient basées ne commencent à fouiller dans mes affaires. Je n'intervenais jamais personnellement : j'envoyais des sous-fifres qui se faisaient passer pour moi, comme j'en avais pris l'habitude plusieurs vies auparavant lorsque je travaillais pour Waterbrooke & Smith. Je réengageai même Cyril Handly, l'acteur, pour effectuer quelques transactions à ma place.

Cette fois, il s'en tint au scénario prévu, essentiellement parce que je l'empêchais de toucher à la bouteille, jusqu'à ce jour de 1949 où, alors qu'il se trouvait à Marseille, des dealers aux prétentions révolutionnaires firent irruption dans une réunion à laquelle il assistait, abattirent tous ceux qui résistaient et pendirent les survivants à une grue pour prévenir les gangs rivaux qu'ils avaient l'intention de s'installer là. Le syndicat du crime ainsi attaqué riposta dans le feu et dans le sang, ce qui ne les mena nulle part.

Je vidai leurs comptes en banque jusqu'au dernier centime, graissai la patte de tous les comptables et de tous les hommes de paille qui travaillaient pour eux, livrai leurs compagnies-écrans aux autorités et, lorsqu'il me sembla que cela les inciterait à se montrer plus stupides encore, j'empoisonnai le chien de leur chef. Autour du cou de l'animal, je laissai un message disant : « Je peux vous atteindre n'importe quand, n'importe où. Demain ce sera votre fille, et après-demain votre femme. »

Il quitta la ville le lendemain, non sans avoir placé sur ma tête une récompense diplomatiquement bien trop élevée, et qu'il n'avait pas les moyens de payer. Aucun assassin ne la réclama jamais. Aucun assassin ne savait où me chercher.

En 1953, j'avais des informateurs et des contacts sur toute la planète. J'avais également une femme, Mei, que j'avais rencontrée en Thaïlande durant une de mes brèves visites là-bas et installée dans un confort petit-bourgeois en pleine banlieue du New Jersey. Là, elle apprit l'anglais, assista à des événements sociaux, se lança dans le bénévolat et se dégotta un jeune amant très poli du nom de Tony, qu'elle adorait mais qui, par courtoisie envers moi, disparaissait toujours de la maison avant mon retour. En échange des quelques dépenses que je faisais pour elle, j'avais droit à des repas maison d'une qualité extraordinaire, à sa compagnie quand j'en avais besoin et, une réputation de philanthrope.

De fait, j'avais du mal à dépenser tout l'argent que je gagnais, et je comptais beaucoup sur les dons anonymes à des œuvres caritatives pour me débarrasser de l'excédent susceptible de me compromettre. Une tâche dans laquelle Mei excellait. Elle visitait les bureaux de tous les destinataires potentiels, examinait minutieusement leurs archives et passait leurs actions au peigne fin avant d'autoriser le moindre virement. Parfois, j'étais tellement pressé et Mei tellement méticuleuse que je faisais dans son dos une donation à une œuvre qu'elle n'avait pas approuvée, juste pour gagner du temps.

Nous n'avions jamais été amoureux, et n'avions pas besoin de l'être. Chacun de nous retirait ce qu'il désirait de ce mariage. Jusqu'au jour de sa mort, Mei nous resta fidèle, à Tony et à moi, et jusqu'au jour de sa mort elle crut que je m'appelais Jacob et que j'avais grandi en Pennsylvanie.

Si elle soupçonna que je ne lui disais pas la vérité, elle n'en laissa jamais rien paraître.

Tout cela était bien beau, mais nul ne connaissait le véritable but de l'opération, pas même ma femme. J'avais accès à de nouvelles informations au fur et à mesure que mon réseau de contacts criminels s'étendait. Dans les années 1950, j'avais dans ma poche, ou pas loin, des tas de policiers, de politiciens, de fonctionnaires, de gouverneurs et de généraux. Je ne leur demandais que des choses très minimes, et ils devaient être reconnaissants que ce soit moi qui les manipule plutôt que quelqu'un d'autre. Par exemple, je voulais savoir qui était propriétaire de tel ou tel immeuble, ou je réclamais des renseignements sur telle ou telle personne. Je déterminais ainsi de façon détournée ce qu'étaient devenus les différents sièges locaux du Cercle Cronus à travers le monde, et lesquels de leurs membres vivaient encore, étaient morts ou avaient Oublié.

J'avais parfois de la chance. En 1954, je tombai tout à fait par hasard sur Phillip Hopper, le fils du fermier du Devon, qui dans cette vie avait hérité des affaires de son père et qui, je fus ravi de l'apprendre, produisait des quantités considérables de crème grâce à son troupeau d'énormes vaches.

Le fait qu'il travaille les terres paternelles ne présageait rien de bon pour sa mémoire, car de toutes mes vies jamais je n'avais vu Phillip lever le petit doigt sans nécessité absolue. Mais, par pur esprit d'aventure, j'embarquai Mei à bord d'un vol pour l'Angleterre, lui achetai un chapeau de paille, l'emmenai voir la tour de Londres et pris avec elle un train pour le sud-ouest du pays.

Nous y passâmes des vacances délicieuses à marcher le long des falaises, à chercher des fossiles et à nous gaver de scones aux fruits. L'avant-dernier jour, comme par hasard, nous longeâmes la ferme de Phillip Hopper, escaladâmes la clôture et allâmes toquer à la porte de sa chaumière pour voir si nous ne pourrions pas lui acheter un peu de sa fameuse crème épaisse.

Phillip vint nous ouvrir lui-même et, dès la première seconde, il fut absolument évident qu'il avait perdu la mémoire. Pas juste à cause de son métier, de son accent du terroir, de son absence de réaction quand il me vit et de la lueur méprisante dans ses yeux quand il entendit mon faux accent américain. Non, c'était une absence bien plus profonde. Une perte de temps, d'expérience, de connaissance. La disparition de tout ce qui avait fait de lui l'homme qu'il était autrefois. Comme tant d'ouroboriens, Phillip Hopper avait été capturé lors de sa vie précédente par un inconnu qui avait effacé sa mémoire et son essence même.

Il nous vendit de la crème, et je suis au regret de dire que nous l'avions entièrement boulottée le temps de reprendre le train pour Londres le lendemain matin.

Chapitre 63

Je conclus que ma prochaine vie s'annonçait chaotique. Allongé près de Mei dans notre jolie petite maison de banlieue payée par des contrebandiers et des fraudeurs, j'observais les ombres des feuilles qui s'agitaient au plafond et réfléchissais à des questions séparées par plusieurs siècles.

Les kalachakras dont la mémoire avait été effacée se réveilleraient en proie à la même confusion et à la même folie qui m'avaient tourmenté durant ma deuxième vie, et les quelques suivantes. D'ordinaire, après un Oubli, les membres du Cercle Cronus se manifestaient dans la deuxième vie du sujet pour protéger l'enfant terrifié qu'il était alors contre les pires traumatismes de cette expérience, et pour le guider dans cette période si difficile.

Mais s'ils agissaient de la sorte, ceux d'entre nous dont les souvenirs demeuraient intacts risquaient d'être également découverts, car Vincent connaissait désormais l'identité d'un grand nombre de kalachakras. D'un autre côté, avions-nous le choix ? Les générations futures du Cercle Cronus comptaient sur les membres du XXe siècle pour les protéger et les aider. Que deviendraient-elles si nous cessions de leur préparer le terrain ?

Elles se débrouilleraient, conclus-je, parce qu'elles n'auraient pas le choix. La question la plus pressante, c'était que faire ici et maintenant. Étant l'un des rares privilégiés encore conscient de sa propre nature, que ferais-je quand, dans ma prochaine vie, les asiles de ce monde se rempliraient d'hommes et de femmes dont Vincent avait mutilé la mémoire ?

Je devais trouver une branche du Cercle Cronus qui n'avait pas été touchée par la purge. Une seule suffirait, pourvu que ses membres sachent encore qui ils étaient.

Quand 1958 arriva, il devint évident que l'unique Cercle susceptible de correspondre à cette description était celui de Pékin.

Ce n'était pas le bon moment pour visiter Pékin. Le gouvernement chinois communiste avait mis un terme abrupt mais efficace à la campagne des Cent Fleurs après avoir compris qu'accorder la liberté culturelle ne lui garantissait pas d'obtenir l'approbation culturelle. Le Grand Bond en avant venait de commencer. Il inciterait les citoyens à sacrifier leurs outils et leur métal, leur temps et leur énergie, leurs forces et leur vie même pour le bien de la nation. Dix-huit à trente millions de personnes mourraient de la famine qui s'en suivrait.

En tant qu'Occidental, il m'aurait été presque impossible d'obtenir un visa, mais j'avais suffisamment de contacts criminels en Russie pour me fabriquer une couverture d'universitaire soviétique envoyé à Pékin afin de partager sa connaissance des techniques industrielles et d'améliorer son mandarin.

Parler mandarin avec l'accent russe est extrêmement difficile. De toutes les langues que j'ai apprises, c'est le mandarin qui m'a pris le plus longtemps. Devoir reproduire ses inflexions subtiles tout en me faisant passer pour un universitaire soviétique empoté se révéla un exercice extrêmement stressant. Au final, je choisis de faire ressortir mon accent russe davantage que ma maîtrise de la grammaire mandarine, ce qui me valut quantité de sourires narquois de la part de mes hôtes et le sobriquet de professeur Sing-Song. Bientôt, plus personne ne m'appela autrement.

Même si j'étais, techniquement, citoyen d'une nation alliée et amie, mes mouvements à Pékin étaient fort restreints. La ville traversait un bouleversement tumultueux, bien que hideusement décousu en raison de l'état du pays dans son ensemble. Des quartiers entiers du vieux Qing avaient été démolis d'un seul coup, alors qu'on manquait de ressources pour construire de nouveaux logements. On avait commencé à bâtir d'immenses gratte-ciel mais, faute de budget, on avait dû leur coller un toit dès le troisième étage, façon de dire : « C'était prévu comme ça dès le début. »

On voyait des affiches de propagande partout, les plus colorées et les plus naïves que j'aie jamais contemplées. Ça allait des images traditionnellement chères au règne communiste, des familles heureuses travaillant de concert dans un champ bien entretenu, sous un ciel rouge, à des choses nettement plus inhabituelles. Ici, on suggérait qu'avoir des plantes en pots encourageait à mener une vie saine, là, on exhortait les citoyens à veiller à leur hygiène corporelle pour le bien de la nation. On aurait dit un projet pour un cours de dessin niveau collège, placardé à travers toute la ville.

Mais la ferveur à l'origine de cette campagne était indéniable, du moins pour nos hôtes les plus bruyants, qui récitaient les grands principes communistes avec un zèle quasi religieux et qui, d'ici quelques années, considéreraient sans doute la révolution culturelle comme la plus belle période de leur vie. Un excellent rappel de cette très vieille vérité : pour prospérer, une tyrannie n'a besoin que de la complicité des braves gens. Dans la Chine de la fin des années 1950, combien de millions regardèrent passer en silence la bruyante minorité de fanatiques qui marchait en chantant vers la famine et la destruction ?

Le jour, j'enseignais à de jeunes technocrates volontaires au visage dur tout ce dont je pouvais me rappeler sur le dogme industriel russe de l'époque. Je poussai même jusqu'à dessiner des graphiques et des schémas entièrement fictifs, à évoquer des aciéries imaginaires et la meilleure façon de motiver leurs travailleurs. À la fin de chaque cours, ils me posaient des questions telle que :

— Professeur Sing-Song, monsieur, offrir des récompenses aux superviseurs qui augmentent la productivité, n'est-ce pas encourager la faiblesse idéologique ? Les superviseurs ne devraient-ils pas toujours rester les égaux des ouvriers ?

Ce à quoi je répondais :

— Le superviseur est un serviteur des ouvriers, car ce sont eux qui produisent et pas lui. Toutefois, chaque organisation doit posséder une figure d'autorité clairement identifiée, sans quoi il nous est impossible de collecter des données quant à sa réussite ou son échec, et nous ne pouvons pas non plus mettre en plan des politiques universelles au niveau le plus bas. Pour ce qui est de récompenser les superviseurs en cas de réussite, nous avons découvert que, si nous ne le faisions pas, leur motivation et celle des travailleurs déclinaient, et qu'ils ne faisaient pas autant d'efforts l'année suivante.

— Mais, monsieur ! Ne vaudrait-il pas mieux lancer une campagne d'endoctrinement pour leur apprendre à penser juste ?

Je souris, acquiesçai et continuai à débiter des mensonges insipides

J'avais très spécifiquement requis que mon séjour à Pékin n'excède pas trois mois. Je ne pensais pas pouvoir maintenir ma couverture plus longtemps, et je souhaitais disposer d'un moyen d'extraction efficace au cas où elle viendrait à tomber.

J'avais également établi des liens avec les triades de Hong Kong. À ma demande et pour leur plus grande excitation, elles avaient envoyé dans le Nord une équipe de cinq hommes prêts à m'assister à tout moment. Ni eux ni leurs chefs ne se rendaient compte que ce serait moi en personne qui utiliserais leurs ressources à Pékin : ils supposaient que, comme toujours, un homme de paille travaillait pour moi.

La première fois que je les rencontrai, je fus alarmé de voir à quel point ils s'intégraient mal. Ils affichaient encore des traces flagrantes du bling-bling de Hong Kong :

chaussures flambant neuves, costume propre, peau douce et, à ma grande horreur, odeur d'after-shave coûteux. Je les sermonnai dans un mélange de russe et de mandarin, et fus quelque peu réconforté de découvrir que leur propre mandarin était excellent malgré un fort accent du Hunan. Tandis que je donnais des cours, ils se mirent en quête du Cercle Cronus, propageant un murmure après l'autre à travers les rangs de la pègre locale, car le gouvernement n'était pas tendre envers les criminels qui se faisaient prendre.

Le Cercle Cronus de Pékin.

J'avais éprouvé des réticences à le contacter même au début de ma mission, car au XXe siècle il a une réputation plutôt douteuse parmi tous les Cercles du monde. Durant une grande partie de son existence, c'est une organisation de confiance, une sorte de destination touristique pour les kalachakras : si vous parvenez jusqu'à sa porte, il vous offre un degré de stabilité et de luxe avec lequel la plupart des autres branches sont incapables de rivaliser jusqu'au milieu des années 1890.

Toutefois, à partir de 1910, son activité décline rapidement jusqu'à ce que, comme le Cercle de Leningrad en 1950, il ne soit plus guère qu'une organisation fantôme qui veille sur ses plus jeunes membres, mais rien d'autre. Lorsqu'arrivent les années 1960, le Cercle de Pékin n'est plus qu'un murmure dans l'air et plusieurs fois, malgré les précautions infinies de ses membres, il a été victime de la révolution culturelle. Dans la Russie des Soviets, il est parfois possible de se prémunir de telles attaques contre le luxe et l'intellectualisme à coups de chantage ou de pots-de-vin, mais durant la folie de ces quelques mois en Chine, même les kalachakras ne peuvent prédire avec certitude la tournure que prendront les événements.

Au cours du XXe siècle, le Cercle de Pékin souffre d'autres problèmes, idéologiques pour la plupart. Ses membres ont toujours été très fiers de la Chine, de leur nation, et durant plusieurs vies beaucoup d'entre eux se battent dans tel ou tel camp pendant l'interminable guerre civile. Au bout d'un moment, les plus pragmatiques finissent par se rendre compte que rien de ce qu'ils feront ne pourra altérer le cours des choses, et certains s'en vont alors, amers et déçus par ce qui attend leur pays. Ceux qui restent, et ils sont nombreux, se retrouvent souvent pris en tenaille entre leur sentiment de fierté nationale, la vision d'ensemble dont manquent la plupart de leurs contemporains linéaires, et la même ferveur idéologique qui a souvent provoqué la perte du Cercle local.

Quand vous ne voyez à longueur de journée que des bannières à la gloire du communisme, et que tout votre univers intellectuel est défini par ce grand cri de ralliement contre lequel vous n'avez aucune défense, les murs de la cellule idéologique dont vous êtes prisonnier deviennent votre vie. C'est la même chose pour le Cercle Cronus de Pékin et voilà pourquoi ses membres, ardents, passionnés, coléreux, amers, indignés, engagés, rejetés, acquièrent une réputation douteuse au XXe siècle. Je me suis laissé dire qu'au XXIe siècle leur Cercle change de nouveau pour redevenir un endroit où le luxe et la sécurité règnent comme autrefois, mais je n'ai jamais vécu cette époque.

Trouver le Cercle de Pékin est délicat dans les meilleures circonstances. Et la conjoncture du moment était sans doute la moins favorable à l'entreprise d'une telle tâche... mais je n'avais pas le choix.

Cela prit deux mois, et je commençai à craquer sous la pression de mes collègues de l'université qui chuchotaient que le professeur Sing-Song ne respectait pas la doctrine. En vérité, la doctrine que je débitais était absolument correcte pour l'époque, mais j'avais sous-estimé la vitesse à laquelle les choses changeaient, et surtout combien l'interprétation des rivaux comptait davantage que la véracité des propos. Je calculai qu'il ne me restait plus que quelques semaines avant d'être déporté, dans le meilleur des cas.

Le message arriva en dernière minute, sous la forme d'un petit bout de papier glissé sous ma porte. Quelqu'un avait écrit en russe : « Ai rencontré un ami. Passez prendre le thé. 18 heures sous la lanterne. »

« Sous la lanterne » était un code pour désigner un petit salon de thé, un des rares qui subsistaient à Pékin, et qui restaient ouverts essentiellement pour servir l'élite du parti et les universitaires en visite comme moi, afin que nous puissions bénéficier des bons soins de jeunes femmes attentives, qui pour un petit supplément pouvaient le devenir plus encore. La tenancière portait en permanence une robe blanche toute simple, mais ses cheveux étaient relevés à l'aide de baguettes métalliques et de pierres colorées qui formaient une véritable couronne, et je n'avais jamais vu le sourire faiblir fût-ce une seconde sur son large visage rond.

Afin de prouver que l'établissement était engagé dans le Grand Bond en avant, les chaises basses en métal sur lesquelles les clients prenaient place autrefois avaient été fournies à l'industrie locale et remplacées par des coussins rouges posés à même le sol. Cette initiative fut applaudie par les secrétaires du Parti qui venaient boire là et finalement l'un d'eux, dont les genoux ne supportaient plus la position en tailleur, fit cadeau de vingt sièges laqués à l'établissement.

Je rejoignis mon informateur, un des types de la triade, au coin de la ruelle étroite dans laquelle se dressait le salon de thé. Il pleuvait, une de ces bonnes grosses averses nordiques qui arrivent de la Mandchourie et dont les lourdes gouttes tambourinent sur les tuiles des toits incurvés. L'homme se mit en marche lorsqu'il me vit approcher, et je le suivis à cinquante mètres de distance, scrutant les ruelles alentour en quête de guetteurs ou d'espions. Au bout de dix minutes, il ralentit pour me permettre de le rattraper, et nous continuâmes à marcher en devisant sous son parapluie tandis que l'eau scintillante formait des ruisseaux dans les rues de la ville.

— J'ai trouvé un soldat qui peut vous emmener au Cercle Cronus, chuchota mon contact. Il dit que vous devez venir seul.

— Vous lui faites confiance ?

— Je me suis renseigné sur lui. Il n'appartient pas à l'Armée populaire de libération, même s'il en porte l'uniforme. Il m'a dit de vous dire que c'était sa septième vie, et que vous sauriez ce que ça signifie.

J'acquiesçai.

— L'heure et le lieu du rendez-vous ?

— Ce soir, Beihai, 2 heures.

— Si je ne vous recontacte pas d'ici douze heures, quittez la ville.

Il hocha brièvement la tête.

— Bonne chance, siffla-t-il.

Et après m'avoir serré la main, il se fondit dans l'obscurité.

Parc Beihai. Au printemps, c'est à peine si on peut bouger au milieu de la foule venue admirer les fleurs fraîches et les feuilles des arbres. En été, la surface du lac se couvre de nénuphars et, en hiver, le givre déguise les stupas blancs.

À 2 heures en 1958, c'est un excellent endroit pour chercher les ennuis.

J'attendis près de l'entrée ouest du parc, observant la pluie qui s'infiltrait dans mes chaussettes. Je regrettais de ne pas avoir visité Beihai en des circonstances plus joyeuses et résolus que, si je vivais jusqu'au début des années 1990, je reviendrais en tant que simple touriste pour faire des trucs de simple touriste, peut-être avec un passeport neutre et innocent : Norvège ? Danemark ? Même les idéologues les plus véhéments ne trouveraient sûrement rien à redire à la présence d'un affable Norvégien.

Une voiture longea la rue déserte dans ma direction. Bien entendu, elle était là pour moi. Peu de véhicules à moteur circulaient dans les rues de Pékin, aussi ne fus-je guère surpris qu'elle s'arrête devant moi, que la portière s'ouvre et qu'une voix me lance en russe :

— Montez.

Je montai.

L'intérieur empestait les cigarettes bon marché. Outre le chauffeur, il y avait un homme assis sur le siège passager, une casquette militaire enfoncée sur le front, et un autre qui venait d'ouvrir la portière arrière. Je me tournai vers lui. Il était petit, avec des cheveux argentés, et portait une tunique grise impeccable au pantalon assorti. D'une main, il tenait un flingue, de l'autre, un sac qui empestait également la fumée de cigarette.

— Pardonnez-moi, me dit-il en l'enfilant sur ma tête.

Le voyage fut inconfortable.

Les routes étaient assez rudimentaires, et la suspension de la voiture avait sans doute été montée par un ancien maçon frustré d'avoir dû se reconvertir. Chaque fois que nous approchions d'une zone fréquentée, on me demandait poliment de mettre ma tête entre les sièges avant, manœuvre qui relevait quasiment du contorsionnisme car je touchais pratiquement le dossier avec mes genoux. Je devinai que nous sortions de la ville lorsque le moteur se mit à ronfler et qu'on m'informa poliment que je pouvais me redresser et me détendre, mais sans ôter le sac de ma tête, merci d'avance.

Pendant que nous roulions, la radio jouait des enregistrements de musique traditionnelle et des extraits choisis des plus grands discours de Mao. Mes compagnons, si je puis les appeler ainsi, gardaient le silence.

J'ignore combien de temps dura le trajet mais, lorsque nous nous arrêtâmes enfin, j'entendis les premiers trilles matinaux des oiseaux. Des feuilles bruissaient dans la brise humide, et je sentis une boue épaisse sous mes pieds tandis qu'on m'entraînait hors de la voiture, toujours en aveugle. Une marche pour accéder à un porche en bois, le bruit d'une porte qui coulisse, puis la voix toujours polie de l'homme au flingue me demandant si ça ne m'ennuierait pas d'ôter mes chaussures. Ça ne m'ennuyait pas.

Je fus fouillé rapidement et de manière très professionnelle, puis quelqu'un me prit le bras pour m'entraîner dans une autre pièce. Celle-ci sentait légèrement le poisson fumé et, tandis qu'on m'asseyait maladroitement sur une chaise basse en bois, je perçus une source de chaleur sur ma droite et une autre odeur : celle du thé vert.

On ôta enfin le sac de ma tête. Je regardai autour de moi. Je me trouvais dans une salle carrée éminemment traditionnelle avec son sol couvert de nattes de jonc. Il n'y avait pas d'ornements, juste une table basse en bois et une autre chaise en plus de la mienne, mais, face à moi, une grande fenêtre donnait sur une petite mare verte à la surface de laquelle des insectes commençaient à voleter à l'approche de l'aube.

Une femme entra, une théière en équilibre sur un plateau, et disposa soigneusement deux tasses en porcelaine sur la table, dont une en face de moi, même s'il n'y avait personne à cette place. Elle les remplit avec des gestes précis. Je lui souris, la remerciai et vidai ma tasse d'un coup.

Puis j'attendis.

Pendant un quart d'heure, d'après mes estimations, je restai seul avec la théière de thé vert et une tasse qui refroidissait face à moi.

Enfin, la porte coulissa de nouveau derrière moi, et une autre femme entra. Elle était jeune, à peine plus de quinze ans. Elle portait des sandales de jonc, un pantalon bleu, une veste surpiquée et une fleur de lilas dans les cheveux. Avec tout juste l'ombre d'un sourire pour moi, elle se glissa souplement sur la chaise vide, prit sa tasse de thé, la fit tourner sous son nez une fois pour humer l'odeur du breuvage désormais froid, puis en sirota délicatement le contenu.

Nous nous dévisageâmes en silence pendant un moment.

— Je m'appelle Yoong, se présenta-t-elle enfin. On m'a envoyée ici pour déterminer s'il fallait vous tuer ou pas.

Je haussai les sourcils et attendis la suite. Elle reposa soigneusement sa tasse sur le plateau, l'alignant avec la théière et ma propre tasse vide. Puis, croisant les mains dans son giron, elle poursuivit :

— Le Cercle Cronus a été attaqué. Certains de ses membres ont été enlevés, et leur mémoire a été effacée. Deux d'entre eux ont été avortés avant la naissance, et nous pleurons encore leur disparition. Nous nous sommes toujours montrés discrets, mais à présent nous nous sentons menacés. Comment pouvons-nous savoir que vous ne constituez pas un danger pour nous ?

— Comment puis-je savoir que vous ne constituez pas un danger pour moi ? répliquai-je. Moi aussi, j'ai été attaqué. Moi aussi, j'ai failli être détruit. Qui que soit le responsable, il doit connaître l'existence du Cercle et posséder des contacts en son sein. Mon inquiétude est aussi valide que la vôtre.

— Certes, mais c'est vous qui nous avez cherchés, pas l'inverse.

— Je suis venu ici parce que le Cercle de Pékin est, à ma connaissance, l'un des seuls qui demeure à peu près intact. Je suis venu pour mettre nos ressources en commun, et déterminer si vous possédez des informations supplémentaires qui pourraient m'aider à traquer le responsable.

Elle garda le silence.

Une irritation flamboyante jaillit des profondeurs de mon être. J'avais été patient, pendant trente-neuf ans, rien de moins, et je prenais un risque considérable en me révélant à ces gens.

— Je comprends, poursuivis-je en m'efforçant de maîtriser ma frustration, que vous vous méfiiez de moi, mais la vérité, c'est que si j'étais votre ennemi je ne me serais pas mis ainsi en votre pouvoir. Je me suis donné beaucoup de mal pour dissimuler mon identité, c'est vrai, mais uniquement pour empêcher celui qui tente de nous détruire de déterminer mon point d'origine et l'endroit où je me trouve. Je peux vous fournir des informations sur l'identité probable de notre ennemi commun, et j'espère que vous déciderez qu'il est dans votre intérêt de partager avec moi les informations que vous pourriez détenir de votre côté.

Elle garda le silence un long moment encore, mais mon irritation était telle à présent que je craignis qu'ajouter quoi que ce soit me fasse perdre toute maîtrise. Soudain, elle se leva, s'inclina à demi devant moi et dit :

— Si vous voulez bien attendre ici, je dois réfléchir un peu.

— Je me fais passer pour un universitaire russe, fis-je remarquer. Si vous comptez me retenir indéfiniment, j'espère que vous me fournirez un moyen d'extraction en cas de besoin.

— Bien entendu, répondit-elle. Nous ne voulons pas vous causer d'ennuis inutiles.

Sur ces mots, elle sortit aussi brusquement qu'elle était arrivée.

Quelques secondes plus tard, l'homme au flingue revint.

— Vous avez aimé le thé ? me demanda-t-il en souriant avant de remettre le sac sur ma tête et de me prendre par le bras pour que je me lève. Le secret, c'est d'utiliser de l'eau frémissante, pas bouillante.

Ils me redéposèrent là où ils m'avaient ramassé, devant l'entrée du parc Beihai. Il me restait une demi-heure pour me rendre à mon cours. Je courus follement le long des rues et arrivai avec deux minutes de retard. Loin de me le reprocher, mes élèves gloussèrent. Je leur fis un discours essoufflé sur la collectivisation agraire et les avantages des fertilisants chimiques avant de les libérer avec trois minutes d'avance et de courir aux toilettes les plus proches encore plus vite que je n'avais couru depuis le parc. En matière de subterfuge, personne n'évoque jamais le problème d'une vessie trop pleine.

J'attendis quatre jours.

Quatre jours exaspérants pendant lesquels le Cercle Cronus de Pékin vérifia mon alibi et examina ma couverture sous toutes les coutures. Je m'en doutais, et j'étais raisonnablement certain qu'ils ne trouveraient rien. J'avais dressé suffisamment de protections entre moi et le professeur Sing-Song pour justifier une vie entière d'investigation.

Le cinquième jour, alors que je sortais de l'université et me dirigeais vers mon dortoir, une voix s'éleva depuis l'ombre d'une porte.

— Professeur ?

Je me retournai.

L'adolescente que j'avais rencontrée dans la maison près de la mare se tenait là, vêtue de kaki et portant un cartable sur une épaule. Elle semblait encore plus jeune que précédemment avec son uniforme au pantalon trop grand pour elle.

— Je peux vous parler, professeur ? demanda-t-elle.

J'acquiesçai avec un geste vers la rue.

— Laissez-moi prendre ma bicyclette.

Nous déambulâmes ensemble à travers les rues de la ville, ma peau blanche et mon nez indéniablement remarquable attirant l'attention encore plus que d'habitude en raison de la présence d'une jeune Chinoise à mon côté.

— Permettez-moi de vous féliciter pour la rigueur de vos préparatifs, murmura-t-elle alors que nous marchions lentement côte à côte. Tous vos documents et tous vos contacts indiquent que vous êtes bien qui vous prétendez être. Bel exploit, considérant le fait que vous ne l'êtes pas.

Je haussai les épaules, balayant la rue du regard en quête de quiconque semblerait témoigner un trop grand intérêt pour notre discussion.

— J'ai eu un moment pour me préparer.

— C'est peut-être votre talent pour le subterfuge qui vous a sauvé ? suggéra-t-elle. C'est peut-être grâce à ça que vous avez échappé à l'Oubli ?

— La dernière fois, je suis mort avant le Watergate, répliquai-je. Je pense plutôt que c'est pour ça.

— De fait. Rien n'indique que quelque chose clochait avant 1965, l'année où les membres du Cercle ont commencé à disparaître. Au début, nous avons cru qu'ils étaient tout simplement assassinés, et leurs corps ensevelis dans des tombes anonymes. C'est déjà arrivé quand les autorités linéaires s'intéressaient à nous d'un peu trop près, et je crois que ça arrivera encore. Mais nos propres morts et nos propres retours à la vie ont révélé une tendance bien plus sinistre. Ceux qui avaient été enlevés et tués avaient eu la mémoire effacée auparavant, une forme de mort que le Cercle ne peut tolérer ni accepter. Ici, à Pékin, nous avons perdu onze membres à cause de l'Oubli, et deux par un avortement.

— D'après mes recherches, ce chiffre est dans la moyenne, dis-je doucement.

Elle acquiesça avec raideur.

— Mais ce n'est pas tout. Aucune des personnes avortées n'était née avant 1896, ce qui implique que l'assassin est trop jeune pour agir avant cette époque.

Partant du principe que nous retrouvons nos souvenirs et nos pleines facultés entre quatre et cinq ans…

— Ça signifierait que notre assassin naît aux alentours de 1890, murmurai-je.

De nouveau, elle hocha brièvement la tête alors que nous tournions au coin d'une rue. Autour de nous, des étudiants pressés filaient en cours. Plusieurs groupes marchaient ensemble, portant de gigantesques bannières qui clamaient : « LES ÉTUDIANTS UNIS POUR LE GRAND BOND EN AVANT ! » et autres signes avant-coureurs d'une catastrophe imminente.

— Les meurtres avant naissance semblent viser les kalachakras les plus âgés, reprit-elle. Apparemment, l'assassin cherche à éliminer ceux de nos membres les plus actifs qui seraient en position d'interférer avec ses plans au début du XXe siècle. Naturellement, leur disparition affecte les générations futures bien davantage que ne le ferait, disons, la vôtre ou la mienne.

— Ne soyez pas si dure avec vous, plaisantai-je sans réussir à lui arracher ne fût-ce que l'ombre d'un sourire.

— En 1931, le rythme des meurtres avant naissance connaît une brève accélération. Jusque-là, les pertes annuelles du Cercle se montaient à six membres en moyenne à travers le monde, essentiellement concentrées en Europe et en Amérique. En 1931, on monte à dix par an, donc trois en Afrique et deux en Asie.

— L'assassin atteint l'âge adulte et devient plus actif ? suggérai-je.

Mais alors même que ces mots franchissaient mes lèvres, je les rejetai en faveur d'une théorie plus simple et plus satisfaisante.

— Un autre kalachakra né ultérieurement devient actif à ce moment-là, soupirai-je.

Et je savais pertinemment de qui il s'agissait.

— C'est le plus probable, acquiesça ma compagne. Donc, le second assassin naît sans doute aux alentours de 1925.

Ce qui collait avec ce que je savais de Vincent.

— Et les Oublis ? demandai-je. Comment ça se passe sur ce front ?

— Ils commencent en 1953, au Cercle Cronus de Leningrad. Au début, nous avons cru que le Cercle subissait de gros dégâts dus aux actions politiques des humains linéaires mais, en 1966, Moscou et Kiev sont touchés à leur tour : quatre-vingts pour cent de leurs membres sont enlevés, leurs souvenirs effacés et leurs corps détruits.

— Quatre-vingts pour cent ? répétai-je sans pouvoir dissimuler ma stupéfaction. Tant que ça ?

— De toute évidence, le responsable surveille depuis longtemps les activités du Cercle et répertorie ses différents membres. En 1967, la plupart des branches européennes sont touchées, ainsi que cinq en Amérique, sept en Asie et trois en Afrique. Les membres qui ont échappé aux attaques entrent dans la clandestinité, et on ferme tous les sièges jusqu'en 2070, date à laquelle on suppose que notre agresseur sera mort. Des messages sont gravés dans la pierre pour prévenir les générations futures. Jusqu'ici, aucune réponse n'est remontée jusqu'à nous.

Tandis qu'elle parlait, les pensées se bousculaient dans mon esprit. Je me doutais que la situation était grave, que Vincent agissait à grande échelle aussi bien dans le temps que dans l'espace, mais à ce point ? Non, je ne l'avais pas envisagé.

— En 1973, le rythme des attaques commence à ralentir, grâce à nos mesures de protection. Mais les survivants qui ne les appliquent pas de façon très stricte risquent toujours d'être débusqués et soumis à l'Oubli par la force. En 1975, le Cercle Cronus de Pékin envoie un dernier message pour enjoindre tous les membres survivants à se suicider sur-le-champ, afin d'échapper à leurs poursuivants éventuels dans cette vie. Malheureusement…

J'aperçus un frémissement au coin de sa bouche qui exprimait peut-être du chagrin.

— Nous n'avions pas prévu qu'après les Oublis en masse infligés à nos semblables, l'ennemi tenterait de nous éliminer en si grand nombre avant la naissance. Nous pensions qu'il s'agissait d'une organisation linéaire, peut-être un gouvernement au fait de notre existence. Nous n'avions pas envisagé que le responsable puisse être l'un des nôtres. La perte qui en a résulté est écrasante. Nous avons cherché qui nous attaquait ainsi, qui voulait nous éradiquer, mais ce… cette vague de crimes était planifiée, organisée et exécutée avec une brutalité impitoyable qui nous a pris au dépourvu. Sans doute étions-nous devenus trop complaisants. Trop paresseux. Nous ne commettrons plus la même erreur.

Nous marchâmes en silence un long moment. J'étais trop choqué pour parler. Ma mort prématurée m'avait fait manquer tant de choses ! Et je me demandais dans quelle mesure l'attaque tous azimuts de Vincent sur les Cercles Cronus était la conséquence de mes propres actions, de mon refus de coopérer et de ma menace de le dénoncer une bonne fois pour toutes. Visiblement, il avait prévu son coup depuis un bon moment, mais n'était-ce pas ma faute s'il avait fini par passer à l'action puis par intensifier son attaque ?

— Les meurtres avant naissance, lâchai-je enfin. S'ils ont commencé en 1896 dans cette vie, ça vous laisse plus d'un demi-siècle pour enquêter dessus. Vous avez des pistes ?

— C'est difficile, concéda-t-elle. Nous ne disposons plus que de ressources limitées. Nous ignorons le point d'origine des kalachakras qui ont disparu. La seule chose qui nous permet de conclure qu'ils ont été assassinés, c'est qu'ils ne réapparaissent pas. Mais nous avons tout de même établi une liste de suspects. D'une certaine façon… (Elle eut un sourire aussi dénué de gaieté qu'une tombe.) L'éclaircissement de nos rangs nous a facilité la tâche. Si nous restreignons nos recherches à une période et un lieu spécifiques, il ne reste pas tant de candidats.

— Vous avez des noms ?

— Oui. Mais avant de vous les donner, professeur, je dois vous demander ce que vous comptez m'offrir en retour.

Un instant, je faillis tout lui raconter.

Vincent Rankis, le miroir quantique, nos années de recherches.

Mais… non. C'était trop dangereux. Car qui aurait pu lui révéler tout ceci, à part moi ?

— Que diriez-vous d'une organisation criminelle très structurée couvrant toute la surface du globe ? suggérai-je. Une organisation capable de retrouver n'importe qui, n'importe où, et d'acheter n'importe quoi à n'importe quel prix ? Cela vous conviendrait-il ?

Elle réfléchit.

Oui, cela lui conviendrait.

Elle me donna un nom.

Chapitre 64

Je revis Akinleye plusieurs fois après son Oubli. Une fois, dans la vie qui s'ensuivit immédiatement, je me rendis dans l'école où elle était élève, lui serrai la main et lui demandai comment elle allait. Adolescente intelligente, pleine de promesses, elle comptait s'installer à la ville et devenir secrétaire. C'était la plus grande ambition qu'une jeune fille puisse manifester à l'époque, un espoir presque démesuré, et je lui souhaitai bonne chance.

Dans la vie d'après, je lui rendis de nouveau visite, elle n'était cette fois qu'une fillette de sept ans. Elle avait attiré l'attention du Cercle Cronus d'Accra, qui surveillait la région de toute manière, parce que, d'après ses parents, elle était démente. Ils avaient tout essayé, depuis les glapissements des sorcières jusqu'au chant des imams, et pourtant, sanglotaient-ils, leur ravissante fille Akinleye restait désespérément folle. Le Cercle Cronus d'Accra pensait qu'elle présentait déjà un risque de suicide.

J'allai la voir avant qu'elle puisse passer à l'action, et découvris qu'elle avait été confiée aux soins d'un médecin qui attachait ses patients à leur lit. Les épileptiques, les schizophrènes, les mères qui avaient vu mourir leur enfant, les hommes amputés d'un membre et rendus maboules par l'infection ou la tristesse, les enfants au dernier stade de la malaria cérébrale dont le corps tremblait de manière incontrôlable étaient tous logés dans la même salle, où on leur administrait une cuillère de sirop et une cuillère de jus de citron toutes les demi-heures. J'étais tellement furieux qu'en sortant de là, je demandai au Cercle d'Accra de faire fermer l'établissement.

— C'est comme ça dans tout le pays, Harry, me répondit-on d'un air navré. C'est l'époque, voilà tout !

Mais j'insistai tant que, à contrecœur et pour se débarrasser de moi, ils firent démolir le bâtiment et construire à sa place un bel hôpital tout neuf, avec un psychiatre diplômé pour trente patients, dont le nombre grimpa en flèche jusqu'à quatre cent en l'espace de trois mois.

Sous-alimentée et minuscule pour son âge, Akinleye me dévisagea de ses yeux écarquillés lorsque je lui rendis visite.

— Aidez-moi, sanglota-t-elle. Seigneur, aidez-moi ! Je suis possédée par un démon !

Une fillette de sept ans au désespoir parce qu'elle se croyait possédée par un démon.

— Tu te trompes, Akinleye, répondis-je. Tu ne partages ton esprit avec personne. Tu es toi-même.

Je l'emmenai à Accra le soir même, au Cercle Cronus dont les membres l'accueillirent comme la vieille amie qu'elle était. Ils lui servirent le meilleur repas qu'elle avait jamais fait de ses dernières vies, lui montrèrent ce qu'était le luxe, lui affirmèrent qu'elle était saine d'esprit et bienvenue parmi eux.

Bien des années plus tard, je la revis dans une clinique de Sierra Leone. Grande et belle, elle avait fait des études de médecine et portait un foulard violet vif sur la tête. Elle me reconnut malgré toutes les années écoulées depuis notre première rencontre à Accra, et me demanda de la rejoindre sur la terrasse pour partager une limonade et échanger des souvenirs.

— On m'a dit que j'avais choisi d'oublier mes vies précédentes, m'expliqua-t-elle tandis que nous regardions le soleil se coucher par-delà la forêt résonnant de cris d'animaux. On m'a dit que je m'étais lassée de celle que j'étais devenue. C'est bizarre de savoir que tous ces gens me connaissent depuis plusieurs siècles alors qu'à mes yeux ils sont encore des étrangers. Mais je me dis que ce n'est pas moi qu'ils ont connue. C'est le moi précédent, le vieux moi, celui que j'ai oublié. Vous connaissiez ce moi, Harry ?

— Oui, répondis-je. Oui, je le connaissais.

— Étions-nous… proches ?

Je réfléchis quelques instants avant de répondre.

— Non. Pas vraiment.

— Mais… de votre point de vue, connaissant celle que j'étais alors, ai-je… A-t-elle… pris la bonne décision ? A-t-elle eu raison de vouloir oublier ?

Je dévisageai cette jeune femme brillante et pleine d'espoir. Je me souvins de l'ancienne Akinleye qui mourait seule, l'ancienne Akinleye qui avait ri quand sa servante s'était noyée dans la baie de Hong Kong.

— Oui, répondis-je enfin. Oui, je crois que tu as bien fait.

Chapitre 65

Ma treizième vie.

À Pékin, on m'avait donné un nom. Un nom correspondant à une personne qui avait le bon âge, se trouvait au bon endroit et disposait d'informations lui permettant d'avoir tué tous ces kalachakras avant leur naissance. Nul ne savait quel objectif elle poursuivait, nul ne comprenait ce qui avait bien pu la pousser à commettre de tels crimes, mais plus j'y réfléchissais, plus je commençais à craindre que ce soit bien elle.

Je quittai la Chine en douce à la fin de la semaine. Trois jours plus tard, j'étais de retour dans le New Jersey auprès de ma femme et de son amant, derrière mes murs de briques solides, garnis de moquette épaisse.

Je pris mon temps. J'enquêtai comme seul le cerveau d'une organisation criminelle peut enquêter : avec ruse, cruauté, brutalité et en ayant un recours libéral à la corruption. Je rassemblai des dates, des lieux et des heures, des rumeurs et des bribes de commérages, des tampons sur des passeports. Et en bon historien que j'étais, oui, je commençai à voir l'image cohérente formée par ces données, à déceler des schémas… et à songer que cette fameuse personne était peut-être responsable de tant de morts.

Cela me prit du temps, des efforts et des dépenses considérables, mais au final, après avoir exploité toutes les ressources dont je disposais quasiment jusqu'au point de rupture, je découvris ce que je cherchai. En février 1960, je partis en Afrique du Sud pour affronter un assassin.

Nous atteignîmes la ferme alors que le crépuscule se répandait sur le paysage.

Près du portail, une pancarte annonçait que nous nous trouvions à Merrydew Farm. Ici, le sol était brun et dur, et les orangers coriaces. L'été battait son plein, il faisait une chaleur écrasante, et le camion cahotait sur un chemin poussiéreux changé en pierre, se dirigeant vers les douces lumières du corps de bâtiment principal. Les seules qui brillaient dans ce désert, de minuscules carrés jaune tungstène sous un immense ciel étoilé. En un autre lieu et un autre moment, j'aurais trouvé ça très beau, mais j'étais venu avec sept mercenaires et un ingénieur, et dans cet univers infini nous roulions vers une rencontre dont les issues possibles étaient extrêmement limitées.

Lorsque nous nous arrêtâmes, un chien se mit à aboyer dans la cour, bondissant et tirant furieusement sur sa chaîne. La porte s'ouvrit, et un type muni d'un fusil à pompe se découpa dans la lumière pour nous crier des avertissements en afrikaans. Les mercenaires descendirent du camion, arme au poing, et lui firent savoir qu'il était encerclé. Le temps qu'il comprenne que nous ne bluffions pas, trois hommes avaient jeté des fumigènes à l'intérieur de la maison par les fenêtres de derrière, aveuglant les autres occupants : une servante noire et une épouse blanche. Voyant cela, le fermier baissa son fusil et implora notre pitié.

Tandis que nous lui attachions les mains et le traînions à l'étage, il jura que nous lui paierions ça, un jour. Nous l'enfermâmes dans la salle de bains et menottâmes la servante au lavabo près de lui avant d'ouvrir toutes grandes les fenêtres du rez-de-chaussée, pour évacuer les restes de fumée.

Nous gardâmes l'épouse du fermier en bas. Elle était âgée, soixante-dix ans au moins, mais je l'avais déjà vue plus vieille. La chaleur et la sécheresse de la région l'avaient durcie, et elle n'affichait pas la même mollesse de corps que dans ses vies précédentes.

Les mercenaires la firent asseoir sur un canapé défraîchi dans le salon, les mains menottées derrière le dos et un bandeau sur les yeux, tandis que je fouillais la maison pour voir si rien ne clochait. Des photos de famille : l'heureux fermier et son épouse, ici sur leur premier tracteur, là en vacances au bord de la mer. Des souvenirs d'époques révolues, des cadeaux faits main par une voisine et marqués : « Avec toute mon amitié ». Des factures suggérant que le commerce des oranges n'était guère florissant à l'époque. Des cartes postales d'une cousine éloignée, les informant poliment qu'elle allait bien et leur souhaitant plein de bonnes choses. Des antidouleurs sous l'évier de la cuisine, achetés récemment et consommés à toute vitesse. Le fermier ou sa femme se mourait. Je devinais aisément lequel des deux.

Je regardai l'étiquette. La prescription était au nom de madame G. Lill, Merrydew Farm. Je me demandai de quel prénom le « G » était l'initiale. Dans ses autres vies, je l'avais toujours appelée Virginia. Virginia qui m'avait sauvé de Franklin Phearson. Virginia qui m'avait accueilli au sein du Cercle Cronus et, aujourd'hui, Virginia qui nous avait tous trahis en assassinant les nôtres dans le ventre de leurs mères. Si j'avais donné à Vincent une seule miette d'information supplémentaire, elle m'aurait moi aussi tué avant ma naissance.

Je retournai au salon où mon technicien avait déjà installé en partie l'équipement que nous nous étions coltinés jusqu'ici. Mes mercenaires avaient reçu l'ordre de garder le silence mais, quand j'entrai, Virginia leva quand même la tête vers moi comme si elle pouvait me voir à travers son bandeau. En réalité, c'était le craquement des lattes sous mes bottes qui avait dû trahir ma position.

— Vous ne voulez pas d'argent ? demanda-t-elle en afrikaans.

Je m'accroupis devant elle et répondis très doucement :

— Non.

Ses sourcils frémirent sous son bandeau, comme si elle tentait de remettre ma voix. Puis ses épaules s'affaissèrent légèrement, et elle baissa la tête.

— Vous êtes venu me punir. Je me demandais combien de temps il vous faudrait.

— Presque trop, répondis-je en agitant le petit flacon d'antidouleurs pour qu'elle entende les cachets s'entrechoquer à l'intérieur. Nous avons failli vous manquer.

— Ce sont mes nerfs. Au sens littéral du terme. Ils commencent à flancher à partir de la périphérie. Je finis par suffoquer, ou mon cœur lâche une fois que la paralysie a remonté jusqu'à mon cou.

— Je suis navré de l'apprendre.

— J'imagine que vous voulez connaître mon point d'origine ? dit-elle très vite. Vous n'aurez pas de mal à le trouver maintenant que vous savez que c'est moi. Je vous serais reconnaissante de ne pas me torturer pour l'obtenir, mon cœur est vraiment très fragile.

Je souris malgré moi.

— Ne vous en faites pas. Je ne veux pas connaître votre point d'origine.

— Je ne peux vous donner aucune autre information, dit-elle fermement. Je suis vraiment désolée, mon cher, mais je ne peux pas. Non que je sache quoi que ce soit de très intéressant.

— Vous devez au moins savoir pourquoi vous avez fait ça, pourquoi vous avez tué tant des nôtres.

Elle hésita. Puis :

— Nous créons quelque chose de plus grand. Nous créons quelque chose de meilleur. Nous créons… une sorte de Dieu, je suppose. Oui, je pense que c'est exactement ce que nous faisons.

Le miroir quantique. *Juste assez de technologie, Harry, juste assez de vies, et nous fabriquerons une machine capable de résoudre les mystères de l'univers.* Considérer toute chose avec les yeux de Dieu. Comme l'idée était séduisante.

Mon ingénieur était prêt. Il chercha mon approbation du regard. Je hochai la tête et reculai.

Virginia frémit lorsqu'il posa la première électrode sur son crâne.

— Qu… que faites-vous ? balbutia-t-elle, incapable de réprimer sa peur.

Je ne répondis pas. Quand elle sentit qu'on plaquait une deuxième électrode au-dessus de son œil droit, elle bredouilla :

— Dites-moi. J'ai fait ma part. J'ai toujours aidé nos plus jeunes membres, sauvé les enfants et servi le Cercle Cronus. Vous ne pouvez pas… Dites-moi.

Elle se mit à pleurer, ses larmes traçant de petites rivières roses à travers son épais maquillage.

— Vous ne pouvez pas… vous ne pouvez pas me faire tout oublier. Je… je ne suis pas prête. Je veux… je veux voir le… Vous ne pouvez pas faire ça.

Je fis un signe de tête à deux de mes hommes, qui l'immobilisèrent pendant que l'ingénieur fixait les dernières électrodes. Elle hoqueta quand une aiguille s'enfonça dans sa peau pour lui injecter un cocktail chimique qui amollirait ses récepteurs.

— Puisque je vais Ou… Oublier, haleta-t-elle, vous pouvez bien me dire votre nom ! Montrez-moi votre visage !

Je n'en fis rien.

— Pitié, écoutez-moi ! Il peut vous aider ! Nous faisons ça pour le bien de tous, pour l'ensemble des kalachakras ! Nous allons rendre le monde meilleur !

Je donnai le signal à l'ingénieur. L'encombrante machine fabriquée à l'aide de composants électriques et de technologies volées, que nous avions traînée le long des pistes de l'Afrique du Sud, s'éveilla à la vie avec un bourdonnement tandis qu'elle accumulait la charge nécessaire pour pulvériser la mémoire de Virginia.

Celle-ci tremblait de tout son corps à présent. Elle ouvrit la bouche pour ajouter quelque chose. Au même moment, la charge se déclencha, et Virginia s'écroula en avant. Une coquille vide à l'esprit calciné.

Durant les années qui suivirent, le Cercle Cronus devait longuement débattre du sort de Virginia mais, en fin de compte, aucune décision radicale ne fut prise. La Virginia qui avait assassiné tant des nôtres avait été détruite, son esprit effacé. Elle n'existait déjà plus. J'avais pris la décision en notre nom à tous, et il n'y avait rien à ajouter.

Chapitre 66

Je passai le reste de ma treizième vie à traquer Vincent discrètement, mais en vain.

Je soupçonne qu'après son attaque massive contre le Cercle Cronus, il s'était délibérément retiré du monde pour échapper à l'attention de ses ennemis désormais en alerte, bien qu'affaiblis. Je poursuivis néanmoins mes recherches, car je ne doutais pas qu'il me cherchait aussi de son côté.

Parfois, une piste étrange me conduisait dans un endroit improbable, mais toujours un peu trop tard. Vincent avait perpétuellement une longueur d'avance sur moi. Mes mesures de sécurité frisaient la paranoïa, mais je le soupçonnais d'opérer à un tout autre niveau dans cette vie-là. Je me demande s'il se sentait aussi seul que moi.

Je vécus bien plus longtemps que d'ordinaire, repoussant à la fois les limites de mon corps et celles de la médecine. Personne ne parut surpris qu'un malfrat richissime souhaite accéder à des équipements très avancés et, une fois que j'eus distribué assez de pots-de-vin, mes médecins ne s'étonnèrent pas non plus que je décide moi-même du cours de mon traitement lorsque l'inévitable maladie frappa.

J'avais été surpris de constater à quel point les gens sont faciles à corrompre, y compris les plus honnêtes. Commencez par leur faire croire qu'ils peuvent bien accepter une bouteille de vin, puis un jouet pour leur gamin, puis une sortie en famille, puis un week-end tous frais payés, puis un abonnement à un club de golf, puis une nouvelle voiture… À ce stade, ils ont déjà reçu tant de cadeaux que même les meilleurs d'entre eux ont du mal à refuser le dernier en date, et leur corruption se trouve définitivement établie aux yeux des criminels comme au regard de la loi.

Mei resta patiente et loyale jusqu'à la fin. Son amant s'enfuit en 1976 et elle n'en prit jamais d'autre. Au lieu de ça, elle passa son temps à écrire des lettres d'insulte à des entreprises peu recommandables et à faire bruyamment campagne pour les démocrates. Nous passâmes le jour de l'An 2000 à New York, n'étant plus assez robustes pour nous aventurer hors des frontières, et Mei pleura comme une véritable Américaine quand George W. Bush remporta l'élection.

— Tout fout le camp ! s'exclama-t-elle. Les gens sont devenus fous !

En silence, nous regardâmes les tours s'effondrer encore et encore en septembre 2001, leur chute diffusée en boucle sur toutes les chaînes du pays.

— Je crois que je vais acheter un drapeau pour le mettre dans notre jardin, décréta Mei.

Trois mois plus tard, elle était morte.

C'était la première fois que je voyais le XXIe siècle. Je n'étais pas particulièrement impressionné par sa médecine, et encore moins par sa politique. En 2003, ayant décidé qu'à l'âge canonique de quatre-vingt-cinq ans une nouvelle cure de chimiothérapie ne m'aiderait pas beaucoup, et que les antidouleurs auxquels j'étais désormais accro aussi bien psychologiquement que physiologiquement affaiblissaient mon esprit jusqu'au point de non-retour, je léguai la moitié de ma fortune aux bonnes œuvres de Mei, l'autre moitié au premier kalachakra qui parviendrait à la trouver, et je m'administrai une overdose par une fraîche nuit d'octobre.

Je crois qu'il existe une étude sur les effets de l'addiction aux narcotiques au fil de plusieurs vies successives. La treizième fois que je mourus, j'étais complètement accro à tout un tas de médicaments aux effets divers, parfois incompatibles entre eux. À ce jour, je ne peux m'empêcher de me demander s'ils n'affectent pas encore mon corps et mon esprit. Je sais qu'il est absurde de penser qu'un événement survenu en 2003 pourrait avoir des répercussions sur ceux de 1919, mais un jour, avec la permission du sujet, j'aimerais étudier la physiologie d'un nouveau-né kalachakra mort d'overdose dans sa vie précédente, pour voir s'il en conserve des séquelles dans son enfance.

Pour ma part, j'ignore si j'en conservai durant ma quatorzième vie car, comme d'habitude, je ne recouvrai mes pleines facultés qu'au bout de cinq ou six ans. Cette fois, je ne fis aucune tentative pour contacter le Cercle, me limitant au répertoire habituel d'un jeune ouroborien : vol, manipulation, exploitation des résultats sportifs et autres jeux d'argent pour me procurer ce dont j'avais besoin.

J'étais bien décidé à ne pas me faire remarquer. Aussi, je ne fuguai pas et ne cherchai pas à localiser Vincent. Au lieu de ça, je devins l'apprenti de Patrick au domaine, comme je l'avais été autrefois, avant de découvrir l'existence du Cercle Cronus.

En 1937, je postulai pour une bourse afin d'étudier l'histoire à Cambridge : je me disais que, puisque tant d'ouroboriens avaient été forcés d'Oublier et que le Cercle Cronus se trouvait dans un état si pitoyable, connaître le passé et, surtout, avoir les moyens de le fouiller me permettrait peut-être de déceler des schémas événementiels que je pourrais relier à Vincent dans les années à venir.

Lorsque je décrochai la bourse, les Hulne furent estomaqués, d'autant que le comité des inscriptions avait refusé Clement, mon cousin blafard. Chose quasi inimaginable à l'époque, étant donné la richesse et le statut de sa famille. Pour la première fois dans cette vie-là, ma grand-mère Constance me convoqua dans son étude.

J'avais remarqué que l'attitude des Hulne vis-à-vis de moi suivait toujours plus ou moins le même schéma. La plupart du temps, mon père biologique, Rory, m'ignorait comme si j'étais une maladie embarrassante, une chose qui faisait partie de lui mais dont il préférait ne pas discuter ouvertement. Ma tante Alexandra me manifestait un intérêt prudent, dissimulé derrière un masque de respectabilité. Victoria ne se souciait que des gens qui lui étaient utiles, et de ce point de vue j'étais comme elle.

Quant à ma grand-mère Constance, elle me méprisait activement. Pourtant, c'était toujours elle qui m'annonçait les mauvaises nouvelles. Lorsque je me conduisais de manière déshonorante et, à l'époque, il n'en fallait pas beaucoup pour que les actions d'un fils bâtard soient considérées comme telles, c'était elle plutôt que Rory qui se chargeait de ce qu'elle considérait sans doute comme une mission désagréable mais nécessaire.

Il en fut ainsi cette fois encore. Quand je me présentai dans son étude, âgé de dix-huit ans et détenteur de la fameuse bourse pour Cambridge, elle était toute prête à me voler dans les plumes. Elle se tenait le dos tourné à la porte, ajustant les boucles d'oreilles en argent qui encadraient la ligne dure de sa mâchoire. Elle me jeta un coup d'œil dans le miroir avant de se remettre à examiner ses oreilles et, sans se retourner, lança :

— Ah ! oui, Harry. Je voulais te voir.

J'avais accepté avec une facilité remarquable le fait que, durant ma petite enfance, Constance ait voulu me renvoyer d'où je venais. Après tout, ces révélations étaient vieilles de plusieurs siècles pour moi. Je devais faire un effort pour me rappeler qu'en ce qui la concernait cette impulsion avait le même âge que mon corps physique actuel.

Elle tripota une de ses boucles pendant quelques instants encore, puis se retourna brusquement comme si elle avait perdu tout intérêt pour cette tâche et me détailla le long de son nez pointu. Quel que soit le lutin farceur qui avait présidé à la composition de mon visage, il n'avait pas pioché dans les gènes de son côté de la famille.

— J'ai entendu dire que tu étais admis à Cambridge, lâcha-t-elle enfin. Ce n'est pas un établissement aussi huppé que celui d'Oxford, mais j'imagine que, pour toi, ce doit être une chance inespérée.

— Je suis ravi, madame.

— Ravi, vraiment ? Oui, je suppose que tu dois l'être. Il paraît que les gens du comité des admissions étaient si impressionnés qu'ils sont passés outre tes origines, est-ce exact ? Une fois parti, tu ne pourras pas écrire à ton père pour lui demander un soutien financier. Il n'en est pas question.

— L'université s'est montrée très généreuse, répliquai-je, et j'ai d'autres sources de revenus.

Elle haussa les sourcils d'un air méprisant.

— Ah oui, vraiment ?

Je me retins de répondre : « Oui, grand-mère biologique. Je sais qui gagnera le Grand National chaque année entre 1921 et 2004. Je possède également une connaissance encyclopédique des plus grands matchs de boxe, de tous les championnats de football et même des courses de chiens durant la même période, au cas où. »

La révélation me semblait peu appropriée en ces circonstances.

— Bien entendu, tu nous mettrais dans le pétrin en partant, lâcha Constance en voyant que je ne pipais mot. Ton père n'est plus tout jeune, et le domaine... Tu sais très bien à quel point il a toujours été fier de travailler pour cette famille. Je pensais vraiment que tu prendrais sa suite.

J'avais cette conversation avec Constance chaque fois que je quittais le nid pour une autre raison que le service militaire. Au début, je pensais qu'elle m'en voulait de ma réussite potentielle mais, au fil de mes vies successives, j'en étais venu à croire qu'il s'agissait d'une angoisse plus profonde, d'un désir informulé de contrôler l'enfant qui incarnait la plus grande erreur de son fils. Je me souvins de Lindisfarne, de Rory mourant dans une chambre à l'étage d'une chaumière, et j'éprouvai un bref éclair de honte en repensant aux choses que je lui avais dites.

— De la part d'un garçon comme toi, je trouve assez ingrat d'abandonner ton foyer de la sorte.

Ces mots ramenèrent mon attention au présent. J'imagine qu'ils avaient eu un préambule, mais quand vous avez travaillé comme serviteur pendant assez longtemps, vous finissez par identifier les circonstances où il est inutile de répondre.

— Ingrat, madame ? répétai-je.

— Tu as vécu ici toute ta vie, enragea Constance. Tu fais partie de ce domaine ! Et maintenant tu veux t'en aller comme ça ? Ce n'est pas ce que nous attendions de toi, Harry. Nous espérions mieux de ta part.

— Mieux qu'obtenir une bourse pour Cambridge ? m'étonnai-je.

— Ah oui, et l'obtenir de quelle façon détournée ? Sans demander la permission, sans prendre de cours du soir, sans payer les moindres frais de scolarité, d'après ce que j'ai compris ! Ce n'est pas ainsi que l'on fait ces choses !

Je dévisageai Constance en me demandant si, à sa façon, elle n'était pas complètement folle. Une folie non pas neurologique mais culturelle, une corruption de ses attentes qui affectait sa perception de ce qui était et de ce qui devrait être. À sa place, n'importe qui d'autre m'aurait considéré comme un génie et un héros, voire un modèle de réforme sociale en ces temps incertains. Mais aux yeux de Constance je n'étais qu'un rebelle. Je me demandai comment elle aurait réagi au xxie siècle, si elle aurait pleuré en voyant tomber les tours jumelles. Aurait-elle été seulement capable de comprendre ce monde ?

— Vous me demandez de rester, c'est ça ?

— Tu es un adulte, répliqua-t-elle. Si tu veux abandonner ton père pour t'enfuir dans un endroit où je pense que tu n'as pas ta place, la décision t'appartient !

À quoi aurait ressemblé cette conversation si j'avais eu vraiment dix-huit ans ? Âgé de huit cent quarante-neuf ans, je la trouvais presque comique.

J'informai Constance que j'allais prendre le temps de réfléchir à ma situation.

Elle marmonna quelques paroles vides de sens en reniflant et me congédia d'un geste.

Je parvins à atteindre le bout du couloir avant d'éclater de rire.

Chapitre 67

Redevenir étudiant fit resurgir des souvenirs. Des souvenirs de Vincent, essentiellement.

D'une époque meilleure.

Quand la Seconde Guerre mondiale éclata et que je fus appelé sous les drapeaux, je parvins à me faire assigner aux services de renseignement. En 1943, je travaillais sur le faux débarquement allié qui devait servir de diversion, me demandant s'il fallait que les tanks en carton soient des maquettes à grande échelle en trois dimensions ou si des silhouettes peintes et découpées, ajustées en fonction de la position du soleil, pouvaient suffire à berner un pilote nazi en mission de reconnaissance.

En 1944, j'étais si impliqué dans mon travail que mon cœur faisait un bond dans ma poitrine chaque fois que j'entendais parler d'un avion qui avait longé la côte du Kent avant que nous puissions déployer pleinement nos leurres, ou survolé un de nos faux campements à une altitude un peu trop basse. J'en oubliai Vincent jusqu'à ce que, en avril de cette année-là, des Américains venus inspecter une de nos fausses pistes d'atterrissage me demandent sur un ton désinvolte si j'avais des maquettes des nouveaux jets prêts à être mis en service.

La question me prit par surprise, au point que ce fut l'un des rares moments où je doutai de ma propre mémoire. Un jet, si tôt ? Je savais que le moteur était en cours de développement, et que l'on testait la technologie impliquée dans sa fabrication, mais de là à pouvoir déjà le déployer au combat… Si une telle chose avait été ne serait-ce qu'envisagée, elle ne figurait dans aucune des archives que j'avais lues, et je n'en avais jamais été témoin dans aucune de mes vies. Or j'avais parfois occupé des positions haut placées et eu accès à des informations confidentielles.

Je fis une réponse évasive et enchaînai rapidement, expliquant que nos opérateurs radio travaillaient jour et nuit pour générer autant de trafic que possible entre les unités fictives que nous avions stationnées dans le Kent, et ajoutant que nous serions très reconnaissants à l'armée américaine si elle pouvait nous fournir une fréquence de signaux plus large.

La visite terminée et les Américains repartis, je ruminai longuement le mystère de cette question en apparence anodine. Me faisant passer pour un fonctionnaire zélé, j'appelai quelques-uns de mes contacts dans l'armée de l'air américaine et me renseignai sur ce nouveau moteur de jet afin de mieux convaincre l'ennemi que nous en disposions déjà, ou que nous n'en disposions pas, selon le mensonge en vigueur à ce moment-là.

Quelques réponses me parvinrent de l'éther. Oui, c'était un projet sur lequel travaillaient certains experts, non ? Désolé, Harry, ce n'est pas trop mon domaine.

Avais-je parlé aux gars de Portsmouth ? Ils en sauraient peut-être davantage.

Comme mes recherches ne menaient nulle part, je faillis laisser tomber complètement. Puis, en décembre 1945, je rendis visite à un ami à l'hôpital de Folkestone. Il me serra chaleureusement la main, s'exclama qu'il était ravi de me voir et me demanda si j'étais au courant pour son nouveau rein. Il me montra la cicatrice de son opération. Et j'en fus d'autant plus impressionné qu'officiellement la première greffe d'organe ne devait pas avoir lieu avant cinq ans.

Chapitre 68

Le monde changeait, et la source de ce changement se situait en Amérique.

En d'autres temps, s'il avait constaté des violations aussi flagrantes du cours normal de l'Histoire, le Cercle Cronus serait tombé sur le responsable tel les murs de Babylone s'abattant sur un prêtre hérétique. Hélas ! non seulement le Cercle était affaibli, mais dans cette vie, la deuxième après les Oublis infligés en masse à ses membres, des centaines de kalachakras prenaient conscience de leur véritable nature pour la toute première fois. Jusque-là, les différentes branches du Cercle avaient eu un nouveau membre à gérer chaque siècle. Cette fois, les survivants étaient débordés.

— Ton aide nous serait fort utile, Harry, me dit Akinleye.

La remarquable Akinleye, qui avait choisi d'Oublier et qui, par chance plus que pour toute autre raison, avait réussi à échapper aux griffes de Vincent lorsqu'il s'était attaqué à nous tous, prenait les choses en main. Âgée de seize ans à peine, elle jonglait avec ses responsabilités à Londres, à Paris, à Naples et à Alger, regroupant les survivants et veillant sur les nouveaux venus qui découvraient ce qu'ils étaient.

— J'ai des kalachakras qui se suicident, des gamins internés en hôpital psychiatrique, des adultes qui se tournent vers Dieu, d'autres qui ne comprennent pas pourquoi ils ne doivent pas tuer Hitler, et je ne fais ça que depuis quatre vies à ma connaissance. Harry, tu es l'un des rares veinards qui n'ont pas perdu la mémoire. Aide-moi.

Akinleye, la seule kalachakra qui connaissait la vérité, qui savait que Vincent n'avait pas effacé mes souvenirs. Je n'osais pas en parler à d'autres.

— Je pense que le responsable court toujours, répondis-je. Si je n'arrive pas à le trouver et à le neutraliser, je crains qu'il ne lance une nouvelle attaque contre le Cercle.

— Nous aurons toujours le temps de nous venger plus tard, non ?

— Peut-être que oui, mais peut-être que non. Le temps a toujours été le problème numéro un des kalachakras. Nous en avons toujours eu une infinité, et nous n'avons jamais su l'apprécier à sa juste valeur.

Je la laissai se débrouiller et, en 1947, je pris l'avion pour l'Amérique. J'étais un expert en matière de diversion stratégique, et un historien spécialisé dans les corsaires méditerranéens des années 1720. J'avais dans mon portefeuille une carte de presse émise par un petit quotidien anglais qui cherchait à étendre son activité, et la ferme intention de retrouver Vincent Rankis où qu'il puisse se trouver.

Et où qu'il puisse se trouver, une chose était certaine : il ne chômait pas. Les magasins vendaient déjà des télévisions couleur, les scientifiques comptaient les années avant que l'homme ne marche sur la lune, et, d'après leur enthousiasme, ça arriverait beaucoup plus tôt que d'habitude.

Le pays était en plein boom. Ses habitants vivaient avec l'ardeur de ceux qui ont survécu à une guerre, combinée à la certitude que, cette fois, l'Amérique n'avait pas seulement gagné : elle était victorieuse dans tous les sens du terme, invincible et impossible à arrêter, une nation qui s'était battue et qui avait prouvé sa supériorité sur deux fronts simultanément. L'âge nucléaire commençait et, apparemment, ce n'était qu'une question de temps avant que tout le monde porte des combinaisons moulantes et se rende au travail avec un réacteur dorsal. La menace soviétique se profilait à l'horizon telle une tempête imminente mais, bon Dieu ! les Gentils Américains triompheraient de la ridicule minorité de Méchants Américains qui avaient succombé à cette doctrine maléfique, comme ils avaient déjà triomphé de manière si éclatante en Europe.

Durant mes vies passées, j'avais souvent vécu en Amérique, mais je n'avais encore jamais traversé l'océan si tôt après la Seconde Guerre mondiale. Le mouvement des droits civiques, la guerre du Vietnam, le scandale du Watergate : tous ces événements restaient encore à venir, et j'étais quelque peu ahuri par la chaleur de l'accueil que je recevais, les salutations joyeuses et les compliments sincères qu'on me faisait pour avoir accompli une tâche aussi triviale qu'entrer dans une droguerie et y acheter une brosse à dents (« Excellent choix, monsieur ! »), sans parler des nombreuses incitations à acheter des biens de consommation courante qui n'auraient tout simplement pas dû exister. En regardant la télé en couleurs dans ma chambre d'hôtel, je me demandai si le sénateur McCarthy allait avoir autant de succès dans ce nouveau monde, à présent qu'on voyait son teint rougeaud en technicolor glorieux. Le noir et blanc, conclus-je, conféraient à la politique une dignité dont manquaient sans doute les politiciens eux-mêmes.

Bien entendu, je ne fus pas le seul à remarquer cette incroyable série de découvertes technologiques. Même les journalistes linéaires imprimaient des gros titres tels que « UNE FOIS DE PLUS, L'AMÉRIQUE FRAPPE FORT ! » pour louer l'apparition d'une autre nouveauté sensationnelle. Les magazines surnommaient la seconde moitié des années 1940 l'« ère de l'invention », ce qui perturbait à la fois l'ouroborien et l'historien en moi, tandis qu'Eisenhower passait à la télé pour mettre le public en garde, non seulement contre les complexes industriels et militaires qui fleurissaient un peu partout, mais contre la perte des « valeurs américaines » que cette ère d'acier, de cuivre et de technologie sans fil risquait d'entraîner.

Dès 1953, les lampadaires devenaient halogènes. Le Valium était l'antidépresseur le plus vendu du pays et nous étions tous invités à troquer nos lunettes moches et encombrantes contre des lentilles de contact souples qui remettraient une étincelle dans nos yeux, la pub nous le garantissait ! Stupéfait par ce comique de dessin animé, je regardai la société de 1953 s'approprier la technologie des années 1960 avec une avidité dévorante mâtinée d'une très légère hésitation, comme si les générations vouées à se rebeller ne savaient pas encore contre quoi au juste elles étaient censées le faire.

Tenter de remonter jusqu'à la source de ces inventions était le plus exaspérant, car elles ne venaient pas toutes du même endroit : elles étaient générées par des dizaines d'entreprises et d'universités à travers le pays, lesquelles se livraient d'âpres batailles entre elles pour être les premières à décrocher un brevet tandis que leur technologie se répandait à la vitesse d'un virus, incontrôlable et impossible à arrêter.

Je passai presque deux ans à chercher d'où jaillissaient toutes ces idées remarquables, ma frustration et ma colère grandissant chaque fois que je me retrouvais face à un mur ou qu'on répondait à mes questions par des haussements d'épaules. Et pendant ce temps des équipes de scientifiques s'emparaient des principes de ces inventions et les utilisaient pour donner naissance à quelque chose d'entièrement nouveau, une découverte qu'on ne pouvait attribuer qu'à eux-mêmes mais qui était beaucoup, beaucoup trop avancée pour l'époque.

Ce fut un docteur en chimie du MIT, un certain Adam Schofield, qui me fournit enfin la réponse dont j'avais besoin. Nous nous étions rencontrés durant une conférence intitulée : « Innovation et expérimentation au Nouvel Âge ». Après coup, nous avions bu un verre au bar de l'hôtel et discuté de mauvaises voitures, de bons bouquins, de sportifs décevants et de l'élection présidentielle à venir, avant d'aborder le sujet du jour : les derniers développements en matière d'énergie de la biomasse.

— Vous savez quoi, Harry ? lança-t-il en se penchant par-dessus la bouteille de porto que, j'ai honte de l'avouer, nous avions sifflée à nous deux. J'ai l'impression d'être un imposteur quand je m'attribue le crédit de cette découverte.

Vraiment ? Mais pourquoi, Docteur Schofield ?

— Je la comprends, je peux l'expliquer, nous allons pouvoir faire des choses fabuleuses avec, des choses qui révolutionneront le paradigme actuel, mais l'idée de base… Je dis aux gens qu'elle m'est « apparue dans mon sommeil ». Vous y croyez, vous ? Quelle énorme connerie !

Oh, mais non enfin, Docteur Schofield, sûrement pas, Docteur Schofield, et d'où pensez-vous donc que vient votre concept initial ?

— D'une lettre que j'ai reçue par la poste ! Dix pages de putains d'idées scientifiques comme vous n'en avez jamais vu, et auxquelles vous refuseriez sans doute de croire ! J'ai mis quatre jours à piger, quatre jours entiers, Harry. Cette lettre, le type qui me l'a envoyée, qui qu'il soit… C'est lui, la source.

Et savait-il de qui il s'agissait ?

Non, il l'ignorait, mais…

— Vous avez toujours la lettre ?

— Et comment ! Je l'ai rangée dans un tiroir. J'en ai toujours parlé très librement à qui me posait la question, parce que je ne veux pas que ce type me colle un procès un jour, mais la direction de l'université préfère que j'évite de mettre le sujet sur le tapis.

Enfin, je touchais au but.

— Je peux la voir ?

L'enveloppe marquée « Dr A. Schofield » était effectivement rangée dans un tiroir de son bureau, une pièce lambrissée qui donnait une impression d'antiquité respectable démentie par la modernité du bâtiment. La lumière était tamisée par l'abat-jour vert de la lampe. Je m'assis pour lire les cinq feuilles d'épais papier jaunâtre couvertes recto verso de diagrammes, de chiffres et d'équations que l'on enseignerait en première année de chimie dans toutes les universités du pays, mais pas avant 1991. Nous autres kalachakras pouvons changer beaucoup de choses de nous-mêmes mais, curieusement, il est très rare que nous modifiions notre écriture. J'aurais reconnu les pattes de mouches de Vincent n'importe où.

J'examinai le papier en quête d'un filigrane et n'en trouvais pas. J'examinai l'encre et l'enveloppe, cherchant un indice susceptible de m'indiquer leur origine. Rien. J'arrivais des années trop tard. Je tentai de calculer quel âge Vincent devait avoir à présent. Vingt-cinq ans, à vue de nez. Autrement dit, il était capable de se fondre parmi les étudiants de n'importe quelle université américaine. D'un autre côté, si telle était la méthode qu'il employait pour accélérer le développement technologique, stimuler l'esprit des grands scientifiques de l'époque, peut-être avait-il déjà sévi ailleurs ?

Harvard, Berkeley, Caltech. Cela demanda une certaine persuasion et, à plusieurs reprises, des quantités extravagantes d'alcool hors de prix, mais je finis par les trouver, ces lettres sur papier jaunâtre vieilles de plusieurs années. Dans un ou deux cas, leurs destinataires les avaient prises pour une blague et n'en avaient pas tenu compte. À présent qu'ils voyaient leurs rivaux progresser à pas de géant, ils s'en mordaient les doigts et buvaient pour oublier.

Mais la méthode de Vincent restait un simple moyen au service d'une fin. Il voulait que la science moderne atteigne le plus rapidement possible le stade où il pourrait poursuivre ses recherches, trouver des réponses et fabriquer son miroir quantique en utilisant une technologie du début du XXIe siècle. Je savais maintenant comment il comptait s'y prendre pour parvenir à ce résultat, mais j'étais arrivé trop tard pour endiguer une dissémination prématurée de connaissances du futur. Je devais désormais découvrir où se préparait l'étape suivante, car c'était là-bas que Vincent se trouverait.

Et, tandis que je poursuivais mes recherches, le progrès scientifique accéléra à une vitesse effrayante. En 1959, on mit en vente le premier ordinateur domestique baptisé, de façon très optimiste, la « machine du futur » par un inventeur si ébloui par son propre génie qu'il n'avait rien trouvé de mieux. Il faisait la taille d'une petite armoire, et il avait une espérance de vie d'environ quatre mois avant que ses circuits internes ne fondent, mais c'était quand même un signe de la révolution informatique à venir.

Si j'avais été moins occupé à pister Vincent, sans doute aurais-je davantage apprécié le rôle que la technologie jouait dans la politique internationale. Je n'avais encore jamais vu Israël envahir la Syrie et la Jordanie, mais je ne fus guère surpris lorsqu'une virulente résistance locale repoussa les Forces de défense d'Israël pourtant mieux équipées vers des frontières plus défendables. La déclaration de guerre sainte au Moyen-Orient renversa le shah d'Iran avec plusieurs années d'avance sur la moyenne, mais les hommes forts du moment étaient laïques, et ils se hâtèrent de combler le vide ainsi créé avec une nouvelle génération d'équipement militaire qui aurait fait honte aux années 1980. Les armées tendent à exploiter le progrès scientifique plus rapidement que les organismes civils, ne serait-ce que parce que leurs besoins sont généralement plus pressants.

En 1964, les Soviets se préparaient pour le pacte de Varsovie, et les États-Unis décrétèrent un nouveau grand triomphe du capitalisme, du consumérisme et du commerce tandis que de nouvelles inventions continuaient à surgir partout. Je m'étais dégotté un poste de journaliste scientifique au sein d'un magazine dont le siège se trouvait à Washington D.C., et j'en profitais pour tenir le FBI informé sur les nouveaux crimes de l'époque, notamment la fraude téléphonique et le premier piratage informatique survenu en 1965. Si mon rédacteur en chef avait eu vent de ma duplicité, il m'aurait probablement viré pour le principe, et réengagé aussitôt pour la qualité de mes scoops et l'incroyable diversité de mes contacts.

J'observais tout ceci avec une vigilance apparemment désintéressée, alors même que le Cercle Cronus bouillonnait et enrageait par ma faute. Quelqu'un détruisait l'avenir sous nos yeux, les effets des bouleversements survenus au XXe siècle se propageaient vers le futur. Des milliards de vies allaient s'en trouver changées, des millions de kalachakras ne naîtraient plus, ou renaîtraient dans un monde dévasté et méconnaissable. Et c'était notre faute : nous, les enfants du XXe siècle, avions provoqué tout ceci en restant aussi indifférents qu'une baleine face au plancton qui grouille dans la mer.

— Harry, il faut faire quelque chose !

Akinleye.

— Trop tard.

— Comment est-ce arrivé ?

— Des lettres ont été envoyées, des lettres qui contenaient certaines idées brillantes. C'est tout.

— Il doit bien y avoir quelque chose…

— Trop tard, Akinleye. Beaucoup, beaucoup trop tard.

Trouver Vincent.

C'était tout ce qu'il restait à faire.

Oublier les conséquences, oublier le temps.

Trouver Vincent.

Je passai au crible toutes les entreprises technologiques et toutes les universités, j'interrogeai tous mes contacts, j'investiguai chaque fuite et chaque rumeur. J'épluchai des centaines de manifestes de transport en quête des composants dont je savais que Vincent aurait besoin pour fabriquer un miroir quantique. Je gardai à l'œil tous les scientifiques qui auraient pu être utiles à Vincent, ceux qui possédaient les connaissances nécessaires, et pendant ce temps j'écrivais en douce sur le monde en mutation et les prouesses de la technologie américaine.

Moi aussi, j'étais prudent. J'opérais sous tout un éventail de couvertures différentes, ne révélant que très rarement mon identité. Si je rédigeais un article sur les fertilisants agricoles en Arizona, je le signais « Harry August » mais, si quelqu'un appelait un physicien nucléaire en pleine nuit pour l'interroger au sujet des derniers développements en matière de microscopes électroniques, il le faisait sous un autre nom et avec une autre voix que la mienne.

Pour Vincent, j'avais oublié toutes mes vies passées, à l'exception de celle qui avait immédiatement suivi mon Oubli, et je considérais ma vie en cours comme la deuxième seulement sur cette Terre. Si je venais à tomber sur lui au cours de mes recherches, ce devrait avoir l'air d'un hasard, et non d'une rencontre sciemment provoquée. Mon ignorance supposée serait ma plus grande arme, que je garderais en réserve pour lui porter le coup fatal.

Et soudain, sans crier gare, il m'apparut.

J'assistais à une conférence sur la technologie nucléaire à l'âge des missiles extra-atmosphériques à longue portée, dont mon éditeur espérait que je ferais un article intitulé « Des missiles dans l'espace ». Je trouvais l'idée assez peu professionnelle, car elle impliquait de multiples points d'exclamation en fin de titre, une phrase d'ouverture du style : « Il est des choses trop terribles pour qu'on les envisage… » et un ton délibérément catastrophiste.

On m'apporta dans ma chambre d'hôtel un carton m'invitant à discuter du sujet plus en détail avec la marraine de la conférence, une certaine Madame Evelina Cynthia-Wright, qui avait ajouté un petit mot à la main pour me dire combien elle était ravie de voir que les médias s'intéressaient à des sujets aussi terribles.

Déçu par avance, je me rendis en voiture jusque chez elle, une immense demeure blanche située à cinq kilomètres du fleuve Louisiane. C'était une soirée chaude et humide, emplie du bourdonnement des insectes. À l'intérieur de la propriété, la végétation luxuriante pendouillait comme si elle supportait mal la température, mais une climatisation tout droit sortie de l'usine émettait des nuages de vapeur depuis une unité grosse comme un petit camion, et fixée contre un des murs vénérables telle une sangsue technologique au flanc d'un monument historique. Les voitures garées autour d'une mare entièrement recouverte d'algues indiquaient que je n'étais pas le seul invité.

Avant même que je puisse frapper, une servante m'ouvrit la porte et pour ma peine m'offrit un cocktail glacé, une carte de visite et une pastille de menthe maison. Un murmure de conversations polies et un massacre musical qui l'était beaucoup moins s'échappaient de ce que je suis bien forcé de qualifier de salle de bal, une immense pièce au plafond très haut dont les larges portes-fenêtres donnaient sur le jardin de derrière, une jungle encore plus luxuriante et plus affaissée que celle de devant.

Le massacre musical était l'œuvre d'une apprentie tortionnaire de sept ans et demi, et son instrument, le violon. Assis en cercle autour d'elle, des parents très fiers et des amis excessivement polis admiraient le cœur qu'elle mettait à l'ouvrage. Comme pour prouver qu'elle jouissait d'une endurance inépuisable, la fillette attaqua un nouveau pot-pourri. Plus de huit siècles d'une existence raisonnable avaient considérablement entamé mon adoration pour les enfants et mon enthousiasme vis-à-vis de leurs aspirations artistiques. Je n'étais sûrement pas la seule personne sur cette Terre qui considérait une incubation prolongée comme une méthode de développement plus rationnelle que la puberté ?

Madame Evelina Cynthia-Wright était exactement telle qu'une grande dame de Louisiane se devait d'être : extrêmement polie et accueillante, mais aussi coriace que les clous rouillés qui faisaient tenir sa magnifique propriété en un seul morceau. Visiblement, elle portait autant d'attention à son carnet mondain qu'aux commodités dont elle s'équipait, même si son unité de climatisation ultramoderne se révélait plutôt inefficace.

Tandis que je balayais la foule du regard, me demandant si ma brève apparition pouvait être considérée comme suffisante et si le journalisme était vraiment la profession idéale en cas de fin du monde précipitée (une question que je m'étais déjà posée bien des fois), notre hôtesse me fonça dessus tel un glacier en train de fondre et s'écria :

— Ça alors, Monsieur August !

Je parvins à réprimer un frémissement et à élargir mon sourire d'un cran. Je m'inclinai à demi devant le poignet qu'on me tendit : par cette chaleur humide, même les doigts pendouillaient, apparemment.

— Monsieur August, c'est si aimable à vous d'être venu ! Je suis une grande admiratrice de votre travail…

— Merci de m'avoir invité, Madame Wright.

— Oh, mon Dieu, vous êtes anglais ! Comme c'est charmant ! Chéri !

Un homme dont la moustache lui mangeait les trois quarts du visage sursauta avec l'expression résignée de qui a choisi de ne pas combattre l'inévitable.

— Chéri, Monsieur August est anglais. Tu l'aurais deviné ?

— Non, ma douce.

— J'ai pourtant lu quantité de vos articles… mais je suppose que la façon américaine d'écrire vous vient naturellement.

Pouvais-je répondre par l'affirmative ? Ou s'agissait-il de ce genre de réception où l'on doit se montrer faussement modeste de crainte de passer pour un insupportable fanfaron ? Laquelle des deux attitudes me fournirait à la fois une victoire sociale et un moyen de m'esquiver rapidement ?

— Il faut absolument que je vous présente Simon. C'est un amour, et il meurt d'envie de vous rencontrer. Oh, Simon !

Je verrouillai mon sourire par avance et, rétrospectivement, ce fut sans doute ce qui me sauva.

Le dénommé Simon se retourna. Lui aussi arborait une moustache qui colonisait sa lèvre supérieure telle une lame de fond brune et poilue, ainsi qu'un petit bouc qui détournait légèrement le regard de l'observateur vers sa clavicule gauche. Il tenait un verre givré dans une main et, dans l'autre, le dernier numéro du magazine pour lequel je travaillais, roulé comme s'il voulait s'en servir pour écraser une mouche avec. Dieu sait que les candidates au massacre ne manquaient pas.

Me voyant, il ouvrit largement la bouche en un « O » de surprise, car dans ce genre de réception il était de bon ton d'exagérer ses mimiques. Coinçant le magazine sous son bras, il s'essuya la main sur sa chemise, peut-être pour en faire tomber les restes de ses victimes ailées, et s'exclama :

— Monsieur August ! Je rêve de vous rencontrer depuis si longtemps.

Il s'appelait Simon.

Il s'appelait Vincent Rankis.

Chapitre 69

Je n'étais pas sans alliés.

Charity Hazelmere avait survécu.

Il m'avait fallu un moment pour la retrouver, et je ne tombai sur elle qu'au milieu de ma quatorzième vie, presque par hasard, à la bibliothèque du Congrès, où je cherchais un rapport sur les développements de la science moderne. Je levai les yeux d'un passage particulièrement ennuyeux, sans rapport avec mon investigation perpétuelle sur Vincent et ses activités, et je la vis : Charity, vieille au-dedans comme au-dehors, appuyée sur une canne de marche pour la première fois à ma connaissance, m'observait depuis l'autre côté de la table, sans trop savoir si j'étais un ami ou un ennemi.

Je jetai un coup d'œil à la ronde et, n'apercevant aucune menace directe, refermai le livre que j'étais en train de consulter, le reposai soigneusement dans son plateau, désignai la pancarte marquée « SILENCE SVP », souris et me dirigeai vers la porte. Je ne savais pas si elle me suivrait ou non, et je pense qu'elle ne le savait pas elle-même avant de se lever pour m'emboîter le pas.

— Bonjour, Harry.

— Bonjour, Charity.

Une petite grimace. Son vieux corps la faisait souffrir, et je voyais bien que ce n'était pas seulement à cause de son âge. Ses cheveux étaient clairsemés, le coin gauche de sa bouche s'affaissait, et elle semblait traîner la jambe du même côté. Non, il ne s'agissait pas seulement d'une décrépitude ordinaire.

— Donc, tu te souviens, marmonna-t-elle. Ils ne sont plus très nombreux dans ce cas, à présent.

— Oui, je me souviens, répondis-je gentiment. Que fais-tu ici ?

— La même chose que toi, j'imagine. En principe, je n'aime pas vivre aussi longtemps, mais cette fois, je vois bien que quelque chose cloche. Tout ce… changement. (Le mot tomba de ses lèvres telle une goutte d'acide.) Tous ces… développements technologiques. Ça ne va pas du tout.

Puis, sur un ton vif :

— Je vois que tu es devenu journaliste. J'ai lu certains de tes articles. Tu peux m'expliquer pourquoi tu cherches à attirer l'attention sur toi de la sorte ? Tu ne te rends pas compte que c'est la guerre, eux contre nous ?

« Eux », ce devait être Vincent et ses éventuels acolytes, « nous », le Cercle Cronus. J'éprouvai un bref pincement de honte à l'idée qu'elle m'incluait toujours dans ce « nous ». Après tout, j'avais passé plus d'une décennie à collaborer avec Vincent, et ma défection subséquente avait été le déclencheur des attaques envers les kalachakras. Mais je doutais que quiconque soit au courant, et je n'étais pas pressé de me confesser.

— Si l'ennemi connaît ton nom, il peut te trouver ! Faire profil bas est vital en ce moment… À moins que tu ne cherches délibérément les ennuis ?

À sa grande surprise, et peut-être à la mienne, je souris.

— Oui, répondis-je doucement. C'est exactement ce que je fais. Ça facilitera les choses à long terme.

Elle plissa les yeux d'un air soupçonneux.

— Qu'est-ce que tu mijotes, Harry ?

Je le lui expliquai.

Tout le monde a besoin d'alliés.

Surtout d'une alliée née avant 1900.

Chapitre 70

Ma carrière d'espion m'avait appris deux choses. Premièrement, quelqu'un qui se contente d'écouter sans dire grand-chose est, neuf fois sur dix, un espion infiniment plus efficace que l'est un orateur brillant. Deuxièmement, le meilleur moyen d'approcher une cible en aveugle, ce n'est pas de la contacter directement, mais de la convaincre qu'elle souhaite vous contacter, vous.

— Monsieur August, je suis ravi.

Vincent Rankis se tenait devant moi, souriant, et il m'offrait sa main pour que je la serre. J'avais passé tant d'années à me préparer, je m'étais tant démené, j'avais tant réfléchi à ce que je ferais quand le moment viendrait... Et l'espace d'une seconde, je ne pus rien faire d'autre que me retenir d'enfoncer le bord de mon verre à cocktail dans la mollesse palpitante de sa gorge rosâtre.

Vincent Rankis me souriait comme si nous étions deux étrangers dont l'un souhaitait se lier d'amitié avec l'autre.

Il savait pertinemment ce qu'il m'avait fait : en tant que mnémonique, il s'en rappelait dans le moindre détail.

Ce qu'il ne savait pas, ce qu'il ne pouvait pas savoir, c'est que, moi aussi, je m'en souvenais.

— Enchanté, monsieur... ?

— Ransome, répondit-il joyeusement.

Il me prit la main et la serra avec enthousiasme. Ses doigts étaient encore froids d'avoir tenu son verre, et humides de la condensation qui s'était formée sur la paroi extérieure.

— J'ai lu tant de vos articles ! On peut dire que je suis votre carrière de très près.

— C'est fort aimable à vous, Monsieur… Ransome.

J'hésitai juste assez pour lui faire croire que je ne le connaissais pas, mais sans insister lourdement non plus. Poussez le mensonge trop loin et vous perdrez toute crédibilité.

— Vous êtes du métier ?

Le métier, pour les membres de n'importe quelle profession un peu répandue sur cette planète, est toujours celui qu'exerce la personne qui vient de parler.

— Seigneur, non ! glousa-t-il. Je crains fort de n'être qu'un fainéant, c'est terrible… Mais je vous admire, vous les journalistes. Toujours en train de vous démener pour redresser les torts.

Vincent Rankis, la gorge nue et transpirante.

— Je ne suis pas vraiment un redresseur de torts, Monsieur Ransome. Je gagne juste ma croûte, comme on dit.

— Vous vous sous-estimez. Votre écriture est prenante, certains la qualifieraient même d'incisive.

Vincent Rankis assis à mon chevet tandis que la mort-aux-rats coulait dans mes veines.

S'éloignant juste avant que le tortionnaire ne commence à m'arracher les ongles des pieds.

Canotant avec insouciance sur la rivière Cam.

Sautillant d'excitation à la pensée d'une nouvelle expérience. *Nous pouvons repousser les limites, Harry. Trouver la réponse à toute question, anticiper toute chose en tout temps et en tout lieu. Nous pouvons voir avec les yeux de Dieu.*

Ne se retournant pas malgré mes hurlements.

« Emmenez-le », avait-il dit, et ils m'avaient emmené et collé une balle dans la tête, et maintenant j'étais là, et je ne l'oublierais jamais.

Il m'observait.

Seigneur, comme il m'observait ! Derrière son sourire éblouissant et ses mensonges flatteurs, il détaillait chaque trait de mon visage, cherchant un signe de duplicité dans mon regard, un détail indiquant que je l'avais reconnu - du dégoût, de l'indignation -, que j'étais toujours moi-même et que je savais ce qu'il avait fait. Je lui rendis son sourire et me tournai vers notre hôtesse, le cœur battant un peu trop vite, craignant que mon corps ne me trahisse.

— De toute évidence, vous avez très bon goût en matière d'amis comme de lectures, madame, la félicitai-je. Mais je suppose que vous ne m'avez pas invité seulement pour m'entendre vanter le mordant de ma prose ?

Madame Evelina Cynthia-Wright, que Dieu la bénisse et l'accueille en son sein, avait effectivement une idée derrière la tête, et en cet instant crucial où je risquais de perdre le contrôle, elle s'écria :

— Je reconnais bien là l'esprit d'un journaliste, Monsieur August ! En fait, je voudrais vous présenter quelques personnes…

Et elle passa un bras autour de mes épaules. J'aurais pu embrasser ce bras, j'aurais pu pleurer de soulagement dans sa manche d'une blancheur immaculée tandis qu'elle m'entraînait à l'écart de Vincent Rankis et plongeait de nouveau dans la foule.

Comme Vincent deux vies plus tôt, je ne jetai pas un seul regard en arrière.

Chapitre 71

Je le tenais.

Je le tenais.

Je le tenais.

Et, le plus beau, c'est que je l'avais trouvé sans avoir à m'exposer.

C'était lui qui m'avait cherché.

Lui qui était venu à moi.

Et je le tenais.

Je le tenais enfin.

Méga cool, comme diraient les Américains du début du XXIe siècle.

Le moment était venu de me la jouer méga cool.

J'écoutai les amis de Madame Cynthia-Wright discuter avec une animation qui frôlait parfois la panique des menaces de guerre nucléaire, des dangers de l'impasse idéologique, de l'invasion de la technologie dans les conflits armés, sachant que Vincent se trouvait quelques pas derrière moi, et pas une fois je ne regardai par-dessus mon épaule. Je ne me montrai pas trop froid, ni glacial ni même distant : en sortant, je lui souris au passage et le complimentai une fois de plus sur son goût très sûr. « J'espère que vous êtes abonné à notre magazine ! » Il l'était. Quel brave homme, quel bel exemple d'érudition en ces temps si changeants !

Je ne me montrai pas trop chaleureux non plus. Je ne lui serrai pas la main en guise d'au revoir et, tout en descendant l'allée sous le ciel désormais piqueté d'étoiles, je ne tournai pas la tête pour voir si, planté sur le seuil, il me regardait partir.

Je le tenais.

Je regagnai l'hôtel au premier étage duquel j'occupais une chambre qui empestait la moisissure omniprésente dans cette ville si humide. Je fermai la porte à clé, m'assis sur le lit et tremblai pendant près d'un quart d'heure sans pouvoir m'arrêter. Tout en regardant mes mains s'agiter sur mes cuisses, je songeai que c'était une réaction franchement tordue, une bien étrange manifestation physique des nombreuses émotions que j'avais légitimement ressenties à la vue de cet homme que je traquais depuis plus d'un siècle, cet homme qui était passé si près de me détruire. Mais si tordu et si étrange que ce soit, je ne parvenais tout de même pas à me contrôler et, tandis que je me préparais mécaniquement à me coucher, mes mains tremblaient si fort que je me barbouillai le menton de dentifrice.

Si j'avais pensé que ça pourrait marcher, j'aurais appelé le Cercle immédiatement. J'aurais fait venir des mercenaires, j'aurais pris les armes moi-même, et nous aurions soumis Vincent à l'Oubli sur-le-champ. Pas de questions, pas de procès, pas d'interrogatoire futile pour tenter de lui extorquer son point d'origine. Une information qu'il ne lâcherait pas facilement, j'en étais sûr. Mais Vincent était un mnémonique. À en juger ma propre expérience, tenter d'effacer sa mémoire serait voué à l'échec et nous ferait perdre toute chance de l'arrêter par un autre moyen.

Je le tenais, et je ne pouvais rien faire pour le moment. Il savait où me trouver, s'il lui venait l'envie de le faire.

Trois mois.

Pires que n'importe quelle torture.

Je poursuivis mes activités professionnelles, me montrant plus rigoureux, plus scrupuleux que jamais. Je jouai le rôle du journaliste à fond, sans entreprendre aucune action susceptible d'être liée à Vincent. Par ailleurs, je pris soin d'afficher des comportements considérés comme symptomatiques d'un ouroborien que deux vies seulement séparaient d'un Oubli. Je fréquentai des églises de différentes confessions, pris rendez-vous pour des séances de thérapie auxquelles je ne me rendis pas, demeurai à l'écart de mes pairs. Bref, à tout point de vue, je menai l'existence d'Harry August, innocent kalachakra qui tentait de survivre dans un monde bien perturbant pour lui.

Je pris même des cours particuliers d'espagnol, langue que je parlais déjà couramment, et dissimulai ma progression par trop facile en payant le fils de mes voisins du dessous pour faire mes devoirs. Je m'embarquai dans une brève mais assez agréable liaison avec mon professeur jusqu'à ce que, culpabilisant d'avoir trompé son petit ami mexicain trop souvent absent, elle finisse à la fois par rompre et par mettre un terme à nos leçons.

Avais-je réellement besoin de me donner autant de mal pour maintenir cette illusion ? Je l'ignore. Si Vincent s'intéressait de près à ma vie en cours, il le cachait bien. En revanche, j'étais certain qu'il enquêtait toujours sur mes vies passées et, notamment, qu'il cherchait mon point d'origine. Mais mes alliées Charity et Akinleye veillaient au grain, et tous les documents officiels proclamaient que Harry August avait été porté à l'attention des autorités britanniques en tant qu'orphelin abandonné à Leeds, où il était demeuré jusqu'à son adoption par un couple de la région, monsieur et Madame August.

Je savais que Vincent vérifierait, et qu'il trouverait bien à Leeds un monsieur et une madame August qui avaient adopté un jeune garçon d'un âge similaire au mien. Je l'avais depuis longtemps repéré comme un leurre très utile : il mourait dans un accident de voiture en 1938, juste à temps pour que je récupère ses papiers. Son décès fortuit était, à bien des égards, une chance incroyable pour moi car, s'il ne s'était pas produit, j'aurais peut-être été forcé de le tuer moi-même afin de maintenir ma couverture.

Quel que soit l'avancement de ses recherches au sein de ce tissu de mensonges soigneusement assemblés, Vincent ne se manifesta pas pendant trois mois, et je ne le cherchai pas non plus de mon côté. Lorsqu'il finit par me contacter, ce fut à 2 heures, sur la ligne fixe de mon appartement de Washington D.C. J'étais à moitié endormi et totalement hébété lorsque je décrochai. Et c'était justement ce qu'il voulait.

— Monsieur August ?

Sa voix si reconnaissable. Je fus instantanément réveillé, et mon sang se mit à battre si fort à mes tympans que je craignais qu'il ne l'entende comme je pressais le combiné contre mon oreille.

— Qui est à l'appareil ? demandai-je, rampant sur mon lit en direction de l'interrupteur.

— Simon Ransome, répondit-il. Nous nous sommes rencontrés à la soirée de Madame Cynthia-Wright.

Vraiment ? Peut-être.

— Ransome… Je suis navré, je ne…

— Pardonnez-moi, vous ne vous souvenez probablement pas de moi. Je suis un grand admirateur de votre travail…

— Ah, mais oui !

M'étais-je exclamé avec un peu trop de force, un peu trop d'enthousiasme ? Après tout, nous étions en Amérique, une nation d'extravertis, et le téléphone n'était pas le moyen de communication qui se prêtait le mieux à la subtilité.

— Monsieur Ransome. Bien sûr que je me souviens. C'est juste qu'il est un peu tôt…

— Seigneur !

L'expression de son regret était-elle un peu exagérée, elle aussi ? Quand tout serait terminé, peut-être pourrions-nous discuter de nos talents d'acteurs et évaluer nos prestations respectives ? songeai-je vaguement. Il n'était personne dont l'opinion me soit plus précieuse en la matière.

— Je suis vraiment désolé. Quelle heure est-il chez vous ?

— Deux heures du matin.

— Seigneur ! répéta-t-il avec plus d'emphase, au point que j'envisageai de retrancher des points à sa notation jusqu'ici parfaite.

Je me fis ma réflexion que, dans de telles circonstances, des interjections banales convenaient beaucoup mieux que de grandes effusions. D'un autre côté, s'il partait du principe que j'étais un innocent traumatisé gérant tant bien que mal sa deuxième vie, peut-être trouvait-il normal de me traiter comme un idiot ?

— Harry, je suis vraiment navré.

Et ça aussi, un léger glissement : nous n'étions pas encore assez proches pour qu'il m'appelle par mon prénom.

— Comme je serai dans votre quartier la semaine prochaine, je voulais vous inviter à boire un verre. C'était très négligent de ma part d'oublier le décalage horaire. Pardonnez-moi, je vous rappellerai plus tard.

Et, avant que je puisse lui assurer que ça n'était pas si grave, il raccrocha.

Nous nous donnâmes rendez-vous pour prendre un verre ensemble.

Le bar était un repaire de lobbyistes et de journalistes. Sous les ampoules à basse intensité et sur fond de jazz lent, une trêve fugace permettait aux soldats de traverser les lignes ennemies pour rejoindre des inconnus à leur table afin de discuter de football, de base-ball et des derniers développements tortueux dans les batailles livrées par le mouvement des droits civiques.

Vincent arriva avec dix minutes de retard. Il portait un costume d'une blancheur outrancière et des bretelles.

Il était, m'expliqua-t-il, un dilettante qui ne faisait pas grand-chose de sa vie, mais mon univers le fascinait et, si ça ne me dérangeait pas, il aimerait beaucoup avoir mon opinion sur deux ou trois sujets. Je lui assurai que ça ne me dérangeait pas du tout, et il insista pour régler la note.

En préparation de ce moment, j'avais avalé une énorme quantité de fromage et bu des litres d'eau. Se soûler en service commandé, c'est tout un art. Je ne voulais pas qu'il me surprenne à m'économiser, mais je ne voulais pas non plus baisser ma garde sous l'effet de l'alcool. Le seul inconvénient de ma stratégie, c'est qu'elle me contraignait à de fréquents allers retours aux toilettes, mais j'avais déjà eu à payer des prix bien plus élevés.

Au fil de la conversation, il apparut rapidement que Vincent avait une notion du dilettantisme qui différait légèrement de celle de ses pairs.

— Père m'a laissé beaucoup d'argent, m'expliqua-t-il avec un haussement d'épaules, ainsi qu'un diplôme dont je ne me sers pas, une maison où je n'habite pas et une usine où je ne mets jamais les pieds. Tout cela m'ennuie terriblement.

Bien sûr, Vincent. Bien sûr.

— Votre père devait être très riche.

— Comme ci, comme ça.

Le flegme légendaire des gens extrêmement fortunés, dont le seuil de saturation financière est si haut qu'ils se sont élevés au-dessus du commun des mortels et peuvent apercevoir des richesses immenses par-delà leur horizon. Ainsi ce « Comme ci, comme ça » constituait-il une promesse d'opulence encore inexploitée.

La question du père de Vincent demeura en suspens entre nous. L'appât était si juteux et si appétissant que je décidai de l'ignorer.

— Alors, pourquoi un type comme vous s'intéresse-t-il à un pauvre journaliste comme moi ?

— Ne vous l'ai-je pas dit ? Je suis un grand admirateur de votre travail.

— C'est tout ? Je veux dire… Vous n'essayez pas de lancer votre propre journal, de trouver du boulot dans le secteur ou un truc de ce genre ?

— Seigneur, non ! je ne saurais même pas par où commencer. Mais puisque vous en parlez…

De manière fort prévisible, il se pencha vers moi sur le canapé, baissa la tête avec une mine de conspirateur et jeta un regard furtif à la ronde.

— Vous n'auriez pas un tuyau à me refiler, par hasard ?

Quel genre de tuyau, très cher ?

— Le brave type qui s'occupe de ma comptabilité veut que j'investisse dans une entreprise qui fait quelque chose de terriblement compliqué avec la résonance harmonique. Moi, je ne sais même pas ce que ça veut dire ! D'habitude, je lui laisse carte blanche, mais la somme en jeu est vraiment très élevée, et je ne suis pas certain que ça en vaille la peine. Qu'en pensez-vous ?

J'en pense, Vincent, que « le brave type qui s'occupe de ma comptabilité », c'était pousser le bouchon un poil trop loin.

J'en pense qu'il serait si facile de te tuer maintenant.

J'en pense que, malgré tout, je souris.

Je souris de ton numéro. Je souris de ton charme. De ton bagou, de tes petites blagues salaces. Je souris parce que nous avons travaillé ensemble et été amis pendant dix ans, et que tu n'as tenté de détruire ma vie que pendant quelques jours. Je souris parce que c'est ma réaction habituelle face à toi, même si je te voue désormais une haine incommensurable. Je souris parce que malgré les mensonges, malgré tout ce que je sais sur toi, je t'apprécie, Vincent Rankis. Je t'apprécie toujours.

— C'est quoi, le nom de cette entreprise ? Je peux peut-être me renseigner.

— Vous feriez ça ? N'allez surtout pas croire que je vous ai invité dans ce dessein ! Je sais que les gens passent leur temps à s'utiliser les uns les autres, mais honnêtement, Harry… Puis-je vous appeler Harry ? Je suis un si grand admirateur de votre travail que je voulais juste vous rencontrer. Cette histoire d'investissement, c'est très secondaire.

— Pas de problème, Monsieur Ransome… Simon ? Pas de problème, Simon.

— Je ne veux pas vous embêter.

— Vous ne m'embêtez pas. Je fais juste mon boulot.

— Laissez-moi vous payer. Vous rembourser vos frais, au moins ?

Je me souvins combien il était facile de corrompre un homme honnête. Le Harry August que je jouais était-il honnête ? Je décidai qu'il l'était, qu'il devait l'être, et que, comme tous les hommes honnêtes entrés en contact avec Vincent Rankis, il connaîtrait une chute brutale.

— Offrez-moi le dîner, et nous serons quittes.

Au final, je le laissai également payer mes frais de déplacement.

L'entreprise en question correspondait à toutes mes attentes. En temps normal, elle aurait développé la prochaine génération de télévisions, peaufiné les oscillations dans les tubes cathodiques, étudié les influences électromagnétiques des interférences et de l'induction. Mais, comme nombre d'autres organisations à travers les États-Unis, ses dirigeants avaient reçu cinq feuilles de papier jaunâtre couvertes de diagrammes, de schémas détaillés, de spécifications techniques précises et de chiffres concernant des technologies en avance de vingt ans sur leur époque. Elle avait lancé un programme de recherches…

— … très excitantes, Monsieur August, vraiment très excitantes, sur la résonance des flux de particules.

Ce qui signifiait quoi, au juste, histoire que je puisse le faire comprendre aux lecteurs de mon article ?

— Eh bien, Monsieur August, si nous prenons un faisceau lumineux de haute intensité, tel qu'un laser…

Mais bien sûr ! le laser, cet appareil domestique si répandu dans les années 1960 !

— Et que nous le braquons sur un électron…

Naturellement. Naturellement, nous passons les années 1960 à tirer sur de pauvres électrons avec des lasers. Mais où avais-je la tête pendant les huit cent quatre-vingts dernières années ?

— Nous pouvons observer un transfert d'énergie et… La notion de dualité onde-particule vous est-elle familière ?

Mettons que oui.

— F… fantastique. Donc, vous devez savoir que la lumière est à la fois un ensemble de particules, des photons, et d'ondes. À travers la résonance harmonique entre ces ondes, qui sont également des particules, nous commençons à voir… Vous êtes sûr de comprendre ce que je dis, Monsieur August ? Vous semblez préoccupé.

Vraiment ? Disons que j'avais mangé au déjeuner quelque chose qui me restait sur l'estomac. Oui, disons cela.

— Vous m'en voyez désolé, Monsieur August. Souhaitez-vous vous asseoir un moment ?

Après coup, je rédigeai un rapport pour Vincent. J'avais tout de suite deviné l'application potentielle, et, surtout, la raison pour laquelle Vincent cherchait à faire appel à l'entreprise en question : ses recherches pouvaient être plus qu'utiles pour l'instrument de ses rêves, le miroir quantique qui n'aurait qu'à examiner une particule individuelle pour en déduire la réponse à toutes les interrogations de l'univers. C'est très simple, Harry, si simple. À condition d'avoir le courage de le faire.

Je savais qu'il était en train de le construire, quelque part au cœur de l'Amérique, parce que tel était le but de toute la manœuvre. Mais je ne pouvais pas lui laisser soupçonner que je savais, aussi fondai-je mon analyse essentiellement sur la personnalité des gens que j'avais rencontrés et sur la viabilité apparente de leurs projections financières, plutôt que sur l'aspect scientifique.

Nous dînâmes ensemble, à ses frais. Il poussa des « oh », des « ah », des « hmmm » et des « ça, par exemple ! » en feuilletant mon rapport, qu'il finit par jeter sur la table pour frapper dans ses mains et s'écrier :

— C'est parfait, Harry, absolument parfait ! Garçon, rapportez-nous du saké !

En 1969, les sushis étaient déjà la dernière mode culinaire en Amérique. Les calottes glaciaires fondaient, la fumée des usines faisait virer le ciel au jaune orangé, le bloc soviétique s'effondrait et la rumeur parlait d'une pilule qui donnerait une peau blanche comme celle d'un nouveau-né aux militants noirs qui se battaient pour l'obtention de droits civiques. La véritable voie de l'égalité, proclamait Nixon. J'en conclus que la seule raison pour laquelle le monde n'avait pas encore subi un bombardement nucléaire global c'est que plus personne n'en voyait vraiment l'intérêt.

— Parlez-moi de vous, Harry. Vous êtes anglais, n'est-ce pas ?

Nous y étions. La question du point d'origine, introduite si subtilement entre la poire et le fromage que je faillis ne pas la voir passer.

— Vous avez beaucoup de famille ?

— Non, répondis-je sans mentir. Mes parents sont morts tous les deux depuis quelques années déjà. Je n'ai jamais eu de frère ni de sœur.

— Vous m'en voyez navré. Ils devaient être très fiers de vous, j'imagine ?

— Je le crois. Je l'espère. C'était de braves gens, mais je vivais ici et eux là-bas… Vous savez ce que c'est.

— Pas vraiment, Harry, mais je crois que je peux deviner. Vous venez de Londres ?

Une vraie question d'Américain. Dans le doute, partez du principe que tout Anglais est originaire de Londres.

— Non, d'une ville située plus au nord : Leeds.

— Je crains de n'en avoir jamais entendu parler.

Dieu qu'il mentait bien ! Du travail d'artiste. Si je n'avais pas été aussi concentré sur mes propres mensonges, je me serais levé pour applaudir. Au lieu de ça, j'eus le vague haussement d'épaules de l'Anglais réservé qui ne tient pas à aborder les sujets pénibles, et reconnaissant le signal, il eut le bon sens d'enchaîner sur autre chose.

J'effectuai plusieurs autres missions pour Vincent en sus de mon travail de journaliste.

Je visitai d'étranges entreprises. Je m'entretins avec des « investisseurs » potentiels. Le schéma était clair et, chaque fois, je m'autorisais à glisser un peu plus profondément dans sa poche. À bien des égards, les techniques qu'il utilisait pour me corrompre étaient les mêmes que celles que j'avais employées dans ma vie précédente pour corrompre les gens autour de moi : un dîner devenait un week-end tous frais payés, un week-end tous frais payés se changeait en abonnement dans son club de sport local. Vêtus de tee-shirts et de shorts pas tout à fait assortis, nous jouions au squash comme les hommes d'âge bientôt mûr que la société voyait en nous. Après quoi, nous prenions un café avec les autres membres du club, et nous discutions de l'actualité, de politique et de fusion froide : était-ce vraiment l'avenir ?

Le jour où un groupe de radicaux libanais lâcha enfin une bombe sur Beyrouth, j'étais assis avec Vincent dans la salle de détente du club de sport, regardant les journalistes équipés de masques à gaz se planquer derrière leurs camionnettes blindées tandis que les survivants et les mourants rampaient hors du charnier fumant de la ville. Je savais que c'était notre faute, que c'était nous qui avions lâché cette technologie dévastatrice sur le monde, et je sentis la main froide d'un destin irréversible dans mon dos.

En 1975, j'achetais mon premier téléphone portable. En 1977, j'écrivais des articles sur les arnaques téléphoniques, le piratage informatique, les mails frauduleux et la corruption des médias modernes. Le monde avançait beaucoup trop vite.

Les moments passés avec Vincent m'offraient une retraite idyllique. Souvent, il m'invitait à des réceptions dans son immense maison au cœur du Maine, loin du chaos et du nombre sans cesse croissant des victimes. Jamais il ne mentionnait ses recherches, et jamais je ne le lui posais de questions.

Son père, la mystérieuse source de sa richesse, s'avéra être un type tombé héroïquement au combat, en 1942, pendant la guerre du Pacifique, découvris-je en fouillant discrètement dans son passé. Sa tombe était fort commodément anonyme et impossible à localiser, mais, même si elle contenait un corps, nul doute qu'une analyse ADN ne révélerait pas davantage de parenté entre Vincent et lui qu'entre moi et Monsieur et Madame August de Leeds. Il m'en faudrait bien davantage pour déterminer le point d'origine de Vincent.

En 1978, année où le mur de Berlin tomba et où la première tentative pour creuser un tunnel sous la Manche provoqua un effondrement sous-marin qui fit douze victimes et mit provisoirement en échec les efforts de redressement économique de l'Europe après l'éclatement de la bulle Internet, je fus invité, comme j'avais pris l'habitude de l'être, à une nouvelle soirée chez Vincent. Le carton doré sur tranche indiquait un événement d'une certaine importance, mais cela ne pouvait que servir mes intérêts : plus il y aurait de monde, plus Vincent serait forcé d'accumuler les mensonges, et moins j'aurais de mal à déceler les anomalies dans son discours. L'occasion n'était précisée nulle part, mais une note manuscrite au bas du carton me recommandait de « m'agripper à mon pyjama ! »

Vincent aimait jouer avec moi et, d'une certaine façon, j'aimais qu'il le fasse. Au fil des ans, il s'était quelque peu détendu en ma présence. Peut-être avait-il fini par croire que j'étais aussi innocent que je le prétendais : un Harry August à la mémoire limitée et à la réputation douteuse. Et puis, diable, il savait recevoir !

Dans la soirée, je remontai l'allée de gravier familière jusqu'à la non moins familière demeure de briques rouges, une bâtisse majestueuse qu'il surnommait « sa maison d'avril-mai et d'août à octobre », les saisons où le climat du Maine était le plus agréable. Nul ne savait où il passait les mois de novembre à mars et de juin-juillet, mais je devinais que c'était sans doute le genre d'endroit où on portait un badge indicateur de radiations. Si un compteur Geiger-Müller avait pu faire davantage que confirmer mes soupçons, j'en aurais planqué un à l'intérieur de ma veste de soirée mais, franchement, je n'avais pas besoin de ça pour avoir la certitude que Vincent travaillait toujours à l'élaboration de son miroir quantique. En revanche, je me demandais où il en était exactement.

Cinq vies, Harry. Encore cinq vies, et ça devrait être bon !

Il m'avait dit ça deux vies auparavant. Était-il toujours dans les temps ?

— Harry ! (Il m'accueillit sur le seuil, m'étreignant avec le raffinement d'un Français et l'enthousiasme d'un Yankee.) Je t'ai mis dans la chambre rose. Tu passes la nuit ici, pas vrai ?

— Ton invitation disait de m'agripper à mon pyjama. J'ai donc supposé qu'elle était valable pour tout le week-end.

— Merveilleux ! Entre, entre. Les autres invités commencent déjà à arriver. Tu m'excuseras si je dois leur parler aussi, tu sais ce que c'est : il faut entretenir son réseau !

La chambre rose en question était une petite pièce située dans une tour en saillie, conçue par un architecte qui avait décidé de remettre le style médiéval au goût du jour. Elle était équipée d'une minuscule salle de bains et de toilettes adjacentes. Sur un mur, un agrandissement photographique montrait un Vincent beaucoup plus jeune, brandissant fièrement le plus gros fusil de chasse que j'aie jamais vu et posant un pied sur la carcasse d'un tigre. Vingt bonnes minutes d'examen m'avaient été nécessaires pour déterminer que c'était un montage, comme la plupart des autres photos de Vincent disséminées à travers la maison.

Le volume des bavardages en provenance du rez-de-chaussée enflait perceptiblement. Comme le soleil se couchait, toutes les fenêtres de la maison projetèrent des zébrures de vive lumière au tungstène sur la pelouse en contrebas. Un orchestre se lança dans une série de morceaux de country destinés à entretenir une ambiance guillerette, sans pour autant donner aux invités l'envie de pousser des « yee-hah » au manque de dignité gênant. J'enfilai mon costume et descendis au rez-de-chaussée.

Je repérai quelques visages familiers parmi la foule, des hommes et des femmes dont j'avais fait la connaissance au fil des ans depuis ma rencontre avec Vincent, Simon Ransome pour tous ceux qui se trouvaient ici. On échangea des poignées de main cordiales, on se demanda des nouvelles de nos connaissances mutuelles, de nos amis, de nos familles et, comme de plus en plus souvent à cet âge, de notre santé.

— Seigneur, j'ai commencé à prendre ma tension à la maison. La dernière fois que je suis allé chez le docteur, elle crevait le plafond !

— Le mien m'a dit de faire attention au sucre.

— Le mien m'a dit de manger moins gras.

— Le cholestérol, le cholestérol… Comme je rêve d'un peu plus de cholestérol dans ma vie !

D'ici à quelques années, me disais-je, ma moelle osseuse commencerait comme d'habitude à me lâcher, et le reste de mon corps ne tarderait pas à suivre. Si je n'avais pas découvert les secrets de Vincent Rankis d'ici là, devrais-je considérer cette vie comme perdue ?

— Mesdames et messieurs…

Le début d'un discours. Dieu, que je détestais les discours !

— Merci à tous d'être venus ce soir. Je suis sûr que vous vous demandez pourquoi je vous ai invités...

En tout, j'ai assisté à quatre-vingt-sept mariages, soixante-dix-neuf enterrements, vingt-neuf bar-mitzvah, onze bat-mitzvah, vingt-trois confirmations, trente-deux baptêmes, huit jugements de divorce en tant que témoin pour une partie ou l'autre, treize jugements de divorce en tant qu'épaule amie sur laquelle pleurer, sept cent quatre-vingt-quatre anniversaires dont cent onze avec stripteaseuse, douze avec la même stripteaseuse, cent trois anniversaires de mariage, sept remariages après que les époux eurent surmonté leurs difficultés de couple, et, dans le tas, il n'y avait eu à vue de nez que quatorze discours vaguement...

— Voici donc, mesdames et messieurs, ma future épouse !

J'applaudis mécaniquement, parce que c'était ce que faisaient tous les autres invités, et levai sans grand intérêt les yeux vers la mortelle linéaire avec laquelle Vincent avait décidé de passer son temps. Serait-ce encore une Frances, choisie pour rendre jaloux un invisible Hugh en train de jouer au tennis ? Ou une Leticia, jolie mais totalement fade. Ou peut-être une Mei, qui lui conférerait une certaine respectabilité tandis qu'il vaquerait à ses manigances. Ou encore une Lizzie, compagne des heures sombres, choisie à quatre-vingt-dix pour cent pour sa présence et seulement à dix pour cent pour l'alchimie entre eux.

L'heureuse élue s'avança sur le devant de la pièce. Ses cheveux commençaient à grisonner sur les tempes. Elle portait une robe de sirène couleur crème, et…

C'était Jenny.

Ma Jenny.

Les rouages de ma mémoire s'emballèrent.

Ma Jenny, que j'avais aimée et épousée, chirurgienne à Glasgow du temps où les femmes n'exerçaient pas ce genre de métier, et surtout pas à cet endroit. Je l'avais aimée, je lui avais tout raconté, et ça avait été trop pour elle. Ma Jenny, à qui je n'avais jamais reproché ce qui m'était arrivé par la suite, la torture aux mains de Franklin Phearson, mon agonie par terre avec l'artère fémorale ouverte et un sourire aux lèvres. Ma Jenny à qui, dans une autre vie, j'avais chuchoté « Fuguez avec moi », et qui avait paru tentée, même si elle n'aurait probablement pas su expliquer pourquoi.

Ma Jenny. J'avais parlé d'elle à Vincent. Je m'en souvenais. Pietrok-112, une soirée passée à jouer aux cartes. Nous avions bu un peu trop de vodka, et il m'avait dit :

— Tu sais, Harry, il est rare que je partage l'opinion des membres du Cercle Cronus, mais je pense quand même qu'un homme a besoin de se faire plaisir de temps à autre.

Les rouages de ma mémoire, tournant de plus en plus vite.

J'étais en train de regarder Anna, la laborantine dont les calibrages étaient justes jusqu'au sixième chiffre significatif, et qui me souriait par-dessus le bord de ses lunettes sans se rendre compte à quel point c'était cliché, ce qui rendait cette vision encore plus délicieuse.

Vincent m'avait donné une grande claque sur l'épaule en marmonnant :

— Seigneur, Harry ! qui a dit que tous les génies devaient être torturés ? Profite un peu !

Je m'étais raclé la gorge et j'avais émis de vagues protestations. Je craignais que ce soit mal venu, et j'avais peur de ce que diraient les gens. Ce soir-là, tandis que nous jouions aux cartes en buvant de la vodka, Vincent m'avait dit que cette attitude était à peine digne d'un gamin de dix-sept ans, et certainement pas d'un homme dans sa douzième vie.

— Ne me dis pas que tu ne t'es jamais amusé avec des filles !

— J'ai toujours été trop préoccupé pour le grand amour. Tu sais ce que c'est.

— Sottises, avait-il répliqué en tapant du poing sur la table assez fort pour faire tressauter nos cartes sur le plateau. Même si je suis convaincu jusqu'aux tréfonds de mon âme que ce projet, le miroir quantique, est la plus grande quête que l'homme puisse entreprendre, voir l'univers avec les yeux du Créateur, répondre aux plus grandes questions de l'humanité, je crois aussi que se consacrer exclusivement à une chose sans prendre le moindre repos ou la moindre distraction produit des migraines plutôt que des résultats. Je ne doute pas que les bureaucrates d'ici aient établi des statistiques à ce sujet. Disons qu'on constate une augmentation de productivité de quinze pour cent si, toutes les huit heures, un travailleur a droit à une pause supplémentaire d'une demi-heure. Ces quinze pour cent justifient-ils la perte de temps passée sur le lieu de travail ? Absolument.

— Tu m'encourages à… pratiquer le sexe à titre récréatif ?

— Je t'encourage à rechercher une compagnie récréative. Comme tu l'as toi-même fait remarquer très souvent, même les plus grands esprits ne peuvent pas passer chaque seconde de veille à analyser les mystères de l'univers. Ils doivent, oui, ils doivent aussi passer un peu de temps chaque jour à se demander pourquoi la cuvette des toilettes est toujours glacée, le shampoing toujours collant et le chou de la cantine toujours dégueulasse. Je n'exige pas de mes chercheurs qu'ils vivent comme des moines, Harry !

— Et toi, tu as quelqu'un ? demandai-je. Je ne t'ai jamais vu avec…

Il eut un geste désinvolte.

— Je n'ai pas dit que les relations inappropriées et ennuyeuses amélioraient la productivité, bien au contraire. Je ne perdrai pas mon temps à poursuivre un objet sexuel pour la seule raison que mes hormones m'y incitent. Toutefois, le jour où je rencontrerai quelqu'un que je considérerai comme…

— La demi-heure de pause supplémentaire dans ta journée de huit heures ?

— Exactement. Ce jour-là, je te tiendrai au courant.

— Tu as déjà été marié ?

Je n'avais aucune idée derrière la tête à ce moment-là. Je demandai ça par pure curiosité, en posant mes cartes pour mieux me concentrer sur cette discussion amicale.

— Une ou deux fois, admit-il, quand je trouvais une candidate convenable. Dans ma toute première vie, j'ai connu une femme dont je pensais… Mais la vision rétrospective est une chose merveilleuse. Sur mon lit de mort, je me suis aperçu que je pouvais parfaitement vivre sans elle. Il est arrivé que je m'attache quelqu'un juste pour avoir de la compagnie. La vieillesse est pénible si on ne la partage avec personne. Et toi ?

— Plus ou moins pareil, avouai-je. Moi aussi, je me suis rendu compte que les inconvénients de la solitude surpassaient ses avantages, surtout vers la fin. Même en étant conscient de la futilité de ce mensonge, de la vacuité de toute relation amoureuse, le besoin de compagnie est… plus profondément enraciné que je ne l'aurais cru.

Et, sans savoir pourquoi, je lui avais parlé de Jenny.

Jenny.

Dire « l'amour de ma vie » serait bien trop naïf.

L'amour d'une de mes vies, peut-être.

Quelle idiotie de penser que les sentiments peuvent durer si longtemps !

Une illusion engendrée par toutes ces années passées à mentir, à tromper, à mettre de la distance entre moi et les choses parce que je n'avais pas le choix. De la distance entre moi et le Cercle Cronus pour ne pas être démasqué, de la distance entre Vincent et moi de crainte qu'il ne découvre la vérité, de la distance entre moi et ceux qui vivaient et mouraient sans jamais se souvenir de rien, de la distance entre moi et ma famille, adoptive ou biologique, de la distance entre moi et un monde dont je savais déjà tout ce qu'il s'y passerait, de la distance entre moi et…

Tout le reste.

Cette accélération de mon pouls.

Ce souffle coupé.

Cette rougeur qui montait à mes joues.

Ce n'est pas de l'amour.

C'est une illusion.

Jenny.

Tenant la main de Vincent.

De sa main libre, elle prend le verre avec lequel il vient sans doute de porter un toast et le pose sur la surface noire laquée du piano à queue. Puis elle lui caresse la nuque, passant ses doigts dans les petits cheveux au-dessus de son col. Elle est presque aussi grande que lui, mais elle se dresse quand même sur la pointe des pieds, et son poids le fait légèrement reculer. Elle pose ses lèvres sur les siennes, et il lui rend son baiser avec passion, et toute la salle applaudit. Et comme ils s'écartent l'un de l'autre, il tourne son regard vers moi.

Une seconde.

Juste une seconde.

Qu'a-t-il vu sur mon visage ?

Moi aussi, j'applaudis.

Plus tard, beaucoup, beaucoup plus tard, je m'autorise à me réfugier tout au fond du jardin. Je me laisse tomber à quatre pattes sur la terre humide, et je pleure toutes les larmes de mon corps.

Chapitre 72

Vincent.

Mon ennemi.

Mon ami.

De nous deux, c'est moi le plus doué pour mentir.

Mais toi… tu as toujours été le plus doué pour juger les autres.

S'agissait-il du dernier test ? De la preuve ultime ? Serais-je capable de regarder ma femme embrasser un autre homme, de lui serrer la main en souriant et en lui présentant tous mes vœux de bonheur, d'entendre sa voix et de savoir qu'elle était tienne, qu'elle appartenait à mon ennemi, à mon ami, sans jamais me trahir ? Serais-je capable de continuer à sourire tandis qu'elle marcherait vers l'autel, de chanter les hymnes à l'église, de prendre des photos pendant qu'elle couperait la pièce montée ? Parce qu'Harry, Harry est journaliste, il doit bien savoir prendre des photos, pas vrai ?

Serais-je capable de te regarder chuchoter à son oreille, de la voir rire, de sentir ton odeur sur sa peau et ne pas m'abandonner à la fureur ? Parce que tu l'avais épousée, non par amour, non pour avoir de la compagnie ou même pour cette fameuse demi-heure de pause récréative dans une journée de travail de huit heures. Tu l'avais prise parce qu'elle était à moi. Serais-je capable de sourire encore dans ces circonstances ?

Apparemment, oui.

Je sais désormais que quelque chose est mort en moi, même si je ne me rappelle pas à quel moment précis il s'est éteint.

Chapitre 73

Nous approchons de la fin, toi et moi.

Je me rends compte qu'avec tout ça je ne t'ai pas dit grand-chose sur mon père adoptif, Patrick, ou plus exactement sur la façon dont il meurt. Harriet, la douce Harriet, succombe entre mon sixième et mon huitième anniversaire. Rory Hulne, comme tu le sais, finit sa vie dans l'indigence, bien que pas toujours au même endroit. Patrick, le silencieux Patrick qui après la mort de sa femme reste assis face à moi de l'autre côté de la cheminée, nous quitte dans les années 1960.

Dans toutes les vies où je l'ai connu, il ne s'est jamais remarié. Souvent, il se retrouve prisonnier de la toile tissée par les Hulne, et la lente érosion de leur fortune le laisse seul et sans un sou. Je lui envoie de l'argent et, chaque fois, je reçois une lettre assez froide en retour, presque toujours la même, mot pour mot.

Cher Harry,
J'ai bien reçu ton chèque. J'espère que tu ne t'es pas mis dans la gêne pour m'envoyer cet argent. Je n'ai pas besoin de grand-chose, j'ai déjà tout ce qu'il me faut, et les vieux doivent penser avant tout à l'avenir des jeunes. Je marche beaucoup, et je me maintiens

en bonne santé. J'espère que tu en fais autant. Je te souhaite le meilleur.

Bien à toi,

Patrick

Chaque fois, il refuse de dépenser cet argent pendant six mois au moins. Il le planque dans une boîte à chaussures sous son lit avec l'intention de me le rendre un jour. Du moins, c'est ce que je soupçonne. Mais la pauvreté finit par le rattraper, et il est contraint de le dépenser pour survivre.

Une fois, je lui ai fait parvenir de quoi s'offrir une maison, mais il m'a renvoyé mon chèque avec une lettre dans laquelle il m'informait poliment que l'argent devait servir à la jeunesse, et qu'il avait de quoi se maintenir en bonne santé.

Je prends toujours garde à ne pas lui rendre visite pendant deux mois au moins après une donation, de crainte qu'il n'interprète cela comme l'exigence d'une manifestation de gratitude. À ce jour et après toutes ces vies, j'ignore encore comment rendre la vieillesse de mon père plus heureuse.

Mon père.

Depuis le début de ce récit, c'est Rory Hulne que j'appelle « mon père », et il l'est au sens purement biologique du terme. Il reste présent toute ma vie en filigrane, je ne peux ni l'éviter ni lui échapper, et je n'ai pas de meilleur terme pour le désigner. Je pourrais peut-être le qualifier de soldat, de maître, de seigneur, d'homme consumé par la jalousie, de créature hantée par le regret, de violeur, mais comme je devrais alors employer une forme de conditionnel, je me contente de le nommer pour la seule chose qu'il est réellement par rapport à moi : mon père.

Pourtant, il n'arrive pas à la cheville de Patrick August en la matière. Oh ! je ne nie pas les défauts de Patrick : c'est un homme froid, distant dans ma jeunesse, sévère après la mort d'Harriet. Il emploie la badine plus souvent que ne le ferait un homme doux, et il me laisse me débrouiller seul plus souvent que ne le ferait un homme aimant. Mais pas une seule fois, dans toutes les vies que j'ai vécues, il n'a fait preuve d'une cruauté ultime en me révélant la vérité sur mes origines. Pas une seule fois il n'a affirmé être autre chose que mon véritable père, alors même que mes traits ressemblaient de plus en plus à ceux d'un homme qui niait toute parenté avec moi. Jamais je n'ai rencontré d'homme plus fidèle à sa parole.

Durant ma quatorzième vie, je retournai là-bas. Je venais d'assister au mariage de Vincent et de Jenny, et bien entendu (mais bien entendu !), j'étais resté pour jouer le rôle de l'ami proche, dissimulant ma peine, riant de leurs plaisanteries, souriant de la tendresse qu'ils se manifestaient, louant leur union.

J'attendis que six ou sept mois s'écoulent et que ma position vis-à-vis du jeune couple soit bien assurée pour leur annoncer que je devais faire un saut en Angleterre. Vincent offrit de payer mon billet d'avion (à ce stade, j'étais complètement dans sa poche et à son service) mais je refusai poliment, arguant qu'il s'agissait là d'une affaire privée.

Lorsque je sortis de l'aéroport de Londres, deux hommes me suivirent jusqu'au train. Il est très délicat de rompre une filature sans donner l'impression que vous le faites exprès. Je recourus à une alternance de petites courses dans divers magasins, un excellent moyen de pousser des agents de surveillance à la faute, et de soirées privées sur invitation seulement, auxquelles je me rendais en apparence sur un coup de tête, même si en réalité j'avais tout planifié, pour saper à la fois leur ténacité et leur moral. Lorsque je finis par monter dans un train à destination de Berwick-upon-Tweed, j'étais à peu près certain de les avoir semés sans m'être mis à courir une seule fois.

Patrick était mort, tout comme Rory Hulne, Constance, Alexandra et les autres acteurs de ma jeunesse. Hulne Hall avait été racheté par un homme qui avait fait fortune en important de l'héroïne depuis le Croissant d'or et qui se fantasmait en gentilhomme campagnard. Il avait adopté une dizaine de chiens et transformé l'arrière de la maison en piscine géante carrelée de blanc pour sa femme et ses invités. La plupart des grands arbres avaient été abattus et remplacés par des haies au feuillage dense, taillées en forme de personnages et d'animaux. Ces statues grotesques bordaient désormais les allées et les jardins.

Pour prévenir tout incident, je frappai à la porte et demandai poliment si je pouvais me balader dans la propriété. J'avais travaillé là comme domestique dans ma jeunesse, expliquai-je, et le dealer, ravi à la perspective de me soutirer des anecdotes sur la gloire passée du domaine, se chargea personnellement de me faire visiter les lieux, m'expliquant tous les travaux qu'il avait effectués. Les chambres étaient quand même plus confortables maintenant qu'elles avaient chacune un poste de télé !

Je payai mon guide en lui racontant de vieux scandales et des histoires de promesses brisées, des ragots remontant aux années 1920 et des soirées qui avaient été données dans les années 1930 alors que l'ombre de la guerre s'allongeait sur nous.

Lorsqu'il fut satisfait, je me faufilai jusqu'à la chaumière où j'avais habité avec Patrick. Elle était envahie par le lierre et les mauvaises herbes. Il restait encore quelques meubles à l'intérieur : une vieille table, un lit sans matelas, mais tous les objets de valeur avaient été emportés par des voleurs ou par la nature.

Tandis que le soleil déclinait vers l'horizon, je m'assis au milieu des plantes qui rampaient sur le sol et j'imaginai la conversation que j'aurais un jour avec mon père silencieux. Il serait assis d'un côté de la cheminée et moi de l'autre, et, comme d'habitude, nous resterions un long moment sans parler jusqu'à ce que je dise :

— Je sais que tu n'es pas mon père.

Je prononçai les mots à voix haute, juste pour m'entraîner, pour voir ce que ça me ferait.

— Je sais que tu n'es pas mon père, mais tu l'as été bien davantage pour moi que mon père biologique. Tu m'as recueilli alors que rien ne t'y obligeait, tu m'as gardé alors que tu n'en avais pas envie, et pas une fois tu n'es revenu sur ta promesse et tu ne m'as révélé la vérité. J'étais le fils de ton maître, tu aurais pu me détruire, et tu dois avoir été tenté de le faire bien des fois, de façons dont tu ne te souviens pas toi-même, mettre un terme à cette mascarade, me renvoyer d'où je venais. Mais tu t'es toujours abstenu. Et pour ça, bien plus encore que pour la nourriture dans mon assiette ou la chaleur de ton feu, tu as été et tu restes mon père.

Tels sont les mots que j'aurais prononcés si j'avais trouvé le courage de briser le silence de Patrick. S'il y avait eu le moindre intérêt à les dire tout haut.

Dans une autre vie, peut-être.

Chapitre 74

En 1983, la première station spatiale internationale chuta en flammes à travers l'atmosphère, provoquant la mort de tous ses occupants : une glorieuse tentative d'exploiter une science toute neuve qui échouait de façon tragique tandis que toutes les nations de la Terre luttaient pour prendre l'ascendant sur les autres. Aux Maldives et au Bangladesh, les pires inondations estivales de l'histoire firent des dizaines de milliers de victimes. La mer commençait à se réchauffer autour des calottes glaciaires, et même les observateurs les plus sceptiques durent admettre que la grande vague technologique, ainsi qu'on surnommait l'invisible intervention de Vincent, faisait plus de mal que de bien à l'humanité. Un journaliste planté dans un champ du Wisconsin où cinq tornades dansaient sous un ciel zébré d'éclairs déclara à la caméra :

— L'homme a appris à sculpter avec les outils de la nature, mais il n'a aucune vision de l'œuvre qu'il est en train de créer.

Et tandis que la première guerre pour l'eau éclatait au Moyen-Orient et en Asie centrale, je commençai enfin à voir de quelle façon se réalisait la prophétie de Christa, que j'avais reçue des siècles auparavant dans une chambre d'hôpital de Berlin.

— La fin du monde approche, comme il se doit de toute éternité. Mais elle approche de plus en plus vite.

Vincent était au cœur de tout mais, même si j'avais réussi son test ultime, même si je lui avais prouvé que mes souvenirs n'étaient plus (sans quoi, je serais devenu fou en le voyant épouser Jenny), il ne parlait toujours pas de ses recherches secrètes, du projet qui était en train de détruire le monde. Peut-être, songeai-je ironiquement, que la perte de mémoire dont j'étais censé souffrir me rendait à ses yeux incapable de lui servir à quoi que ce soit dans sa folle entreprise. Ce qui était le cas, en toute honnêteté et conformément à cette logique.

Pourtant, après m'avoir appâté avec une vie de luxe, il me gardait tout près de lui. Je finis par quitter mon emploi de journaliste afin de travailler exclusivement pour lui en tant qu'homme à tout faire. Enquêteur, conseiller, secrétaire à l'occasion, j'étais une sorte d'assistant personnel croisé avec un couteau suisse, qu'il surnommait « mon secrétaire d'État ».

Je prenais l'avion pour rencontrer des gens dans les projets desquels il envisageait d'investir, je graissais la patte des scientifiques dont les travaux l'intéressaient et, en quelques occasions, je fis même sauter les amendes qu'il avait récoltées en se garant en double file au beau milieu d'une rue du centre-ville. Il semblait respecter à la fois mon travail et mon jugement : quand je n'avais pas confiance en un projet, il le laissait tomber et, quand je l'estimais prometteur, il le finançait sans discuter.

Je dois admettre que certains de ces projets m'intéressaient à titre personnel. En 1983, des technologies que je n'avais jamais vues même en 2003 arrivaient sur le marché. Je passais tout mon temps libre à les examiner et à les analyser comme Vincent devait le faire lui aussi, chacun de nous cherchant à prendre un avantage décisif pour notre prochaine vie.

Et, à chaque soirée, Jenny était là. Je dissimulais mes sentiments, mais elle dut sentir quelque chose, car un jour, pendant que Vincent était parti chercher une autre bouteille de vin dans la cuisine, elle se tourna vers moi à la table du dîner et lança :

— Harry, il faut que je te demande… Est-ce que je te plais ?

La question se vrilla dans ma nuque tel un parasite, rongeant les nerfs blancs sous l'os.

— P… pourquoi tu me demandes ça ? bredouillai-je.

— Contente-toi de répondre, s'il te plaît. Vite.

— Oui, lâchai-je. Oui, tu me plais. Tu… tu m'as toujours plu, Jenny.

— Très bien, dit-elle calmement. D'accord. Je voulais juste savoir.

Apparemment, il n'y avait rien d'autre à ajouter.

En 1985, je commençai à souffrir. Mes jambes devinrent lourdes et, après avoir snobé la douleur pendant quelques semaines, je me décidai à aller chez le médecin pour y recevoir mon diagnostic habituel de myélomes multiples. Elle me le communiqua par étapes, avec un talent qui força mon respect. Ce furent d'abord « des anomalies qui pourraient… », puis « des masses qui sembleraient… » et, ayant ainsi consacré deux visites à me préparer à la mauvaise nouvelle, elle finit par m'annoncer ce que j'avais, avant de me prévenir que le combat serait difficile.

Je fus si touché par la délicatesse avec laquelle elle géra cette ultime phase cruciale qu'au moment de partir je me levai, lui serrai la main et la complimentai pour sa diplomatie. Elle rougit, marmonna quelque chose et prit congé de moi beaucoup moins gracieusement qu'elle ne m'avait annoncé que je souffrais d'une maladie mortelle.

Lorsqu'il apprit la nouvelle, Vincent s'indigna.

— Il faut faire quelque chose ! De quoi as-tu besoin, Harry ? Comment puis-je t'aider ? J'appelle tout de suite John Hopkins, je suis sûr que j'ai dû leur offrir un nouveau service ou un truc du genre récemment…

— Non, merci.

— Ne sois pas absurde. J'insiste.

Il insista.

Avec lassitude, je me soumis au processus habituel.

Vêtu d'une blouse d'hôpital blanche conçue pour institutionnaliser le plus vite possible tout individu doué d'une volonté propre, j'écoutai les électroaimants se charger autour de moi tout en réfléchissant à la suite. J'avais accompli des progrès notables dans cette vie : j'avais observé la façon dont Vincent travaillait, je connaissais ses contacts, ses méthodes, ses collaborateurs, et, surtout, je l'avais convaincu que j'étais totalement inoffensif. D'un traître qu'il avait tué deux vies plus tôt, j'étais devenu son assistant personnel, son confident et son ami.

Néanmoins, je ne disposais toujours pas des informations vitales dont j'aurais vraiment besoin pour arrêter Vincent et empêcher la fabrication du miroir quantique. De deux choses l'une : ou j'allais endurer des années de traitements médicaux d'une efficacité douteuse pour tenter de les découvrir, ou j'allais mourir prématurément et manquer une occasion.

Les choses étant ce qu'elles étaient, je décidai de tenter un pari. Le plus dangereux de toutes nos vies.

— J'ai refusé la chimio.

1986. Nous étions sur le balcon d'un des nombreux appartements que Vincent possédait à New York. Central Park s'étendait au sud, et les lumières de Manhattan brillaient au-delà sous le ciel marbré de nuages gris-brun. Au niveau du sol, l'air devenait difficile à respirer, là comme dans la plupart des grandes villes. Trop d'idées brillantes s'étaient concrétisées trop vite : trop de voitures, trop de climatisations, trop de congélateurs, trop de téléphones portables, trop de postes de télévision, trop de fours à micro-ondes, sans que personne n'ait le temps d'envisager les conséquences de cette prolifération technologique. Désormais, New York vomissait de la fumée brune dans le ciel et de la boue verte dans les eaux alentour, et il en allait de même presque partout ailleurs sur Terre.

La fin du monde approche.

Nous ne pouvons pas l'en empêcher.

— J'ai refusé la chimio, répétai-je un peu plus fort tandis que Vincent remuait la rondelle de citron au fond d'un verre.

— Ne sois pas idiot, Harry, protesta-t-il. Tu dois la faire, il le faut !

— Je suis désolé, mais c'est non.

Il s'assit sur la chaise longue voisine de la mienne, posant deux verres (un pour lui, un pour moi) sur la table basse métallique entre nous. Puis il leva les yeux vers le ciel et, prenant son temps, demanda :

— Pourquoi ?

— La chimiothérapie est une peine de prison. Six mois à rester enfermé chez toi, avec des nausées affreuses mais sans pouvoir vomir, des bouffées de chaleur atroces dont aucune fraîcheur ne peut venir à bout, des douleurs sans remède… Six mois de souffrance et d'isolement, et, au final, je serai toujours mourant.

— Tu n'en sais rien !

— Si, je le sais, répliquai-je fermement. C'est ainsi que ça se passera.

— Mais, Harry…

— Je le sais, répétai-je. Crois-moi sur parole.

Silence. Peut-être attendait-il que je me décide. Alors, je pris une grande inspiration et me lançai. J'avais raconté mon secret à très peu de personnes, aucune depuis l'attaque dont les membres du Cercle Cronus avaient été victimes, si bien que je n'eus à feindre ni la crainte, ni la nervosité, ce qui servit probablement ma cause.

— Comment réagirais-tu si je te disais que ça n'est pas la première fois que j'ai cette maladie ?

— Je te demanderais ce que tu veux dire, vieille branche.

— J'ai déjà vécu tout ça. La chimio, la radiothérapie, les médicaments… la totale. Et j'ai quand même développé des métastases au cerveau.

— Seigneur, Harry ! et comment t'en es-tu sorti ?

— Très simplement. Je suis mort.

Silence.

La circulation grondait en contrebas, les nuages toxiques défilaient dans le ciel. J'entendais presque Vincent réfléchir, envisageant plusieurs possibilités. Je le laissai faire. Il serait intéressant de voir ce qu'il déciderait.

— Harry, lâcha-t-il enfin, as-tu entendu parler du Cercle Cronus ?

— Non. Écoute, ce que j'essaie de te dire…

— Tu essaies de me dire que tu n'en es pas à ta première vie, m'interrompit-il d'un ton las. Tu es né orphelin, tu as vécu, tu es mort, et puis tu es né de nouveau au même endroit et dans les mêmes circonstances, à l'endroit précis où tout avait commencé la fois précédente, mais avec les souvenirs de ta vie antérieure. C'est bien ça, n'est-ce pas ?

À mon tour de me taire.

À mon tour de réfléchir.

Je laissai le silence se prolonger entre nous. Puis :

— Comment ? Dis-moi comment. S'il te plaît.

Il soupira et étendit ses jambes, faisant craquer ses articulations. Il n'était plus si jeune à présent, Vincent Rankis, jamais je ne l'avais connu aussi âgé.

— Viens avec moi, Harry, dit-il. J'ai quelque chose à te montrer.

Il se leva et entra dans l'appartement. Je le suivis en abandonnant nos verres sur la table. Il se dirigea vers sa chambre, ouvrit la penderie et farfouilla parmi sa collection de vestes et de chemises. Un instant, je crus qu'il cherchait un flingue. Car j'avais bien sûr fouillé les lieux en son absence, et j'avais trouvé deux armes de poing : une dans le tiroir de la table de chevet, l'autre au fond de l'armoire à linge.

Mais au lieu de ça il sortit un coffret en métal carré, fermé par un cadenas, qui ne se trouvait pas là lors de ma dernière inspection. Voyant ma curiosité, il m'adressa un sourire rassurant et emporta le coffret dans la salle à manger. Là se trouvait une longue table en verre entourée par huit chaises inconfortables. Il m'en désigna une, et je m'assis pendant qu'il déverrouillait le coffret.

Mon estomac se noua dans mon ventre, et mon souffle s'arrêta au bord de mes lèvres. M'entendant hoqueter, il me jeta un coup d'œil intrigué et, pour dissimuler mon faux pas, je fis remarquer :

— Tu ne m'as pas dit comment tu étais au courant.

Il secoua à demi la tête et posa le contenu du coffret sur la table.

C'était une couronne d'électrodes. Des fils pendaient à l'arrière, et des connecteurs s'entrecroisaient sur son armature tels des cheveux sur la tête de Méduse. Jamais je n'avais contemplé de technologie aussi avancée, mais sa fonction était facile à déduire. C'était un détonateur cortical, une bombe mentale, un instrument très sophistiqué pour provoquer l'Oubli.

— Qu'est-ce que c'est ? demandai-je.

Il la poussa prudemment vers moi pour que je puisse l'examiner.

— Tu me fais confiance ?

— Oui, absolument.

L'Oubli. Ferait-il vraiment ça ? Oserait-il ?

— Harry, m'expliqua-t-il d'une voix douce, tu m'as demandé comment j'étais au courant de ta… situation un peu particulière. Comment je savais que tu avais déjà vécu, et pourquoi je t'ai cru quand tu m'as dit que tu étais déjà mort.

— Explique-moi.

— Et si… ? Et si, murmura-t-il, on s'était déjà rencontrés, toi et moi ? Et si je savais déjà, le jour où nous avons été présentés, que ce n'était pas ta première vie, que tu étais… spécial ? Et si je te disais que nous avons été amis non pas pendant dix, vingt ou trente ans, mais pendant des siècles ? Et que je tente de te protéger depuis très longtemps ? Me croirais-tu ?

— Je… je ne saurais pas quoi répondre.

— Tu me fais confiance ? répéta-t-il sur un ton pressant.

— Je… oui. Oui, bien sûr, mais écoute, tout ceci…

— J'ai besoin que tu mettes ça. (Il posa la main sur la couronne d'électrodes.) Tu ignores beaucoup de choses sur toi-même, Harry. Tu crois que ceci est ta deuxième vie, mais tu te trompes. Tu as déjà vécu plusieurs siècles. Tu as tant d'expériences, tant de savoir à partager ! Ceci t'aidera à t'en souvenir.

Il avait dit tout cela avec les grands yeux sincères d'une biche, et sur le visage une inquiétude fiévreuse.

Mon regard fit la navette entre lui et la couronne d'électrodes.

Il n'avait aucune intention de m'aider à me souvenir.

Au contraire, il voulait que j'Oublie.

Tout ce temps, toutes ces années… Mais le pire, c'était cette question troublante, dont je n'avais aucun moyen de connaître la réponse. Vincent m'avait déjà infligé l'Oubli une fois, en 1966 et en utilisant la technologie de l'époque. Et ça n'avait pas fonctionné. Mais cette technologie-là avait au moins cinquante ans d'avance sur l'autre, et je ne pouvais pas savoir si ma conscience lui survivrait intacte.

— Tu me fais confiance, Harry ?

— Ça fait beaucoup de choses à digérer d'un seul coup.

— Si tu as besoin de temps pour réfléchir…

— Donc, tu dis que…

— Je peux tout t'expliquer mais, avec ça, tu t'en souviendras toi-même.

L'amour-propre.

Comment peut-il me croire aussi stupide ?

La rage.

Comment ose-t-il me faire ça une deuxième fois ?

La terreur.

Mon esprit survivra-t-il ?

Me souviendrai-je ?

Ai-je envie de me souvenir ?

La fin du monde approche.

À vous de jouer.

La vengeance.

Je suis Harry August, né le jour de l'An 1919.

J'ai soixante-huit ans.

J'ai huit cent quatre-vingt-dix-neuf ans.

J'ai tué directement soixante-dix-neuf hommes, dont cinquante-trois pendant une guerre ou une autre, et indirectement assassiné, et par mes actions, au moins quatre cent soixante et onze personnes à ma connaissance. J'ai été témoin de quatre suicides, de cent douze arrestations, de trois exécutions et d'un Oubli. J'ai vu le mur de Berlin se dresser et tomber, se dresser et tomber. J'ai vu les tours jumelles s'effondrer dans un nuage de flammes et de poussière, j'ai parlé avec des hommes qui rampaient dans la boue de la Somme, j'ai écouté des récits de la guerre de Crimée, j'ai entendu des chuchotements en provenance du futur, j'ai vu les tanks pénétrer sur la place Tian'anmen, j'ai parcouru à pied le trajet de la Longue Marche, j'ai goûté la folie à Nuremberg, j'ai vu mourir Kennedy et contemplé l'éclair d'une détonation nucléaire depuis l'autre côté de l'océan.

Et, en cet instant, rien de tout cela m'importe à moitié autant que cette couronne d'électrodes.

— Oui, je te fais confiance. Montre-moi comment ça marche.

CHAPITRE 75

Il installa sa machine dans la cuisine, un endroit bien insignifiant pour y effacer l'esprit d'un homme. Assis sur une chaise en métal inconfortable, je le regardai s'affairer autour de moi comme quelqu'un qui tente de trouver un sac d'aspirateur neuf. Je frémis quand il appliqua la première électrode sur le côté de mon crâne, et il me demanda aussitôt :

— Ça va ?

— Ouais, marmonnai-je. Ouais.

— Tu veux quelque chose à boire ?

— Non, c'est bon.

— D'accord.

Il souleva les cheveux dans ma nuque et posa deux autres électrodes juste sous mon cervelet. De toute évidence, cette technologie était bien plus avancée que la méthode grossière employée à Pietrok-112. Le métal était froid sur mes tempes et au-dessus de mes yeux. Chaque fois que Vincent appliquait une nouvelle électrode, je ne pouvais m'empêcher de frémir, et il me demandait systématiquement :

— Ça va, Harry, tu es sûr de vouloir le faire ?

— Oui, oui, je suis sûr. Ça va.

Mais je n'arrivais pas à contrôler ma respiration, qui accélérait de plus en plus à l'approche du moment de vérité. Enfin, il sortit du chatterton d'un tiroir et dit :

— Je pense qu'il vaudrait mieux t'immobiliser les mains, si ça ne t'ennuie pas.

Au point où on en était, pourquoi pas.

— Tu as l'air très nerveux.

Je déteste les trucs médicaux.

— Ça va aller. Tout va bien se passer. Dans quelques minutes, tu te souviendras de tout.

Et je m'en réjouissais d'avance.

Il m'attacha les mains aux accoudoirs de la chaise en faisant plusieurs tours avec son chatterton. J'aurais presque voulu qu'il me crache à la figure, qu'il déclare combien il me haïssait : comme ça, au moins, j'aurais eu une excuse pour me mettre à hurler et à l'insulter. Mais il n'en fit rien. Il vérifia la position des électrodes sur mon crâne et ma figure, puis se pencha pour mettre son visage au niveau du mien.

— C'est pour le mieux, Harry. Je sais que tu ne comprendras pas, mais il n'y a pas d'autre solution.

Je ne pus répondre. Je savais que j'aurais dû, mais je ne pouvais pas. Je n'arrivais pas à trouver mes mots tant j'avais du mal à respirer. Vincent passa derrière moi pour ajuster les fils et je fermai les yeux en crispant mes paupières très fort, tremblant jusqu'aux orteils, les genoux changés en compote, oh Seigneur, Seigneur, Seigneur…

Noir complet.

Chapitre 76

On ne peut pas regretter une chose dont on ne se souvient pas.

Peut-être que Vincent avait raison. Peut-être que c'était un geste miséricordieux de sa part.

Sa nouvelle machine, son nouveau jouet pour provoquer l'Oubli, présentait plusieurs défauts. À mon avis, il n'avait pas eu le temps de la tester convenablement car, lorsqu'il l'utilisa sur moi, je tombai raide mort dans la seconde.

Je m'appelle Harry August, je suis né le jour de l'An 1919 à la gare de Berwick-upon-Tweed, et je me souviens…

de tout.

Charity me rendit visite quand j'avais six ans, discrètement cette fois. Elle s'introduisit dans ma vie par le biais des Hulne afin de m'interroger sur le temps que j'avais passé avec Vincent. Cette fois, il n'y eut rien de glamour, pas de hurlements, pas de transfert de fonds, pas de Cercle Cronus. Il lui fallut six mois pour convaincre les Hulne de la laisser « m'adopter » et, dès qu'elle m'eut arraché au domaine, elle m'emmena promptement à Leeds, où de nouveaux Monsieur et Madame August attendaient pour m'élever en échange d'une grosse somme en liquide et du sentiment qu'ils feraient là une très bonne action. La paperasse était remplie, la trace bien mise en évidence. Si Vincent voulait me chercher, il me trouverait facilement.

— Tu sais que tu n'es pas obligé de faire ça, Harry, me dit Charity. Il y a d'autres moyens.

Bien entendu qu'il existait d'autres moyens. Capturons Vincent, attachons-le, coupons-lui les pieds, les mains et le nez, crevons-lui les yeux et gravons notre signature dans sa peau, forçons-le à ingurgiter du goudron brûlant, brisons-lui tous les os un par un jusqu'à ce que…

Jusqu'à ce qu'il meure sans nous avoir rien dit. Rien du tout. Vincent Rankis n'est pas Victor Hoeness. Il sait parfaitement ce qu'il fait, et il mourra en protégeant son Grand Œuvre. Au temps pour la torture.

— Et si on le forçait à Oublier ?

Akinleye enfant, debout sur la plage, le front plissé par des siècles d'inquiétude. Comme le temps l'avait vite rattrapée, comme les années pesaient sur elle ! Était-ce parce qu'elle était née de nouveau si près de l'attaque sur le Cercle Cronus ? Ces événements l'avaient-ils forcée à prendre des responsabilités trop lourdes ? À moins que nous ne soyons la somme de nos souvenirs, et que la nouvelle Akinleye ne soit tout simplement la somme des siens.

— Je suis un mnémonique. (Je ne l'avais encore jamais dit à voix haute.) Je me souviens… de tout. De tout, dans le moindre détail. Par deux fois, Vincent a tenté de me faire Oublier et, par deux fois, il a échoué. Lui aussi est un mnémonique. Ça ne fonctionnera pas non plus sur lui. Pire : il feindra peut-être d'avoir oublié, comme moi, et il en profitera pour nous détruire.

Le Cercle Cronus de ma quinzième vie n'était plus le Cercle de mes premiers huit siècles d'existence. Les membres qui avaient survécu à la purge de Virginia revenaient peu à peu. Ceux qui avaient été forcés d'Oublier en étaient maintenant à leur troisième vie, et les messages recommençaient lentement à circuler entre les générations : le Cercle du XXe siècle est de retour, et il doit vous mettre en garde contre un très grave danger.

En retour, des messages gravés dans la pierre nous parvenaient depuis le début du XIXe, demandant ce qui se passait et pourquoi nous avions brusquement cessé toute communication. Les messages en provenance du futur étaient beaucoup plus sinistres, transmis d'enfant à vieillard mourant, murmures remontant jusqu'à nous depuis le XXIe siècle.

Dans nos dernières vies, disaient-ils, le monde n'était plus celui que nous connaissions. La technologie avait changé, les temps même avait changé, et beaucoup d'entre nous ne sont tout simplement pas nés. Nous n'avons aucune nouvelle du XXIIe siècle, et aucune idée de ce qui est arrivé aux kalachakras du futur. Merci de nous répondre dans la pierre.

Donc, les effets de la catastrophe se propageaient dans l'avenir telle une ondulation à travers le temps. Je n'osai pas répondre aux Cercles du futur, pas même au moyen d'une capsule temporelle scellée pour un demi-millénaire. Le risque que Vincent la découvre dans cette vie, qu'il se rende compte que nous le traquions et que nous avions l'intention de l'arrêter, était bien trop grand. Je ne pouvais pas compromettre notre mission par compassion pour un siècle que je ne connaissais même pas.

Ainsi mes contacts avec le Cercle étaient-ils fort limités. Au début, je ne communiquai qu'avec Akinleye, la seule personne en qui j'avais suffisamment confiance pour la mettre dans le secret de mon plan. Plus tard, j'inclus Charity dans la confidence. Son rôle était crucial, car c'était elle qui générait la paperasse relative à ma vie fictive, les documents qui confirmaient l'histoire que j'avais racontée à Vincent la dernière fois : à savoir, que j'étais un orphelin adopté par Monsieur et Madame August de Leeds. Elle me fournissait tout le nécessaire pour prouver à Vincent que je ne lui avais pas menti.

Ma mémoire prétendument effacée de nouveau, je devais mener la vie d'un petit garçon linéaire, devenir celui que je prétendais être. Aussi allais-je à l'école chaque jour, déployant de gros efforts pour ne pas me faire remarquer et maintenir une moyenne de B + jusqu'à l'âge de dix-sept ans. Après ça, je comptais aller à l'université et étudier un sujet que je ne connaissais pas encore. Le droit, peut-être. Je m'imaginais facilement en train de m'absorber dans les ouvrages épais et un peu rébarbatifs dont je devrais absorber le contenu.

Au final, obtenir des B + fut plus facile que je ne m'y attendais. À cause de mon grand âge, les questions conçues pour un cerveau de quatorze ans me plongeaient dans une grande perplexité. Quand on me réclama un essai sur l'Invincible Armada, j'écrivis six mille mots détaillant les causes de son apparition, son évolution au fil du temps et les conséquences de ses actions. J'avais tenté de rectifier le tir, et coupé presque trois mille mots avant de rendre mon devoir, mais plus j'examinais l'énoncé, moins je comprenais ce que le professeur attendait de moi. Un compte rendu des événements ? Cela me paraissait la réponse la plus évidente, et celle que j'avais d'abord tenté de fournir, mais je me trouvai totalement incapable d'omettre la raison pour laquelle Philippe II d'Espagne avait choisi de s'allier avec le duc de Parme, et la flotte anglaise d'envoyer des brûlots à la rencontre de l'Armada au large de Calais. Pour mes efforts, je reçus un A - attribué à contrecœur, et une note dans la marge me demandant de m'en tenir au sujet la prochaine fois.

À compter de ce jour, je décidai de ne plus me préoccuper de mon professeur. Pendant ses cours, je m'appliquai d'abord à inventer une sténographie dérivée du sanskrit, puis une écriture dérivée du coréen, conçue pour minimiser le mouvement du stylo entre les lettres et assurer une unité calligraphique maximale entre les lettres de certains types. Lorsqu'il finit par me prendre sur le fait, il crut que je gribouillais distraitement, me donna trois coups de règles sur la main et m'envoya m'asseoir au fond de la classe.

Après cet incident, deux garçons de ma classe, un aspirant alpha et un oméga trop crétin pour se rendre compte que son acolyte avait besoin de son adoration afin d'assurer sa propre supériorité, tentèrent de me prendre pour souffre-douleur dans la cour de récréation. Mon nom ne rimant avec rien de particulièrement obscène à la connaissance de leurs jeunes esprits, ils se contentèrent de me bousculer un peu par-ci par-là, et de me crier après de temps en temps. Jusqu'au jour où, lassé de leurs âneries, je me tournai vers eux, les regardai dans les yeux et les informai poliment que j'arracherais les oreilles du prochain qui poserait la main sur moi.

L'oméga éclata en sanglots, et une fois de plus je reçus trois coups de règle sur la main gauche ainsi que quelques heures de colle. Pour me venger de mon professeur, je passai la semaine suivante à écrire alternativement des deux mains, histoire qu'il ne sache plus où me frapper pour faire mal tout en s'assurant que je puisse continuer à faire mes devoirs. Il finit par comprendre que j'étais ambidextre juste au moment où j'augmentais la qualité de mon travail en prévision de mes années d'université. Ce fut à peu près à cette période que…

— C'est toi, Harry ?

La voix fluette d'un jeune garçon. J'avais seize ans à l'époque, je lui en donnais neuf. Il portait une casquette grise, une veste grise, une chemise blanche, une cravate rayée bleu marine et des chaussettes blanches qui montaient presque jusqu'à ses genoux roses. D'une main, il tenait le cartable jeté sur son épaule, et de l'autre, un sac en papier rempli de bonbons durs collés les uns aux autres.

Le visage de Vincent Rankis n'avait pas encore atteint la maturité, et je vis au premier coup d'œil que les neuf années à venir ne seraient guère clémentes avec lui à cet égard. Sous sa casquette, il avait déjà le cheveu rare annonçant sa future calvitie, mais dans ses yeux brillait une intelligence familière.

Je dévisageai cet enfant vieux de plusieurs siècles, voire de plusieurs millénaires, en me souvenant que je n'avais que seize ans, et que j'étais juste un orphelin de Leeds.

— Ouais, répondis-je de mon meilleur accent du coin. Qu'est-ce que ça peut te faire ?

— C'est mon père qui m'envoie, répondit-il sans se troubler. Tu as laissé tomber ça.

Et il me tendit un carnet de papier bleu, un carnet bon marché quelque peu défraîchi qui contenait les devoirs de français d'un malheureux enfant : des pages et des pages de « ce m'appelle, je suis, je voudrais » s'alignant le long des marges. Je le feuilletai brièvement avant de lever les yeux pour protester.

— Ce n'est pas le…

Mais l'enfant avait disparu.

Chapitre 77

Je ne revis pas Vincent avant 1941.

J'étudiai bel et bien le droit, m'inscrivant à l'université d'Édimbourg pour y grelotter de froid penché sur des volumes énormes dont les pages avaient été grignotées par les générations d'insectes microscopiques qui avaient vécu, s'étaient reproduits et étaient morts entre deux jugements. Sachant que je serais appelé, je pris les devants et m'engageai dans un régiment des Highlands, où on m'enseigna pendant trois mois l'art de charger des mannequins en paille, de tirer depuis l'abri d'une colline et de crier « À mort ! » jusqu'à ce que je sois à moitié sourd.

Je me souvenais vaguement que mon unité ne servirait pas à grand-chose jusque très tard durant le conflit. Si ma mémoire ne me faisait pas défaut, nous passerions beaucoup de temps à apprendre comment nous battre dans la neige en prévision d'un assaut contre la Norvège qui n'aurait jamais lieu, pour être finalement envoyés en Normandie plusieurs semaines après le débarquement. La seule vraie bataille à laquelle nous participerions serait celle des Ardennes, et j'avais bien l'intention de me faire tout petit le moment venu. Ce serait la septième fois que je combattrais pendant la Seconde Guerre mondiale.

Je revis Vincent Rankis comme par hasard, même si je savais pertinemment qu'il n'en était rien, durant une période calme où nous végétions dans nos baraquements de Leith. Nous passions nos journées à étudier des cartes d'endroits que nous n'attaquerions pas, à répéter des manœuvres que nous n'effectuerions pas, et à attendre des ordres que nous ne voulions pas recevoir. Puis quelqu'un aboya : « Garde-à-vous ! », et nous nous levâmes tous d'un bond pour saluer le major et ses sous-fifres.

J'étais second lieutenant, un grade qui m'avait été accordé à contrecœur pour mes mérites et mes capacités plutôt que pour les raisons habituelles, et que j'avais également accepté à contrecœur car je ne tenais pas à m'embarrasser de responsabilités supplémentaires. Trois semaines après ma promotion, mon capitaine se plaignit que je ne parlais pas correctement et, au lieu de prendre l'accent anglais standard qu'il attendait de moi, je forçai sur mes intonations bourrues d'homme du Nord jusqu'à ce que le malheureux soit obligé de se faire traduire mes rapports, pour le plus grand amusement de son sergent originaire de Glasgow.

Ce fut le sergent en question qui nous avait ordonné de nous mettre au garde-à-vous ce jour-là, mais ce fut le major qui prit la parole immédiatement après. C'était un brave type qui ne méritait pas de succomber à un tir d'obusier comme ce devait être le cas quelques mois plus tard mais, malgré sa décence, il n'avait rien de très aimable : il était juste déterminé à ce que ceux qui mourraient sous son commandement ne meurent pas du fait d'une absence de réactivité de sa part.

— Messieurs, marmonna-t-il comme si le poids de sa pilosité faciale lui permettait à peine de remuer les lèvres, nous ne faisons que jeter un coup d'œil. Lieutenant August, voici le lieutenant Rankis.

Je faillis éclater de rire en voyant Vincent vêtu d'un uniforme d'officier avec boutons brillants, casquette amidonnée et bottes cirées. Il salua d'un geste sec comme une manchette de karaté. C'était encore un gamin - il avait à peine seize ans -, pourtant, une ombre de barbe sur son menton, ainsi que des chaussettes fourrées dans son pantalon au niveau des mollets et dans le dos de sa chemise avaient suffi à convaincre l'armée de lui donner un commandement.

Jamais je n'avais été plus reconnaissant pour toutes ces années passées à recevoir des ordres ridicules de la part de mes supérieurs : elles m'avaient appris, lorsque je le désirais, à ne pas broncher davantage qu'un joueur de poker pendant une partie aux enjeux élevés. Pour ma peine, Vincent m'adressa un sourire éblouissant.

— Le lieutenant Rankis ne restera pas longtemps parmi nous, poursuivit le major, et j'aimerais que vous fassiez votre maximum pour l'impressionner. Lieutenant Rankis, si vous avez besoin de quoi que ce soit, Harry est votre homme. Lieutenant !

De nouveau, tout le monde salua. Face à vos supérieurs, vous appreniez très vite à avoir le coude aussi chatouilleux que le doigt qui appuyait sur la détente.

Par-dessus l'épaule de Vincent, je vis que le sergent se retenait de rire. Avait-il lui aussi remarqué le visage juvénile de notre bébé officier, et la protubérance bizarre aux endroits où il avait rembourré son uniforme pour paraître plus viril ?

Je demeurai impassible et saluai comme les autres. Puis, lorsque le major fut parti, je serrai la main de Vincent.

— Appelez-moi Harry.

Chapitre 78

Il est un rituel que j'accomplis dans presque chacune de mes vies : l'assassinat de Richard Lisle.

Ou je m'en occupe directement, ou j'envoie quelqu'un le faire à ma place avant qu'il ne commence à tuer des femmes à Battersea, et, chaque fois, Rosemary Dawsett et ses consœurs vivent un peu plus longtemps sans même savoir que leur meurtrier a été éliminé.

Dans une seule de mes vies, j'ai eu un empêchement, et Rosemary est de nouveau morte les poignets ouverts dans sa baignoire.

J'ai tellement pris l'habitude de tuer Richard Lisle que c'est devenu une sorte de tradition. Je ne m'embarrasse plus de préparatifs compliqués. Je n'hésite pas, et je ne dis rien. Je me contente d'aller chez lui un soir, de m'installer dans un fauteuil à l'écart de la fenêtre et d'attendre qu'il rentre pour lui coller deux balles dans la tête. Il me semble que rien de plus n'est nécessaire.

À présent, je me demande si l'attitude de Vincent vis-à-vis de moi ne ressemblait pas un peu à la mienne vis-à-vis de Richard Lisle. Je ne constituais plus une menace pour lui, il n'avait donc aucune raison de revenir vers moi. Pourtant, il revenait chaque fois, tel un maître affectueux ne pouvant s'empêcher de vérifier comment allait son toutou favori. Et de la même façon que je conservais toujours Lisle dans ma ligne de mire, il tentait de me garder dans son entourage d'une vie à l'autre.

Peut-être considérait-il qu'avec ma volonté d'acier je risquais de redevenir un danger pour lui un jour. Peut-être craignait-il que je ne finisse par recouvrer la mémoire. Peut-être avait-il simplement besoin d'un ami proche qu'il pouvait modeler selon ses désirs. Et, dès le départ, je m'étais montré si serviable, si malléable ! Peut-être était-ce un mélange de toutes ces choses, dans des proportions sans cesse variables.

Quelle qu'en soit la raison, Vincent me garda donc dans son entourage. En 1943, il était devenu capitaine, et je fus surpris d'être transféré dans son unité très spécialisée composée, pour reprendre l'expression de mon major, « de grosses têtes, de rats de bibliothèque et autres binoclards ». À mon arrivée, je fus nettement moins surpris de découvrir que Vincent Rankis s'était affirmé comme l'homme de la situation chaque fois qu'une expertise scientifique était requise.

— Pourquoi moi ? demandai-je en m'asseyant face à lui dans son bureau. Pourquoi avez-vous demandé que je rejoigne votre unité ? Je suis avocat ; je ne connais rien à la recherche.

— Lieutenant, me répondit-il, car je n'étais toujours qu'un humble subalterne, vous vous sous-estimez. Lorsque je vous ai rencontré en Écosse, vous m'avez eu l'air d'un des hommes les plus capables que j'aie jamais rencontrés, et si cette armée a besoin de quelque chose, c'est bien d'hommes capables.

De fait, je sus me rendre utile à son unité, car les grands esprits qui la composaient planaient de toute évidence beaucoup trop haut pour se soucier de détails triviaux tels que la quantité nécessaire de couvertures dans les baraquements, le ravitaillement de la cantine ou les coupons d'essence pour leur permettre de se rendre à leurs réunions et d'en revenir.

— Tu vois, Harry ! s'exclama Vincent durant l'une de nos réunions administratives mensuelles. Je t'avais dit que ta place était ici !

Ainsi, pendant que mes anciens camarades se battaient et mouraient dans les forêts françaises, une fois de plus, je devins le secrétaire de Vincent Rankis et de son empire personnel de génies. Même s'il ne faisait jamais étalage de sa richesse, il était très clair qu'il jouissait déjà d'une fortune considérable dont la source était inconnue de ses hommes. Mais comme mes fonctions d'assistant administratif s'élargissaient, mon accès aux informations le concernant fit de même.

Un jour, j'entrai en possession des données du compte sur lequel la solde de Vincent était régulièrement versée. Muni de ces données et d'une contrefaçon impeccable de sa signature, je n'eus plus qu'à me rendre à la banque et à réclamer un historique complet de ses transactions, « pour les impôts, vous savez ce que c'est ».

J'eus de la chance. Dans ma vie précédente, mes recherches exhaustives sur les finances de Vincent n'avaient mis au jour qu'un inextricable réseau de comptes offshore et de procédures de sécurité complexes qui avaient fait tourner en bourrique les meilleures expertes-comptables,

les expédiant aux quatre coins du monde pour remonter la piste d'une transaction jusqu'à un sauna de Bangkok, un restaurant indien de Paris ou le rayon épicerie de Harrods à Londres.

Cette fois, comme Vincent s'était mis au travail à l'âge tendre de dix-neuf ans, même s'il arrivait plus ou moins à faire croire qu'il en avait vingt-cinq, il n'avait eu ni le temps ni la possibilité d'étendre et de diversifier son réseau à ce point. Ses coordonnées bancaires me suffirent pour obtenir l'historique de ses transactions financières depuis les années 1920.

Je dus lutter pour dissimuler à la fois mon excitation et mes activités secrètes. Vivant au même endroit que Vincent, je n'osais pas conserver la moindre trace physique de mes recherches à la base, aussi passais-je toutes mes permissions dans une pension de famille de Hastings, scrutant chaque ligne à la lumière la plus basse possible derrière les rideaux fermés de ma chambre avant de brûler tous les documents que j'avais trouvés et de jeter leurs cendres dans les toilettes.

À bien des égards, son comportement était prévisible. Chaque fois qu'il avait besoin d'argent, il pariait. Comme tous les bons kalachakras, il avait mémorisé le vainqueur de certains grands événements sportifs, et il misait gros pour s'assurer un gain important, mais en répartissant les sommes dans plusieurs bureaux de jeu de façon que personne n'en conçoive de soupçons.

Toutefois, un détail retint mon attention : durant les premières années, ses transactions semblaient concentrées dans le sud-ouest de Londres et, si on laissait de côté ses gains aux courses, il semblait percevoir un revenu mensuel de seize livres jusqu'au début de la guerre. Il existait à cela un tas d'explications potentielles parfaitement insignifiantes, mais je ne pus m'empêcher de soupçonner, je ne pus m'empêcher d'espérer, qu'il s'agisse d'argent de poche versé par un membre de sa famille. Peut-être un parent très proche.

Ce n'était pas grand-chose, mais ça restait un début de piste que je me mis à explorer avec une infinie discrétion.

Vint le jour de l'armistice. Comme j'étais le seul membre de l'unité capable d'organiser une cuite d'anthologie dans une brasserie, j'en pris l'initiative histoire de rappeler à mes camarades, de façon certes un peu mesquine, que malgré tout leur génie scientifique et le fait qu'ils tenaient peut-être l'avenir de l'humanité entre leurs mains, ils étaient infoutus de gérer leur propre quotidien si quelqu'un ne s'en chargeait pas à leur place.

Deux jours plus tard, Vincent passa la tête par la porte de mon bureau.

— Harry, je sors. J'ai rendez-vous avec une poulette, m'annonça-t-il. Tu voudrais bien poster ça pour moi ?

Il me remit une poignée d'enveloppes. Je jetai un bref coup d'œil aux adresses : MIT, Harvard, Oxford, Cambridge, la Sorbonne…

— Pas de problème, chef.

— Pour l'amour du ciel, Harry ! Tu veux bien cesser de m'appeler « chef » maintenant que la guerre est finie ?

Lorsqu'il fut parti, j'ouvris une des enveloppes à la vapeur. Elle contenait, sur un épais papier jaunâtre dépourvu de filigrane, un diagramme très détaillé illustrant la composition, le fonctionnement et les usages d'un magnétron de micro-ondes.

Je réfléchis longuement. Qu'allais-je faire de ces lettres ? Elles représentaient un danger mortel. Dans notre vie précédente, Vincent s'y était pris de la même façon pour initier une vague de progrès technologique d'une ampleur sans précédent à travers toute la planète. Mais, cette fois, il ne se limitait pas à des idées en avance de vingt ou trente ans sur l'époque. Cette fois, il s'apprêtait à répandre les prémisses de découvertes qui n'auraient pas dû être faites avant une soixantaine d'années.

Au final, j'allai demander conseil à Charity.

Nous nous rencontrâmes à Sheringham, une petite ville sur la côte septentrionale du Norfolk où le poisson était toujours frais et où je n'aurais pas été surpris d'apprendre qu'il venait se fracasser sur la grève, poussé par les vagues en furie dont le rugissement salé desséchait les lèvres, les yeux et poissait les cheveux en quelques minutes.

Mon alliée se faisait vieille, elle ne tarderait plus à contempler la mort en face. Moi, l'armée était sur le point de me rendre à la vie civile. Je n'en avais plus que pour quelques jours à porter l'uniforme. Tandis que le vent hurlait sous un ciel gris encombré d'épais nuages, je dus agripper ma casquette de mes doigts gantés pour éviter qu'elle s'envole.

— Alors ? demanda Charity tandis que nous arpentions les quelques mètres de plage qui n'étaient pas recouverts d'écume blanche. Qu'est-ce que tu m'apportes cette fois ?

— Des lettres, répondis-je. Il recommence à envoyer des lettres à toutes les universités et aux organismes de recherche scientifique. Pas seulement en Amérique cette fois, mais aussi en Europe, en Russie et en Chine, partout où il y a des esprits brillants et de l'argent pour financer leurs projets. J'ai trouvé des plans de missiles Scud, des illustrations de la dualité onde-particule, une analyse des boucliers orbitaux résistants à la chaleur, une autre du rapport poids/poussée pour l'évasion orbitale…

D'une main gantée de blanc, elle me fit signe de me taire.

— Je crois que je vois le problème.

— Il m'a demandé de les poster.

— Et tu vas le faire ?

— Justement, je n'en sais rien. C'est pour ça que je voulais te parler.

— Je suis flattée que tu accordes tant de crédit à mon opinion.

Elle attendait que je raisonne par moi-même, ce que je fis.

— Si je les poste, l'histoire changera de nouveau, encore plus vite que la dernière fois. Je ne peux pas prédire ce qui se passera exactement, mais ces lettres révolutionneront la science en faisant faire un bond de quarante ou cinquante ans en avant à la technologie actuelle. Les Cercles du futur…

— Le Cercle Cronus est déjà en émoi, Harry. La dernière fois, Vincent a changé le cours même de l'Histoire. Ne te fais pas d'illusions : nous ne pourrons pas revenir à la normale en deux ou trois vies.

— Si je ne les poste pas, je fous ma couverture en l'air. Vincent se rendra compte que je me souviens de tout, et nous ne serons pas plus avancés quant à son point d'origine.

— Je persiste à dire que nous n'avons qu'à lui trancher les oreilles. Ça fonctionnait très bien autrefois.

— Il ne parlera pas.

— Tu sembles bien sûr de toi, Harry.

— Moi, je n'ai pas parlé, pas vrai ?

Elle fit la moue et détourna la tête comme une nouvelle vague venait s'écraser sur le rivage dans un grand jaillissement d'écume salée.

— Je ne peux pas décider à ta place. Si tu n'envoies pas ces lettres, nous n'aurons pas d'autre choix que de capturer Vincent immédiatement et de l'interroger pour lui soutirer son point d'origine. Si tu les envoies, le monde sombrera de nouveau dans le chaos, au moins pour cette vie. L'ordre naturel des choses s'effritera, et l'humanité s'en trouvera irrémédiablement changée. Mais…

— Mais je ne compromettrai pas ma position auprès de Vincent, et j'aurai encore une chance de le pousser à me confier ses secrets.

— Tout à fait. Je ne connais pas cet homme. Je ne l'ai jamais rencontré, et je ne peux pas prendre le risque de le faire, au cas où il saurait qui je suis. Je ne doute pas qu'il ait déjà amélioré la technologie de l'Oubli, dans l'éventualité où il tomberait sur d'autres membres du Cercle Cronus. La décision t'appartient, Harry. Toi seul peux juger du meilleur moyen de résoudre ce dilemme.

— Merci, tu m'as beaucoup aidé, grommelai-je.

Elle haussa les épaules.

— C'est ta croisade, Harry, pas la mienne. Fais ce que tu estimes le mieux. Le Cercle Cronus… Nous ne sommes plus en position de juger. Nous avons laissé passer notre chance.

Le lendemain matin, je postai les lettres et quittai la ville par le premier train avant de pouvoir changer d'avis.

Chapitre 79

Après la guerre, Vincent se remit à investir tous azimuts. Il ne créa pas de compagnie intermédiaire, se contentant de parcourir le monde en se présentant comme un riche enthousiaste et injectant de l'argent ici ou là au gré de ses caprices. Et je devins son secrétaire privé.

— Je veux te garder sous la main, Harry, m'expliqua-t-il en m'engageant. Ta présence me fait du bien.

En tant que secrétaire, j'avais accès à bien davantage d'informations que dans ma vie précédente. Des banques, des universités, des conseils d'administration, des œuvres caritatives, des courtiers en Bourse et même des gouvernements m'envoyaient des documents dont Vincent ignorait l'existence et qu'il ne se donnait même pas la peine de regarder… Une omission que je suis forcé de qualifier d'erreur fatale.

Il s'était habitué à moi : j'étais son toutou, fiable, à sa botte et totalement inoffensif. Je me montrais convenablement soumis, reconnaissant qu'il me paie aussi cher pour faire si peu de choses, excité par toutes les rencontres que mon boulot me permettait, et, quand on me demandait mon titre exact, je répondais fièrement que je n'étais pas un simple secrétaire mais un agent exécutif au service de Monsieur Rankis, celui qui résolvait tous ses problèmes et parcourait le monde avec lui, menant la grande vie en queue-de-pie.

Il me traitait très bien, à la fois en tant qu'employé et en tant qu'ami. Une fois de plus, il achetait mon affection et ma loyauté à coups de dîners, de vacances, d'abonnement au club de golf (et Dieu sait combien je déteste le golf !) et de séjours réguliers dans son hôtel préféré des Caraïbes. Tout cela faisait partie du processus habituel de corruption, et je marchais dans la combine pour prouver ma bonne volonté. J'aime à me dire que j'aurais pu devenir un bon golfeur si je m'en étais donné la peine, mais, la vérité, c'est que certaines compétences restent hors de notre portée même avec toute l'expérience du monde.

Nous échangions des anecdotes sur la guerre, nous parlions de nos amis et connaissances, nous partagions un verre et un compartiment dans les trains de nuit, nous nous relayions pour conduire d'une réunion à l'autre le long d'abord de la côte est, puis de la côte ouest des États-Unis. Nous nous rendîmes ensemble aux chutes du Niagara, un des rares endroits de la planète qui, bien que j'en conserve un souvenir parfait, me coupe toujours le souffle. Quand nous étions en voyage d'affaires, nous prenions toujours des chambres d'hôtel communicantes, afin de pouvoir partager un verre à minuit si l'envie nous en prenait.

Beaucoup supposaient que nous étions amants, et je me demandais comment je réagirais si Vincent me faisait des avances. Après toutes les épreuves que j'avais endurées, coucher avec lui n'aurait pas été bien traumatisant. J'aurais pu m'y résoudre sans difficulté. Le vrai problème, c'était de savoir si ce serait crédible de la part du personnage que je m'étais fabriqué : celui d'Harry August, brave garçon originaire de Leeds, ayant grandi à une époque où l'homosexualité n'était pas juste illégale, mais complètement taboue. Si la question se posait, je résolus de faire une bonne crise de foi religieuse et, au cas où la question demeurerait, de ne succomber qu'après avoir fait étalage d'une grande culpabilité et peut-être d'une liaison malheureuse. Inutile de lui faciliter exagérément la vie.

Par chance, la question ne se posa jamais, même si tout le monde, moi y compris, s'y attendait d'un instant à l'autre. Vincent me l'avait dit lui-même autrefois : son approche de l'amour était purement récréative. Il considérait la passion comme une folie destructrice, et le désir irrationnel comme une perte de temps. Son esprit était préoccupé par des considérations autrement plus importantes.

Le premier signe de ces considérations autrement plus importantes se manifesta en 1948 lorsque Vincent entra dans la petite pièce qui me servait de bureau à Londres, s'affala sur une chaise en face de moi, posa ses pieds sur la table de travail entre ma bannette remplie de courrier en attente et mon impressionnante collection d'encres colorées et lança :

— Demain, je vais inspecter un projet sur lequel travaillent mes experts. Tu veux venir ?

Je posai le document que j'étais en train de relire et joignis soigneusement le bout de mes doigts. D'habitude, les voyages d'affaires avec Vincent se terminaient par une sévère gueule de bois, un gros chèque et une irrésistible impression de déjà-vu mais, cette fois, j'étais intrigué par la désinvolture et l'absence de précisions avec lesquelles il abordait le sujet.

— Et il se trouve où, ce projet ?

— En Suisse.

— Tu pars en Suisse demain ?

— Cet après-midi, en fait. Je suis à peu près sûr de t'avoir envoyé un mémo.

— Tu ne m'as pas envoyé de mémo depuis deux ans, lui fis-je remarquer calmement. Tu te contentes de faire ce que tu veux, et tu attends que je te rattrape.

— Et ça fonctionne bien, non ? se félicita-t-il, l'air réjoui.

— En quoi consiste le projet suisse ?

— Oh ! c'est un truc à base d'eau lourde et de particules, ce genre de choses. Tu sais que je ne m'intéresse pas à la physique.

Bien sûr que je le savais : il s'était donné beaucoup de mal pour me convaincre qu'il s'en souciait comme d'une guigne. Mais, à présent, il avait réussi à éveiller mon intérêt.

Je gérais et planifiais presque tous les aspects de sa vie, depuis son réveil jusqu'au moment où il allait se coucher. Pour moi, la Suisse représentait un aperçu terriblement excitant du Saint-Graal, un secret que Vincent m'avait caché jusque-là. J'avais bien repéré quelques trous dans son emploi du temps : des semaines mises de côté au titre de vacances, pour des raisons privées ou afin de se rendre à un mariage. Et Dieu sait si les mariages avaient été nombreux ! Mais comme il ne me demandait jamais de lui réserver de vol ou d'hôtel à ces occasions, je n'avais jamais su ce qu'elles recouvraient exactement.

À présent, je me demandais s'il se rendait en Suisse pour suivre les progrès de l'eau lourde, des particules et de ce genre de choses. Ce projet était-il le trou noir dans lequel Vincent avait englouti une si grande partie de sa fortune pendant qu'il croyait que j'avais le dos tourné ?

— Je n'ai pas spécialement envie de me rendre en Suisse cet après-midi.

J'étais tellement doué pour mentir que je n'eus même pas besoin de prêter attention à la manière dont je prononçais les mots. J'avais tellement l'habitude de tromper et d'être trompé que je connaissais d'avance la réponse de Vincent.

— Allez, Harry. Je sais que tu n'as rien de spécial à faire.

— Il se pourrait que j'aie rendez-vous avec une belle jeune femme très intéressée par mes anecdotes sur la haute finance et sur les bouges de ce monde.

— D'un point de vue philosophique, oui, il se pourrait. Comme il se pourrait des tas d'autres choses. Par exemple, que tu fasses une poussée d'herpès. Mais la vérité d'un point de vue empirique, Harry, c'est que tu n'as rien de prévu. Alors, cesse de tergiverser et va chercher ton chapeau.

Je cessai de tergiverser et allai chercher mon chapeau avec une irritation que j'espérais évidente.

La Suisse. C'est de cinquante-deux à soixante et onze ans que je la trouve la plus attirante. Dans ma jeunesse, son air pur, son hygiène de vie saine, sa cuisine fade et la réserve de ses habitants ne m'inspirent guère d'enthousiasme. Dans mon grand âge, toutes ces choses commencent à former un contraste déprimant avec la décrépitude de mon corps et ma fin imminente. Mais entre cinquante-deux et soixante et onze ans, surtout si je suis en forme pour mon âge, la Suisse est un endroit merveilleux où me retirer. J'aime ses vents vivifiants, ses lacs limpides et les paysages époustouflants que l'on admire presque toujours par en dessous.

Une voiture nous attendait à l'aéroport.

— Tu l'as réservée toi-même ? m'étonnai-je.

— Harry, je ne suis pas complètement dépendant de toi, tu sais.

— Je sais. D'un point de vue philosophique, du moins.

Il fronça les sourcils et sourit en même temps, puis s'installa derrière le volant.

La route que nous suivîmes montait, tournait, montait encore un peu, tournait encore un peu et, à ma grande irritation, descendait fortement avant de monter de nouveau. J'ai toujours trouvé frustrant de conduire sur des routes de montagne en épingle à cheveux.

Au bout d'un moment, nous finîmes par atteindre une altitude inédite jusque-là, les arbres se changèrent tous en pins hérissés d'aiguilles, et du givre se mit à scintiller dans le pinceau de nos phares. Je baissai les yeux vers les vallées piquetées de lumières qui se nichaient au pied des parois à pic, puis les levai vers le ciel parsemé d'étoiles et m'exclamai :

— Par l'enfer, où m'emmènes-tu ? Je n'ai pas apporté mon équipement de ski !

— Tu verras bien. Seigneur, si j'avais su que tu râlerais autant, je t'aurais laissé à l'aéroport !

Il était presque 1 heure lorsque nous atteignîmes notre destination : un chalet au toit en pente et aux larges fenêtres éclairées de l'intérieur. Il n'y avait pas de neige par terre mais, lorsque je descendis de voiture, le sol gelé craqua sous mes pieds, et mon souffle forma un petit nuage devant mon nez.

Quand Vincent claqua sa portière, une femme agita la main depuis le balcon de l'étage, puis disparut à l'intérieur pour descendre nous accueillir. Vincent longea l'étroite allée pavée comme s'il connaissait bien les lieux, ouvrit une porte latérale qui n'était pas fermée à clé et s'effaça pour me laisser entrer.

Une chaleur agréable régnait à l'intérieur, et une odeur de bois en train de brûler flottait dans l'air. La femme apparut en haut d'un escalier.

— Monsieur Rankis ! s'exclama-t-elle, radieuse. C'est si bon de vous revoir !

Elle le serra dans ses bras, il lui rendit son étreinte, et je me demandai brièvement si leur relation allait au-delà de la simple affection. Puis elle se tourna vers moi.

— Vous devez être Harry. Ravie de faire votre connaissance, ravie, vraiment.

Elle avait un accent suisse-allemand et une trentaine d'années environ. Elle nous entraîna vers le salon, où un feu brûlait bel et bien dans une cheminée, nous fit asseoir et nous servit un repas de charcuterie, de patates au four et de vin chaud. J'étais trop fatigué et trop affamé pour poser la moindre question. Quand Vincent finit par se frapper sur les cuisses en déclarant que nous avions une journée chargée le lendemain, je grommelai un peu pour la forme et allai directement me coucher.

Le lendemain matin, je me réveillai en sursaut.

Il se tenait au pied de mon lit, chaudement emmitouflé contre le froid du dehors, et il me regardait fixement sans rien dire.

J'ignore depuis combien de temps il m'observait. Des gants pendaient au bout de ses manches, attachés par une longue ficelle comme ceux d'un enfant à la mère vigilante, mais ni son pantalon ni ses bottes ne présentaient la moindre trace d'humidité, aucun signe indiquant qu'il était sorti. Il continua à me regarder en silence jusqu'à ce que je m'assoie dans mon lit et bredouille :

— Vincent ? Qu… que se passe-t-il ?

L'espace d'un instant, je crus qu'il allait dire quelque chose. Puis il secoua légèrement la tête et recula vers la porte avant de répondre en détournant les yeux :

— Debout, Harry ! Une longue journée nous attend !

Je me préparai sans prendre la peine de me doucher.

Dehors, le givre avait fait virer le monde au bleu-gris. L'air mordant promettait de la neige. La femme agita la main depuis le balcon comme nous montions dans la petite voiture de Vincent et recommencions à grimper entre des pins de plus en plus rares et des rochers de plus en plus nombreux. Vincent avait mis le chauffage à fond, et ni lui ni moi ne pipions mot.

Cette fois, le trajet ne fut pas très long. Au bout d'une dizaine de minutes, Vincent prit un virage serré vers la droite et s'engagea dans ce que je pris d'abord pour l'accès à une mine. Un court tunnel conduisait à un petit parking bétonné, cerné par des parois rocheuses à pic dont certaines avaient été grillagées pour empêcher les chutes de pierre intempestives. Une petite pancarte déclarait en français, en allemand et en anglais : « PROPRIÉTÉ PRIVÉE, INTERDIT AUX RANDONNEURS ».

Un vigile dont l'informe anorak bleu doublé de fourrure dissimulait la bosse formée par son arme nous accueillit avec un signe de tête poli tandis que nous nous garions sur l'une des quelques places disponibles. Comme nous approchions de la falaise grise, une porte également grise s'ouvrit devant nous, et une caméra de sécurité qui avait plusieurs décennies d'avance sur son temps enregistra notre passage.

J'avais des tas de questions en tête, et l'impression que je ne pouvais pas les poser. Nous descendîmes un couloir taillé à même la roche et bordé de lanternes sourdes. Notre souffle formait un nuage de vapeur dans l'air. Je m'attendais à ce que le froid augmente encore au fur et à mesure que nous descendions. Au lieu de ça, une humidité tiède se mit bientôt à me picoter la peau. J'entendis des voix monter vers nous, se répercutant sur les parois de pierre polie, et trois hommes poussant une luge vide arrivèrent en sens inverse dans le tunnel. Ils parlaient très fort mais, à l'approche de Vincent, ils se turent et gardèrent le silence jusqu'à ce que nous soyons hors de portée d'ouïe dans les entrailles de la montagne.

Désormais, j'entendais le sifflement des conduits d'aération, le grondement des tuyaux, et la chaleur ambiante prenait une qualité mécanique artificielle, un peu trop élevée et humide pour avoir été conçue afin d'assurer le confort humain. Nous croisions de plus en plus de gens, des hommes et des femmes de tous âges, qui semblaient reconnaître Vincent et se hâtaient de détourner les yeux. Je repérai également des vigiles portant un flingue sous le bras et une matraque à la hanche.

— Où sommes-nous ? finis-je par demander quand le brouhaha ambiant suffit à couvrir ma voix brisant le silence entre nous.

— Tu t'y connais en physique quantique ? répliqua Vincent comme nous franchissions un coin et nous arrêtions devant une porte anti-explosion en attendant qu'elle s'ouvre.

— Ne sois pas ridicule. Tu sais bien que non.

Il poussa un soupir résigné et baissa la tête pour passer sous le battant qui coulissait vers le haut, révélant une caverne dans laquelle il faisait encore plus chaud.

— Dans ce cas, je vais faire simple. Disons que tu observes une cascade et que tu te demandes comment elle s'est formée. Tu penses qu'en coulant vers le bas l'eau a érodé la pierre. Dans la partie haute de la cascade, elle était plus dure et elle a résisté, mais, dans la pente vers le bas, elle était plus tendre et elle a cédé sous la pression. Cette première déduction en entraîne une autre : l'eau coule forcément vers le bas, elle provoque forcément une friction qui modifie l'énergie, qui elle-même modifie la matière, etc., etc. Tu me suis ?

— Je crois.

Lui manquais-je en cet instant ? Le Harry August qui débattait avec lui à Cambridge et criait « Foutaises ! » à l'écoute de ses idées les plus tordues lui manquait-il ? Il me semblait que oui.

C'est ta faute, Vincent. Tu m'as tué.

Deux fois.

— Bien. Poussons le raisonnement plus loin. Supposons que tu prennes un atome dans l'univers, et que tu l'observes de près. Cet atome, te dis-tu, est constitué de protons, de neutrons et d'électrons. Tu en déduis qu'un proton doit avoir une charge positive et un électron une charge négative, que les deux s'attirent, que chaque neutron s'attache à un proton et qu'il faut exercer une force pour empêcher que l'atome ne s'effondre sur lui-même à cause de l'attraction entre ces différents éléments. À partir de là, tu peux extrapoler…

Il s'interrompit, cherchant ses mots.

— Oui ? l'encourageai-je.

— Tout le reste, acheva-t-il d'une voix très basse, le regard dans le vide. Tu peux extrapoler tout le reste. À partir d'un seul atome, un seul point dans l'espace et le temps, il est possible d'examiner la structure fondamentale de l'univers et, par un processus purement mathématique, d'en déduire tout ce qui fut, est et sera. Tout.

Une autre porte s'ouvrit devant nous. Elle donnait sur une salle souterraine où il faisait encore plus chaud que dans toutes les autres malgré les efforts désespérés des ventilateurs. Et, au milieu de cette salle, des centaines d'hommes et de femmes s'affairaient autour d'une structure de sept étages de haut, entièrement recouverte d'échafaudages. Une odeur d'électricité planait dans l'air, et le bruit était presque assourdissant.

Vincent me tendit un badge détecteur de radiations, bien plus performant que ceux que j'avais portés à Pietrok-112 vingt ans dans le futur, deux siècles dans le passé, et par-dessus le rugissement des machines il hurla :

— Je te présente le miroir quantique !

Je le vis. Il était magnifique.

Le miroir quantique.

Regardez dedans, et Dieu vous rendra votre regard.

Il était presque terminé.

CHAPITRE 80

Ma troisième vie.

J'ai déjà mentionné que j'avais erré un moment en quête de réponses tel un prêtre, un moine, un érudit ou un théologien, peu importe le nom qu'on donnera à ce que j'étais alors. J'ai raconté ma rencontre avec Shen, l'espion chinois qui espérait respectueusement que je n'étais pas là pour renverser le communisme. Je t'ai dit que j'avais été battu en Israël et méprisé en Égypte, que j'avais trouvé et perdu la foi aussi facilement qu'une paire de pantoufles confortables.

Je ne t'ai pas encore parlé de Madame Patna.

C'était une mystique indienne, une des premières à se rendre compte que la façon la plus profitable d'employer sa sagesse était de la communiquer aux Occidentaux préoccupés qui n'avaient pas encore eu assez d'occasions de cultiver leur cynisme. Un temps, je fus un de ces Occidentaux, et je m'assis à ses pieds pour psalmodier des incantations vides avec tous les autres. J'étais sincèrement convaincu, comme je fus sincèrement convaincu de la plupart des choses dans cette vie, que cette femme joyeuse et grassouillette me guidait sur le chemin de l'illumination.

Après avoir passé plusieurs mois à travailler gratuitement pour elle dans ses immenses plantations, ce que je considérais nécessaire pour me rapprocher de la nature, et donc de mon véritable moi, elle m'accorda un entretien. Tremblant presque d'excitation, je m'assis en tailleur devant la grande dame et j'attendis qu'elle m'éblouisse.

Pendant un long moment, elle ne dit rien. Elle était plongée dans une profonde méditation et, comme tous ses adeptes, j'avais appris à ne pas la déranger lorsqu'elle était ainsi absorbée. Enfin, elle leva la tête et, regardant droit à travers moi, déclara :

— Tu es un être divin.

De la part de notre *mandir*, une telle déclaration n'avait rien de très nouveau ni de très surprenant.

— Tu es une créature de lumière. Ton âme est chanson, tes pensées sont beauté. Tout en toi est perfection. Tu es toi-même. Tu es l'univers.

Chantés par une foule dans une vaste salle de culte, ces propos eussent été assez impressionnants. Mais, face à la femme seule qui venait de les articuler dans un souffle, je fus frappé par leur contradiction inhérente.

— Et Dieu ? demandai-je.

Ma question parut quelque peu impertinente à Madame Patna mais, plutôt que de décevoir un fidèle avide en éludant, elle m'adressa un de ses sourires rayonnants et clama :

— Dieu n'existe pas. Il n'y a que la Création. Tu fais partie de cette Création, et tu la portes en toi.

— Dans ce cas, pourquoi ne puis-je l'influencer ?

— Mais tu l'influences ! Tu l'influences par chaque aspect de ton être, à chacune de tes inspirations...

— Je voulais dire : pourquoi ne puis-je pas influencer ma propre trajectoire à travers la Création ?

— Mais tu l'influences ! répéta-t-elle fermement. Cette vie n'est qu'une flamme éphémère, une ombre. Tu la laisseras derrière toi pour t'élever vers un plan supérieur, un nouveau niveau de compréhension, et tu te rendras compte alors que ce que tu perçois actuellement comme la réalité n'est qu'une prison des sens. Tu regarderas, et ce sera comme si tu voyais désormais avec les yeux du Créateur. Tu existes à l'intérieur de la Création, et la Création existe à l'intérieur de toi. Tu es une manifestation du premier souffle qui donna naissance à l'univers, ton corps est fait de la poussière des corps qui l'ont précédé et, quand tu mourras, ton corps et tes actions donneront la vie à leur tour. Dieu, c'est toi-même.

Dans les mois qui suivirent, je finis par me lasser de ces aphorismes creux et, lorsqu'un disciple mécontent chuchota à mon oreille que notre ascétique chef spirituelle vivait en réalité dans le luxe et l'abondance cinq kilomètres plus loin, je jetai mon chapeau de paille et ma serpe pour me mettre en quête d'une meilleure philosophie. Pourtant, bien des vies plus tard, je me demandais toujours ce que ça ferait de voir l'univers avec les yeux de Dieu.

Chapitre 81

— Harry, c'est la chose la plus importante que quiconque fera jamais.

La voix de Vincent à mon oreille.

Tant de voix à mon oreille, tant d'années pour les entendre.

— Ceci va changer le destin de l'humanité et redéfinir l'univers. Le miroir quantique déverrouillera les secrets de la matière, du passé et de l'avenir. Nous comprendrons enfin tous ces concepts que nous faisions seulement semblant de comprendre jusqu'ici : la vie, la mort, la conscience, le temps. Harry, le miroir quantique est…

— Qu'est-ce que je peux faire ? coupai-je.

Et je fus surpris d'entendre ma propre voix.

— Comment puis-je t'aider ?

Vincent sourit. Il posa une main sur mon épaule et, l'espace d'un instant, je crus voir des larmes briller au bord de ses yeux. Je n'avais jamais vu Vincent pleurer, et je me demandai si c'était une manifestation de joie.

— Reste avec moi, répondit-il. Reste ici, à mon côté.

Le miroir quantique.

Regarder avec les yeux du Créateur.

Vincent Rankis. Comme on se retrouve ! Il nous suffit de disposer un miroir face à la nature de l'existence même...

Calembredaines !

Je crains donc qu'en arrivant l'un de nous ne doive se sacrifier pour embrasser Frances sur la bouche.

Balivernes.

Je suis un putain de gentil !

C'est ton histoire, Harry. Ton histoire.

Rory Hulne, mourant seul.

Patrick August, tu as toujours été mon véritable père.

Silence tandis qu'on met le cercueil d'Harriet en terre. Silence près de la cheminée dans une chaumière envahie par les mauvaises herbes. Un dealer de drogue habite désormais dans la maison que Constance Hulne dirigeait autrefois d'une poigne de fer, où Lydia est devenue folle et où Alexandra a sauvé la vie d'un nourrisson, où une servante appelée Lisa Leadmill a été forcée de s'allonger sur une table de cuisine et n'a pas crié. Et de cet instant un enfant est né qui allait revivre la même vie encore et encore, faire le même voyage encore et encore...

Richard Lisle, mort de ma main encore et encore. *Pitié. Je n'ai jamais rien fait de mal.*

Rosemary Dawsett, les veines tranchées dans sa baignoire.

Jenny. *Tu devrais passer aux infos.*

Fuguez avec moi.

Est-ce que je te plais ?

Tu... tu m'as toujours plu, Jenny. Toujours.

Ma future épouse !

Tu es d'accord, Harry ? Elle est belle, non ?

Akinleye. De votre point de vue, connaissant celle que j'étais alors... A-t-elle eu raison de vouloir Oublier?

Personnellement, je préfère la cuisse. Dans un bain, ça aide, mais on fait comme on peut, n'est-ce pas? Bye bye, Docteur August! À bientôt!

Virginia, marchant sous le ciel d'été à Londres. Tuant des kalachakras dans le ventre de leur mère. Tremblant de tout son corps tandis que nous la forcions à Oublier.

Si un jour vous en avez marre de l'archéologie, venez me rejoindre sur la ligne rouge.

Toutes nos excuses.

C'est pour le mieux, Harry. Je sais que tu ne comprendras pas, mais il n'y a pas d'autre solution.

Le miroir quantique.

Regarder avec les yeux de Dieu.

La fin du monde approche.

Nous ne pouvons rien y faire.

À vous de jouer.

Le miroir quantique.

Reste ici, à mon côté.

Vincent, j'ai saboté le miroir quantique.

Ça n'a pas été bien difficile.

Ma présence n'a même pas été nécessaire. Tu avais conclu que je n'étais pas un scientifique, que je ne pouvais pas t'aider comme je l'avais fait autrefois en Russie car, dans cette vie-là, je ne comprenais pas le plus simple des principes newtoniens, à plus forte raison la technologie en avance de près d'un siècle sur son temps que tu peaufinais au cœur de cette montagne suisse. Depuis deux vies déjà, je n'étais plus que l'homme chargé de gérer ta paperasse et l'organisation des événements triviaux de ton existence.

Pendant neuf mois, je vécus dans ce complexe en Suisse. Je regardai le miroir quantique se développer, j'écoutai le grondement des machines chaque fois que tu faisais un test, et je sus que tu étais tout près de réussir. Des rapports atterrissaient sur mon bureau sans que tu t'en soucies le moins du monde, persuadé comme tu l'étais que je n'en comprenais pas le premier mot. En réalité, Vincent, j'étais la seule autre personne de ton entourage capable de comprendre chaque virgule et chaque point, chaque décimale et chaque infime variation du graphique.

Ce fut moi qui, alors que j'aurais dû commander du thorium 234, changeai un chiffre dans le formulaire et fis venir du thorium 231. Ce fut moi qui décidai de faire des économies sur les bâtonnets de bore en rognant quelques millimètres sur les spécifications ; moi encore qui décalai la virgule d'un chiffre significatif dans les calculs ondulatoires. Le document faisait sept pages, et je déplaçai cette fameuse virgule au tout début de la première, aboutissant à un résultat final incorrect par neuf ordres de grandeur.

Tu te demandes sûrement pourquoi j'ai agi de la sorte.

Par désir de sauver le monde ?

Dit comme ça, c'est un peu pompeux. Je devrais peut-être me faire fabriquer un costume pour que le message passe mieux. Qui es-tu, Dieu en devenir, pour détruire le monde dans ta quête de savoir ?

Par habitude ?

J'avais consacré tant d'années à préparer ta chute, c'eût été du gaspillage que de reculer au dernier moment.

Par jalousie ?

Peut-être un peu.

Par désir de vengeance ?

Tu étais un si bon compagnon que j'avais parfois du mal à me souvenir de ce que tu m'avais fait. Deux siècles, c'est long pour entretenir une rancœur. D'un autre côté…

Souviens-toi.

Souviens-toi comme le mnémonique que tu es. Nous y revoilà. J'avale le poison à Pietrok-112, et je l'avale avec gratitude. Je sens qu'on applique les électrodes sur mon crâne, je goûte l'électricité sur ma langue, pas une fois, mais deux, et la seconde fois tu me tiens la main et tu me dis que c'est pour le mieux, évidemment, c'est pour le mieux.

Jenny. *Est-ce que je te plais, Harry ? Est-ce que je te plais ?* Et je sanglote dans le froid, ton secrétaire, ton assistant personnel, ton toutou, ton tout-ce-que-tu-voulais-que-je-sois.

Je ferme les yeux et je me souviens.

Oui.

C'est bien une vengeance.

Et peut-être aussi, le seul moyen que j'ai trouvé de récupérer cette chose qui est morte en moi : le sentiment de faire ce qui est bien et juste, si de telles choses ont encore une signification.

Je sabotai le miroir quantique, sachant pertinemment que cette virgule déplacée, cet isotope incorrect, ces bâtonnets de bore trop courts suffiraient à tout faire échouer. Que cela ferait prendre un demi-siècle de retard à ton projet, et qu'il ne te viendrait pas à l'idée que ça pouvait être ma faute.

Le test était programmé pour une journée d'été, non que les saisons aient beaucoup d'importance dans la chaleur humide des cavernes. Une excitation palpable régnait dans le complexe. Vincent entra dans mon bureau, le visage rougi par le jogging qu'il faisait chaque jour. Un substitut, me semblait-il, aux promenades glaciales qu'il m'imposait autrefois aux abords de Pietrok-112.

— Tu viens ? demanda-t-il.

Je posai soigneusement mon stylo, croisai les mains devant moi, le regardai bien en face et dis :

— Vincent, je suis ravi que tu sois d'humeur si guillerette, mais comme tu ne peux manquer de le savoir, j'ai cinquante boîtes de thon périmées à la cantine. Sans vouloir exagérer le problème, la lettre de réclamation enflammée, oserai-je dire incendiaire, que je suis en train d'écrire est une œuvre épique telle que l'industrie de la conserve n'en a encore jamais contemplé, et toi tu débarques au milieu comme un chien dans un jeu de quilles.

Il souffla bruyamment entre ses lèvres tel une orque irritée.

— Harry, sans vouloir rabaisser ton travail d'aucune façon, si je te dis que le test d'aujourd'hui révolutionnera peut-être la nature même de l'humanité, tu comprendras sûrement que fustiger l'industrie de la conserve passe au deuxième rang. Prends tes affaires et viens avec moi.

— Vincent…

— Dépêche-toi !

Il me prit par le coude. Je grommelai et attrapai mon badge détecteur de radiations avant qu'il ne m'entraîne dans le couloir. Et, tandis que nous nous enfoncions dans les entrailles de la montagne, je ne cessai de radoter au sujet du thon périmé, de la salade qui pourrissait à toute allure et de nos factures d'électricité astronomiques, si bien qu'il finit par s'exclamer :

— Harry ! Je te parle de l'avenir du genre humain, de la connaissance ultime de l'univers ! Oublie un peu la salade !

Une trentaine de scientifiques se massaient sur la galerie d'observation au-dessus du miroir quantique, observant l'énorme bête. Elle avait encore grandi au fil des mois. À présent, elle ressemblait à une fusée difforme à laquelle on aurait ôté des bouts par-ci pour en rajouter d'autres par-là, un foisonnement de câbles et de surfaces réfléchissantes qui dégageait de la chaleur, de la fumée et de la pression, muni d'un millier de systèmes de contrôle reliés à des ordinateurs en avance sur leur temps d'un demi-siècle.

J'étais le seul non-scientifique dans la pièce mais, tandis qu'on dégageait le plancher autour de la base du miroir quantique, Vincent me traîna au premier rang de la galerie en arguant que :

— Ces idiots seraient infoutus de faire le moindre calcul si tu n'étais pas là pour les nourrir et pour leur essuyer le cul. Viens ! Tu mérites de voir ça.

Et je suppose que je le méritais effectivement, puisqu'en altérant la paperasse de manière subtile j'avais orchestré l'échec certainement catastrophique du test imminent.

Une alarme sonna trois fois, prévenant tout le personnel de dégager les abords immédiats de la machine. Puis le scientifique le plus sérieux qu'ils avaient pu trouver entama le compte à rebours tandis que les générateurs se mettaient en marche et qu'une dizaine de visages observaient les données qui se succédaient à toute allure sur les écrans de contrôle.

Vincent sautillait presque d'excitation à côté de moi. Sa main pressa brièvement la mienne avant qu'un sens viril des convenances ne la lui fasse retirer, et qu'il ne choisisse plutôt de se ronger les ongles.

Les bras croisés sur la poitrine, j'attendis avec un air peu impressionné pendant que l'énergie enflait à l'intérieur de la machine et que, dans les profondeurs de celle-ci, des pièces d'une intelligence démoniaque et d'une efficacité redoutable, subtilisées un siècle dans le futur, tournaient, s'alignaient, s'ouvraient, aspiraient l'énergie avant de la recracher et…

— Monsieur ?

C'était une question posée par un des techniciens postés devant les écrans d'ordinateur, une question émotionnelle plutôt qu'objective. Objectivement, l'homme déchiffrait très bien les données qu'il avait sous les yeux. Émotionnellement, il avait besoin de soutien. Vincent le sentit tout de suite et se tourna vers le malheureux alors même que quelqu'un d'autre se levait brusquement et aboyait :

— Éteignez tout !

Il n'eut pas besoin d'en dire plus, n'eut pas envie d'en dire plus. Immédiatement, une main s'abattit sur le bouton d'arrêt d'urgence, et le noir se fit dans la salle qui abritait le miroir quantique. Seuls la lueur grise des écrans et le bleu pâle des bandes d'évacuation serties dans le plancher continuèrent à trouer l'obscurité suffocante.

Je regardai autour de moi. Blême comme un spectre, les veines de son cou palpitant beaucoup trop vite, les yeux écarquillés et les lèvres légèrement entrouvertes, Vincent dévisagea d'abord les scientifiques qui se tenaient dans la pièce, puis lentement mais inexorablement, il se tourna vers le miroir quantique.

Celui-ci aurait dû être aussi sombre que le reste de la caverne. Mais nous voyions tous la lueur ardente qui enflait depuis son cœur, un rouge rosâtre presque gai qui se communiquait le long de ses jointures les plus fines et que seule éclipsait la fumée noire que ses entrailles commençaient à vomir.

J'entendis le métal siffler sous la pression, et le sifflement se muer en cri. Baissant les yeux vers mon badge détecteur de radiations, je fus sans doute la seule personne dans la pièce à voir la mince pellicule commencer à virer au noir.

— Arrêtez, chuchota Vincent, dont la voix était le seul bruit dans la pièce à l'exception du grondement croissant de la machine. Arrêtez, répéta-t-il sans s'adresser à personne en particulier, comme si qui que ce soit pouvait encore faire quoi que ce soit. Arrêtez.

La lumière que dégageait la machine, une lumière de combustion, de pièces qui commençaient à brûler et à fondre, prenait le pas sur la lueur bleue des bandes d'évacuation. Je regardai autour de moi. Les scientifiques étaient tous figés par une terreur collective, tels des lapins pris dans les phares d'une voiture. Alors, avec le sang-froid d'un homme qui passe ses journées à calculer la quantité de papier toilette qu'utilisent les occupants d'un complexe souterrain, j'aboyai :

— Radiations ! On évacue !

Le mot « radiations » suffit à briser la paralysie qui s'était emparée d'eux, et ils se précipitèrent vers la porte. Il n'y eut pas de hurlements : hurler aurait demandé une énergie qu'ils devaient consacrer à s'éloigner le plus vite possible du flux grandissant d'ondes gamma qui se déversait sur la galerie d'observation dans un silence de mort.

Je me tournai vers Vincent. Son badge aussi virait au noir, un noir de mazout, un noir meurtrier. Je le saisis par la manche et sifflai :

— Il faut y aller !

Il ne bougea pas.

Son regard était rivé sur le miroir quantique, reflétant l'onde de chaleur qui émanait de sa surface. J'entendais chanter le métal, et je devinais aisément ce qui allait suivre. Je rugis :

— Vincent ! Il faut sortir d'ici !

Comme il ne bougeait toujours pas, je passai un bras en travers de sa poitrine et le traînai vers la porte tel un nageur sauvant un homme en train de se noyer. Nous étions les deux derniers dans la pièce. Derrière nous, la lumière était devenue trop vive pour qu'on la regarde en face, et une chaleur suffocante filtrait à travers le verre.

Levant les yeux, je vis la peinture commencer à cloquer sur les structures métalliques autour de la caverne, j'entendis les ordinateurs griller, capitulant face aux ondes ardentes qui soufflaient à travers la pièce et à travers nos corps tel un ouragan au travers d'une toile d'araignée. J'entendis le verre de la galerie d'observation se fissurer et je sus avec une certitude absolue que l'explosion imminente nous tuerait tous les deux, que nous étions déjà morts.

Je poussai Vincent dehors par la porte de la galerie. Il tomba à quatre pattes et, sonné, tourna à demi la tête vers moi. La lumière était aveuglante à présent bien supérieure au spectre visible, elle me dévorait les rétines. Je cherchai à tâtons le verrouillage d'urgence, sentis le métal brûler la peau de ma main avec un sifflement de fer à repasser, actionnai la poignée et, alors que le battant commençait à descendre, plongeai dessous.

— Cours ! criai-je à Vincent.

Et bien qu'hébété et titubant, simple ombre à mes yeux torturés, il s'élança.

Je finis de ramper sous l'épaisse porte métallique au moment où elle se refermait avec fracas, me relevai maladroitement et eus le temps de faire trois pas dans le couloir avant de sentir le monde exploser derrière moi.

Visions de sauvetage.

Du métal mordant profondément dans ma peau.

De la pierre contre mon ventre.

De la terre dans ma bouche.

Les sauveteurs portaient des combinaisons doublées de plomb et, avant de me sortir des décombres fumants du couloir, ils m'arrosèrent pendant près d'une demi-heure. L'eau coula rouge très longtemps avant de redevenir claire.

Noir complet.

Un anesthésiste me demandant si j'avais des allergies connues.

Je tentai de répondre, mais ma mâchoire était gonflée et comme soudée.

J'ignore quel était le but de la question, ou si on m'en posa d'autres.

Vincent à mon chevet, la tête baissée.

Une infirmière remplaçant des tubes.

La qualité de l'air m'indiquait que je ne me trouvais plus sous terre.

Je vis la lumière du jour. Elle était magnifique.

Assis dans une chaise au bout de mon lit, une perfusion dans le bras même s'il ne semblait pas blessé, Vincent dormait. Avait-il quitté mon chevet depuis la dernière fois ? Il ne me semblait pas.

Je me réveillai en proie à une forte nausée.

— De l'eau.

Vincent près de moi, immédiatement.

— Harry. (Il avait les lèvres craquelées et la peau blême.) Harry, tu m'entends ?

— Vincent ?

— Tu sais où tu es ?

Tout en parlant, il vérifiait mes signes vitaux avec des gestes soigneux mais efficaces. Comme la plupart des ouroboriens, il avait suivi une formation médicale. Mes signes vitaux n'étaient pas bons, mais le Harry August de cette vie n'était pas censé le savoir.

— À l'hôpital ? suggérai-je.

— Exact. C'est bien. Tu sais quel jour on est ?

— Non.

— Tu dors depuis quarante-huit heures. Il y a eu un accident. Tu t'en souviens ?

— Le… miroir quantique, soufflai-je. Que s'est-il passé ?

— Tu m'as sauvé la vie, répondit-il doucement. Tu m'as sorti de la pièce, tu m'as dit de courir, tu as refermé la porte. Tu as sauvé beaucoup de vies.

— Ah ! Tant mieux. (Je tentai de lever la tête et sentis une douleur remonter le long de mon dos.) Que m'est-il arrivé ?

— Tu as été pris dans l'explosion. Si j'avais été plus près, moi aussi, je… En l'occurrence, ça a surtout été toi. Tu es encore en un seul morceau, ce qui est déjà miraculeux, mais… les médecins doivent te parler.

— Les radiations, sifflai-je.

— Il y en a eu… un sacré paquet, oui. Je ne comprends pas comment… mais ça n'a pas d'importance pour le moment.

Ah bon ? C'est nouveau.

— Tu vas bien ? demandai-je, même si je connaissais la réponse.

— Oui.

— Tu as l'air un peu pâle.

— Je… moi aussi, j'ai été irradié, mais tu… tu m'as sauvé la vie, Harry, répéta-t-il d'un ton incrédule. Je ne sais même pas comment te remercier.

— Une augmentation ?

Il eut un petit rire.

— N'abuse pas.

— Je vais mourir, hein ? demandai-je.

Comme il ne répondait pas tout de suite, je hochai la tête.

— D'accord. Il me reste combien de temps ?

— Harry…

— Combien de temps ?

— Le syndrome d'irradiation aiguë… ce n'est pas beau à voir.

— Je n'ai jamais été chauve, avouai-je. Et toi, tu… Est-ce que tu es… ?

— J'attends encore le résultat des tests.

Non, c'est faux, Vincent.

— J'espère que… j'espère que tu n'as rien.

— Tu m'as sauvé, répéta-t-il. C'est tout ce qui compte.

Le syndrome d'irradiation aiguë.

Ce n'est pas beau à voir.

Tu dois traverser la pire phase pendant que tu lis ceci. Tes cheveux ont dû tomber depuis longtemps, et l'essentiel de la nausée se sera dissipé face à la douleur continue provoquée par le gonflement de tes articulations et la défaillance de tes organes internes. Les toxines envahiront ton corps. Ta peau sera couverte de lésions hideuses que ton organisme sera incapable de cicatriser ; au fur et à mesure que le syndrome progressera, tes poumons fonctionneront de plus en plus mal, et tu commenceras à te noyer dans tes propres fluides corporels.

Je sais tout cela parce que c'est précisément ce qui est en train de m'arriver alors que je rédige ceci pour toi, Vincent : mon testament et mes dernières volontés. Il te reste tout au plus quelques jours à vivre. Il me reste quelques heures.

— Reste avec moi, réclamai-je.

Vincent resta.

Au bout d'un moment, les infirmières lui apportèrent un lit dans lequel il s'allongea. Je ne fis pas de commentaire quand elles lui posèrent d'autres perfusions mais, voyant que je l'observais, il me dit en souriant :

— C'est juste une précaution.

— Tu es un menteur, Vincent Rankis.

— Je suis désolé que tu le penses, Harry August.

D'une certaine façon, la nausée était pire que la douleur. On peut toujours atténuer la douleur à coups de médicaments, mais la nausée tient en échec les opiacés les plus délectables et les substances chimiques les plus révolutionnaires. Longtemps, je me retins de crier jusqu'à ce que, à 3 heures, je roule sur le flanc pour vomir dans le seau posé par terre, et me mette à trembler et à sangloter en me tenant le ventre et en suffoquant.

Aussitôt, Vincent se glissa hors de son lit et s'approcha de moi. Sans prêter attention au seau de vomi à ses pieds, il posa les mains sur mes épaules et me demanda :

— Qu'est-ce que je peux faire ?

Je restai roulé en boule, les genoux repliés contre la poitrine : c'était la position la moins inconfortable que je pouvais prendre. Du vomi coulait le long de mon menton en épais filets gluants. Vincent alla chercher un mouchoir et un gobelet d'eau pour m'essuyer le visage.

— Qu'est-ce que je peux faire ? répéta-t-il sur un ton pressant.

— Reste avec moi, répondis-je.

— Bien sûr. Toujours.

Le lendemain, il fut pris de nausée lui aussi. Il le cacha bien, se faufilant à la salle de bains pour vomir en douce dans les toilettes, mais je n'avais pas besoin de neuf siècles d'expérience pour m'en rendre compte. Dans la nuit, la douleur l'assaillit à son tour, et ce fut moi qui sortis du lit en titubant pour le tenir pendant qu'il vomissait dans un seau.

— Ça va, hoquetait-il entre deux frissons. Ça va aller.

— Tu vois ? murmurai-je. Je t'avais dit que tu étais un menteur.

— Harry, articula-t-il d'une voix haletante, rongée par l'acide. J'ai un aveu à te faire.

— « Désolé d'être un foutu menteur » ?

— Oui, acquiesça-t-il à mi-chemin entre rire et sanglot. Je suis désolé. Je suis vraiment désolé.

Je soupirai.

— C'est bon. Je sais pourquoi tu as fait ça.

Les lésions qui apparurent bientôt n'étaient pas réellement douloureuses, mais elles me démangeaient. Petit à petit, ma peau se fendait et se rétractait. Vincent était toujours en proie à ses nausées mais, tandis que mes organes commençaient à défaillir, la douleur revint à la charge, et je réclamai de la morphine en hurlant. Les infirmières nous en donnèrent à tous les deux. Peut-être estimaient-elles qu'il aurait été malpoli de ne droguer qu'un seul patient, d'autant que ce n'était pas celui qui finançait tous ces soins coûteux.

Ce soir-là, un coffret arriva pour Vincent. Il rampa hors de son lit pour défaire le cadenas qui le fermait et en sortir une couronne de fils et d'électrodes, qu'il me tendit de ses mains tremblantes.

— Qu'est-ce que c'est ? demandai-je.

— Ça… ça te fera Oublier, bredouilla-t-il en la posant au pied de mon lit comme si elle était un peu trop lourde pour lui. Ça effacera… tout. Tout ce que tu es, tout ce que… Ça effacera ce souvenir. Tu comprends ?

— Et moi ? Est-ce que ça m'effacera, moi ?

— Oui.

— Alors, c'est complètement idiot, non ?

— Je… je suis vraiment désolé. Si tu savais… si je te racontais certaines des choses que je t'ai…

— Vincent, je ne suis pas d'humeur à jouer les confesseurs. Qu'importe de quoi il s'agit, mettons que je te pardonne et restons-en là.

Il en resta là, mais la couronne d'électrodes ne bougea pas du pied de mon lit. Il devrait l'utiliser sur moi avant que je meure, raisonnai-je, et avant de devenir trop faible pour la faire fonctionner.

Cette nuit-là nous trouva tous les deux en proie aux affres de la douleur.

— Il n'y a rien à regretter, lui dis-je. On essayait de construire un monde meilleur.

Il tremblait de tout son corps. Il avait atteint le dosage limite autorisé, et les médicaments ne suffisaient plus.

— Racontons-nous des blagues, suggérai-je pour le distraire. Je commence. Un Anglais, un Irlandais et un Écossais entrent dans un bar…

— Pour l'amour du ciel, Harry, ne me fais pas rire.

— Très bien. Alors, je vais te raconter une histoire, une histoire vraie, et tu m'en raconteras une autre en retour.

— Si tu veux, capitula-t-il, et je me lançai.

Je lui parlai de mon enfance à Leeds, des petites brutes qui me tourmentaient dans la cour de l'école, de mon B + de moyenne et de mes ennuyeuses études de droit.

Il me parla de son père millionnaire, un brave homme qu'il menait par le bout du nez.

Je lui décrivis mes balades dans la lande, les fleurs au printemps, la bruyère qui bordait les voies ferrées et qui brûlait en été, répandant une longue traînée noire aussi loin que portait le regard.

Il me décrivit un jardin plein de rhododendrons, depuis lequel on entendait siffler les trains qui passaient de l'autre côté de la colline.

C'était dans le sud de l'Angleterre ?

Oui, juste à l'extérieur de Londres.

Je lui parlai de mes parents adoptifs et lui avouai qu'ils comptaient davantage pour moi que mon père biologique, qui qu'il soit et où qu'il se trouve. Que je regrettais de ne pas avoir eu le courage de leur dire : « Vous êtes tout pour moi, et il n'est rien. Pas parce que vous m'avez nourri et donné un toit, mais parce que vous ne m'avez jamais laissé tomber, ce qui fait de vous mes véritables parents. »

— Harry ? lança Vincent d'une voix enrouée par la douleur.

— Oui ?

— J'ai… j'ai quelque chose à te dire.

— Je t'écoute.

— Je m'appelle… je m'appelle Vincent Benton. Rankis, c'est le nom du jardinier. Je dissimule mon vrai nom parce que… je n'ai vingt-cinq ans. J'ai sept cent quatre-vingt-quatorze ans. Mon père s'appelle Howard Benton et ma mère Ursula. Je ne l'ai jamais connue : elle meurt alors que je suis encore enfant. Je nais à la maison, le 3 octobre 1925. Apparemment, la bonne s'évanouit quand je sors du ventre de ma mère. Je n'ai jamais raconté cela de toute ma vie, à personne.

— Je suis ce que je suis, répliquai-je, et c'est tout.

— Non, contra-t-il en s'extirpant de son lit à grand-peine. Tu te trompes.

Sur ces mots, il rouvrit le coffret, en sortit la couronne d'électrodes et la posa sur ma tête.

— Que fais-tu ? demandai-je.

— Je ne peux pas accepter cette vie, répondit-il. Je ne peux pas l'accepter, je ne peux pas. Je voulais juste que quelqu'un comprenne.

— Vincent…

Je tentai de me débattre, mais je n'en avais pas la force et que très peu l'envie. Repoussant mes mains, il appliqua les électrodes sur mon crâne.

— Je suis désolé, Harry. (Il pleurait à présent.) Si tu savais ce que je t'ai fait, si seulement tu pouvais comprendre… Je te retrouverai, je te le jure. Je te retrouverai et je te protégerai quoi qu'il advienne.

Le bourdonnement d'un appareil en train de charger, un crépitement électrique.

— Vincent, attends ! Je ne suis pas…

Trop tard.

Chapitre 82

J'étais seul lorsque je m'éveillai après l'Oubli et, comme cela avait déjà été le cas, comme cela serait toujours le cas, devinais-je, quoi qu'on puisse faire à mon esprit, j'étais toujours moi-même.

Toujours à l'hôpital.

Toujours en train de mourir.

On avait déplacé mon lit dans une autre chambre, ou peut-être celui de Vincent. La couronne d'électrodes avait disparu, et je flottais désormais dans le brouillard tiède des antidouleurs, le corps enveloppé de bandages pour empêcher ma peau de tomber par plaques.

Un instant, je restai allongé sans penser à rien, dans le silence et l'immobilité. Au repos, enfin. Au bout d'un moment, je me levai, et mes jambes cédèrent aussitôt sous moi. Mes pieds et mes mains étaient bandés, mes genoux gonflés et rougis n'avaient plus de force.

Je rampai jusqu'à la porte et parvins à me traîner dans le couloir. Une infirmière poussa un cri en me voyant et appela un aide-soignant qui arriva avec un fauteuil roulant dans lequel il m'aida à m'asseoir.

— Je m'en vais, déclarai-je fermement.

— Monsieur August, protesta l'infirmière, dans votre état…

— Je suis en train de mourir, coupai-je. Il ne me reste qu'un jour ou deux, et je ne compte pas les passer ici. Je m'en vais, et vous ne pouvez rien faire pour m'en empêcher. Je signerai tous les documents que vous voudrez pour vous décharger de toute responsabilité en la matière, mais dépêchez-vous d'aller les chercher, parce que d'ici à cinq minutes je serai parti.

— Monsieur August…

— Quatre minutes et cinquante secondes.

— Vous ne pouvez pas…

— Je peux, et vous n'avez pas le pouvoir de m'en empêcher. Où se trouve le téléphone le plus proche ?

Ils tentèrent de m'arrêter. Non par la force, mais à coups d'arguments raisonnables, de cajoleries et de mises en garde sévères. Mais je ne me laissai pas convaincre, et appelai Akinleye depuis le poste de garde des médecins. Cela fait, je poussai moi-même mon fauteuil roulant jusque dans la rue.

C'était une belle journée d'été. Le soleil se couchait, disque rouge orangé flamboyant au-dessus des montagnes, et une odeur d'herbe coupée planait dans l'air. Les gens avaient un mouvement de recul horrifié devant ma peau qui pelait, mes cheveux qui tombaient, ma blouse d'hôpital qui commençait à se couvrir de taches rouges aux endroits où mes lésions saignaient à travers les bandages. Pourtant, ce fut avec une expression ravie et émerveillée que je desserrai les freins pour dévaler la colline et filer vers l'horizon.

Akinleye me récupéra en bordure de la ville avec une petite Volkswagen rouge. Des mois auparavant, je lui avais demandé de s'installer tout près du complexe de Vincent et d'attendre mon appel. Comme je roulais vers elle, elle s'extirpa du siège conducteur et dit :

— Tu as une mine affreuse.

— C'est l'agonie qui fait ça, répondis-je joyeusement.

Je me transférai tant bien que mal sur le siège passager.

— Je vais avoir besoin de tous les antidouleurs dont tu disposes.

— J'en ai tout un stock.

— Parfait. Emmène-moi dans un hôtel.

Elle m'emmena dans un hôtel.

Me donna tous les antidouleurs qu'elle avait sous la main.

— Stylo, papier.

— Harry, tes mains…, protesta-t-elle.

— Stylo, papier ! répétai-je avec plus de force.

Elle me fournit les deux.

Je tentai d'écrire et n'y parvins pas. Comme Akinleye avait tenté de me le faire remarquer, mes mains n'étaient plus bonnes à grand-chose.

— D'accord. Machine à écrire.

— Harry !

— Akinleye, dis-je fermement. Je serai mort dans moins d'une semaine et, s'il me reste encore quelques facultés mentales, c'est à un miracle médicamenteux que je le dois. Trouve-moi une machine à écrire.

Elle me trouva une machine à écrire et me bourra de toutes les drogues auxquelles nous pûmes penser avec notre savoir médical combiné, afin que je reste lucide et sain d'esprit le plus longtemps possible.

— Merci. Maintenant, si tu avais la gentillesse de me laisser assez de morphine pour abattre un éléphant et de m'attendre dehors, j'apprécierais énormément.

— Harry…

— Merci, répétai-je. Je viendrai te voir dans la prochaine vie.

Lorsqu'elle fut sortie, je m'assis devant la machine à écrire et choisis soigneusement mes mots.

Comme le soleil disparaissait derrière l'horizon, je me décidai enfin à taper :

J'écris ceci pour toi.

Mon ennemi.

Mon ami.

Tu le sais déjà, tu dois forcément le savoir.

Tu as perdu.

Vincent.

Ceci est mon testament. Ma confession, si tu préfères. Ma déclaration de victoire, ma lettre d'excuses. Ces mots sont les derniers que j'écrirai dans cette vie car, déjà, je sens approcher la fin de ce corps comme elle approche toujours.

Bientôt, je mettrai ce manuscrit de côté et je prendrai la seringue qu'Akinleye m'a laissée pour mettre un terme à la douleur. Je t'ai raconté tout cela, l'histoire de ma vie, autant pour ton édification que pour me contraindre à l'action. Je sais qu'en te l'adressant, en te révélant chaque aspect de mon existence, des nombreuses personnes que j'ai prétendu être et de l'individu que je suis devenu, je me place entièrement en ton pouvoir. Pour me protéger après ça, je n'aurai plus d'autre choix que de te détruire totalement. Ainsi, je me force à agir.

À l'heure qu'il est, tu dois avoir découvert que j'avais quitté l'hôpital.

La peur doit te tordre le ventre, la peur que l'Oubli n'ait pas fonctionné et que j'aie fui.

Et peut-être une peur plus profonde encore, car tu es passé maître dans l'art de déduire toute chose. Peut-être soupçonnes-tu que ce n'est pas seulement la crainte de mourir qui a motivé mon départ. Peut-être comprends-tu que, si j'ai résisté à ta machine cette fois, les précédentes n'ont pas dû fonctionner sur moi, elles non plus. Peut-être vois-tu se dérouler devant toi, tels des neurones propageant une réaction en chaîne, tout le cours des événements : chaque mensonge, chaque tromperie, chaque cruauté, chaque trahison révélés tel un atome sous le regard de Dieu. Peut-être devines-tu déjà ce que j'ai à te dire, même si j'imagine que tu as encore du mal à le croire.

Tu vas envoyer des hommes à ma recherche, et ils n'auront pas de mal à trouver mon cadavre. Sa part du travail accomplie, Akinleye se sera volatilisée. Outre la seringue vide, ils découvriront ce manuscrit, et je leur fais confiance pour te l'apporter à l'hôpital. Tu balaieras cette page des yeux et, dès mes premiers mots, tu sauras. Tu sauras comme tu dois déjà le savoir jusqu'au creux de tes tripes, comme tu ne peux le nier plus longtemps : tu as perdu.

Tu as perdu.

Et dans une autre vie, une vie encore à venir, un petit garçon de sept ans longera une ruelle au sud de Londres. Sous son bras, il tiendra une boîte en carton. Il s'arrêtera devant une maison au jardin rempli de rhododendrons et entendra le sifflement d'un train qui passe derrière la colline. Un couple vivra dans cette maison. L'homme s'appellera Howard et la femme Ursula. Leur jardinier, qui s'occupe si bien de toutes ces fleurs, portera le nom de Rankis.

Le petit garçon s'approchera de ces inconnus et, avec l'innocence de ses sept ans, leur offrira une chose qu'il vient de prendre dans sa boîte en carton. Une pomme, peut-être, ou une orange. Un bonbon au caramel collant, peu importe. Qui refuserait le cadeau d'un si jeune enfant ?

Chacun à leur tour, l'homme, la femme et peut-être même le jardinier, car aucun d'eux ne se méfiera, acceptera ce que lui tend le petit garçon, l'en remerciera et mangera alors qu'il se détourne et repart en sens inverse.

Je te promets que le poison sera foudroyant.

Et que Vincent Rankis ne naîtra jamais.

Et que les choses redeviendront ce qu'elles n'auraient jamais dû cesser d'être.

Le temps poursuivra sa course.

Les Cercles étendront leur emprise à travers les âges, et rien ne changera.

Nous ne serons pas des dieux, toi et moi.

Nous ne regarderons pas dans ce miroir.

Au lieu de ça, pour les quelques jours qui te restent à vivre, tu es enfin mortel.

Achevé d'imprimer en juillet 2022
Par CPI Brodard & Taupin à La Flèche
N° d'impression : 3048503
Dépôt légal : août 2022
Imprimé en France
2812162-1